Maren Gottschalk
Fräulein Steiff

MAREN GOTTSCHALK

Fräulein Steiff

Roman

GOLDMANN

Penguin Random House Verlagsgruppe FSC® N001967

1. Auflage
Originalausgabe Juni 2022
Copyright © der Originalausgabe 2022 by Maren Gottschalk
Copyright © dieser Ausgabe 2022
by Wilhelm Goldmann Verlag, München,
in der Penguin Random House Verlagsgruppe GmbH,
Neumarkter Str. 28, 81673 München
Dieses Werk wurde vermittelt durch die
Montasser Medienagentur, München
Umschlaggestaltung: UNO Werbeagentur, München
Umschlagmotiv: © Panther Media GmbH / Alamy Stock Photo
CN · Herstellung: ast
Satz: Uhl + Massopust, Aalen
Druck und Bindung: GGP Media GmbH, Pößneck
Printed in Germany
ISBN: 978-3-442-31594-9

www.goldmann-verlag.de

Für Clara, Sonja und Felix.
Und für ihre Gefährten
Mäh, Rakete und Orka.

Inhalt

Fräulein Steiffs Freunde, Verwandte und Bekannte

Historische Personen

Familie

Maria und Friedrich Steiff, *Eltern*
Pauline Röck und Marie Häussler,
  beide geb. Steiff, *Schwestern*
Emilie Häussler, *Tochter von Marie*
Fritz Steiff, *Bruder, Baumeister*
Anna Steiff, *seine Frau*
Paul, Richard, Franz, Lina, Eva, Hugo, Otto, Marie,
  Ernst, *ihre Kinder*

Bartholomäus und Anna Maria Hähnle, *Großeltern*
Apollonia, Ursche und Susanna Hähnle, *Tanten,*
  Schwestern der Mutter

Anna-Marie Glatz, *Cousine, Tochter von Apollonia*
Adolf Glatz, *ihr Mann*

Hans Hähnle, *Stief-Cousin und Filzfabrikant*

Lina Hähnle, *Frau von Hans, Gründerin des Bundes
für Vogelschutz*

Johanna Röck, *Freundin und Betreuerin (» Wärterin«),
Schwägerin von Pauline*
Katharina Schnapper, *erste angestellte Näherin*

Familie Werner aus Ludwigsburg
Dr. August Herrmann Werner, *Arzt, Leiter der Kinder-
heilanstalt und Gründer der Herrnhilfe*
Karoline Werner, *seine Frau*
Josepha (eig. Maria), *ihre älteste Tochter*

Erfundene Personen

Mina und August Lechner, *Bankiersehepaar (Stuttgart)*
Johannes Balthasar Hansen, *Kaufmann (Hamburg)*
Berta, Mathilde *(Schulfreundinnen aus Giengen)*
Agathe, Emma, Guste, Babette, *Angestellte der Spiel-
tierfabrik (Giengen)*
Malwine Fetzer, *Kontoristin (Giengen)*

⮞ Prolog ⮜

Der verletzte Teddy

Es ist eher ein Wimmern als ein lautes Weinen, das durch das geöffnete Fenster dringt. Margarete hebt den Kopf und lauscht. Wenn ein Kind weint, geht ihr das nahe. Das war schon seit jeher so. Vielleicht, weil sie selbst keine Kinder hat und keine Chance, sich daran zu gewöhnen. Wenn sie so viele blutende Knie, aufgeschrammte Ellbogen und geprellte Nasen mit einem nassen Tuch hätte kühlen müssen wie ihre Schwägerin Anna, die immerhin neun Kinder aufgezogen hat, könnte sie einem weinenden Kind wohl gelassener begegnen. Jedoch hat sie im Umgang mit ihren Nichten und Neffen so viel gelernt: Kinder müssen nicht jedes Mal einen großen Kummer haben, um herzzerreißend zu schluchzen. Sie weinen auch vor Wut oder aus Trotz, weil sie ihren Willen nicht kriegen. Ein gequetschter Finger kann einen Heulkrampf ebenso auslösen wie ein Stück Wurst, das der Hund dem Kind aus der Hand schnappt. Sogar aus Langeweile kann ein Kind weinen oder aus Enttäuschung, weil ihm etwas nicht gelingen will. Und wenn der Jammer groß genug ist, wirkt auch das Weinen verzweifelt.

Aber dieses Weinen ist anders. Es klingt unsagbar traurig. Margarete ist sicher, dass dem Kind etwas Ernstes zugestoßen sein muss, etwas zutiefst Verstörendes. Sie rollt den Stuhl ans Fenster, um einen Blick auf die Straße zu werfen. Wo ist dieses Kind, das so erbärmlich leidet? Niemand ist zu sehen – und doch hört sie das krampfartige Einatmen, das Schniefen und Jammern so klar, als sei das Kind nur wenige Meter entfernt. Es muss direkt unter ihrem Fenster stehen, dort, wo der Eingang zur Filz-Spielwaren-Fabrik ist.

Nun, irgendwer wird das arme Ding schon trösten, denkt Margarete und wendet sich wieder den Papieren auf dem Schreibtisch zu. Doch sie kann sich nicht konzentrieren. Das Wimmern will gar nicht aufhören, und es kommt ihr vor, als sei sie die Einzige, die es hört. Sie greift nach der Glocke.

»Fräulein Steiff?« Kontoristin Malwine Fetzer steckt den Kopf durch die Tür. Margarete fragt sich, ob die junge Frau das noch einmal lernen wird, hereinzukommen und die Tür hinter sich zu schließen und nicht auf halbem Weg stehen zu bleiben, als hätte sie keine Zeit für die Chefin. Zum Glück erinnert sich Malwine in diesem Moment an eine frühere Mahnung, betritt das Zimmer und drückt die Tür hinter sich zu.

»Unten steht ein Kind und weint zum Gotterbarmen, hört das denn keiner außer mir?«

Malwine geht zum Fenster.

»Ich sehe niemanden.«

»Pssst! Spitz doch die Ohren!«

Beide Frauen lauschen angestrengt.

Aber auch Margarete registriert jetzt nur noch das genervte laute Atmen und Räuspern der Kontoristin.

Malwine zuckt die Achseln. »Nichts.«

»Bitte, geh trotzdem hinunter und schau, ob ein Kind vor der Tür steht. Wenn ja, schick es zu mir rauf.«

Ein paar Minuten später schiebt Malwine ein Mädchen von etwa sechs Jahren unsanft in Margaretes Kontor. Es ist barfuß und trägt ein schmuddeliges graues Kleid, das schon mehrfach gekürzt und wieder ausgelassen worden ist, wie man an den Saumrändern sehen kann. Die Schürze war vielleicht einmal weiß, aber nun ist sie allenfalls sandfarben, soweit man das erkennen kann, denn das Mädchen knüllt sie fest mit den Händen zusammen.

»Wie heißt du?«, fragt Margarete.

Das Mädchen schnieft und flüstert: »Marta.«

»Und wer sind deine Eltern?«

»Prinzing«, lautet die gehauchte Antwort.

»Aha, die Prinzing-Babette ist deine Mutter! Die arbeitet doch für mich«, sagt Margarete freundlich.

Jetzt mischt Malwine sich ein: »Heute nicht.«

»Ist sie krank?«, fragt Margarete zum Kind gewandt.

Marta nickt.

»Weinst du deshalb?«

Kopfschütteln.

»Warum dann?«

Das Kind senkt den Kopf, und seine kleinen braunen Hände krallen sich fest in die Schürze.

»Nun red halt und gib dem Fräulein Steiff gefälligst Antwort«, herrscht Malwine sie an.

13

Marta weicht einen Schritt zurück und stößt dabei an den Tisch hinter ihr. Sie scheint noch kleiner zu werden.

»Geh nur wieder ins Kontor«, sagt Margarete zu Malwine, »ich komm schon zurecht.« Zum Kind sagt sie: »Hast du Hunger? Soll ich die Malwine bitten, dir etwas zu essen zu geben?«

Marta blickt Margarete kurz an, aber sie schüttelt abermals den Kopf.

Malwine, deren Mund jetzt dünn wie ein Strich ist, geht und schließt die Tür hinter sich.

»Magst du mir sagen, was dir solchen Kummer macht?«

Die freundliche Ansprache bewirkt, dass Martas Tränen erneut fließen. Auch ihre Nase läuft, und die Hände zucken, als wolle sie sich durchs Gesicht wischen, aber sie behält sie fest um die Schürze gelegt.

Und jetzt versteht Margarete auch, warum.

»Magst du mir zeigen, was du in der Schürze trägst? Du hast da doch was?«

Marta schaut Margarete an. Ihre Augen sind tiefblau und schwimmen in Tränen. Die dunklen Wimpern klumpen vor Nässe zusammen.

»Nun? Du brauchst keine Angst zu haben, ich will es dir doch nicht wegnehmen.«

Vorsichtig zupft das Mädchen an der Schürze.

Margarete sieht zuerst ein Plüschohr, dann eine Pfote.

»Oh! Du hast ein Bärle darin. Was für ein hübsches Ohr. Hast du den im letzten Jahr zum Weihnachtsfest bekommen?«

Jedes Jahr schenken sie den Kindern ihrer Angestellten

ein Steiff-Tier, und Margarete weiß genau, wann welches Tier an der Reihe war.

Marta nickt und deckt den Bären gleich wieder mit der Schürze zu.

»Darf ich ihn nicht sehen?«

Das Mädchen rührt sich nicht.

»Hm, schade. Wie heißt er denn?«

»Teddy.«

»Richtig, so heißen jetzt viele unserer Bären. Sie sind nach einem berühmten Mann in Amerika benannt. Wusstest du das?«

»Nein.«

»Weißt du, ich freu mich ja immer, meine Tierkinder wiederzusehen, auch wenn sie jetzt bei anderen Menschen wohnen. So wie bei dir. Ich will doch wissen, ob es ihnen gut geht.«

Martas Augen weiten sich vor Schreck.

»Und du willst mir deinen Petz wirklich nicht zeigen? Vielleicht kenne ich ihn?«

Die Lippen des Mädchens beginnen zu zittern.

»Er ist tot«, flüstert sie.

»Was?« Margarete fährt auf. »Bist du sicher? Das glaub ich nicht.«

Marta greift die Schürze mit der rechten Hand. Mit der linken wischt sie sich durchs Gesicht und verschmiert dabei den Dreck. Ihre Schultern beben.

Margarete holt tief Luft. »So leicht stirbt doch ein Bärle aus Giengen nicht. Zeig mal her. Bestimmt kann ich ihm helfen!«

Zögernd wickelt Marta das Kuscheltier aus, streicht immer wieder darüber, gibt es aber nicht aus der Hand. Aber Margarete sieht auch so, dass der arme Kerl von oben bis unten ziemlich zerfetzt ist.

Kurz fühlt sie Wut in sich aufsteigen. Warum passen die Kinder nicht besser auf ihre Spieltiere auf? Dann beherrscht sie sich. Das Mädchen wird kaum schuld daran sein, dass sein Bär so zugerichtet worden ist.

»Der hat arge Schmerzen, das sehe ich. Da würde ich auch weinen an deiner Stelle. Was ist ihm denn passiert?«

Wieder verzieht sich das Gesicht des Mädchens.

»Das war der Brutus vom Nachbarn.«

»Der aus der Obertorstraße? So ein großer schwarzer Hund? Ja, das sieht böse aus. Aber dein Teddy ist nicht tot, der ist nur in Ohnmacht gefallen vor Schreck. Und das ist ganz gut so, dann merkt er nichts, wenn ich ihn zusammenflicke. Komm her, ich mach ihn wieder heile.«

Sie öffnet die Schublade und stöbert darin herum, bis sie ein Stück Filz findet. Sie faltet es und legt es auf den Tisch.

»Leg den Petz hierher, damit er ausruht, ich suche solange Nadel und Faden zusammen. Und du gehst nach nebenan zur Malwine und sagst ihr, sie soll ihre Gutsle-Dose öffnen. Das hätte ich so bestimmt.«

»Darf ich nicht hierbleiben?«

»Besser nicht. Wenn der Arzt näht, müssen die Eltern immer rausgehen, glaub mir, das war schon so, als ich so alt war wie du. Komm heute Nachmittag wieder. Dann kannst du den Teddy mitnehmen. Und sag der Babette gute Besserung von mir.«

Als Marta zur Tür geht, dreht sie sich um.

»Und er wird wieder gesund?«

»Versprochen. Nur eine Narbe wird er wohl behalten.«

Marta lächelt zum ersten Mal. »Das macht nichts, ich habe auch eine. Hier.« Sie hält Margarete ihren linken Unterarm hin, der eine lange tiefrote, schlecht verheilte Narbe trägt. »Ich hab den Teddy schon früher einmal aus dem Maul vom Brutus reißen wollen, da hat er mich gebissen. Der Teddy war ganz schleimig von seiner Spucke. Aber sonst ist ihm nichts passiert. Diesmal kam ich zu spät.«

Schaudernd wendet sich Margarete dem malträtierten Plüschbär zu. Ich sollte mit dem Hundebesitzer reden, nimmt sie sich vor. Es wird einige Zeit brauchen, den Petz zu flicken. Einfacher wäre es, dem Mädchen einen neuen Bären zu schenken. Aber das kommt natürlich nicht infrage. Marta würde es sofort merken. Denn auch dieses Häuflein Fell hat eine Seele, jedenfalls in den Augen seiner Besitzerin. Das darf man nicht übergehen. Ich sollte eine Sprechstunde für verletzte Spieltiere einrichten, denkt Margarete und beißt den Faden ab. Wenn es einen Puppendoktor gibt, muss es auch einen Doktor für unsere Tiere geben. Wir könnten die alte Werkstatt dafür nutzen. Mit einem Lächeln fädelt sie den festen Zwirn ein.

Sie braucht eine gute Stunde, bis sie den Bären ordentlich zusammengeflickt hat. Der Riss über Brust und Bauch ließ sich besser schließen als erwartet, aber am Hals hat der Teddy jetzt eine kahle Stelle. Armer Kerl, denkt Margarete und setzt ihn vor sich auf den Tisch. Was mache ich jetzt? Mit einer Schleife ist dir wahrscheinlich nicht geholfen, und ich kann dir ja keinen Kragen.... aber warum eigentlich nicht?

Sie lächelt und wendet sich mit Schwung zu ihrem Schrank. In der dritten Schublade liegt es, ihr altes Püppchen. Sie hatte es mit in die Fabrik genommen, weil sie es für ihre jüngste Großnichte mit neuen Kleidern ausstatten lassen wollte. »Entschuldige«, sagt Margarete zu der Puppe, die sie mit großen blauen Augen anstarrt, »aber du musst mir helfen.«

Sie löst eine Schleife am Nacken und nimmt der Puppe die kleine weiße Halskrause ab. Prüfend streicht sie über die Lochstickerei. Sie ist ein bisschen vergilbt, aber das wird Martha kaum stören. Als sie den Kragen um den Hals des Bären gelegt und die Bänder in seinem Nacken geschlossen hat, ist sie zufrieden. Festlich sieht der Teddy damit aus, vielleicht sollten sie Halskrausen in Serie produzieren? Für ihre Hände ist das inzwischen zu kniffelig, aber die jungen Frauen in der Fertigung würden diese kleinen Krägelchen im Nu nähen.

Margarete setzt den Bären wieder auf den Tisch und nickt ihm zu. »Jetzt freust du dich, hab ich recht?«

Als Marta ihren Teddy nachmittags in die Arme schließt, strahlt sie Margarete glücklich an. »Danke«, stammelt sie, »danke, liebe... liebes Fräulein Steiff. Auch von meiner Mama soll ich schön grüßen...« Verlegen zupft sie an der Halskrause und schaut fragend zu Margarete.

»Die darf er behalten, der arme Petz, auf den Schrecken. Und jetzt musst du gut auf ihn aufpassen. Und halt dich von Hunden fern. Du darfst dir noch ein paar Gutsle bei der Malwine aus der Dose nehmen. Und dann geh heim.«

Marta knickst und lässt den Teddy mit beiden Pfoten winken. »Auf Wiedersehen, Fräulein Steiff! Und vielen, vielen Dank ...«

Margarete schließt die Tür hinter ihr und atmet tief durch.

Jetzt bin ich doch wirklich auf meine alten Tage noch zur Doktorin für Teddybären geworden. Wenn ich daran denke, wie das alles angefangen hat ... Eigentlich wollte ich doch nur ein Elefäntle für die Anna nähen.

⮞ 1879 ⮜

Elefäntle

Die letzten Stiche sind die schwierigsten. Das Tier hat seine endgültige Form gefunden. Straff spannt sich die Filzhaut über den Körper aus weicher Scherwolle, die sie durch eine kleine Öffnung am Rücken hineingeschoben hat. Aber schon quellen die ersten Fasern wieder hervor, und nur mit Mühe gelingt es Margarete, sie nach innen zu stopfen und gleichzeitig die Naht mit einer Reihe winziger Stiche zu schließen. Sie vernäht den Faden, drückt das Tier dann fest zusammen und sticht die Nadel zuletzt noch einmal quer hindurch, bis sie am Bauch zum Vorschein kommt. Dort schneidet sie den Fadenrest so knapp wie möglich ab. Als sie das Tier freigibt, dehnt sich der Bauch, so als müsse es einmal tief Luft holen. Dabei verschwindet das Ende des Fadens in dem prallen, kleinen Körper.

Sie stellt den Elefanten vor sich auf den Tisch. Er ruht auf seinen vier Filzfüßen, stemmt die vorderen Beine in Richtung Rüssel, während die hinteren in der Verlängerung des Rückens einen sanften Bogen bilden.

Margarete überlegt einen Moment, schließlich öffnet sie die Pappschachtel mit den kleinsten Porzellanknöpfen, die sie hat. Normalerweise verziert sie damit das Mieder eines Kleids oder eine Damenmanschette. Sie wählt zwei glänzende schwarze Knöpfchen aus und näht sie seitlich am Kopf fest, darunter bildet sich eine Delle, wie eine Augenhöhle. Jetzt schaut der Elefant sie an.

»Das wird was«, murmelt sie zufrieden. »Aber Stoßzähne musst du wohl auch noch haben.«

Ihr Finger gleitet suchend über die Anleitung in dem aufgeschlagenen Modejournal. Knöcherne Stricknadeln heißt es darin. Nun, davon hat sie zum Glück genug. Margarete schiebt den Rollstuhl vom Arbeitstisch zum Schrank. Da sie selbst nicht gerne strickt, muss sie mehrere Schubladen aufziehen, bis sie den Lederköcher mit den Stricknadeln ihrer Schwestern findet. Sie fischt eine heraus, bricht sie in zwei Teile und schiebt sie vorsichtig rechts und links neben dem Rüssel durch die Filzhaut, sodass die Spitzen nach vorne zeigen.

Mit schräg gelegtem Kopf schiebt sie den kleinen Elefanten ein wenig von sich fort und betrachtet ihn. Er scheint zu lächeln, und sie lächelt zurück. Er ist perfekt geworden. Gut, dass sie Filz genommen hat statt Futterbarchent, wie im Journal angegeben. Für ein Nadelkissen ist der griffige Wollfilz besser. Fast wirkt er sogar wie echte Elefantenhaut, obwohl sie den sahnefarbenen Ton gewählt hat, von dem sie gerade einiges übrig hat. Aber weiße Elefanten soll es ja auch geben, hat sie vor vielen Jahren in der Biologiestunde gelernt. Es war auch richtig, den Körper mit Scherwolle und Filzresten zu füllen, statt mit Werg. Deshalb ist der Elefant so weich und leicht, und es macht Freude, ihn in die Hand zu nehmen.

Eine hübsche Satteldecke will sie ihm noch auflegen, damit klar ist, wo man die Nadeln hineinstechen soll.

»Bist halt a Schwäbin«, sagt Margarete zu sich selbst, »kannst ja nicht anders. Alles muss zu was gut sein. Auch so ein kleiner, netter Kerl wie der hier.«

Sie nickt ihm zu: »Du darfst dich ruhig als Nadelkissen nützlich machen, Elefäntle.«

Das halbrunde Stück blauen Filz hat sie schon vorher zurechtgeschnitten und näht es jetzt rasch auf dem Rücken des Dickhäuters fest. Dann fällt ihr noch etwas ein: Sie könnte mit ein paar hellen Glasperlen ein Muster auf die Decke sticken, eine Blume oder ein Blatt. Oder einen Buchstaben... vielleicht sogar ein A und ein S für Anna Steiff. Dann bekäme das Geschenk für ihre Schwägerin eine persönliche Note. Vielleicht fertigt sie dem Tierchen noch eine stabile Unterlage aus Filz. Anna hat ein rundes, flaches Nähkörbchen, es könnte in der Mitte stehen und über die Nähseide wachen. Je länger sie darüber nachdenkt, desto besser gefällt ihr die Idee. Es ist ein hübsches und zugleich praktisches Geschenk.

»Gretle, noch bei der Arbeit?« Ihr Bruder Fritz klopft an die Tür und öffnet sie im selben Moment.

»Herein«, ruft Margarete vorwurfsvoll.

Fritz grinst reumütig und deutet auf seinen dreijährigen Sohn. »Er war's. Er hat die Tür geöffnet, ohne die Antwort abzuwarten, stimmt's?« Paul antwortet nicht, sondern rennt zu seiner Tante und will auf ihren Schoß klettern.

»Nein, Paul, jetzt nicht, zuerst muss ich die Nadeln wegräumen, damit du dich nicht pikst. Hast du überhaupt saubere Hände?«

Der Junge drückt sich einen Moment fest an sie, dann rückt er ab und hält ihr seine Handflächen hin. Mit gespielt strenger Miene inspiziert sie die Hände und dreht sie um.

»Ich helf dir, Tante Gretle.«

»Das ist aber nett! Du darfst die Filzreste auf dem Tisch zusammenlegen, sortiere sie nach Farben und mach ordentliche Stapel.«

»Es hat schon sechs geschlagen. Und übrigens ist heute Sonntag.« Fritz schaut sich um und registriert die versandfertigen Pakete in der Ecke. »Da hast du mal wieder viel geschafft. Morgen bring ich die Sachen zur Bahn. Ist das alles für Sigle?« Die Firma Sigle en gros aus Stuttgart verkauft seit zwei Jahren Margaretes Filzwaren. Unterröcke, Sofakissen, Bettwandtaschen und andere »unnütze« Dinge, wie Fritz gerne sagt. »Immerhin bezahlen die Leute gutes Geld dafür«, kontert seine Schwester dann, »so ganz unnütz sind sie also nicht.«

Jetzt blickt sie mit Stolz auf die Stapel. »Ja, das meiste ist für Sigle. Aber es sind noch Pakete für ein paar private Kundinnen in Stuttgart und Ulm dabei. Die könntest du morgen auch aufgeben. Alles ist bereits fertig adressiert. Katharina ist vor einer Stunde erst nach Hause gegangen.«

»Wie lieb, dass sie dir auch bei den Päckle hilft. Es war

eine gute Entscheidung, die Katharina Schnapper einzustellen. Aber hast du etwa den ganzen Sonntag in der Werkstatt geschafft?« Fritz hockt sich neben die Schwester und streicht ihr eine Strähne aus dem Gesicht. »Ganz unordentlich siehst du aus, so dulden wir dich nicht beim Abendessen mit den Großeltern heute Abend, oder was meinst du?« Er dreht sich zu seinem ältesten Sohn um. »Paul?« Der Junge reagiert nicht. Er hat die Filzreste aufgeräumt und steht schon an der Tür, aber sein Blick fixiert den Elefanten. Er starrt ihn an, dann die Tante, dann wieder das Tier.

Margarete hebt den Elefanten hoch.

»Schau mal, was ich hier habe.«

Paul kommt langsam zurück. Konzentriert richtet er den Blick auf das Tier und merkt nicht, dass er dabei auf ein Stück Filz tritt, das auf dem Boden liegt.

»Was ist das, Tante?«

»Siehst du doch, ein Elefäntle.«

»Was ist ein Elefäntle?«

»Dummer Kerl, ein großes Tier aus Afrika«, sagt sein Vater und lacht. »Ich habe dir einen aufgemalt, als du wissen wolltest, wer das stärkste Tier auf der Welt ist. Hast du das schon vergessen?«

Paul steht jetzt vor Margarete. Sie wackelt mit dem Elefanten hin und her, aber er greift nicht danach.

»Beißt der?«

»Nein, Paul, der beißt nicht. Der soll die Nadeln für deine Mama aufbewahren, damit sie nicht lange danach suchen muss.«

»Aber die spitzen Dinger…«

»Das sind Stoßzähne. Damit kann der Elefant seine Freunde vor bösen Feinden beschützen.«

»Mich auch?«

»Sicher.«

Paul nimmt den Elefanten vorsichtig in die Hand und schaut ihn an. Dann hält er ihn vor sein Gesicht, als wolle er Zwiesprache mit ihm halten.

Leise sagt der Junge: »Ich heiße Paul, und wie heißt du?«

Margarete will dem Jungen gerade vorschlagen, sich einen Namen auszudenken, da spricht Paul weiter.

»So? Elefäntle heißt du! Willst du mein Freund sein?« Er hält sich den Rüssel ans Ohr und lauscht. Strahlend verkündet er: »Elefäntle sagt, er will mit mir spielen. Tante Gretle, darf ich ihn behalten?«

Paul wartet die Antwort nicht ab und läuft aus dem Zimmer. Sie hören ihn auf der Treppe rufen: »Komm, ich nehm dich mit zu den Großeltern, das wird dir gefallen…«

Fritz beobachtet seine Schwester. Sie hat einen seltsamen Gesichtsausdruck, als sei sie überrascht und zufrieden zugleich.

»Was hast du mit meinem Sohn gemacht?«

Sie hebt die Schultern. »Frag das Elefäntle.«

»Soll das etwa ein neues Produkt sein? Willst du jetzt auch noch Elefäntle nähen?«

»Aber nein, das ist nur ein Nadelkissen für Anna. Zum Geburtstag. Ich hab den Schnitt im Journal entdeckt und wollte es einmal ausprobieren. Ich finde es hübsch. Aber das ist nichts zum Verkaufen.«

»Denk ich auch. Wer bezahlt schon Geld für so was.«

In den nächsten Tagen näht Margarete aber doch noch drei weitere Filzelefanten und versteckt zwei davon in dem Korb, den sie am Adventssonntag zu ihrem Cousin Hans Hähnle und seiner Frau Lina mitnimmt. Die beiden wohnen mit ihren Kindern ebenfalls in Giengen, nur ein paar Straßen von der Ledergasse entfernt, wo Margarete noch immer bei den Eltern lebt, obwohl sie schon zweiunddreißig Jahre alt ist. Hähnles haben ein schönes Haus an der Marktstraße, das Fritz für sie gebaut hat. Fritz Steiff ist Werkmeister wie sein Vater.

Hans Hähnle hingegen, Sohn des reichen Klingelmüllers, besitzt den Ehrgeiz und Spürsinn eines Unternehmers. Schon vor zwanzig Jahren hat er die Woll-Filz-Manufaktur von Giengen gegründet. Damals war er so jung, dass er sich vorzeitig für volljährig hatte erklären lassen müssen, um das Geschäft überhaupt tätigen zu dürfen. Die ersten Jahre waren hart, und manchmal sah es so aus, als würde das ganze Unternehmen scheitern. Doch Filz wurde mit der Zeit immer beliebter, und Hans hat bereits Filzfabriken in Süddeutschland und Österreich angekauft. Er träumt davon, alle seine Unternehmen zu den »Vereinten Filzfabriken« zu fusionieren.

Bei den Hähnles gibt es heute Suppe, Spätzle und Maronenkuchen für die Erwachsenen, die Kinder haben zuvor in der Küche ihr Abendbrot bekommen. Fine, das junge Mädchen, das im Haushalt hilft, trägt nach dem Essen das Geschirr ab und legt ein festes Filztuch über den Tisch. Fritz Steiff, der seine Schwester zu den Verwandten gebracht hat und zum Essen geblieben ist, nimmt Margaretes Zither aus dem Korb, wickelt sie aus dem karierten Küchentuch, legt sie vor der Schwester ab und zieht vorsichtig das Stück Samt weg, das die Saiten schützt. Die Hähnles haben Margarete gebeten, das Adventssingen zu begleiten, eine Tradition, die Lina Hähnle aus ihrer Heimat in Sulz am Neckar mitgebracht und die ihr Mann liebgewonnen hat. Außerdem kann er ihr nur selten einen Gefallen abschlagen und will, dass in Giengen alles so ist, wie sie es sich wünscht. Als die Söhne Eugen und Otto hereinkommen, stürzen sie sich auf Margarete und wollen mit ihr spielen, aber Hans Hähnle befiehlt ihnen, sich auf die Bank vor dem Kachelofen zu setzen. Er und Fritz tragen die Krippe, die tagsüber in der Ecke auf einer Holzkiste steht, in die Mitte des Zimmers, und Eugen, mit sechs Jahren der Ältere, darf die Adventskerzen anzünden, streng beobachtet vom vierjährigen Otto, der sich danach sehnt, diese wichtige Aufgabe eines Tages übernehmen zu dürfen. Der Kerzenschein taucht die Szene vor dem Stall in warmes Licht. Margarete freut sich über die Umhänge der Hirten, die sie vor Jahren selbst genäht hat. An manchen Stellen blitzt unter dem Saum eine goldene Borte hervor. In ein paar Wochen werden drei der fünf Hirten ihre derben Leinenkleider ablegen und sich in die Heiligen Drei Könige verwandeln. Auf diese Weise spart man sich weitere Holzfiguren, und es reicht, wenn zwei Hirten an der Krippe stehen. Auch die königlichen Gewänder stammen aus Margaretes Werkstatt. Hoffentlich haben sie sich über den Sommer gut gehalten und keine Mottenlöcher bekommen. Lina ist keine perfekte Hausfrau und könnte durchaus vergessen haben, Mottenkugeln zwischen die Gewänder ihrer Krippenfiguren zu legen. Wenn man sie so anschaut, wie sie zärtlich ihr jüngstes Kind im Arm hält, den wenige Monate alten Hermann, dann wird Margarete einmal mehr klar, dass Lina für solche Dinge nicht den Kopf hat. Die junge Mutter hat sich mit dem Säugling in eine Ecke des Zimmers zurückgezogen. Von dort ermahnt sie die beiden anderen mit sanfter Stimme, nicht herumzuzappeln und leise zu sein. Die Jungen schaukeln im Schneidersitz auf der Ofenbank und schauen erwartungsvoll zu Margarete.

Sie schiebt sich den Zitherring über den rechten Daumen und beginnt mit dem ersten Lied, »Wir sagen euch an den lieben Advent«. Auf die Noten braucht sie nicht zu schauen, stattdessen beobachtet sie die vertrauten Gesichter ihrer Verwandten, die mit geschlossenen Augen die Musik genießen oder mit versonnenem Blick die Krippenszene betrachten.

Margarete entspannt die Schultern und spürt, wie leicht es ihr heute fällt, die Finger der linken Hand fest auf die Saiten zu legen, während die rechte die Saiten zupft. Jedes Mal, wenn sie den hellen, freundlichen Klang ihres Instruments hört, denkt sie, dass es ein Wunder ist: Ausgerechnet sie hat als Einzige von vier Geschwistern ein Instrument gelernt. Ausgerechnet die »lahme Gret«, die seit ihrer Kindheit nicht laufen kann und die im rechten Arm nur wenig Kraft besitzt, hatte es sich mit vierzehn Jahren in den Kopf gesetzt, Unterricht im Zitherspiel zu erhalten.

»Was kommt als Nächstes«, hatte ihre Mutter damals gefragt, als sie vom Herzenswunsch der Tochter erfuhr, »Seiltanzen? Sollen wir die Kreuzer nicht gleich aus dem Fenster werfen? Dann könnte der blinde Hugo sie finden und sich dafür eine warme Decke kaufen.«

Das tat weh, aber Margarete war zu diesem Zeitpunkt bereits geübt darin, solche Bemerkungen an sich abprallen zu lassen. Außer ihr selbst litt niemand so sehr unter ihrer Schwäche wie die Mutter, das wusste sie sehr gut. Maria Steiff sagte solche Dinge, um sich Luft zu machen. Das Gute daran war: Es bereitete Margarete auf das vor, was Nachbarn und Bekannte ihr im Laufe der Jahre sagen würden, direkt ins Gesicht oder auch hinter ihrem Rücken. Es war wie eine Impfung, sie konnte sich wappnen, indem sie lernte, eine hässliche Bemerkung zu übergehen und weiter auf ihr Ziel zuzusteuern.

»Lass mich doch, Mutter, man kann nie genug lernen, und wer weiß, wozu es mir einmal nützen kann. Du beklagst dich, wenn ich herumsitze, ohne etwas zu tun, aber ich kann doch nicht immer und immer häkeln oder nähen. Ich muss doch auch mal etwas Schönes für mich machen. Und seitdem die Schwestern aus dem Haus sind, habe ich so viel weniger Freude. Warum darf ich dann nicht das Zitherspielen lernen? Heißt es nicht ›Müßiggang ist aller Laster Anfang‹? Dann lass mich etwas Schönes lernen, selbst wenn ich gerade mal nichts Ordentliches schaffe.«

Dagegen hatte die Mutter nicht viel sagen können, trotzdem war sie weiterhin nicht einverstanden. Es war der Vater, der die Sache schließlich in seiner ruhigen Art entschied.

»Soll sie es probieren. Der Sautter schuldet mir noch Geld. Die erste Rate kann er mit ein paar Unterrichtsstunden für das Gretle abarbeiten.«

Herr Sautter leitete die Städtische Musikschule von Giengen, eine Institution, die der erfolgreiche Kammersänger Johann Melchior Hähnle seiner Heimatstadt gestiftet hatte. Es war die erste Einrichtung in Deutschland, die kostenlosen Musikunterricht erteilte, allerdings waren Mädchen nicht zugelassen. Steiff traf also eine Abmachung mit Sautter: Er kam zum Unterricht in die Ledergasse, aber weil die Mutter die beiden nicht in Ruhe arbeiten ließ, holte der Lehrer das Mädchen bald nur noch ab, um den Unterricht in seinem eigenen Haus abzuhalten. Es war ein hartes Stück Arbeit, bis sie so weit gekommen war, dass sie sich traute, vor anderen zu spielen und Lieder zu begleiten. Tag für Tag, Woche um Woche hatte sie geübt und war manchmal so verzweifelt gewesen, dass sie überlegte, das Vorhaben aufzugeben. Die Saiten mit der linken Hand zu greifen lernte sie schnell, aber das Zupfen mit der rechten fiel ihr schwer. Meist fing der rechte Arm nach kurzer Zeit an zu zittern, und sie bekam Krämpfe, die bis in die Schulter zogen. Aber weil es so schwierig gewesen war, die Erlaubnis der Mutter zu erhalten, wollte Margarete nicht zu schnell aufgeben.

Hilfe kam von unerwarteter Seite. Tante Ursche, die Schwester ihrer Mutter, beherrschte das Spiel auf der Zither schon lange. Zuerst war sie beleidigt, dass sie nicht mehr die Einzige in der Familie sein sollte, die aufspielen konnte. Doch als sie sah, wie Margarete sich abmühte und ihr vor Anstrengung die Schweißperlen auf die Stirn traten, verspürte sie Mitleid und übte mit ihr. Von Ursche lernte Margarete ein paar einfache Weisen, mit denen sie aber große Wirkung erzielte. Und als beide einmal zusammen musizierten, war niemand stolzer auf Margarete als ihre Mutter.

Es sprach sich bald herum, dass die »lahme Gret« Musik machen konnte, und daraufhin wurde sie noch öfter eingeladen als zuvor. Bei Gleichaltrigen war Margarete ohnehin beliebt, weil sie lustig war und schön erzählen konnte. Man vergisst leicht, dass man eigentlich Mitleid mit ihr haben müsste, dachte sich manch einer in Giengen, weil die jüngste Steiff-Tochter selbstbewusst war und nie jammerte. Man nannte sie ein tapferes Mädle. Und nun musste sie zu ihren Besuchen auch immer das Instrument mitbringen. Nach ein paar Jahren war sie sogar gut genug, um selbst Anfänger zu unterrichten. Die ersten Kreuzer, mit Zither-Stunden verdiente, erfüllten Margarete mit einer tiefen Zufriedenheit. Sie konnte es sich jetzt sogar leisten, neue Stücke in ihr Notenbuch schreiben zu lassen. Es füllte sich schnell mit Kirchenliedern, Tanzweisen, Märschen, Küchenliedern und Ländlern.

Nach dem ersten Lied beginnen Eugen und Otto auf der Bank hin und her zu rutschen und sich zu boxen.

»Still sitzen«, befiehlt Margarete, »sonst spiele ich nicht weiter. Wenn ihr brav seid, habe ich nachher noch eine Überraschung für euch.«

Sie lässt sich Zeit mit dem Vorspiel für das nächste Lied und gibt mit dem Kopf ein Zeichen, als alle in die erste Strophe einfallen sollen.

Während sie spielt, wandert ihr Blick durch die Stube. In den Fenstern zum Garten steht jeweils ein Teller mit einem Apfel, in den Lina eine Kerze gesteckt hat. Vor jedem Teller liegt ein Tannenzweig mit roter Schleife. Mehr Dekoration gibt es nicht. Lina Hähnles Geschmack unterscheidet sich komplett von dem aller anderen Frauen in Giengen. »Ich bekomme keine Luft, wenn auf jedem Tisch und jeder Kommode etwas steht, auch wenn es hübsch ist«, hatte sie Margarete einmal anvertraut, »ich brauche Platz, eigentlich ist mir dieses Haus schon zu eng.«

Bei Hähnles hängen keine Troddeln oder Quasten an den Sofas, es gibt keine Zeitungshalter aus Filz, keine Körbchen und Spitzendeckchen. Für Lina sind das alles Staubfänger. Damit hat sie zwar nicht unrecht, denkt Margarete, aber nicht nur sie selbst lebt ja von solchen Artikeln, die das Haus verschönern. Auch die Filzfabrik von Linas Mann verlässt sich darauf, dass die Menschen immer mehr Dinge anschaffen, selbst wenn es zum Teil nutzloses Zeug ist. Außerdem erwartet man doch bei wohlhabenden Leuten wie Hähnles ein paar Nipptischchen mit Kerzenleuchtern und versilberten Dosen oder kleinen Figürchen. Stattdessen findet man nur Stiche von Waldvögeln an den Wänden, und die einfarbigen Vorhänge musste Margarete nach Linas eigenen Entwürfen mit Schmetterlingen und exotischen Vögeln besticken.

Lina ist für ein großes Haus bestimmt, denkt Margarete oft, für eine Villa, wie ihre Freundin Mina sie in Stuttgart führt, mit Dienstboten und vornehmen Gästen, mit Diners und Bällen. Vielleicht kommt das ja eines Tages noch, wenn Hans seinen Traum wahr macht und die Filzwerke noch weiter vergrößert. Es ist etwas Sonderbares an Lina. Sie liebt ihre Kinder, aber sie sucht sich ständig Aufgaben außerhalb des Hauses. So kümmert sie sich um die Familien der Arbeiter aus der Filzfabrik, besucht Kranke und Familien, die in Not sind, sogar diejenigen, die ihr Mann entlassen hat. Es kommt ihr vor, als könne Lina kein Elend in ihrer Nähe ertragen. Das ist ein schöner Zug von ihr, denkt Margarete, als sie sieht, wie liebevoll Lina ihren Säugling anschaut und seine kleinen Hände küsst. Aber sie kann die Dinge auf Erden nicht verändern, alles bleibt doch so, wie Gott es eingerichtet hat.

Doch sie hütet sich, die Frau ihres Cousins zu kritisieren. Zum einen, weil sie sie sehr gern hat. Zum anderen, weil sie schließlich selbst eine Frau ist, die immer wieder die Grenzen, die man ihr gesetzt hat, überschreitet.

Wenn es nach den Vorstellungen des Pfarrers gegangen wäre, der sie konfirmiert hatte, müsste sie immer noch als Lohnnäherin in Giengener Familien arbeiten, wie sie es bis vor zwei Jahren tat. Noch schlimmer war die Aussicht, in einer Anstalt zu leben, wo sie den ganzen Tag Bettzeug für Kranken- oder Armenhäuser nähen, Kerzendochte zwirbeln oder andere stumpfsinnige Dinge tun würde. Lina hat ihr erzählt, dass die Frauen in solchen Häusern wie Gefangene untergebracht sind und auch kein eigenes Geld haben. Sie schlafen in großen Sälen und haben keinen Platz, der ihnen allein gehört, außer dem schmalen Bett und einem kleinen abschließbaren Kasten für persönliche Dinge. Menschen, die nicht für sich sorgen können, landen in solchen Heimen.

Stattdessen hat Margarete eine Werkstatt aufgemacht und vor zwei Jahren sogar ein eigenes Filzgeschäft gegründet. Sie ist eine selbstständige Geschäftsfrau, keine Abhängige. Die Firma Sigle in Stuttgart kauft alles, was sie ihnen schickt, und bietet es in ihrem Kaufhaus und in einem Katalog an. Trotzdem darf Margarete nebenher noch so viel private Kundschaft beliefern, wie sie will. Den Filz bezieht sie von Cousin Hans Hähnle, daher hat sie immer die beste Qualität in allen Farben und Stärken. Fritz und Hans haben sie gut beraten. Ich kann mich glücklich schätzen, meine Familie und meine Freunde wie eine Festung um mich zu haben, denkt sie, und ihr wird dabei warm ums Herz. Nein, sie muss nicht fürchten, in eine Anstalt abgeschoben zu werden.

Mit der Gründung des Filzgeschäfts hat Margarete

sich auch zu ein paar anderen Entscheidungen durchgerungen. Während sie mit abwesendem Lächeln den Applaus ihrer Zuhörer entgegennimmt und eine neue Seite in ihrem Notenbuch aufschlägt – jetzt ist ihr mehr nach einem fröhlichen Winterlied zumute –, denkt sie daran, wie ihre Mutter sie ungläubig angestarrt hatte, als sie hörte, Margarete würde Katharina Schnapper als Näherin einstellen. Außerdem hatte sie im selben Jahr eine Magd in Dienst genommen, die ihr als Wärterin bei der täglichen Körperpflege und anderen Dingen des Alltags zur Hand gehen sollte. Seitdem ist sie nicht mehr auf die Hilfe der Mutter angewiesen. Jeden Tag gratuliert sich Margarete dazu, der mütterlichen Bevormundung und Aufopferung entronnen zu sein, war diese doch mit Nörgelei, lauten Seufzern und mal stummen, mal deutlich geäußerten Vorwürfen verbunden.

Worüber die Giengener sich damals jedoch richtig aufgeregt hatten, war weder die Wärterin noch die Näherin, sondern die Holzrampe, die sie an der Gartenseite ihres Elternhauses bauen ließ. Noch bevor das Holz vollständig vom Wagen abgeladen war, kamen die Nachbarn zum großen Palaver zusammen, denn bei den Steiffs gab's endlich mal was zu sehen. Eine dreißig Meter lange Rampe mit Kehre, die es Margarete möglich macht, selbstständig oder zumindest sitzend im Rollstuhl das Haus verlassen und wieder betreten zu können. Nie wieder wollte sie sich huckepack aus der eigenen Stube tragen lassen, hatte sie sich geschworen. Manche hielten sie für übergeschnappt.

Nein, Margarete ist die Letzte, die Lina Hähnle dafür kritisieren würde, dass die ihren eigenen Kopf hat. Die Freundin träumt von einem Haus am Fuß des Schießbergs, dort will sie am liebsten auch ein Stück Wald haben und es den Tieren und Pflanzen schenken. Der Mensch soll sich dort einfach, wie sie es nennt, »heraushalten«.

»Aber Lina«, sagte Margarete verwundert, als sie von dem Plan hörte, »der Wald und der Mensch – das ist doch eine Freundschaft. Wir sind auf Holz und Reisig angewiesen, und der Wald freut sich, wenn wir ihn besuchen. Wer hört denn die Vögel singen, wenn wir nicht dort spazieren?«

»Unsinn«, entgegnete Lina, »der Wald braucht uns nicht. Glaubst du denn, die Vögel singen für uns? Sie singen füreinander. Wenn Hans mir eines Tages ein Stück Wald schenkt, werde ich es umzäunen und niemanden hineinlassen. Es wird sein wie im Paradies. Von dort sind die Menschen auch verstoßen worden.«

In Margaretes Ohren klang das seltsam, aber sie widersprach nicht. Lina ist zweifellos sehr klug. Sie liest wissenschaftliche Journale und dicke, schwierige Bücher, und am Ende würde sie wohl noch studieren wollen, denkt Margarete manchmal, aber vielleicht würde sie es nicht so weit treiben. Und überhaupt ist den Frauen das ja gar nicht erlaubt.

Als Margarete nach dem nächsten Lied ihr rechtes Handgelenk massiert, wissen Eugen und Otto, dass die Tante eine Pause macht. Jetzt hält es sie nicht mehr auf der Ofenbank, sie stürzen zu ihr und fragen nach der Überraschung. Margarete greift mit geheimnisvoller Miene unter das Tuch im Korb, zieht die Hand aber nicht heraus. »Was glaubt ihr denn, wer sich hier versteckt hat?« Die Kinder lachen voller Vorfreude, ihre Wangen sind von der Wärme des Ofens und der Kerzen gerötet. Doch dann verzieht Otto sein Gesicht, als wolle er gleich anfangen zu heulen, also lässt Margarete ihn nicht länger warten. Sie holt die beiden Filzelefanten hervor. Ihre Satteldecken sind grün und dunkelblau.

Vier Kinderhände strecken sich ihr entgegen und schauen überrascht auf die weichen Tiere mit den freundlichen Augen. Die Jungs stammeln einen Dank und setzen sich – die Rücken zu den Erwachsenen gewendet – vor den Ofen, um ihre Beute zu betrachten und die Größe der beiden Tiere zu vergleichen. Dann krabbeln sie mit den Elefäntle, die sie über den Boden laufen lassen, zu den Eltern, um sie ihnen vorzuführen. Margarete hört die begeisterten Rufe und behält die Jungen im Auge. Eugen tastet über die spitzen Stoßzähne und beginnt dann, einen unsichtbaren Feind zu bedrohen und den Elefanten mit großem Getöse gegen ein Stuhlbein anrennen zu lassen. Gott sei Dank hält das Spielzeug das aus. Schließlich galoppiert Eugen mit Gejohle hinter das Sofa, um sich vor dem Gegner zu verstecken. Margarete dreht sich nach Otto um. Der Vierjährige drückt seine Nase an das Spieltier. Dann küsst er das Elefäntchen ab, von den großen Ohren bis zu den Füßen. Als er dem Tier etwas zuflüstert, ist Margarete wie gebannt. Fritz, der sie gerade in diesem Moment etwas fragt, erhält als Antwort nur eine abwehrende Bewegung. »Warte«, sagt sie leise und wendet den Blick nicht von dem Jungen ab. Etwas an der Art, wie er das Elefäntle liebkost, wühlt sie auf. Ihr Herz klopft wild, so wie sie es auch bei bestimmten Liedern in der Kirche fühlt. Sei nicht so gefühlig, Margarete, schilt sie sich und zwingt sich, nicht mehr zu den Kindern zu sehen und sich an dem Gespräch der Erwachsenen zu beteiligen. Es geht mal wieder um neue Methoden in der Filzproduktion, aber sie ist nicht bei der Sache und schaut doch wieder zu den Jungen hinüber. Die beiden spielen friedlich und lassen die Tiere jetzt auch miteinander sprechen. Eugens Elefäntle erklärt dem von Otto, wo sie heute schlafen werden.

Als Lina sich zu ihr setzt, greift sie nach Margaretes Hand. »Deine Elefäntle, die sind schön. Die haben irgendwas … ich weiß nur nicht was.«

Margarete zögert. Dann sagt sie mehr zu sich selbst als zur Freundin: »Ich weiß es auch nicht so genau. Nur ist es wohl so: Sobald ein Kind das Tier in die Hand nimmt, wird es lebendig.«

Zurück in der Ledergasse sitzt Margarete noch eine Weile in der Werkstatt und blickt vom Erkerfenster, das der Vater eigens für sie eingebaut hat, auf die dunkle Straße. Sie schiebt den Rollstuhl zum Arbeitstisch und holt das letzte Elefäntle heraus, das ihr noch geblieben ist. Vorsichtig, als könne sie dem Tier wehtun, drückt sie es an

ihr Gesicht, so wie Otto es gemacht hat. Es riecht nach
Wolle, und winzige Fasern kitzeln sie an der Nase. Obwohl sie sich lächerlich dabei vorkommt, hält sie es sich
ans Ohr, aber das Elefäntle spricht nicht zu ihr. Sie stellt
es zurück auf den Tisch und streicht ihm über den glatten Rücken. Hat es ihr da gerade zugezwinkert? Laut
fragt sie: »Was ist dein Geheimnis, Elefäntle? Ich sollte es
doch erfahren dürfen, ich hab dich doch genäht. Die Idee
mit dem Nadelkissen scheint dir nicht so zu gefallen. Du
willst lieber ein Spieltier sein, hab ich recht?« Sie stupst
es zart mit der Fingerspitze an und wartet einen Moment.
»Die Kinder schließen dich sofort ins Herz«, erklärt sie
dem Elefäntle. »Warum? Weil du so hübsch bist? So
weich? Oder weil du einen so freundlich anschaust?«

Sie stützt die Ellenbogen auf den Tisch und legt das
Kinn auf die Hände. Nun starrt sie das Elefäntle von
oben an. Man kann doch nichts von ihm lernen, überlegt sie, ein Filztier bietet keine sinnvolle Beschäftigung,
wie es Puppen tun oder Zinnsoldaten. »Leider bist du
unnütz«, sagt sie bedauernd, »du bist nur ein kleiner Elefant. Weich und lieb bist du ja. Und du kannst zuhören.
Mehr aber nicht.«

Der Schein der Petroleumlampe spiegelt sich in den
schwarzen Porzellanknopfaugen, und wieder sieht es so
aus, als zwinkere das kleine Tier.

Muss alles einen Nutzen haben?, scheint es zu fragen.
Kann ich nicht einfach nur das sein, was du gerade nicht
begreifen willst? Die Kinder haben es sofort erkannt. Ich
bin ihr Freund.

Margarete merkt, dass ihre Augen feucht werden, und sie tupft die Tränen mit dem Elefäntle weg. Wie gerne würde sie dafür sorgen, dass jedes Kind auf der Welt einen Freund haben könnte, der immer da ist und dem man alles sagen möchte, was man auf dem Herzen hat. Einen Freund, den man einfach nur liebhaben kann.

»Aber das ist unmöglich«, sagt sie traurig, »so viele Elefäntle kann ich ja gar nicht nähen.«

⇒ 1849 ⇐

Das Kind kann nicht laufen

Maria Steiff ist mit den Nerven am Ende. Jetzt brüllt der Fritz schon wieder in seinem Körbchen, das zweijährige Gretle sitzt oben in der Stube ganz allein auf einem Kissen unterm Tisch, das Essen für die Großen und ihren Mann ist noch nicht fertig, und ihr ist seit heute morgen so übel, als wäre sie wieder guter Hoffnung. Zu allem Überfluss klopft es jetzt auch noch an der Tür. Vielleicht ist es die Eier-Enni. Maria fällt ein, dass sie dringend Eier kaufen muss, denn die Hühner ihrer Mutter legen zurzeit schlecht, und vielleicht hat die Enni auch die guten Kräuter wieder im Sack, mit denen sie Tee für das Gretle kochen kann.

»Ja! Ich komm sofort!« Sie rührt schnell den Brei einmal um, er steht schon auf dem Tisch und muss nur noch abkühlen, aber auf die Suppe muss sie aufpassen, die darf nicht überkochen. Feuchter Küchendampf legt sich auf Arme und Nacken, und als der Fritz noch lauter jammert, schießt ihr die Milch ein. Sie greift sich den Säugling und zerrt hektisch die Schleife am Mieder auf, um ihm die Brust zu geben. Erschöpft sinkt sie auf einen Schemel. »Jetzt wart halt!«, ruft sie wütend, als es erneut klopft, worauf Fritz vor Schreck die tränennassen Augen aufreißt und gleich wieder anfangen will zu weinen, aber dann lässt er es doch und trinkt gierig. Maria fährt dem Kind über die verschwitzte Stirn. Es ist einfach alles zu viel. Die vier Kinder, das Haus mit dem großen Gemüsegarten, dazu die Buchhaltung für das Baugeschäft ihres Mannes, am Abend noch flicken, waschen und kochen, das kann doch niemand schaffen. Sanft packt sie den Fritz und legt ihn sich über die Schulter, schiebt die Suppe vom Feuer und geht zur Tür. Es ist nicht die Eier-Enni, sondern Ursche, ihre Schwester.

»Du kommst gerade recht, kannst du mir helfen?«

»Ich muss gleich wieder heim, wollte dir nur schnell etwas zeigen.« Ursche führt als unverheiratete Tochter den Haushalt der Eltern und verdient sich durch Näharbeiten einiges dazu. Einmal im Jahr geht sie zu Fuß von Giengen nach Ulm, wo sie bei ihren Freundinnen neue Techniken lernt. Manchmal schicken diese ihr auch Anleitungen, die sie aus Modejournalen ausgeschnitten haben. Ursche schreibt sie sorgfältig ab und sendet sie anschließend zurück. Nie würde sie auf die Idee kommen, selbst ein Journal zu abonnieren, dafür ist sie zu sparsam.

Maria Steiff setzt sich wieder auf den Küchenhocker und gibt Fritz die andere Brust. Ursche schlüpft neben sie auf die Küchenbank und breitet ein mehrfach gefaltetes Papier auf dem Tisch aus. Ob das Gretle oben in der Stube auch brav ist?, überlegt Maria Steiff kurz. Aber was kann das Kind schon anderes machen, als brav sein mit den lahmen Beinen? Also lässt sie sich von der Ursche zeigen, wie man Manschetten mit Häkelspitze verschönern kann.

Margarete sitzt oben in der Stube auf einem alten grünen Kissen, das die Mutter mit weichen Stoffresten statt mit Stroh gestopft hat. »Damit das Kind einen Platz hat, auf dem es auch bleiben möcht«, hatte sie ihrem Mann erklärt, »ich kann ja nicht immer neben ihm stehen.«

Das Sonnenlicht fällt schräg durch das kleine Fenster und malt ein helles Rechteck auf den Dielenboden. Margarete streckt die Hand danach aus und lässt dabei das geknotete Taschentuch fallen, auf dem sie in der letzten halben Stunde herumgekaut hat.

Dass die Mutter sie nur kurz abgesetzt hat, um den Brei zu kochen, hat sie mit ihren zwei Jahren noch nicht verstanden. Ungeduldig wartet sie auf deren Rückkehr. Als es unten scheppert und die Mutter etwas ruft, horcht sie auf. Unwillkürlich schiebt Margarete ihre Hand zum Mund, aber das tröstende Tuch ist nicht mehr da, und sie blickt sich suchend um. Ihr Blick fällt auf den hellen Fleck. Sie beugt sich in seine Richtung und kippt dabei zur Seite. Geschickt dreht sie sich auf den Bauch und robbt über die Dielen. Als sie ihr Ziel erreicht, legt sie die linke Hand auf das leuchtende Viereck, aber sie kann den Lichtstrahl nicht in die Hand nehmen.

»Mama?« Margarete lauscht, aber es kommt keine Antwort. Sie schiebt sich weiter über den Boden und steuert in die Richtung, aus der das Klappern nach oben dringt. Die Tür steht offen, doch die Schwelle hält sie auf. Nur mit großer Anstrengung schafft sie die Hürde und liegt kurz darauf im oberen Flur. Der Geruch des Holzofens schlägt ihr entgegen, vermischt mit würziger Suppe und den Kamillesträußen, die im Flur zum Trocknen hängen. Margarete hat noch keinen Namen für diese Düfte, sie folgt weiter den Geräuschen. Wieder hört sie die Stimme der Mutter, und die Sehnsucht treibt sie an. Mit ganzer Kraft zieht sie sich über den Boden. Als ihr Oberkörper mit Schwung über die oberste Treppenstufe gleitet, stürzt sie ab, schlägt mit dem Kopf auf, mit den Ellenbogen, den Knien, und noch einmal trifft es ihren Kopf. Verkeilt und verdreht bleibt sie auf halber Treppe liegen. Sie ist so überrascht, dass sie einen Moment lang mit großen Augen ins Dunkle starrt, bevor sie den Schmerz spürt und zu schreien beginnt.

»Gretle, um Himmels willen! Du sollst doch oben bleiben. All das Blut, das Blut!« Die Mutter hebt sie hoch, drückt sie an sich, greift sich ein Tuch und presst es auf die aufgeschlagene Lippe, pustet dem Kind ins Gesicht, befiehlt Ursche, sich um Fritz zu kümmern.

Später liegt Margarete im Bett, rechts und links sitzen die Schwestern Marie und Pauline. Sie tupfen liebevoll die verbeulte Stirn, die Nase und die gequollene Lippe mit einem nassen Stofffetzen ab, halten die kleinen feuchten Hände fest, streicheln Margaretes Wangen.

»Das Gretle hat so einen Dickschädel, das hat sich nicht mal was gebrochen, als es die Treppe hinuntergepurzelt ist«, heißt es von dem Tag an in der Familie Steiff.

Jedes Mal, wenn sie in den nächsten Wochen durch die Stube robbt, wird ihr die Tür vor der Nase zugeschlagen. »Nein, Gretle, du nicht. Du bleibst schön, wo du bist.« Diesen Satz hört sie so oft, dass sie eine Zeit lang glaubt, ihr Name sei »Neingretledunicht«. Doch ihr Drang, sich von dem Platz, an den man sie setzt, wegzubewegen, wird immer stärker. Es ist wie ein Reflex, und sie krabbelt sofort los.

Mit vier Jahren weiß sie: Türen sind Feinde und Menschen potenzielle Verbündete, denn sie können Margarete tragen, von hier nach da, vor allem aus dem Haus heraus, auf die Gasse oder auf die Wiesen und Hänge rund um Giengen. Margarete will dort sein, wo die anderen sind. Sich still an einem Ort, auf einem Kissen beschäftigen zu müssen, während die Geschwister draußen toben, ist für sie die schlimmste Strafe. Erst viel später wird ihr klar, wie viel Mühe sie der Mutter gemacht hatte, weil sie jahrelang gegen jede geschlossene Tür kämpfte. Da sie es nicht mit Armen und Beinen tun konnte, stemmte sie sich mit Worten dagegen, mit Entschlossenheit und mit endlosen Diskussionen, die ihre Mutter erschöpften und wütend machten.

Margarete erinnert sich als Erwachsene nicht mehr an die Krankheit, die der Lähmung vorausgegangen ist. All das hatte man ihr aber so oft erzählt, dass sie es wie eine Bildergeschichte vor sich sieht.

Mit eineinhalb Jahren hatte sie alleine stehen können und wagte die ersten Schritte an der Hand ihrer Schwestern. Sie war ein kerngesundes Kind, fröhlich und neugierig und hatte schon begonnen, die ersten Wörter zu sprechen. Doch an einem Abend im Januar 1849 bekam sie hohes Fieber, und ihr Hals schwoll so stark an, dass sie kaum noch schlucken konnte. Der ganze Körper muss ihr wehgetan haben, denn sie ertrug es nicht, berührt zu werden. Apathisch lag sie in ihrem Bettchen, weder Hals- noch Wadenwickel verschafften ihr Linderung.

Für die Mutter begann eine anstrengende Zeit. Fritz war erst wenige Wochen zuvor im Dezember geboren, das Weihnachtsfest und die Jahreswende hatte man mit der ganzen Familie im großelterlichen Gasthaus Kanne begangen, es war viel zu tun, und Maria Steiff war schon am Ende ihrer Kräfte, bevor Margarete krank wurde.

»Gretle, was für ein Sorgenkind du doch immer warst. Erst diese schlimme Krankheit, das Fieber so hoch, dass man eine Suppe hätte kochen können, wenn du nur die Ärmchen um den Topf gelegt hättest. Und nachher bist du ständig mit den Beinchen weggeknickt und konntest nicht mehr aufstehen.«

Das Fieber verschwand, die Lähmung blieb. In dem einen Fuß hatte sie gar kein Gefühl mehr, im anderen nur noch ein bisschen, aber nicht genügend, um zu stehen. Tief in Margaretes Erinnerung vergraben ist der Anblick der Mutter, die sie an den Armen rüttelt und sie anschreit: »Steh auf, Gretle, steh jetzt gefälligst auf!« Ihr Gesicht rot und heiß wie ihr eigenes.

Es folgten Besuche bei Ärzten. Sie wurde auf kalte Metalltische gesetzt, befühlt und beklopft. Dann ließ man sie auf den Boden nieder, wollte ihr beim Aufstehen helfen. Und jedes Mal gab es einen Erwachsenen, der allen Ernstes meinte, er müsse dem Kind nur ein verlockendes Bonbon zeigen, damit es auf seinen kurzen Beinen zu ihm laufen würde. »Schau, Gretle, schau, was ich hier habe. Willst du das Zuckerle haben? Ja? Möchtest du?«

Sie hatte immer genickt. Denn sie wollte ja. Sie wollte das Bonbon oder den Kuchen, den feinen Stein und das Kätzchen, alles, womit man sie lockte. Vor allem hätte sie gerne laufen wollen, aber es sollte nie wieder sein. Die Diagnose »spinale Kinderlähmung« kannten die meisten Ärzte 1849 noch nicht.

Sie verschrieben Tropfen und Salben, Kräuter, Wickel, stärkende Tees, kühle Abreibungen. Zuerst kauften die Eltern jede Medizin, die verordnet wurde. In Ulm zeichnete ein junger Arzt, der in Berlin studiert hatte, sogar spezielle Schuhe für Margarete, die der Schuster Edelmann, ihr Nachbar, extra für sie anfertigte. Ein anderer riet zu durchblutungsfördernden Bürsten, mit denen die Nerven in den Fußsohlen stimuliert werden sollten. Nichts von allem half, und bald erklärte Maria Steiff, das Geld sei zu schade für das »unnütze Glump«. Es gab Tage, da war die Mutter so wütend und aufgebracht über die Belastung, die Margaretes Krankheit für sie darstellte, dass sie das Kind packte und zur Kirche trug, wo sie es unsanft neben sich auf die Bank setzte. Sie selbst presste die schweißnasse Stirn auf die gefalteten Hände. »Herrgott, was hast du mit mir vor? Was soll ich tun mit diesem Kind? Warum bestrafst du mich?« Einmal kam der Vater ihnen nach und redete eindringlich auf die Mutter ein. Liebevoll trug Friedrich Steiff seine Tochter zurück in die Ledergasse. Er wickelte sie in ein Schaffell, denn es war ein sehr kalter Winter damals.

Giengen an der Brenz liegt am Rand der Ostalb, etwa dreißig Kilometer nördlich von Ulm. Seine Bürger sind stolz auf die lange Geschichte ihrer Stadt. Schon 1391 wurde Giengen zur freien Reichsstadt erklärt, unterstand damit direkt dem deutschen König oder Kaiser und mauserte sich, von Privilegien begünstigt, zu einem Zentrum der Textilherstellung. Als die Stadt im Dreißigjährigen Krieg fast völlig abbrannte, verlor sie auch ihre Reichsunmittelbarkeit. 1803 wurde Giengen zu Württemberg geschlagen und seitdem vom Oberamt in Heidenheim verwaltet, was zu einem Konkurrenzverhältnis der beiden Orte führte. Giengen hatte bald wieder einen Ruf als Textilstadt. Neben ausgezeichneten Leinwandwebern gab es eine Garnsiederei, eine Walke und eine Bleiche im Ort. Tuche aus Giengen wurden mit einem »G« gezeichnet, in der ganzen Region ein anerkannter Beweis für gute Qualität. 1806 arbeiteten 167 Giengener Handwerker im Textilgewerbe. Der Bauernstand war weniger vertreten, weil die meisten Handwerker selbst ein paar Stück Vieh besaßen, in ihren Gärten Obst und Gemüse zogen und oft ein eigenes kleines Feld außerhalb der Stadtmauer bestellten. Der Markt von Giengen war immer gut besucht, und die Zahl der Schilderwirtschaften, in denen eigenes Bier gebraut und ausgeschenkt wurde, stieg auf sechzehn. Eine davon gehörte Margaretes Großvater Bartholomäus Hähnle, der in der Marktstraße den Gasthof Kanne führte. Seine Tochter Maria heiratete 1838 den Maurermeister Johann Georg Wulz und bezog mit ihm ein Haus in der Ledergasse. Leider schien die Ehe unter keinem guten Stern zu stehen. Ihre beiden Kinder starben im ersten Lebensjahr, und bald darauf fiel Wulz beim Arbeiten vom Dach der Kannenwirtschaft und war sofort tot. Maria erbte die Lizenz für den Handwerksbetrieb, durfte das Geschäft aber selbst nicht führen. Das übernahm ihr erster Geselle Friedrich Steiff. Er und Maria heirateten 1843 und bekamen nacheinander drei Töchter, Marie, Pauline und 1847 Margarete. Ein Jahr später wurde Fritz geboren.

Als Margarete fünf Jahre alt ist, kommt es ihr manchmal so vor, als würde die Mutter ihr die Schuld für die lahmen Beine geben, auch wenn sie das nie so ausspricht. Zwei Wege gibt es, um auf den stummen Vorwurf zu reagieren. Sie kann den Kopf senken und versuchen, unsichtbar zu sein, anspruchslos und gefügig. Oder sie kann das Kinn recken und um ihr Glück kämpfen. Instinktiv wählt Margarete das Leben und fordert ihren Teil davon. In Giengen lernt jedes Kind, dass es Teil eines Systems ist, das nur als Gemeinschaft leistungsfähig sein kann. Menschen, die nichts zu geben haben, sind nur in Maßen zu verkraften. Natürlich gibt es in Giengen Alte, Kranke, Verwirrte und Verkrüppelte. Menschen, die von der Gemeinschaft versorgt werden müssen. Jeden Sonntag fordert der Pfarrer die Starken dazu auf, sich um die Schwachen zu kümmern, auch wenn es ihnen lästig ist. Gehorsam sammeln die Kirchgänger Geld, spenden Kleidung für das Armenhaus, tragen Eingemachtes und Gebackenes zum Erntedankfest in die Kirche. Mit Hungernden, Sterbenden und Kranken können sie umgehen und wissen, was zu tun ist. Aber ein gelähmtes und zugleich lebenshungriges Kind stellt eine besondere Herausforderung dar, weil es keinen eindeutigen Platz hat. Es gehört nicht ins Bett wie ein Kranker, nicht in die Anstalt wie die Verrückten oder Waisen, nicht in die Kammer neben der Küche wie die Alten. Margarete will überall dort sein, wo alle anderen Kinder auch sind, sie muss genauso wie alle anderen essen, trinken, gekleidet werden, zur Schule gehen und einen sicheren Schlafplatz haben.

»Und wozu das alles?«, stößt Maria Steiff eines Abends im Herbst 1852 hervor. »Ich weiß nicht, wie ich das schaffen soll mit dem Gretle. Jetzt kann ich's ja noch tragen, aber wie soll das später werden? Wenn sie groß ist – wer schleppt sie dann? Die kriegt doch nie einen Mann. Und arbeiten kann sie auch nicht. Die muss immer einer aus der Familie durchfüttern.«

Maria Steiff sitzt mit der Mutter und den Schwestern Apollonia und Ursche in der Küche ihres Hauses in der Ledergasse. Sie haben sich zum Hutzelmachen verabredet. Vier große Körbe mit gelb-roten Birnen haben sie aus ihren Gärten zusammengetragen. Ursche und Apollonia halbieren, vierteln oder zerschnippeln die Früchte, je nachdem, wie groß die Hutzeln werden sollen. Einen Teil der Birnen lassen sie ganz. Maria verteilt die Früchte auf verschiedene Holzroste, die sie über dem Herd an Eisenhaken hängt. Dort bleiben sie ein paar Tage zum Trocknen. Ihre Mutter, die Gastwirtin Anna Hähnle, kümmert sich währenddessen um die löchrigen Socken der Familie Steiff. Während sie einen passenden Wollfaden aus dem Nähkorb sucht, wackelt sie unwillig mit dem Kopf.

»Maria, sie ist doch erst fünf! Nun lass das Kind doch erst mal groß werden. Dann sehen wir weiter.«

»Und wenn sie gar nicht groß wird? Wenn sie womöglich …« Maria klettert auf den Schemel, um einen weiteren Rost in die Vorrichtung zu schieben, und vielleicht liegt es daran, dass sie nicht weiterspricht.

»Niemand kennt Gottes Wege. Es wird sich alles finden.«

»Geld wird sich hoffentlich auch finden.« Maria steigt vorsichtig herunter und legt einen neuen Rost auf den Tisch. »Der Arzt in Ulm hat mir keine Hoffnung gemacht, aber ein neues Rezept hatte er dann doch und eine Rechnung. Der Apotheker soll eine kühlende Tinktur mischen, die ich dem Gretle auf die Füß tropfen soll. Wird ja eh nichts. Das war jetzt der letzte auswärtige Quacksalber. Ich werd das Kind nirgends mehr hinschleppen.«

»Man darf die Hoffnung nie aufgeben, Maria. Du darfst nicht so verbittert sprechen. Das sieht der Herrgott nicht gern.« Anna Hähnle holt eine Münze aus ihrer Schürzentasche und schiebt sie der Tochter über den

51

Tisch. Apollonia tut so, als sieht sie es nicht, aber Ursche kann nicht an sich halten.

»Deine Taschen haben große Löcher in letzter Zeit, Mutter.«

Apollonia starrt die Schwester entsetzt an.

»Ursche, schäm dich. Es ist doch ihre Sache, ob sie der Maria was für die Medizin geben möcht.«

»Das sagt die Richtige!« Ursche ist den Tränen nahe. Sie muss den Eltern den Haushalt führen, dazu in der Wirtschaft aushelfen und in jeder freien Minute noch Näharbeiten übernehmen, um etwas dazuzuverdienen. »Natürlich, die schöne Apollonia kennt solche Sorgen nicht!« Pampig legt Ursche nach. »Aber es kann ja nicht jede so viel Glück haben und einen reichen Mann heiraten. Du musst ja nicht so schaffen wie unsereins…«

Mit der flachen Hand schlägt Apollonia auf den Tisch. »Genug damit, Ursche! Ein Mann mit acht Stiefkindern und einer großen Mühle macht auch Arbeit. Glaubst du, ich liege den lieben langen Tag auf der faulen Haut und lass mich bedienen?«

Apollonia hat viel Geduld, aber wenn Ursche ihr zu sehr auf die Nerven geht, kann selbst sie wütend werden. Sie ist die jüngste der vier Hähnle-Schwestern und hat einen Cousin des Vaters geheiratet. Johann Hähnle hat aus zwei vorherigen Ehen nicht nur viele Kinder, sondern er besitzt auch die Klingelmühle, ein zweistöckiges Anwesen mit einer großen Scheune, einem Stall und einem Waschhaus. Der Klingelmüller beschäftigt mehrere Arbeiter, um die Mühle zu bewirtschaften, aber Apollonia hat trotzdem viel um die Ohren, schon bevor sie selbst zwei Kinder bekommen hat. Sie ist Margaretes Patin und hilft ihr mit Tatkraft und Humor über viele Hürden. Es ist die Mutter, die Margarete zu Ärzten und Kuren schleppt, aber es ist Apollonia, die sie dazu ermutigt einzufordern, was für alle anderen Kinder selbstverständlich ist.

»Jetzt streitet euch nicht«, mischt sich Anna Hähnle ein. »Es geht doch um das Gretle und wie wir der Maria helfen können.« Sie legt eine Hand auf die Schulter der Tochter, als die sich mit der Schürze die Augen trocknet.

»Manchmal denke ich, ich schaffe das nicht. Der Fritz ist noch so klein und braucht mich doch auch. Und die Mädchen…«

»Bring das Kind nur recht oft zu uns, Maria. Dein Vater und ich werden uns schon kümmern.«

Gleich am Tag darauf setzt Friedrich Steiff die jüngste Tochter morgens in den Leiterwagen und zieht mit ihr in Richtung Kannenwirtschaft. Es ist noch früh, aber Margarete freut sich so sehr über den Ausflug, dass sie die morgendliche Herbstkälte kaum spürt. Sie hält sich an den Seitenwänden fest und schaut sich neugierig um. Barro, der Hund ihrer Nachbarn, liegt noch schlafend vor der Treppe zum Eingang der Schusterei, zwei Hennen laufen hektisch über die Straße, weil sie gerade merken, dass sie sich auf der Suche nach Futter zu weit von ihrem geschützten Hinterhof entfernt haben. Margarete scheucht sie zurück, als sie an ihnen vorbeifährt, und freut sich, als sie gackernd aufflattern. Sie könnte sich stundenlang durch die Straßen ziehen lassen, aber es sind nur wenige Schritte von der Ledergasse bis zur Kanne in der Marktstraße.

Wie die meisten Wirtsleute sind auch die Hähnles angesehene und keinesfalls arme Leute. Zum zweistöckigen Gasthaus gehören eine Brauerei, ein Schweinestall, eine Scheune und ein Garten. Steiff stellt das Wägelchen neben der Küchentür ab und hebt seine Tochter heraus. Er trägt sie über den Hof zur Vordertür, streift den Dreck von den Schuhen, drückt die schwere Klinke und nimmt den Baumeisterhut ab. In der Gaststube setzt er sein Kind auf einen Stuhl, heißt es, brav zu sein und zu warten, bis die Großeltern kommen. An Markttagen wie heute ist die Kanne immer gut besucht.

»Wie schön, Gretle, dass du da bist. Trinkst du noch einen Most, Friedrich?« Anna Hähnle hat dem Schwiegersohn nie das Gefühl gegeben, er sei als ehemaliger Geselle nur die zweite Wahl. Im Gegenteil, die Hähnles schätzen seine solide Arbeit und noch mehr seinen ruhigen und besonnenen Charakter. Damit schafft er einen willkommenen Ausgleich zum unglückseligen Hang ihrer Tochter, sich ständig über alles zu beklagen.

Friedrich Steiff nickt und setzt sich zu Margarete.

»Ich will auch was trinken«, kräht das Kind der Großmutter hinterher, die sich kurz umwendet, die Stirn runzelt, aber dann doch nachsichtig lächelt.

»Still, Gretle, nicht unverschämt sein, sonst darfst nicht mehr zu den Großeltern«, raunt Friedrich Steiff der Tochter zu.

»Aber ich habe eben auch Durst«, quengelt sie weiter.

Woher sie das nur hat, dieses aufgekratzte, vorlaute Wesen?, fragt er sich. Weder er noch seine Frau können sich das erklären. Gerade sie, die allen so viel Arbeit macht, müsste doch lieber den Mund halten, als sich ständig zu Wort melden, oder nicht? Nachdenklich betrachtet er das dünne Mädchen mit den strammen Zöpfen, das sich am Tisch festhalten muss, um nicht vom Wirtshausstuhl herunterzurutschen. Er stopft ihr seine Jacke um die Hüften, damit sie besseren Halt hat, und als sie ihn dankbar anlächelt, fällt ihm ein, dass es eigentlich gar nicht sein eigener Gedanke ist, das Gretle solle öfter den Mund halten, sondern der seiner Frau. Ungelenk streicht er dem Kind über den Kopf, ihr Gesicht ist ganz rot vor Aufregung, als habe sie getobt, was ja nun wirklich nicht der Fall ist. Sie hat so wenig Freude im Vergleich zu ihren Schwestern, und doch beklagt sie sich niemals darüber, dass sie nicht laufen kann. Nur will sie halt immer und überall dabei sein, am liebsten mittendrin im Getümmel, und dann auch noch das Wort führen. Während er ihr eine lose Strähne hinters Ohr schiebt, muss er daran denken, wie sie gestern vor dem Schlafengehen in ihrem Bett gesessen und die Schwestern kommandiert hat.

Pauline hatte beim Abendessen vom Turnunterricht in der Schule erzählt. Und wer von seinen Kindern kam sofort auf die Idee, die Turnstunde nachzuspielen? Es donnerte so heftig auf den Holzdielen, dass Fritz in seinem Bettchen, das bei den Eltern im Schlafzimmer steht, wissen wollte, ob auf dem Dachboden ein Gewitter tobe. Also musste Friedrich Steiff aufstehen und nachschauen. Als er die Stiege zum zweiten Stock hinaufkletterte, wo die drei Töchter schlafen, traute er seinen Augen nicht.

Margarete saß aufrecht in ihren Kissen und dirigierte die beiden großen Schwestern mit einer imaginären Peitsche. Dabei rief sie laut: »Hoch und lang – und tief – und einrollen – und wieder hoch – und Sprung!« Sie ahmte die Stimme der Lehrerin nach, so wie Pauline es vorgemacht hatte. »Gerade halten, Pauline, und den Rücken durchstrecken, ja, das ist gut! Und Marie, du solltest doch den Hüpfer am Ende besser hinbekommen! Versuch's noch mal.« Marie und Pauline sprangen herum wie die kleinen Zicklein, sie strengten sich an, was das Zeug hielt. Friedrich Steiff starrte die Kinder an, rief ihnen zu, sie sollten leiser sein, und stieg wieder herunter. Während er sich zum Schlafen auf die Seite drehte, murmelte er: »Was der Herrgott mit dem Gretle vorhat, möchte ich schon gerne wissen. Heute gibt sie den Dompteur im Zirkus. Mir scheint, da ist beim Mischen der Zutaten für ein Menschlein irgendwas durcheinandergeraten.«

Maria Steiff antwortete nicht. Er wusste, warum. Sie kann die Tochter nicht wie einen Menschen betrachten, der besondere Fähigkeiten hat. Sie sieht nur das, was ihr fehlt. Und sie fürchtet sich davor, bis zu ihrem Tod für dieses Kind verantwortlich zu sein. Einmal hat sie ihm gesagt, sie fühle sich wie eine Vogelmutter, die wisse, dass eines ihrer Küken für immer im Nest sitzen bleiben würde. Vielleicht geschieht ja noch ein Wunder, hat

Friedrich Steiff daraufhin gesagt, aber so richtig geglaubt hat er es nicht.

Jetzt trinkt er im Gasthof Kanne sein Glas aus.

»Danke«, sagt er, als die Schwiegermutter sich kurz zu ihm setzt, »dass ihr der Maria so treu zur Seite steht. Sie hat es nicht leicht. Heute hat sie noch mit den Hutzeln zu schaffen, und morgen geht's an die Pflaumen. Aber ihr könnt ja auch nicht über zu wenig Arbeit klagen. Ich weiß aus meiner Familie, wie viel Mühe so ein Gasthaus macht. Und dann noch das Gretle …«

Anna Hähnle klopft ihm auf die Schulter. »Brauchst nicht danken, Friedrich. Das Kind ist hier immer willkommen. Geh du nur zur Arbeit, wir kümmern uns schon und bringen es zum Schlafen heim.«

Als Bartholomäus Hähnle in die Stube geschlurft kommt, begrüßt er seine Gäste, tut aber so, als sähe er Margarete nicht. Sie setzt sich aufrecht hin, reckt den Hals und wartet darauf, dass der Großvater Notiz von ihr nimmt. Aber er schlendert gemächlich von einem Tisch zum anderen, wischt über das blank gescheuerte Holz, stützt sich auf, wenn es mit einem Gast mehr zu reden gibt. Friedrich Steiff kennt dieses Spiel, setzt seinen Hut auf, nickt der Schwiegermutter zu, greift vorsichtig nach seiner Jacke und legt im Aufstehen seine Hand auf den Scheitel der Tochter: »Sei schön brav und mach niemandem Arbeit, hörst du?«

Sie antwortet nicht und schaut dem Vater auch nicht nach, als er den Gasthof verlässt. Stattdessen behält sie den Großvater im Visier. Kann es sein, dass er sie noch immer nicht gesehen hat?

Ungeduldig ruft sie: »Aber Großvater, hier ist doch dein Gretle!«

Der alte Mann dreht sich um und macht ein überraschtes Gesicht.

»Nanu, hab ich dich doch übersehen, Kind, wie konnte mir das passieren? Oder bist du gerade erst hereingeflogen?«

Margarete lacht und streckt die Hände nach ihm aus. Er nimmt sie hoch und trägt sie in den ersten Stock zur Wohnstube.

»Du bist ganz schön schwer geworden, bald kann ich dich nicht mehr tragen. Wenn du in die Schule kommst, wirst du noch schwerer, weißt du das? Von dem ganzen Zeug, das du da lernst.«

Als er sie auf die Bank vor dem Fenster setzt, ihrem Lieblingsplatz, tippt er mit dem Finger auf ihre Stirn. Margarete schüttelt den Kopf und will etwas Lustiges entgegnen, aber als sie sieht, dass Tante Ursche im Zimmer sitzt und näht, hält sie lieber den Mund.

»Willst du mir helfen, Gretle?«

»Gern, Tante Ursche, aber ich taug zu nichts. Das weißt du ja.«

»Ach was, das gibt es gar nicht«, sagt Bartholomäus streng. »Jeder Mensch taugt zu was, man muss nur herausfinden, zu was.«

»Aber wenn ich nun mal nicht nähen und kochen kann? Was soll ich hernach machen, wenn ich groß bin?«

»Das findet sich.« Der Großvater muss sich räuspern. »Jetzt braucht dich ja wohl der Schäfer dort am Hang. Wollen doch mal sehen, ob seine Schäfchen alle noch da sind. Du hast gute Augen, Gretle, pass auf, dass ihm keines verloren geht.« Er öffnet das Fenster, und als die kühle Herbstluft hereinströmt, fröstelt Ursche demonstrativ, weil aber niemand etwas dazu sagt, verlässt sie mit ihrem Nähkorb das Zimmer.

Margarete weiß, dass der Schäfer seine Herde beisammenhält, dafür hat er ja auch den Hund mit den schwarzen Locken, der die Schafe umkreist und mit hängender Zunge die Ausreißer zurückjagt. Trotzdem macht sie sich mit dem Großvater gerne einen Spaß daraus, den Schäfer zu necken. Sie warten, bis ein paar Schafe hinter der Herde zurückbleiben. Dann schaut der Großvater sie an und nickt. Margarete schreit daraufhin aus dem Fenster: »Schäfer, pass auf! Da, schau doch: Da hinten laufen dir die Schäfle fort!«

Wenn sie den Schäfer genügend geärgert haben – er winkt zwar immer freundlich, aber die Lehrmeisterei des kleinen Mädchens strapaziert sicher seine Geduld –, setzt Bartholomäus Hähnle seine Enkelin neben sich und gibt ihr eine Kiste mit Knöpfen zum Spielen. Nun muss sie solange still sein, bis er die Zeitung gelesen hat. »Unruhige Zeiten«, sagt er immer wieder.

Erst wenn die Großmutter eine große Kaffeetasse hereinträgt, darf Margarete wieder reden. Sie plappert sofort drauflos und wackelt dabei aufgeregt auf der Bank hin und her.

»Hör auf zu zappeln, sonst liegst du gleich auf der Nase.« Anna Hähnle geht in die Küche und kommt mit einem kleinen Milchtöpfchen und einem Teller zurück.

»Ich möchte so gerne hüpfen vor Freude, Großmutter, und da ich das nicht kann, hüpfen eben meine Hände und Arme«, erklärt Margarete ernst. Anna Hähnle muss rasch ein Gefühl der Rührung herunterschlucken. Sie stellt die Milch und ein duftendes Hefestück neben der Tasse ab. Ihr Mann zieht sein Messer aus der Jacke und schneidet den süßen Leckerbissen in mundgerechte Stücke. Großvater und Enkelin tauchen diese »Dunkerle« genüsslich in den Milchkaffee und schmatzen vor Vergnügen. »Das darf ich nur bei dir, Großvater, die Mutter würde mir das nie erlauben. Wenn jetzt nur die Tante Ursche nicht kommt!« Wie zwei Komplizen teilen sie alles gerecht auf und stippen mit nassen Fingern die Krümel auf.

Schließlich erhebt sich der Großvater schwer aus seinem Sessel und streckt sich. »So, jetzt muss ich schaffen gehen und schauen, dass das Bier nicht sauer wird.«

Margarete lächelt ihm zu, aber sie weiß, dass der schönste Teil des Tages nun vorbei ist. Doch heute hat sie Glück, denn die Großmutter setzt sich mit einer Handarbeit zu ihr. Wenn sie Monogramme für Aussteuerstrümpfe stickt, kann sie dabei erzählen.

»Was für eine Geschichte willst du heute hören?«

»Wie du klein warst. Wie ihr die Holunderküchlein gebacken habt. Bitte, das ist so schön!« Margarete legt die Knöpfe auf dem Tisch zu einer Ranke mit Blüten und schaut die Großmutter bittend an.

»Aber das habe ich dir doch schon so oft erzählt.«

»Ich lieb das so. Bitte, noch einmal, nur heute.« Sie rollt sich auf der Bank zusammen und drückt den Kopf auf das Kissen. »Dann ist es wie im Märchen. Ich träum so gerne davon. Und am liebsten stelle ich mir vor, ich bin bei Frau Holle.«

»So? Und wer bist du dann?«

»Die Goldmarie natürlich, weil ich alle Äpfel und Brote rette und die Kissen ausklopfe, wie es sich gehört. Die Tante Apollonia trägt mich gerade dorthin, wo ich helfen muss. Und du bist die Frau Holle, die es schneien lässt.«

»Und für die Pechmarie hast du ebenfalls schon jemanden gefunden?«

Margaretes Miene verdunkelt sich. Schon bereut Anna Hähnle ihre Frage. Das war hinterhältig, gesteht sie sich ein, denn sie weiß, dass dieses Kind mit allem herausplatzt, was ihm durch den Kopf geht. Margarete schluckt und sagt schließlich leise: »Wenn du es keinem sagst...?«

»Ach Kind, behalt es nur für dich, du musst es mir gar nicht sagen.«

Anna Hähnle beugt sich tiefer über ihren Strumpf. Als in diesem Moment Ursche ins Zimmer tritt und eine tiefe Röte das Gesicht von Margarete überflutet, weiß sie, dass ihr Verdacht richtig war.

»Nun, wir wollen heute nur an die Goldmarie denken. Also erzähl ich dir...« Doch Ursche steht schon am Tisch und schaut grimmig auf den leeren Teller.

»Und wer hat wohl die Dunkerle aufgegessen?«

61

»Das waren wir alle«, sagt die Großmutter, die sieht, wie Margarete den Kopf wegdreht. »Reg dich ja nicht auf. Du hast doch heute auch ein schönes Stück erhalten, oder nicht?«

Ursche starrt ihre Mutter wütend an, dreht sich weg und geht zurück in Richtung Küche. Bevor sie die Tür schließt, stößt sie hervor: »Ich kümmere mich um das Mittagessen. Eine von uns muss ja schaffen.«

»Warum ist die Tante immer so böse, wenn es uns gut geht?«, flüstert Margarete leise und setzt sich auf.

»Sie ist nicht böse. Sie macht sich nur Sorgen, ob es am Ende auch reicht.«

»Was soll denn reichen? Die Dunkerle sind ja nun schon weg...«

»Nein, das Geld«, seufzt die Großmutter. »Ursche passt auf, wie viel wir ausgeben. Soll sie auch. Da wir heute nicht wissen, wie viele Gäste unser Haus morgen und nächste Woche bewirten kann, sollten wir immer hübsch im Blick haben, dass wir unseren Sparhafen nicht angreifen.«

»Tun wir das denn?«

»Nein. Aber die Ursche meint, wir sollten noch mehr sparen. So, da will ich mal schnell die Monogramme für die Bäcker-Kati fertig sticken. Da verdiene ich uns etwas Zubrot, und die Ursche muss nicht mehr schimpfen.«

»Und nicht so böse schauen«, fügt die Enkelin hinzu. »Ich krieg Angst, wenn sie das macht.«

»Jetzt stell du dich nicht auch noch an. Die Ursche ist eine brave Seele. Nur halt sorgt sie sich so viel.«

»Wie die Mutter, die sorgt sich auch immer.«

Anna Hähnle nickt. »Ja, aber die Maria hat ihren Mann und muss sich nicht so viel ums Geld kümmern wie die Ursche, denn die ist ja ganz allein. Aber jetzt ist Schluss mit den düsteren Gedanken. Du willst doch hören, wie wir damals die Holunderküchlein direkt am Strauch gebacken haben. Also: Die Pfanne, die war schwer, das glaubst du gar nicht. Meine Mutter hat sie mit dem heißen Fett ganz vorsichtig in den Garten getragen und dann die Dolden hineingetaucht. Und wenn sie fertig gebacken waren, haben wir sie einfach abgeschnitten und auf einen Teller gelegt.« Anna Hähnle schließt die Augen. »Ich habe niemals etwas Feineres gegessen!«

Margarete zieht die Nase kraus, als könne sie den Duft der Küchlein in ihrer Fantasie heraufbeschwören. »Können wir das auch einmal machen? Ich würde so gerne sehen, wie die Beeren am Ast ins heiße Schmalz eintauchen!«

»Dafür müssten wir einen Holunderstrauch neben dem Küchenausgang haben, Gretle. Aber wir haben keinen.«

»Wir können doch einen pflanzen!«

»Ach du lieber Himmel, bis der groß ist und Früchte trägt, bist du längst erwachsen. Außerdem: Bei uns im Hof rollen die Fässer durch und laufen die Schweine herum. Da ist kein Platz für einen Holunderstrauch.« Sie schaut Margarete liebevoll an und streicht ihr über die Wange. »Es gibt nicht alles, was man sich wünscht, Gretle.«

»Dann behalte ich die Geschichte wie ein Märchen in

meinem Kopf.« Margarete denkt einen Moment nach.
»Wenn ich nur öfter zu euch kommen könnt... hier ist
es so schön. Bei uns... also die Mutter ist immer müde
und gedrückt...«

»Schauen wir mal.«

Das Filz-Versandt-Geschäft

Es wird schon dunkel, als der Landauer in die Neckar-straße einbiegt und die Pferde in den Schritt fallen. Margarete reibt sich den Nacken und merkt beim Ausschütteln der gekräuselten Manschetten, wie steif ihre Arme sich anfühlen. Die Fahrt von Giengen nach Stuttgart dauert zwar keine zwanzig Stunden mehr wie zu ihrer Kindheit, weil sie jetzt einen Teil mit der Eisenbahn zurücklegen kann, aber selbst sie, die das Reisen so sehr liebt, hat irgendwann genug davon, zehn Stunden auf einer harten Sitzbank zu kleben und durchgerüttelt zu werden. Mit fünfunddreißig Jahren fühlt sie sich nicht alt oder gar gebrechlich wie ihre Mutter, aber ihr Körper ist nicht mehr so biegsam wie früher, und sie nimmt sich vor, auf keinen Fall die Übungen zu vernachlässigen, die Dr. Werner ihr vor vielen Jahren beigebracht hat.

In den ersten Stunden der Fahrt spürt sie die Anstrengung nicht, weil die Freude, unterwegs zu sein, sie wie ein fliegender Teppich über die Schwäbische Alb trägt. Sobald die Lok den schrillen Pfiff ausstößt und sich stampfend in Bewegung setzt, dreht Margarete den Kopf zum Fenster und versinkt in Fantasien. Sie stellt sich vor, wie die Hand eines Riesen nach ihr greift, sie mit spitzen Fingern aus Giengen herausfischt und in eine neue Welt versetzt. Diese zu erkunden ist pures Vergnügen, und während die Eisenbahn durch die Landschaft rattert, streift Margarete in Gedanken durch die Wälder, die an ihr vorbeiziehen, besteigt Hänge, die sich in weichen Wellen ausbreiten, und wandert über die verschlungenen Pfade, die sie zwischen den Bäumen und Feldern nur erahnen kann.

Beim Reisen denkt sie an jene Tage zurück, in denen sie die Bilder in den ledergebundenen Büchern des Pfarrers studieren durfte. Sie war vierzehn und verbrachte ein paar Wochen in seinem Haus, um beim Anfertigen der Aussteuer von Tusnelde, der ältesten Tochter, zu helfen. Wenn sie eine Pause einlegten, waren die Pfarrersfrau und ihre beiden Mädchen froh, die muffige Stube verlassen und sich im Garten die Beine vertreten zu können. Sie eilten die Stiege von der Dachkammer herab und gaben in der Küche das Anrichten einer Brotzeit in Auftrag, wobei sie gleich etwas naschten. Margarete hingegen musste auf ihrem Stuhl oben in der Nähstube sitzen bleiben, denn es lohnte nicht, sie heruntertragen zu lassen. Wenn sie Glück hatte, brachte der Pfarrer ihr einen der Bände aus seiner Bibliothek herauf, denn er wusste, wie sehr sie sich darüber freute. Die fein gestochenen Darstellungen von Landschaften entzündeten kleine Funken in ihrem Kopf, und bald war sie geübt darin, ihre Umgebung zu vergessen und mit den Augen zu wandern, auch wenn die Wege nur übers Papier führten.

Eine richtige Reise mit der Eisenbahn ist natürlich etwas ganz anderes. Sie verwandelt Margarete für ein paar Stunden in eine normale Frau, die mit Fahrschein und Gepäck im Abteil sitzt und aus dem Fenster schaut. Margarete liebt den Anblick der kleinen Bauernhäuser neben heckenumsäumten Wiesen, vermutet einen Bach zwischen parallel verlaufenden Reihen von Kopfweiden, entdeckt eine Lichtung, auf der am Abend vielleicht Rehe grasen und kleine Hasen hin und her huschen. All diese Bilder saugt sie in sich auf. Wenn sie ein paar Monate nicht aus Giengen herausgekommen ist, fühlt sie sich leer wie ein Vorratsregal am Ende des Winters. Dann braucht sie neue Bilder, Eindrücke, Menschen, Stimmen, Düfte, mit denen sie ihre Träume bestücken kann. Deshalb sieht sie dann zu, dass sie auf Reisen gehen kann.

Diesmal hat sie noch einen anderen Anlass, die Freunde Mina und August Lechner in Stuttgart zu besuchen. In ihrer Reisekiste liegen nicht nur ordentlich gefaltete Kleiderstapel, Schuhe, Toilettenartikel wie Zahnpulver und Bürste und die von ihr selbst gefertigten Filzpantöffelchen für die Kinder der Lechners, sondern auch ein Dossier von mehreren Seiten, das sie gemeinsam mit Fritz ausgearbeitet hat. Die Details will sie so bald wie möglich mit August besprechen, am liebsten gleich heute Abend, denn noch hat sie Zweifel, ob sie es wagen kann, schon wieder eine neue Geschäftsidee umzusetzen. Neun Jahre sind vergangen, seit der Vater ihr die Werkstatt in der Ledergasse eingerichtet hat. Vor sechs Jahren hatte

67

sie ihr erstes Filz-Konfektionsgeschäft gegründet. Und nun könnte der richtige Moment gekommen sein, um eine neue Stufe zu erklimmen: das Versandt-Geschäft. Sie haben Kalkulationen erstellt und sich ausgemalt, was passieren wird, wenn es schiefläuft.

»Es bleibt immer ein Fragezeichen, und es besteht auch die Gefahr, dass du einen Teil deiner Ersparnisse verlierst«, hatte Fritz zu bedenken gegeben, als sie vor ein paar Tagen noch einmal alle Zahlen durchgingen. »Andererseits: Wenn du den Schritt jetzt nicht wagst, wirst du ihn vielleicht nie machen. Die Zeit ist günstig. Aber sie wartet nicht auf dich.«

Das hatte er auch schon 1877 gesagt, als sie ihr erstes Geschäft gegründet hatte. Er hatte ihr ausgemalt, sie würde auf ewig das arme Gretle bleiben, jüngste Tochter des Baumeisters Steiff, die artig in ihrer Werkstatt vor sich hin stichelt, unterstützt von Freundinnen und hier und da von einer geschickten Näherin aus Giengen. Wenigstens war sie schon damals in der Lage, ihren eigenen Lebensunterhalt zu verdienen, was gut war, weil sie den Eltern nicht auf der Tasche liegen wollte. Schon lange war sie als Näherin in Giengen beliebt, denn sie leistete gute Arbeit, fertigte Kinderkleidung, Bett- und Leibwäsche an und auch ganz passable Damenroben, sogar nach allerneuesten Schnitten aus den Berliner Modejournalen. Das alles war viel mehr, als sie sich je erhofft hatte. Und doch war sie nicht zufrieden gewesen und konnte ihren Geschäftssinn, der sie dazu trieb, sich zu vergrößern, nicht länger unter Bedenken und Feigheit ersticken. Also hieß es mutig sein und die Chance zu ergreifen, welche die Stuttgarter Firma Sigle en gros ihr bot, indem sie ihre Produkte ins eigene Sortiment aufnahm. Heute hat sie bei Sigle einen guten Namen, der für ordentliche Qualität, Pünktlichkeit und Verlässlichkeit steht. Es könnte genug sein damit.

Aber es reicht ihr nicht, und ihr Bruder hatte das nicht nur verstanden, sondern die neuen Pläne gemeinsam mit ihr entwickelt: Jetzt will sie einen eigenen Versandt-Handel gründen, mehr auf eigene Rechnung verkaufen und unabhängig sein. Mit einem bangen Gefühl fragt sie sich: Ist das nicht eine zu tollkühne Idee?

Es wird einiges kosten, das neue Geschäft aufzuziehen, nicht nur, weil Kataloge gedruckt und verschickt werden müssen. Sie muss auch ein Lager anlegen, um die Nachfrage der Kunden rasch bedienen zu können. Und was macht sie, wenn sie auf ihren Filzprodukten sitzen bleibt? Sigle wird sicherlich weiter bei ihr beziehen, aber sie kann dem Geschäftspartner nicht das aufschwatzen, was sie eigentlich selbst hätte verkaufen wollen, oder doch? Viele Nächte hat sie sich mit diesen Fragen herumgequält. Deshalb will sie den Plan mit den Freunden aus Stuttgart besprechen. August ist Bankier, er hat sicher einen guten Rat für sie. Vielleicht wird er ihr anbieten, sie finanziell zu unterstützen, was sie auf keinen Fall annehmen wird. Es reicht, dass Cousin Hans Hähnle ihr die besten Konditionen für den Einkauf von Filz einräumt, mehr Verpflichtungen will sie nicht eingehen, vor allem nicht im Kreis ihrer Freunde.

Wenn die Lechners ihr zureden, wird sie als eine andere nach Giengen zurückkommen, anders als die, die sich heute in aller Herrgottsfrühe auf den Weg zum Bahnhof gemacht hat. Es wird Gerede geben, und wenn sie daran denkt, schießt ihr die Röte ins Gesicht. Wie oft hat sie schon *Bescheidenheit ist eine Zier* auf Paradekissen und Blendstreifen für Wäscheschränke gestickt? Das, was sie jetzt vorhat, ist nicht bescheiden.

Zum Glück ahnte die Mutter nichts von den Plänen, als sie sie an diesem Morgen zum Bahnhof schob. Maria Steiff war ohnehin schlecht aufgelegt. Die Sonne war noch nicht ganz aufgegangen, und beide Frauen fühlten sich unausgeschlafen. Selbst die Vögel in den Bäumen schienen weiter ruhen zu wollen, nur vereinzelt war leises Gezwitscher zu hören. Auf den Gassen wurden die ersten Pferde aus den Ställen geführt und vor die Fuhrwerke geschirrt, und die Katzen schlichen mit vollen Mägen nach Hause.

»Ich verstehe nicht, wie du es über dich bringen kannst, Gretle, gerade jetzt zu reisen«, sagte die Mutter ungehalten. »Du könntest viele Aufträge annehmen, wo doch in sechs Wochen das Stadtfest beginnt. Jeder hat in diesen Wochen etwas auszubessern oder neu zu schneidern!«

Um einem Haufen Pferdemist auszuweichen, kippte Maria Steiff den Rollstuhl so heftig zur Seite, dass Margarete sich mit beiden Händen festhalten musste, um nicht herauszufallen. »Pass auf!«, konnte sie gerade noch rufen, dann stand der Stuhl wieder aufrecht und fuhr knirschend an.

»Aber nein«, redete die Mutter sich weiter in Rage, »das Fräulein Steiff weiß es natürlich besser und fährt nach Stuttgart. Im Frühling zu Freunden, soso. Als hätte das Fräulein es nicht nötig, in der Werkstatt zu sein, wenn die Kundinnen anklopfen.«

Sie beschleunigte den Schritt. Margarete faltete die Hände im Schoß, um sich zu beherrschen. Immerhin sind wir bei diesem Tempo schneller am Bahnhof, tröstete sie sich.

»Zum Fest bin ich längst zurück, ganz bestimmt.«

»Aber es wird zu spät sein, um neue Kleider zu nähen oder Röcke oder Blusen! Dann haben sie alle schon bei den Kautners oder den Dillinger-Schwestern bestellt.«

Margarete schloss kurz die Augen. Nur noch ein paar Minuten, dann hatte sie das Gezeter hinter sich.

»Sie haben nämlich bei der … *Konkurrenz* gekauft, oder wie das heißt. So sagt man doch, oder? *Konkurrenz!*« Sie spuckte das Wort aus, als sei es ein verschimmeltes Stück Brot.

»Mag es in diesem Jahr so sein. Das ist nicht weiter schlimm.«

Diese Antwort war ein Fehler, denn sie reizte Maria Steiff noch mehr.

»Und wieso soll deine Werkstatt leer stehen, wenn gerade so viel zu tun ist?«

»Ich habe so viel geschafft, Mutter, den ganzen Winter über! Ich habe genug verdient, und wenn ich zurückkomme, geht es weiter. Glaub mir, ich habe das alles im Griff.«

71

»Im Griff? Ausgerechnet du? Du mit deinem Arm, der schon nach kurzer Zeit müde ist…«

»Lass es gut sein. Jetzt änderst du meinen Sinn nicht mehr, nimm's einfach hin. Und vertrau mir, ich weiß, was ich tue.«

In Wirklichkeit war ihr alles andere als wohl bei dem Gedanken, dass sie sich vielleicht übernehmen könnte mit dem, was sie vorhatte, aber das durfte ihre Mutter auf keinen Fall erfahren. Wenn sie die Stuttgarter nicht überzeugen konnte, würde sie den Plan aufgeben und versuchen, alles aufzuholen, was ihr jetzt an Aufträgen und möglicherweise auch an Kundinnen verloren gehen würde. Aber sie musste es versuchen und konnte nicht länger warten.

Vor dem Haus des Bäckers wartete sie, bis die Mutter ein Hutzelbrot für Mina gekauft hatte, die sich immer über einen Gruß aus der Heimat freute, und dazu eine Brezel als Proviant. Margarete steckte beides in den Reisebeutel auf ihrem Schoß. Neben einem wärmenden Umschlagtuch hatte sie ein Modejournal hineingepackt und ein Taschentuch, das sie für die Freundin mit den Worten »Grüße aus Giengen« bestickt hatte.

Bevor die Mutter weiterschimpfen konnte, beteuerte Margarete: »Ich werde bei Mina nähen und daher auch in Stuttgart Geld verdienen, es ist kein Kuraufenthalt, das weißt du doch. Mina hat viele Freundinnen, die gerne Kinderkleider bei mir bestellen, so rechnet sich das Ganze wieder.«

»Du musst dir nichts darauf einbilden, Gretle, dass die feinen Leute aus Stuttgart bei dir arbeiten lassen. Hast so eine schöne Werkstatt bei uns. Und die Mina und ihr Mann könnten ja auch öfter mal nach Giengen kommen, dann müsstest du nicht immer dorthin fahren. Aber das scheint den Herrschaften nicht gut genug zu sein.«

»Aber ich will doch reisen, Mutter! Ich sehe halt gerne mal etwas anderes als unser braves Giengen.«

Die Mutter brummte, es sei ja wohl kein Fehler, wenn ein Städtchen brav genannt werden könnte, und kurz danach hatten sie den Bahnhof fast erreicht. »Dass ausgerechnet du immer fortwillst, Gretle«, musste sie aber noch loswerden. »Man sollte meinen, gerade du wärest etwas häuslicher, du mit deiner Krankheit.«

Margarete richtete sich auf und packte die Armlehnen des Rollstuhls mit so heftigem Griff, dass der Beutel ihr vom Schoß zu fallen drohte. Sie fasste schnell danach.

»Ich bin nicht krank, ich bin genauso gesund wie du, nur laufen kann ich nicht.« Sie klang so entschieden, dass die Mutter überrascht verstummte. »Und jetzt Schluss mit den Vorwürfen. Du weißt ja, wie das ist: Der Mensch macht gerade das am liebsten, wozu er am wenigsten geeignet ist. Und das ist bei mir eben das Reisen. Wir wollen einen Träger suchen, damit der Stuhl eingeladen werden kann. Sonst komme ich in Stuttgart nicht vor die Tür!«

Als die Dampflok mit den fünf Waggons kurz darauf zischend einfuhr, sprang ein Schaffner heraus, pfiff und rief aus Leibeskräften: »Giengen an der Brenz. Dreißig Minuten Aufenthalt!«

Nach wenigen Sekunden waren Margarete und ihre

Mutter von Dampf eingehüllt. Sie husteten, rieben sich die Augen und winkten den Träger zu sich. Er wusste bereits, dass Margarete heute abreisen würde, öffnete die Tür zu ihrem Abteil, hob sie vorsichtig hoch und setzte sie auf ihrem Platz ab. Dann sprang er aus dem Zug und schob den Rollstuhl nach hinten zum Gepäckwagen, wo auch Margaretes Reisekiste darauf wartete, verladen zu werden. Maria Steiff kletterte rasch ins Abteil, ermahnte Margarete, Mina zu grüßen und natürlich deren Mann und die Kinder. Sie solle auch genug essen. Margarete unterbrach sie schroff.

»Das reicht, ich brauch keine Ratschläge.«

Als die Mutter sah, wie Margarete sich damit abmühte, ihre Tasche zu verstauen, um sich einigermaßen bequem einzurichten, sagte sie noch: »Kind, Kind, ob das wirklich das Rechte ist…«

Aber Margarete reagierte nicht, und als andere Fahrgäste kamen, scheuchte sie ihre Mutter hinaus. »Sonst musst du dem Vater eine Karte aus Ulm schicken«, drohte sie, »damit er dich von dort abholt.«

Die beiden Frauen winkten sich mit ihren Tüchlein zu, aber während Maria eine sorgenvolle Miene zeigte, lächelte Margarete erwartungsvoll. Endlich fuhr der Zug los, sie atmete auf und überließ sich der Vorfreude auf die nächsten Wochen.

In Ulm musste sie umsteigen, was reibungslos gelang, weil Fritz dem dortigen Stationsvorsteher gekabelt hatte, er bitte freundlichst darum, dem Fräulein Steiff, das ja bekannt sei, zu helfen.

Am frühen Abend erreichte Margarete schließlich den Stuttgarter Bahnhof und erkannte sogleich Minas Kutscher Joseph, der suchend an den Waggons entlangging. Sie winkte ihm zu, und er nickte. Während er sie zur Kutsche trug, holte der Stallbursche Margaretes Gepäck und den Rollstuhl. Mina war nicht mitgekommen, aber damit war zu rechnen, denn sie war wieder schwanger. »Falls es mir an dem Tag nicht gut geht, wird dich nur der Joseph abholen«, hatte sie vor ein paar Tagen geschrieben. »Aber den kennst du doch schon lang genug und genierst dich nicht, liebes Gretle, nicht wahr?«

Was das Genieren betrifft, so hat Margarete Steiff schon vor Jahren gelernt, dieses Gefühl zu unterdrücken. Wer hat sie nicht schon alles gehoben und getragen. Die Eltern, die Schwestern, Freundinnen, Lehrer, Ärzte, Nachbarn und Kutscher, Pfarrer, Bauern und alle Freunde ihres Bruders Fritz. In den dreiunddreißig Jahren, die seit ihrer Krankheit vergangen sind, hat sie sich angewöhnt, Nase, Augen und Ohren vor der ungewollten Nähe eines fremden Körpers zu verschließen, besonders dann, wenn ihr dieser nicht angenehm ist. Schamgefühl ist ein Luxus, den sie sich nur in begrenztem Maß leisten kann. Das ist der Preis, den sie dafür zahlt, nicht Tag für Tag im Haus zu sitzen. Wer reisen will, aber nicht laufen kann, muss lernen, sich tragen zu lassen. Diese Weisheit hatte ihr schon Dr. Werner in Ludwigsburg mit auf den Weg gegeben. Zweimal absolvierte sie bei ihm eine mehrmonatige Kur, beim ersten Mal wurde sie sogar operiert. Geholfen hat es nicht, aber sie denkt noch immer mit Dankbarkeit an diese Zeit zurück. Sie war acht Jahre alt, durfte in seinem Haus ohne Geschimpfe nach Herzenslust auf dem Boden rutschen und mit den Werner-Kindern toben und spielen.

In Dr. Werners Heilanstalt traf Margarete auf Jungen und Mädchen, die viel kränker waren als sie selbst. Der Arzt lehrte sie, dass Gott jeden Menschen liebt, egal wie gut er ihn mit Kräften oder Gesundheit ausgestattet hat. Außerdem legte er besonderes Zartgefühl im Umgang mit ihr an den Tag, und auch das würde sie ihm nie vergessen. Bevor er sie hochhob, um sie in ein anderes Zimmer zu bringen oder auf die Krankenliege zu setzen, wartete er immer ein paar Sekunden, den Blick abgewandt. Dann fragte er lächelnd: »Bereit, Margarete?« Erst wenn sie »Ja, Dr. Werner« sagte, nahm er sie auf den Arm. Niemand sonst war bisher auf die Idee gekommen, es ihr auf diese Weise leichter zu machen, sich anfassen zu lassen.

Damals, mit acht Jahren, war es ihr noch nicht schwergefallen, wenn andere sie von einem Ort zum anderen bewegten. Doch je größer und schwerer sie wurde, je brennender sich in ihr der Wunsch ausbreitete, alles mitzumachen, was andere Mädchen in ihrem Alter taten, desto häufiger wurde es nötig, dass neben Vater, Mutter, Tanten und Onkel auch völlig fremde Menschen sie berühren und hochhieven mussten. Als sie dreizehn war, löste das eine schlimme Krise aus. Nächtelang hatte sie wach gelegen, versteinert vor Ekel, weil sie nicht wusste, wie sie es ertragen sollte, ständig von Unbekannten angepackt zu werden. Es war ihre einzige Möglichkeit, mit den Freundinnen zusammen zu sein, aber es erfüllte sie mit Widerwillen.

Irgendwann, als die schwierigen Jahre, wie Tante Apollonia sie nannte, vorbei waren, entspannte sich die Situation wieder. Sie wusste später nicht mehr, wann genau und warum, aber wie ein Knoten sich lösen kann, so hatte sie plötzlich kein Problem mehr damit, sich tragen zu lassen. Heute kann sie es als notwendiges Übel hinnehmen und oft auch mit den Menschen lachen, die sie hochheben müssen. Nicht mit allen, aber doch mit den meisten.

Mit Minas Kutscher Joseph geht es immer gut. Er ist ein freundlicher Mann, der zudem in der Lage ist, ihren Rollstuhl zu reparieren, wenn dieser beim Transport auf der Bahn Schaden genommen hat, wie es schon ein paarmal vorgekommen ist. Joseph gehört daher zu den guten Geistern ihres Lebens.

Als er die Pferde vor dem stattlichen Haus in der Neckarstraße zügelt und zwei Diener heraneilen, um das Gepäck abzuladen, ist es Minas Mann August Lechner höchstpersönlich, der den Schlag des Landauers öffnet, Margarete herzlich mit Küssen auf beide Wangen begrüßt und sie ins Haus trägt. In der Halle setzt er sie in einen Sessel, damit das Stubenmädchen Zeit hat, die Bänder von der Schutzhaube zu lösen, die Margarete eigens für ihren Rollstuhl genäht hat.

»Sehr praktisch«, lobt August, »beim letzten Mal ist der Staub noch tagelang aus den Ritzen gerieselt, weißt du noch? Wie schön, dass du da bist, Mina ist schon seit

Tagen gut aufgelegt, die düsteren Stimmungen, die sie in ihrem Zustand immer heimsuchen, sind vergessen, und das verdanke ich dir.«

August Lechner ist ein liebevoller Ehemann und nur selten ungeduldig mit seiner Frau. Margarete ist froh, dass ihre Besuche der Freundin so guttun. Sie kennen sich seit der Schulzeit. Mina Kampmann wuchs in der Webergasse auf, keine fünf Minuten vom Haus der Steiffs in der Ledergasse entfernt, und sie gehörte zu den Nachbarskindern, die Margaretes Leiterwagen zum Schulhaus zogen, wenn die Schwestern Steiff es nicht tun konnten. Minas Vater war früh gestorben, und ihre Mutter arbeitete in der Filzfabrik. Das Geld reichte jedoch kaum für sie beide, und dass Mina überhaupt mehr als vier Schuljahre absolvieren durfte, verdankte sie ihrem Onkel, der in Ulm eine Limonadenfabrik besaß. Zwar bot er Schwägerin und Nichte niemals an, sie in seinen Haushalt aufzunehmen, aber als ihm klar wurde, dass Mina aufgeweckt, hübsch und lesehungrig war, schickte er sie nach der Konfirmation auf seine Kosten in »Fräulein Hedwigs Lehrerinnenseminar« in Stuttgart. Neidisch hatte Margarete den Berichten der Freundin gelauscht, wenn diese während ihrer seltenen Besuche in Giengen in die Ledergasse kam. Schließlich verlobte sich Mina schon, bevor sie ihr Abschlusszeugnis in der Hand hielt, mit dem Bankierssohn August Lechner. Sie hatten sich auf einer Tanzveranstaltung ineinander verliebt, und weil Mina damals ein Kleid trug, das ihre Schulfreundin Margarete genäht hatte – es war aufwendig mit Rüschen verziert und roséfarben –, wurde sie Minas Trauzeugin und war seit der Hochzeit ein gern gesehener Gast im Hause Lechner. August zieht seine Frau zwar in viel vornehmere Kreise hinein, als sie es von ihrer Jugend her gewohnt ist, er hat dafür gesorgt, dass sie reiten lernte und sich oft im Haus seiner Familie aufhielt, um den letzten gesellschaftlichen Schliff zu bekommen, dabei ging es ihm jedoch vor allem um Minas Wohlergehen. Nur wer sich in Gesellschaft sicher fühlt, so lautet seine Devise, kann auch glücklich sein. August ist aber auch der Meinung, man dürfe seine alten Freunde nicht vernachlässigen, und deshalb fühlt sich Margarete in seiner Nähe akzeptiert und geschätzt.

Neugierig schaut sie sich in der Eingangshalle um und registriert den neuen karamellfarbenen Bezug der Stühle und den schönen Lüster, der die alte Lampe ersetzt. Dass der Wohlstand ihrer Freunde sich mehrt, je besser die Geschäfte für August laufen, weiß sie, aber sie ist doch überrascht, es jedes Mal so deutlich an der Einrichtung zu erkennen. Die Halle wirkt vornehm, aber ein wenig kalt, und sie hofft inständig, ihr Schlafzimmer und der Gartensalon, in dem sie sich tagsüber mit Mina aufhält, mögen nichts von ihrer Behaglichkeit verloren haben.

Wenige Minuten später atmet sie beruhigt auf. Alles ist wie immer, und nachdem sie sich frisch gemacht hat, schiebt August sie in den Salon, wo Mina auf dem Sofa liegt oder, wie ihr Mann augenzwinkernd sagt, »von den Anstrengungen des Tages ausruht«.

»Gretle, endlich!« Mina rappelt sich hoch, steht aber nicht auf. »Es ist ein elendes Gefühl, guter Hoffnung zu sein, glaubst du es mir? Ständig bin ich unpässlich. Entschuldige, dass ich nicht aufstehe, um dich zu begrüßen, je weniger ich mich bewege, desto besser geht es mir.« Sie streckt der Freundin die Hände entgegen und drückt sie fest.

»Das bildest du dir ein«, sagt Margarete gespielt streng. »Man sollte meinen, du hast dich daran gewöhnt beim vierten Mal.«

»Aber es wird jedes Mal schlimmer. Komm doch näher. August, rück das Tischchen weg, damit Margarete neben mir Platz findet. Und dann darfst du wieder in die Bibliothek gehen.«

»Danke, lieber August«, sagt Margarete zu ihm gewandt. »Wir sehen uns später?«

»Beim Abendessen. Erzähl Mina nur allen Klatsch aus Giengen und hör dir die Tiraden meiner Frau an, damit wir nachher über andere Dinge sprechen können.«

Er beugt sich über die Sofalehne, küsst seine Frau und sagt im Hinausgehen: »Übrigens haben wir noch einen weiteren Gast im Haus, ein Geschäftsfreund aus Hamburg ist seit gestern hier. Macht es dir etwas aus, wenn wir an deinem ersten Abend zusammen essen, Margarete?«

»Natürlich nicht! Ich freue mich immer über neue Bekanntschaften, das weißt du doch.« Dann wendet sie sich Mina zu: »Wie geht es den Kindern? Ich habe vor, ihnen allen eine neue Sommerausstattung zu nähen!«

»Sie sind wohlauf und glücklicherweise schon im Bett. Du wirst sie erst morgen begrüßen können. Und ob ich dir erlauben will, dass du hier arbeitest wie eine Lohnnäherin, das werden wir sehen.«

Mina zeigt ihr schelmisches Lächeln, mit dem sie schon als Kind alle Erwachsenen um den Finger gewickelt hatte. Margarete mustert die Freundin aufmerksam, kann aber außer ein wenig Blässe um die Nase keine Anzeichen für schlimmeres Unwohlsein entdecken. Mina hat ihre honigblonden Haare in weichen Wellen hochstecken lassen, was ihr viel besser steht als die gerade so modernen Stirnlocken. Ihre tiefbraunen Augen mit den dichten Wimpern sind auf eine große Kanne gerichtet, die sie mit großer Vorsicht von einem mit Kohle gefüllten Metallkästchen nimmt. Dabei beißt sie sich vor lauter Konzentration auf die Lippen, und Margarete streckt unwillkürlich den linken Arm aus.

»Warte, Gretle, ich schenke dir ein, das schaffe ich dann doch selbst. Wir trinken jetzt nämlich immer Tee am Nachmittag und sind so vornehm wie bei Hofe. Die Blätter sind ein Geschenk von unserem Freund Hansen aus Hamburg. Mir tun sie gut. Tee erfrischt mich.«

Mina setzt sich aufrecht hin und zupft ihr Kleid zurecht. Es raschelt vielsagend, und Margarete greift nach dem Stoff, reibt ihn zwischen den Fingern und nickt.

»Gute Seide. Wie elegant du aussiehst.«

»Ja, und ich brauche noch mehr Kleider. Aber nicht alle von dir. Du sollst ausruhen. Doch du könntest mich ein bisschen beraten und vielleicht nur eines für mich nähen. Können wir morgen Maß nehmen? Ich habe mir vorhin ein paar Modelle ausgesucht.«

»Jetzt? Mit dem Bauch?«

»Noch sieht man ja fast nichts. Und wir haben ein paar Einladungen zu sehr… nun ja, so noblen Leuten. Wichtige Geschäftskunden, sagt August. Ich muss jetzt Kleider mit Tournüren haben, meine Krinolinen will ich nicht mehr, sie sind einfach zu altmodisch. Wie ist es mit dir?«

»Von der Tournüre sieht man nicht viel, wenn man immer sitzt, so wie ich. Daher verzichte ich gerne darauf. Aber du hast recht, Krinolinen tragen wohl noch einige bei Hofe, aber auch dort nur die älteren Damen.«

»Aha. Woher weißt du das?«

»Was denkst du? Wir leben in Giengen nicht hinter dem Mond. Lina war gerade erst zu Besuch in Berlin und hat mir einen ganzen Stapel Journale und Schnittmuster von dort mitgebracht.«

»Deine liebe Lina in allen Ehren, aber sie ist nun wirklich nicht gerade ein Beispiel für Modebewusstsein, Gretle.«

Margarete lacht. »Wohl wahr, sie beschäftigt sich lieber damit, etwas zu retten, arme Kinder oder Vögel oder Bäume. Aber sie bewegt sich doch in anderen Kreisen als ich und bekommt einiges zu sehen. Die Hähnles sind sehr viel auf Reisen. Daher weiß sie durchaus, was man tragen darf und was nicht. Und du hättest sie sehen sollen. Ihre neuen Kleider – sie sind vom Feinsten.«

Mina reibt sich die Hände. »Gut, dann ran ans Werk.

Dort liegen die Journale, warte, ich hole sie. Mir geht's schon viel besser!«

Die beiden Freundinnen versinken genüsslich in einem fachmännischen Austausch über Stoffe, Schnittmuster und die Frage, wie modisch Margarete sich selbst kleiden sollte. Der Tee in ihren Tassen wird darüber kalt, Margarete findet ihn ohnehin zu bitter. Glücklicherweise bringt Minas Köchin das Essen wie immer Punkt acht Uhr auf den Tisch, ohne dass man sie daran erinnern müsste. Als die Damen ins Speisezimmer kommen, wartet neben August ein hochgewachsener Mann, der um einiges älter aussieht als sein Gastgeber. »Das ist mein Freund Johannes Balthasar Hansen«, stellt August ihn vor und legt ihm die Hand auf die Schulter. »Kaufmann aus Hamburg. Aber nicht in Textil, Gretle. Johannes' Familie importiert schon seit Ewigkeiten Gewürze, Tee und Kaffee.« August stellt sich nun hinter Margarete und legt ihr freundschaftlich die Hände auf die Schultern. »Und dies ist unsere liebe Freundin Margarete Steiff, Minas Schulfreundin aus Giengen. Eine tüchtige Näherin ist sie mit einem eigenen Filzgeschäft, und was sie auch gut kann, ist musizieren!«

Hansen deutet eine Verbeugung an und wartet, bis Mina sitzt, bevor er selbst Platz nimmt. Dass seine Kleidung aus gutem Tuch und exquisit gearbeitet ist, erkennt Margarete sofort, sein Gesicht hingegen gibt gar nichts über ihn preis, denn er schaut ernst und verschlossen vor sich hin.

Es sind oft Gäste in der Neckarstraße, und Margarete, die keine Scheu hat, neben einem Fremden zu sitzen, sorgt sich nicht darum, ob sie jemand für eine Provinzgans hält. Die meist männlichen Geschäftspartner von August findet sie oft sogar interessanter als die Damen, mit denen Mina sich anfreunden muss, um ihre Rolle in den wohlhabenden Kreisen der Stadt so zu spielen, wie es von ihr erwartet wird. Manche dieser neuen Bekannten sind witzig und unterhaltend, andere unerträglich hochnäsig. Das sind dann diejenigen, die Mina Lechner für exaltiert halten, weil sie ein- oder zweimal im Jahr eine alte Schulfreundin bei sich zu Gast hat, die nicht laufen kann und ihr Geld mit Nähen verdient.

Wer Margarete wegen des Rollstuhls unbeholfen begegnet, taut schnell auf, wenn er begreift, dass sie viel Humor hat und gar nicht scheu ist. Bis sie ihre Zither hervorholt und aufspielt, ist das Eis meist schon gebrochen.

Hansen sieht allerdings nicht so aus, als würde er schnell auftauen, denn er starrt geistesabwesend auf seinen Teller, greift scheinbar kraftlos nach seiner Serviette, faltet sie auseinander, legt sie dann umständlich wieder zusammen, platziert sie neben dem Teller und greift seufzend erneut danach. Diese Zerstreutheit amüsiert Margarete, aber ein Blick zu Mina sagt ihr, dass die Freundin ein so geistesabwesendes Benehmen nicht schätzt.

Gnädig lässt Margarete ihren Tischherrn in Ruhe, sie hat sich schon vor Jahren abgewöhnt, die Gäste ihrer Freunde von sich aus ins Gespräch zu ziehen.

Als das Mädchen die Vorspeise serviert, ist sie ohnehin abgelenkt von ihrem schweigsamen Tischnachbarn.

»Was ist das? Es sieht aus wie …«

»Sag es nicht, Margarete, ich bitte dich.« Mina legt ihre Hand auf die der Freundin. Die lässt die Gabel sinken.

»Aber du weißt nicht, was sich sagen wollte.«

»Doch, das weiß ich. Alle, die … nicht aus der Stadt kommen, sagen das Gleiche. Aber glaube mir: Es ist eine Delikatesse. Aus dem Meer.«

Margarete starrt die roséfarbenen Würmchen an und räuspert sich.

»Sie haben eine hübsche Farbe«, ringt sie sich ab.

»Wir nennen sie Krabben«, mischt sich Hansen überraschend ein, »aber bei Hofe sagt man *Crevetten*.« Er wartet, ob sie etwas entgegnen will, und fügt hinzu: »Das ist der französische Name.«

Margarete lächelt verschmitzt. »Das macht sie gleich appetitlicher.«

Mina kichert. Auch ihr Mann grinst.

»Johannes, du musst entschuldigen. Die Freundin meiner Frau spricht so, wie es ihr einfällt. So ist das auf der Schwäbischen Alb.«

»Das stört mich überhaupt nicht. Leider ist es bei uns ein wenig anders. Ich habe das stets bedauert.«

Verblüfft fragt Margarete: »Wie ist es denn bei Ihnen?«

Hansen räuspert sich und überlegt einen Moment.

»Eine gute Frage, Fräulein Steiff. Es kommt darauf an, wo man sich befindet. Wenn wir uns in einem vertrauten

Kreis bewegen, dann sagen wir auch, was wir denken. Sonst... eher nicht.«

August entfährt ein leises »Allerdings«, und Mina wirft ihm einen strengen Blick zu.

»Sind diese... diese... sind es Fische?« Zögernd greift Margarete wieder nach ihrer Gabel.

»Nein, sie gehören zu dem, was wir Früchte des Meeres nennen. Deshalb müssen sie frisch gegessen werden. Ich habe sie direkt im Hafen erstanden. Zum Transport legt man sie auf Eis, und so konnte ich sie gestern mitbringen. Krabben haben eine ungenießbare Schale, die schon in der Küche entfernt wurde. Man macht sich sonst die Finger schmutzig. Was meiner Meinung nach nicht schlimm ist, wenn man Zitrone und Fingerschalen mit warmem Wasser reicht. In natura sehen sie ganz anders aus.« Langsam scheint er aufzutauen und wendet sich an Mina: »Vielleicht können wir in der Küche fragen lassen, ob dort noch ein paar rohe Krabben übrig sind?«

»Mir wäre es lieber, ihr schaut im Conversationslexikon nach, statt nach der Köchin zu schicken«, bittet August. »Es müsste doch eine Abbildung darin sein.« Zu Margarete gewandt, erklärt er: »Sie sind von Natur aus grau. Den schönen Rosé-Ton nehmen sie erst durch das Sautieren an. Du musst unbedingt die Sauce dazu probieren. Ich liebe Krabben und lade Johann überhaupt nur deshalb ein, weil er sie für uns kauft. Wenn es nicht zu heiß ist. Dann verderben sie beim Transport, und wir bekommen nur Tee.« Sein Gast hebt das Weinglas als Zeichen, dass er die Neckerei nicht übelnimmt.

Sie essen schweigend, und Margarete stellt fest, dass ihr die Krabben schmecken, was sie auch sagt. Hansen deutet eine Verbeugung mit dem Kopf an.

Während der Hauptgang aufgetragen wird, gedämpfte Kalbsfüße mit Gemüse, erzählt August von einem neuen Geschäft in Stuttgart, Naudascher & Söhne. »Sie haben alles, was euer Frauenherz begehrt, tausend Dinge, mit denen man ein Haus vollstopfen kann. Vielleicht willst du es dir anschauen, Gretle? Ich weiß nicht, ob sie dort auch Filzprodukte führen, aber sie sind sehr gut hier angekommen, mausern sich gerade zu Hoflieferanten. Mina wird dich gerne begleiten, nicht wahr?«

Mina stimmt freudig zu, und Margarete ergreift die Gelegenheit, ihr eigenes Anliegen zur Sprache zu bringen.

»Ich wollte ohnehin noch über Geschäftliches mit euch sprechen. Nun, heute natürlich nicht… aber vielleicht morgen? Ich brauche euren Rat. Es ist sehr wichtig.«

»Selbstverständlich! Wir haben immer Zeit für dich«, sagt August, während er sich zurücklehnt, damit das Dienstmädchen ihm vorlegen kann. »Aber du machst mich neugierig. Worum geht es denn?«

Margarete wirft einen schnellen Seitenblick auf Hansen, und August versteht den Wink sofort.

»Du hast Hemmungen wegen Johannes? Das ist nicht nötig. Und wenn es etwas Unternehmerisches ist, sollten wir es sogar mit ihm besprechen. Johannes ist der klügste Kopf und liebt solche Themen mehr als alles andere.«

Hansen verzieht das Gesicht. »Das stimmt nicht. Ich liebe viele andere Dinge, und einige davon mehr als das

Geschäftliche. Aber wenn Sie mögen, erzählen Sie nur, Fräulein Steiff. Ich werde es vertraulich behandeln, das kann ich Ihnen versichern. Und wenn ich einen Rat weiß, gebe ich ihn gerne.«

Seine Stimme klingt erstaunlich freundlich, und er schaut sie jetzt sogar interessiert an, greift nach dem Besteck und beginnt zu essen. Voller Nachsicht überlegt Margarete, dass er wahrscheinlich ähnlich geartet ist wie ihr Bruder Fritz, dessen Laune auch kurz vor dem ersten Bissen immer am besten ist.

»Hast du schon wieder neue Pläne, Gretle?«, fragt Mina dazwischen. »Dann lass sie uns sofort hören!«

Sie wendet sich zu dem Dienstmädchen, das den Herren gerade Wein nachschenkt.

»Lass die Flasche einfach stehen und warte, bis ich läute, Gerda.«

»Sehr wohl, gnädige Frau.«

Das Mädchen knickst und verlässt das Zimmer.

Margarete nimmt einen winzigen Schluck Wein.

»Nun, es ist so, dass ich etwas Neues beginnen möchte...«

»Aber das ist doch wunderbar!« Mina greift nach ihrem Glas und will ihr zuprosten, doch ihr Mann schüttelt den Kopf.

»Nun lass sie doch erst mal ausreden.«

»Ich habe mir gedacht, also Fritz und ich... Fritz ist mein Bruder«, sagt Margarete in Hansens Richtung, »wir dachten, ich könnte... mich vergrößern.«

Als keiner reagiert, schiebt sie nach: »Ich meine: richtig vergrößern. Um es kurz zu sagen: Ich möchte einen eigenen Versandt-Handel aufmachen. Das heißt: Ich versende alles selbst. Alles, was wir aus Filz herstellen, auch die neuen Tiere. Und den Filz aus Giengen. Und ich nenne es: *Filz-Versandt-Geschäft Gretchen Steiff.*«

Verlegen beginnt sie zu essen.

Mina schaut ratlos zu ihrem Mann. Der blickt zu Hansen. Der Hamburger ist der Erste, der etwas sagt.

»Ein Versandt-Geschäft? Das klingt in der Tat nach großen Plänen. Woher nehmen Sie denn die Kundschaft?« Er isst weiter, behält aber den Blick auf Margarete gerichtet.

»Wir haben schon eine ordentliche Adressenkartei und können außerdem inserieren.« Margarete schneidet das Fleisch in winzige Stücke, wie Hansen irritiert beobachtet.

»Und der Umfang Ihres Angebots?« Während er sich mit der Serviette den Mund abtupft, dreht er seinen Stuhl in ihre Richtung.

»Kleidung, hauptsächlich für Damen und Kinder. Dekorationen für den Haushalt. Kissen, Kaffeewärmer, Decken und vieles mehr. Es ist sehr umfangreich. Ich habe bereits rund dreißig Produkte, und dabei sind die unterschiedlichen Größen noch gar nicht mitgerechnet. Ich möchte einen richtigen Katalog herstellen und alles auf eigene Rechnung verschicken. Bisher verkaufe ich über den Großhändler Sigle hier in Stuttgart, aber ich würde das gerne selbst machen. Und Sigle kann natürlich trotzdem von uns beziehen. Außerdem möchte ich

Filz auf dem Ballen verkaufen.« Mit ein bisschen Stolz fügt sie hinzu: »Ich beziehe den Filz direkt aus der Fabrik in Giengen. Daher habe ich die neuesten Farben und Qualitäten als Erste.«

»Und warum verkauft diese Fabrik ihren Filz nicht selbst?«

Margarete fühlt sich jetzt wie in einer Prüfung, auf die sie lange gewartet und auf die sie sich perfekt vorbereitet hat.

»Das tut sie. Aber nur en gros. Ich würde die privaten Käufer bedienen, diejenigen, die auch andere Waren bei mir kaufen. Einzelkunden und kleine Geschäfte.«

»Was ist mit dem Elefäntle?«, fragt Mina. »Kommt es auch in den Katalog?«

Margarete nickt. »Selbstverständlich. Wir haben ja bereits mehrere Größen.«

»Elefäntle?« Hansen stutzt.

Margarete nickt erneut, aber es ist August, der für sie antwortet.

»Es sind... Spieltiere. Aus Filz. Du musst sie dir einmal anschauen, unsere Kinder lieben sie. Zuerst waren es nur Elefanten, dann kamen ein Pudel und eine Katze, richtig? Gibt es schon mehr?«

»Wir probieren noch. Ich habe einen Affen und einen Esel dabei und auch ein Kamel...«

»Das Kamel will ich haben. Sofort!«, wirft Mina ein, während Margarete fortfährt: »Aber sie sind noch nicht bereit für den Verkauf.«

»Was macht man damit?«, will Hansen wissen. »Sollen Kinder auf diese Weise lernen, wie ein Elefant aussieht? Das scheint mir ein aufwendiges Lehrstück zu sein. Reicht es nicht, ihnen ein Bild zu zeigen?«

Margarete legt ihr Besteck aus der Hand und greift nach der Serviette.

»Die Kinder können ein Filzspieltier liebhaben und huscheln. Mit einem Bild geht das wohl nicht.«

»Huscheln?« Hansens Mund – eigentlich ein sehr schöner Mund, wie Margarete jetzt auffällt – kräuselt sich. »Was soll das sein? Etwas wie … kuscheln?«

»Johannes, stell dich nicht dumm«, lacht August. »Genau das ist gemeint. Unsere Kinder haben alle ein eigenes Spieltier. Die Tiere müssen auch mit in die Sommerfrische. Was war das für ein Geschrei, als Peters Elefäntchen im letzten Jahr vergessen wurde. Wir mussten es uns nachschicken lassen. Jetzt schau nicht so, Johannes, warte nur, bis du selbst Kinder hast. Ich gebe zu, ich hatte Sorge, ob wir den Kindern eine derartige Anhänglichkeit überhaupt erlauben sollten, aber Mina …« Weiter kommt er nicht, weil seine Frau ihn unterbricht.

»Sie denken gar nicht daran, ohne ihr Elefäntle einzuschlafen. Und zum Glück hat Gretle jedem von ihnen einen anderen Sattel aufgenäht, da gibt es keine Verwechslung. Wir zeigen sie dir morgen, Johannes.«

Hansens Lächeln hat jetzt etwas Mitleidiges, als er fragt: »Wie viel Prozent des Umsatzes machen diese … Tiere aus, Fräulein Steiff?«

»Noch nicht viel«, antwortet sie ehrlich, aber selbstbewusst. »Aber die Zahlen gehen nach oben.«

»Warum nähen Sie keine Puppen? Meine Schwestern hatten Puppen und übten sich darin als kleine Mütter. Die kann man ja auch … hm … wie sagten Sie … huscheln?«

Margarete antwortet nicht, sondern zieht nur die Augenbrauen leicht nach oben.

»Gib's auf, du wirst dem Gretle die Tiere nicht ausreden. Noch Wein?« August greift nach der Flasche und hält sie Hansen hin. Der winkt ab, ohne den Blick von Margarete abzuwenden.

»Das habe ich ja nicht vor. Ich möchte es nur verstehen. Mein Bruder und ich hatten Spielsachen, die uns etwas lehren sollten: Waffen oder Bücher mit Geschichten über Könige, Ritter. Kriegshelden.« Er denkt kurz nach, als ob er sich zum ersten Mal fragt, was genau er aus diesen Büchern wirklich gelernt hat, dann hellt sich seine Miene auf: »Und Entdecker natürlich. Mein Vater sagte immer, in jedem Jungen stecke ein Entdecker und in jedem Mädchen eine Hüterin des Herdes. Aber ich erinnere mich, dass es bei meinen Cousins in Kiel einen Bauernhof mit kleinen bemalten Holztieren gab. Damit konnten wir auch spielen. Ist es etwas in dieser Richtung?«

»Nein, das ist es nicht.«

»Dann gebe ich auf. Offenbar kann ich es nicht verstehen, bevor ich so ein Wundertier gesehen habe.« Er hebt die Hände, als wolle er um Frieden bitten, und fährt fort: »Das ist ja wohl auch Frauensache. Aber wenn ich noch mal auf Ihre Pläne zu sprechen kommen darf – verzeihen Sie meine Direktheit, aber Sie wollten ja einen Rat:

Haben Sie genug Rücklagen, um den Katalog zu finanzieren und ein gut gefülltes Lager vorzuhalten? Haben Sie die Kosten für Verpackung und Versand schon berechnet?«

August reibt sich die Hände und schaut seinen Freund dankbar an. »Da siehst du es. Ich habe dir gesagt, er ist der Richtige für solche Pläne. Aber lasst uns die Zahlen morgen durchgehen. Wie ich Margarete kenne, hat sie alles längst durchgerechnet, und in ihrer Reisekiste liegt ein Dossier. Und Mina hat daran keine Freude. Liebes, bitte läute doch nach dem Dessert.«

Als sie den Pudding löffeln, fragt Hansen Margarete: »Sie essen mit links?«

Sie zögert. »Ja. Manchmal.«

»Das ist interessant. Meine Schwester auch.«

»Hat man nicht versucht, ihr das abzugewöhnen?«

»Oh, doch. Aber es ist geblieben.«

»Bei mir auch. Aber bei mir geht es nicht anders. Meine rechte Hand ist zwar geschickter als die linke, aber der rechte Arm ermüdet schnell. Beim Essen helfe ich mir daher ab und zu mit links. Beim Nähen geht es leider nicht so.«

Hansen schaut auf seinen Teller, als er sagt: »Das scheint nicht ganz einfach zu sein.«

»Ist es nicht.«

»Du solltest sie Zither spielen hören«, wirft August ein.

»Sie spielen ein Instrument?«

»Nicht sehr gut.«

93

»Gretle, sei nicht so bescheiden«, schilt Mina sie liebevoll, »Sie hat sogar Unterricht gegeben.«

»Ein paar kleinen Buben…«

»…die später Musiker wurden.«

»Aber nicht wegen meines Unterrichts, sondern weil ihr Vater Orgelbauer war.«

Hansen faltet seine Serviette umständlich zusammen und legt sie auf den Tisch. »Die Zither wird – aber bitte korrigieren Sie mich, falls ich falschliege – mit zwei Händen gespielt.«

»Leider ja. Und man kann sie nicht umdrehen wie eine Nähmaschine.«

»Umdrehen?«

»Ich drehe die Nähmaschine um, weil ich das Handrad mit rechts nicht bedienen kann, aber bei der Zither geht das natürlich nicht. Die rechte Hand muss zupfen. Es ist immerhin eine gute Übung.«

Hansen blickt kurz auf ihre Hände, dann scheint es ihm unangenehm zu sein. Er mustert Margarete, als sähe er sie jetzt erst richtig. »Ich würde Ihnen gerne einmal zuhören.«

»Sollen wir sie gleich holen lassen? Du hast sie doch dabei?« Minas Hand streckt sich in Richtung Klingel aus.

»Nein. Das Gepäck war diesmal… also nein, habe ich nicht.«

»Wie schade«, sagt die Freundin.

Hansen schaut zu August. »Wir werden in Stuttgart doch wohl eine Zither für Fräulein Steiff auftreiben können, oder nicht? Ich frage morgen beim Musikalienhändler nach. Man kann sie wahrscheinlich ausleihen.«

»Ach was, wir kaufen eine«, beschließt August. »Dann haben wir immer ein Instrument hier, wenn du zu Besuch kommst, Gretle. Du brauchst dich damit nicht mehr zu plagen. Aber du darfst dich dann auch nicht zieren und musst uns aufspielen, so oft wir es wünschen, hörst du?«

Er lacht seine Frau an, die ihm einen dankbaren Blick zuwirft. »Das hätten wir längst tun sollen.«

Hansen sagt mit Nachdruck: »Gut, darum kümmere ich mich. Aber sagen Sie mir noch, worauf ich achten muss?«

»Dass es eine Zither ist«, neckt ihn Margarete.

»Nun, meine Schwestern spielen Geige und das Pianoforte, und sie würden mir hundert Dinge auflisten, auf die ich achten soll, wenn ich für sie ein Instrument kaufe.«

»Nicht nötig«, sagt Margarete. »Es muss auch kein teures Instrument sein. Eine einfache, wohlklingende Zither, die passt am besten zu mir.«

»Danach werde ich suchen«, verspricht Hansen.

Am nächsten Morgen wird Margarete von ihrer Wärterin Dora geweckt, die wegen eines Todesfalls nicht mit ihr zusammen die Eisenbahn nehmen konnte und über Nacht im Pferdeomnibus gereist ist. Die kleine, rundliche Handwerkertochter aus Giengen geht Margarete schon seit ein paar Jahren zur Hand, wenn es ums An- und Auskleiden geht, ums Waschen und Frisieren. Dora ist nicht nur freundlich und geduldig, sondern zum Glück auch frei von einer übertriebenen Schamhaftigkeit, die ihnen beiden das Zusammenspiel bei der täglichen Körperpflege unnötig erschweren würde. Inzwischen brauchen sie nicht mehr viele Worte. Sie sind vertraut, aber nicht vertraulich miteinander. Auch wenn Margarete auf Hilfe angewiesen ist, bleibt sie die Auftraggeberin.

»Bist du etwa vom Bahnhof hierhergelaufen? Du hättest doch eine Droschke nehmen können«, sagt Margarete, als sie sieht, wie staubig und erhitzt Dora ist.

»Ja, Fräulein Steiff, ich weiß, aber ein Gendarm hat mir den Weg erklärt und gemeint, es sei gar nicht weit bis zur Neckarstraße, und das stimmte ja auch.«

Sie nestelt ihr Täschchen hervor und nimmt ein paar Münzen heraus. »Hier ist das Geld, das Sie mir für die Droschke gegeben haben.«

Margarete winkt ab. »Du darfst es behalten, das hast du dir verdient. Bin ich froh, dass du mir jetzt beim Waschen helfen kannst. Nachher gehen wir in den Schlossgarten. Aber vorher wollen wir frühstücken, du musst doch sehr hungrig sein!«

»Ich hab gerade schon ein Brötle in der Dienstbotenküche bekommen, aber ich gehe gerne noch mal dorthin zurück.«

Dora schüttet das warme Wasser aus der Kanne in die Schüssel. Margarete zieht sich das Nachthemd über den Kopf und greift nach dem Waschlappen. Dora reicht ihr die Seife, legt frische Kleidung heraus, platziert Bürste und Haarnadeln auf dem Frisiertisch und holt ein Tuch zum Abtrocknen.

Als Margarete angekleidet ist, frisiert Dora sie so, wie

sie es vor Kurzem gelernt hat. Stolz auf ihre neuen Fertigkeiten, sagt sie, Margarete wirke in ihrem schlichten schwarzen Kleid mit der Brosche am Kragen und der neuen Frisur »fast schon elegant«. Natürlich weiß Margarete, dass sie mit Minas auffälliger Erscheinung nicht mithalten kann, doch sie freut sich über das Kompliment. Zwar würde sie nie laut sagen, dass sie mit ihrem Spiegelbild zufrieden ist, aber sie sieht selbst, dass ihre Augen leuchten, egal wie müde sie ist, und dass sie einen Mund hat, den ihre Schwester Pauline gerne als »Kussmund« bezeichnet, sanft geschwungen, mit vollen Lippen.

Eine halbe Stunde später verlassen sie alle das Haus. August lässt sich zur Bank fahren, die Damen haben sich in warme Schals gehüllt und werden von Dora und Hansen begleitet. Sie überqueren die Neckarstraße und betreten die Königlichen Parkanlagen, wo sie die Frühlingsblumen bewundern und den Weg in Richtung Platanenallee einschlagen, damit Margarete die marmornen Rossebändiger auf der Allee bewundern kann, was sie ausdrücklich gewünscht hat.

Es weht ein scharfer Wind, und Margarete zieht ihren nachtblauen Filzumhang mit den schwarzen Troddeln enger um sich.

»Hier stecken die Blumen ihre Köpfe früher heraus als bei uns. Der Frühling erreicht die Ostalb immer ein paar Wochen nach euch. Nicht wahr, Dora?«

Dora murmelt etwas Zustimmendes. Die Gegenwart des Hamburger Kaufmanns und der eleganten Mina schüchtern sie ein. Hansen hat beschlossen, neben Margarete zu gehen.

»Erzählen Sie mir mehr über Ihr Geschäft in Giengen. Natürlich nur, wenn Sie mögen. Je mehr ich weiß, desto besser kann ich Sie heute Abend beraten. Wie lange führen Sie das Geschäft schon?«

»Seit sechs Jahren.«

»Sind Sie allein, oder haben Sie Angestellte?«

»Es arbeiten ein paar Näherinnen für mich, meistens nur stundenweise, weil ich nicht immer etwas für sie zu tun habe.«

Er nickt anerkennend. »Da können Sie einiges schaffen mit so vielen Händen.«

»Wir haben stets viel geschafft. Meine zwei Schwestern und ich hatten in unserer gemeinsamen Werkstatt – das ist lange her – die erste Nähmaschine in Giengen. Aber dann haben die beiden geheiratet, und ich musste sehen, wo ich bleibe. Ich hab einfach allein weitergemacht. Bis mein Vater mir eine eigene Werkstatt im Obergeschoss unseres Hauses baute. Dort begann ich damit, Näherinnen zu beschäftigen und Produkte für Sigle herzustellen. Es gibt nämlich beim Nähen ein Problem...«

»Und das wäre?«

»Es kostet sehr viel Zeit. Jedenfalls, wenn man gut und genau arbeitet. Irgendwann wusste ich: Ich komme nicht voran, wenn ich alles allein mache. Vor allem, weil ich so lange für die Damenroben brauche. Also habe ich mich umgestellt.«

»Und ein Geschäft gegründet?«

»Ja. Ich nähe jetzt nur noch das, was schnell geht. Die aufwendigen Kleider überlasse ich meistens den anderen. Feine Damenmode … liegt mir nicht so.«

»Red nicht so was, liebstes Gretle«, wirft Mina dazwischen, die die ganze Zeit aufmerksam zugehört hat, »du machst immer noch die schönsten Kleider. Du willst mich doch nicht als Kundin verlieren, oder?«

»Sehen Sie?« Margarete hebt die Schultern in gespielter Verzweiflung. »Es ist eine komplizierte Angelegenheit. Leben, das heißt hoffen und warten – so hat es uns der Pfarrer gelehrt. Ist die Kundin glücklich, lobt sie die Schneiderin über den Klee, und alle Welt will bei ihr arbeiten lassen. Dann kommt man vor Mitternacht nicht aus der Werkstatt heraus. Findet die Kundin sich hässlich – und das liegt meistens nicht am Kleid –, dann …«

»Gretle, du Böse«, geht die Freundin lachend dazwischen. »Aber du hast wohl recht, wir haben schrecklich hohe Ansprüche. Damenkleidung wird es nie als Konfektionsware geben, behaupte ich, auch wenn Gretle das anders sieht.«

Hansen schaut zu Margarete herunter.

»Und wie sehen Sie es?«

Sie winkt ab: »Konfektionsware gibt es längst. Röcke, Leibwäsche, das ist nichts Besonderes mehr. Aber Konfektion kommt natürlich nicht in allen Bereichen vor. Ich möchte weiterhin gute Handarbeit anbieten, aber ich möchte nicht alles selbst nähen müssen. Ich sagte ja gestern, mein rechter Arm ist nicht so stark, wie er … wie er sollte.«

Hansen nickt ernst und sagt nur: »Ja.«

»Ich nähe Kinderkleider, Kaffeewärmer, Kissenhüllen, schöne Dinge fürs Haus. Das war schon ein großer Schritt.«

Inzwischen sind sie bei den Rossebändigern angekommen, zwei fast nackte Männergestalten aus weißem Carrara-Marmor neben zwei sich aufbäumenden Pferden, von denen das eine noch wild, das andere schon bezwungen ist. Hansen wirft nur einen kurzen Blick darauf.

»Schön, aber überdramatisch. Was meinen Sie?«

»Ich mag die Pferde«, sagt Margarete so leise, dass er sich intuitiv etwas herunterbeugt, um sie zu verstehen. »Ich mag die Kraft, die sie ausstrahlen. Sie erinnern mich an alte Sagen, die uns der Lehrer in der Schule erzählte. Was sagen Sie, überdramatisch? Das stört mich nicht.«

Während sie sich weiter in den Anblick der auf den Hinterbeinen stehenden Tiere vertieft, greift Hansen ihr Thema wieder auf.

»Ihr neues Geschäft ist also gut angelaufen. Für einen Zwischenhändler zu arbeiten, das war jedoch bereits ein Risiko. Hat Ihre Familie das gutgeheißen?«

Margarete antwortet, ohne den Blick von den Rossebändigern abzuwenden. »Nur mein Bruder. Und mein Vater war halb dafür. Meine Mutter dachte, ich sei verrückt. Und ich weiß schon, was sie sagen wird, wenn sie von dem Plan mit dem Versandt-Geschäft hört: ›Jetzt ist dem Gretle nicht mehr zu helfen. Die ist übergeschnappt.‹«

Hansen schaut zu Boden. »Dieses Schicksal teilen Sie

mit allen Unternehmern. Einschließlich meiner selbst. Ich sage nicht: Herzliches Beileid! Sondern ich sage: Herzlichen Glückwunsch!«

Sie wendet ihm das Gesicht so schnell zu, dass Dora, die den Stuhl gerade wieder angeschoben hat, instinktiv anhält.

»Das verstehe ich nicht«, sagt Margarete. Sie ist auf der Hut. Vielleicht will der Hamburger sich über sie lustig machen.

Hansen stellt sich vor sie, überlegt einen Moment, und zur Überraschung der drei Frauen geht er nach ein paar Sekunden neben ihr in die Hocke, damit ihre Gesichter auf Augenhöhe sind.

»Ich glaube, Sie haben den Geist einer Unternehmerin, Fräulein Steiff. Eine seltene Gabe, vor allem bei Frauen.« Er merkt sofort, dass seine Position nicht nur unbequem ist, sondern auch falsch verstanden werden könnte. Er erhebt sich schwerfällig und verschränkt die Arme vor der Brust. »Glauben Sie mir, wenn die Familie einen als übergeschnappt bezeichnet, ist das ein sicheres Zeichen für einen Geist, der weiter denkt als andere.«

Ihr Blick drückt Zweifel aus. »Und woran erkennt man dann die wirklich Übergeschnappten?«

»Tja, das ist eine andere Sache…« Seine Augen wandern über die akkurat geschnittenen Platanen mit den winzigen hellgrünen Blättchen. Er tritt zur Seite und gibt den Weg frei, murmelt »Verzeihung« und stapft rasch von ihnen weg, als sei ihm gerade etwas ganz Wichtiges eingefallen, was er dringend erledigen müsse. Margarete stutzt und schaut fragend zu Mina, die dem Freund hinterherstarrt, die Hände hebt und ratlos wieder sinken lässt. Sie klingt verärgert, als sie sagt: »Denk dir nichts dabei. Johannes ist manchmal seltsam. Wir wollen einfach weitergehen.«

Am späten Nachmittag liegt ein schwarzer Lederkoffer im Salon und daneben ein Stapel Noten. Als Margarete sie durchblättert, sieht sie gleich, dass die Opernarien und Kunstlieder ihre Fertigkeiten übersteigen. Zum Glück sind auch ein paar leichtere Volksweisen dabei, die sollte sie wohl spielen können, und außerdem kann sie einige Stücke auswendig. Am liebsten würde sie sich zuerst mit dem neuen Instrument bekannt machen und es allein in ihrem Zimmer ausprobieren, aber die Familie hat sich bereits versammelt und freut sich auf ihre Darbietung. Daher muss sie die Zither vor aller Augen aus dem Futteral nehmen, daran herumzupfen und die Saiten stimmen. Aus dem Augenwinkel sieht sie, wie Minas jüngster Sohn Peter sein Elefäntle vor dem Onkel aus Hamburg aufmarschieren lässt, und sie amüsiert sich über seine offensichtliche Scheu, das heiß geliebte, schmuddelige Tier in die Hand zu nehmen.

Als sie mit dem Spiel beginnt, drängen Peter und seine großen Geschwister sogleich zu ihr. Mina will sie verscheuchen, aber Margarete bedeutet ihr mit einem Lächeln, das sei nicht nötig.

Sie spielt den Walzer auswendig und beobachtet August und Hansen, die in ein ernstes Gespräch vertieft sind. Sie

sitzen auf der anderen Seite des Gartensalons vor dem
Ofen, und es scheint, als würde August seinem Freund
ins Gewissen reden, während er die Weingläser auf dem
kleinen Tisch vor ihnen füllt.

Margarete wählt nun ein einfaches Volkslied, von dem
sie weiß, dass Mina es aus ihrer Kindheit kennt. Nach
den ersten Takten dreht sie den Kopf zur Freundin: »Wie
früher?«

Mina steht auf, rafft den Rock, um an den Kindern
vorbeizugehen, und stellt sich neben sie. Sie singen zwei-
stimmig, und ihre Augen bekommen dabei einen weh-
mütigen Ausdruck, denn das Lied erinnert sie an ihre
Verbundenheit seit Kindertagen und an ihre Heimatstadt. Sie erinnern sich daran, wie ihnen der scharfe
Wind der Ostalb durch die Haare fuhr und wie sie beim
traditionellen Stadtfest auf der großen Schaukel durch
die Luft sausten. In ihrem Gesang klingt das Lachen
nach, mit dem Mina sich einen Tanzpartner geangelt hat
und dabei Margarete zuzwinkerte. Aber auch Margarete hatte damals Verehrer, die ihr einen Krug schäumen-
des Bier und eine Brezel brachten und die später, wenn
es dunkel wurde, ihren Arm drücken wollten und auch
noch mehr.

Margarete hatte diese Momente genossen, hatte mit
Vergnügen geflirtet und ab und zu auch ein paar feuchte
Küsse ausgetauscht, wenn ein Verehrer sie nach Hause ge-
bracht hatte. Den Ersten, in den sie verliebt war, hatte sie
den Stummen genannt, obwohl er gar nicht stumm war.
Wenn sie an ihn denkt, fallen ihr seine braun gebrannten

Handgelenke ein, die aus den zu kurzen Hemdsärmeln ragten.

Sie spielt ein anderes Lied, das Mina von früher kennt, »Ach Elslein, liebes Elselein«, das sie auf dem Weg vom Schießberg nach Hause gesummt hatten, wenn sie und ihre männlichen Begleiter nach Umwegen suchten, um die Zeit des Zusammenseins auszudehnen, weil die duftschweren Mainächte sie trunken machten vor Lebenslust. In der Webergasse blieb Mina mit ihrem Kavalier zurück, und Margaretes Begleiter schob sie noch das letzte Stück bis zur Ledergasse. Dort verabschiedeten sie sich im Schatten des Hauseingangs, denn wenn der Mond schien, musste man aufpassen, damit niemand einen sah. Es gab ein paar stürmische Umarmungen und einmal den ungelenken Versuch, an ihre Brust zu fassen. Aber dabei war es geblieben. Margarete hatte keinen der Giengener Jungen genügend gerngehabt, um ihm etwas zu erlauben, was sich nicht gehörte. Und sie war bisher nie ernsthaft in Versuchung gewesen, sich Hoffnung auf einen Mann zu machen, der sie hätte heiraten wollen. Es gab auch keinen, der sie interessiert hätte. Bis auf den Stummen.

Zum Glück, denkt Margarete jetzt, als sie einen fröhlichen Tanz spielt, macht ihr das Filzgeschäft so viel Freude, dass sie daneben nichts vermisst. Dank Dora ist sie nicht mehr abhängig von der Mutter, auch wenn sie noch zu Hause wohnt und sich mit den Eltern arrangieren muss. Zwar kostet es Geld, eine Wärterin zu bezahlen, aber es schenkt ihr ein Gefühl von Freiheit. Gott sei

Dank. Und jetzt sind die neuen Pläne für das Versandt-Geschäft so aufregend, dass ihre Haut prickelt, wenn sie daran denkt. Mina hatte ihr einmal vor Jahren, noch vor der Hochzeit, erzählt, ihre Haut hätte gekribbelt, als August zum ersten Mal ihre Hand genommen und mit seinem Schnurrbart ihren Hals berührt hätte. Margarete glaubt, dass sie dieses Gefühl kennt. Genau so war es, als Paul ihr erstes Elefäntle zum Leben erweckt hatte. Und wenn sie sich vorstellt, wie sie den ersten Katalog in der Hand halten wird, dann fühlt sie es wieder. Die Arbeit – das ist ihre Leidenschaft.

Gestern Abend hatte sie den Freunden erzählt, sie wolle im Katalog nur die Elefäntle anbieten. Aber sie hat längst andere Pläne. Sie ist auf dem richtigen Weg, das spürt sie. Es soll noch andere Tiere geben, ein paar hat sie schon genäht, andere existieren erst in ihrem Kopf oder auf dem Zeichenpapier im Schubfach. Sie wird diesem Hansen, der heute, wie er so schön sagte, den »Geist einer Unternehmerin« in ihr entdeckte, beweisen: Das Fräulein Steiff ist vorsichtig, es hält sich nämlich an eine Regel: Man geht immer einen Schritt nach dem anderen. Für jemanden wie sie, die gar nicht laufen kann, ist das vielleicht ein seltsames Motto, aber das ist doch einerlei. Wer etwas von Geschäften versteht, weiß, was gemeint ist. Der Katalog für das Versandt-Geschäft ist jetzt der nächste Schritt. Nachher werden sie die Zahlen gemeinsam prüfen.

Sie sieht, dass Hansen aufsteht. Er begibt sich zur Kredenz, greift nach der Karaffe und schenkt sich nach.

August hält ihm sein Glas hin. Mina setzt sich wieder und verlangt, Margarete solle weiterspielen. »Ein Schlaflied für die Kinder, die müssen dann auch gleich ins Bett.«

Margarete beginnt mit einem leisen, traurigen Lied über den Mond, der ganz allein am Himmel wartet, ob ihn nicht jemand besuchen wolle. Die Kinder hören gebannt zu, auch Hansen dreht den Kopf zu ihr. Dann schaut er weg und hält nach etwas Ausschau, an dem sein Blick hängen bleiben kann. Müde und verzagt kommt er ihr vor, aber vielleicht täuscht sie sich, denn es ist nicht leicht, die Stimmung eines Menschen zu erfassen, der so verschlossen ist. Aber etwas an seiner schlaffen Körperhaltung und der Art, wie er den Kopf senkt, sagt ihr, dass sie richtigliegt. Inzwischen glaubt sie zu wissen, was mit ihm los ist und warum seine Freunde es ihm durchgehen lassen, wenn er sich von einem auf den nächsten Moment aus einem Gespräch stiehlt, plötzlich abwesend und nach innen gekehrt wirkt. Es müsste ihm peinlich sein, findet Margarete. Solche Gefühligkeit, die einen unhöflich werden lässt, sollte man weder bei sich selbst noch bei anderen akzeptieren. Aber sie verspürt auch Mitleid mit Hansen. Denn der ganze Haushalt der Lechners bis hin zum jüngsten Stubenmädchen weiß, dass er diesmal nur aus einem Grund nach Stuttgart gereist ist: weil Violetta Wallmann am Hoftheater singt. Dora hat es heute Morgen in der Dienstbotenküche erfahren und ihr am Nachmittag brühwarm weitererzählt. Margarete war kurz versucht, Dora Einhalt zu gebieten. Sie fand zwar nichts dabei, einem spannenden Tratsch zu lauschen, aber hier handelte es sich um den Freund ihrer Freunde. Die Geschichte passte aber so perfekt zu seinen rätselhaften Stimmungswechseln, aufmerksam, aufgekratzt, dann wieder apathisch, dass sie Dora weiterreden ließ, während diese sie für den Abend frisierte.

»Diese Wallmann muss eine sehr schöne Frau sein, wohl ein bisschen mollert, aber doch sehr schön. Mit langen blonden Haaren, für die ihre Kammerfrau jeden Tag zwei Stunden braucht.« Dora kicherte und begann, Margaretes Haare hochzustecken. »Ich wüsste gar nicht, was ich zwei Stunden lang mit Ihren Haaren machen sollte, Fräulein Steiff. Wahrscheinlich bürstet sie erst mal eine Stunde lang. Und dann wird sie wahrscheinlich auch Perlen oder Steine hineinstecken. Das ist aber alles Glas, hab ich gehört. Weil, wenn sie auf der Bühne steht, ist es ja einerlei, ob es richtige Juwelen sind oder nicht. Man kann es nicht erkennen. Oder was glauben Sie?«

Margarete kämpfte immer noch mit ihrem Gewissen. Sollte sie dieses Gespräch nicht besser gleich beenden? Aber auf Doras Frage musste sie schließlich antworten. »Sicher ist das so. Beim Theater und bei der Oper ist alles unecht und übertrieben. Denk nur an die Schauspieler, die bei unserem Stadtfest auftreten. Ihre Gesichter sind mit Paste beschmiert, und auf die Wangen malen sie sich rosige Flecken, damit sie jünger ausschauen. Die Kleider sind alt und fadenscheinig, und wenn einer dem anderen auf die Schulter klopft, staubt's bis zu uns ins Publikum. Und die meisten Damen tragen sowieso Perücken…«

Dora steckte Margaretes Zöpfe zu einem akkuraten

Kranz und gab sich wissend: »... und die Herren kleben sich Bärte an. Solche, wie der Herr Hansen einen hat. Aber ich denke, sein Bart ist echt, oder?« Sie suchte im Spiegel Margaretes Blick und war zufrieden, als diese nickte.

Es ist immer wieder erstaunlich, überlegte Margarete, wie unwissend ein Mensch sein kann, wenn er nur ein oder zwei Schuljahre durchlaufen durfte. Obwohl sie selbst ja auch nur ein paar Jahre mehr Unterricht genossen hatte.

»Also, der Herr Hansen«, fuhr Dora fort, »der war wohl in Hamburg ganz dicke mit der Wallmann. Oder sie haben... Das heißt, genau weiß ich es nicht. Er war jeden Abend in ihrer Vorstellung und hat ihr Blumen geschickt und kandierte Früchte und hat sie ausgeführt zum... *Souper* – oder wie das heißt. Ob sie auch...?« Wieder richtete sie den Blick in den Spiegel. Als sie bemerkte, dass Margarete die Stirn runzelt, redete sie schnell weiter. »Und dann ist etwas passiert. Ein anderer Mann kam dazu, glaubt man im Souterrain. Aber wohl kein Duell. Weil der andere nicht vom selben Stand war... Und danach ist die Wallmann ganz schnell weg und singt jetzt hier in Stuttgart. Aber der andere Mann ist nicht hier, sagt man. Dafür ist jetzt der Herr Hansen da. Und die Zofe von der gnädigen Frau hat wohl auch mal gehört, wie die Gnädige zum Gnädigen...«

Jetzt musste Margarete einschreiten. Sie wollte nicht hören, was Mina zu ihrem Mann gesagt haben soll.

»Lassen wir's dabei, Dora. Reden wir nicht mehr davon.

Wahrscheinlich stimmt auch nur die Hälfte davon. Wenn überhaupt etwas daran ist.«

Dora atmete sehr tief ein, ein Zeichen dafür, dass sie sich eine Erwiderung verkniff. Schweigend und etwas beleidigt gab sie Margaretes Frisur den letzten Schliff.

Als Margarete jetzt im Wohnzimmer musiziert, hängt Johannes Balthasar Hansen trüben Gedanken nach. Dabei spielt Violetta Wallmann tatsächlich eine Rolle, aber nur eine sehr kleine. Er hat das Ende der Affäre gut verschmerzt, glaubt er. Was ihn viel mehr ärgert, ist der Umstand, dass die Vorstellung von der *Zauberflöte*, die er eigentlich hatte sehen wollen, ausfällt. Violetta ist heiser und kann nicht singen. Sie hatte ihn mit einem kleinen Billett in die Oper gelockt und es ihm am Vormittag gesagt. Dass sie nicht singen könne, daran sei er schuld, schleuderte sie ihm gleich als Erstes entgegen, als er ihre Garderobe betrat. Er habe sie in Hamburg so geärgert, dass sie ihn anschreien musste. Nun sei ihre Stimme kratzig, und wer weiß, wann sie wieder auftreten könne. Als Hansen daraufhin das Haus verlassen wollte, sagte sie, sie brauche Geld, um in Stuttgart richtig Fuß fassen zu können. Erst in diesem Moment wurde ihm klar, warum sie ihn in die Oper, ja überhaupt nach Stuttgart gelockt hatte.

Während er stumm einen Wechsel ausstellte, verwandelte sie sich in seinen Augen innerhalb weniger Sekunden von einer blendend schönen, charismatischen Künstlerin in eine armselige, hinter dicken Puderschichten verborgene Wucherin. Angewidert war er gegangen, hatte an der Theaterkasse wütend vier Karten für die Vorstellung von *Mignon* ein paar Tage später gekauft, weil Violetta darin nicht auftreten würde. Dann war er durch die Straßen von Stuttgart spaziert, bis er sich im Hotel Royal einen Schnaps genehmigte. Erst da fiel ihm wieder der Auftrag ein, eine Zither zu kaufen. Beim Königlichen Hoflieferanten gegenüber der Oper fand er ein – wie er hoffte – passendes Instrument, dann eilte er in die Neckarstraße, wo er jetzt nur mit halbem Ohr zuhört.

Er denkt darüber nach, warum seine Urteilskraft, auf die er sich viel einbildet, ihn immer so gänzlich verlässt, wenn es um Frauen geht. Dabei sind seine Ansprüche weder übertrieben, noch will er jemals heiraten. Auf die steife Bürgerlichkeit in den Häusern seiner Brüder kann er ebenso gut verzichten wie auf den stummen Hass, der zwischen seinen Eltern geherrscht hatte. Selbst Mina und August, in deren Gesellschaft er sich wohlfühlt, sind kein Paar, dem er nacheifern möchte. Hansen liebt seine Unabhängigkeit und das Gefühl, auf niemanden Rücksicht nehmen zu müssen.

Das Fräulein, das dort vor ihm auf der Zither spielt und das nicht wirklich begabt ist – wenn man einen ausgebildeten Musikgeschmack hat wie er, erkennt man es gleich –, wird auch nie einen Mann finden. Aber es scheint sie nicht zu kümmern, und deshalb kann man sich gut mit ihr unterhalten. Sie hat ihn mit ihren ehrgeizigen Plänen überrascht, und das gelingt Frauen selten. Doch eine kleine, selbstbewusste Unternehmerin aus der

Provinz, die nicht einmal laufen kann, ist von seinen Vorstellungen einer Geliebten etwa so weit entfernt wie der Südpol vom Nordpol. Es rührt ihn jedoch, wie mutig sie ist, und wenn sie seinen Rat sucht, ist er bereit, ihn ihr zu geben.

Nach dem Abendessen treffen sich Margarete, Hansen und August in der Bibliothek im Erdgeschoss. Margarete liebt den Raum und zieht sich hierher zurück, wenn ihre Gastgeber anderweitig beschäftigt sind. Lechners besitzen eine Sammlung illustrierter Reisebeschreibungen, in die sie sich vertiefen kann, bis die Augen brennen. Wie gerne verliert sie sich in den Darstellungen des indischen Dschungels oder klettert in Gedanken auf mexikanische Tempelpyramiden, die im dichten Urwald verborgen sind. Aber auch weniger exotische Reiseziele machen ihr Freude, und der stattliche Wälzer *Kenntnisreiche Beschreibung der bedeutendsten Städte des Deutschen Kaiserreichs samt ihrer berühmten Bauwerke* gehört zu Margaretes Lieblingsbüchern. Weil August ihre Vorliebe kennt, legt er ihr manchmal einen Stapel zurecht. Eine große Leserin ist sie nicht, das weiß er, aber Beschreibungen von Landschaften und Kunstwerken begeistern sie.

Auch diesmal sieht sie ein paar neue Bände mit geografischen Berichten auf dem schmalen Beistelltisch neben dem Sofa. Doch heute soll es um etwas anderes gehen. Sie faltet die Spitzendeckchen, die zum Schutz auf dem großen ovalen Tisch aus Walnussholz liegen, ordentlich zusammen und stapelt sie auf den Büchern. Selbstbewusst legt sie die Mappe mit ihren Berechnungen geschätzter Kosten und Gewinne mitten auf den Tisch. August lässt sich aufs Sofa fallen und greift nach den Papieren. Er breitet die Blätter vor sich und dem Freund aus, und die beiden Männer vertiefen sich in ihre Kalkulationen. Bald stellen sie die ersten Fragen zu den Details, diskutieren, wie plausibel Margaretes Schätzungen sind, und schließlich fragt Hansen nach ihren laufenden Kreditverpflichtungen.

»Die tauchen hier nämlich nicht auf.«

»Es gibt auch keine«, entgegnet Margarete souverän. »Die Kreditanstalt in Giengen verwaltet bisher nur meine Ersparnisse, keine Schulden.«

Hansen ist überrascht. »Sie haben keine Schulden?«

»Ich habe mein Geschäft bisher geführt, ohne mir Geld zu leihen. Ich mag die Vorstellung auch nicht, mich in die Hände anderer zu begeben.« Ein Blick zu August sagt ihr, dass er gerade dasselbe denkt wie sie: Nur wenige Menschen sind so sehr auf andere Hände angewiesen wie sie. Vielleicht ist es ihr deshalb so wichtig, finanziell unabhängig zu sein. Aber Hansens Gedanken gehen in eine ganz andere Richtung.

»Und was ist mit dem Material? Sie brauchen eine Unmenge an Filz.« Er sucht in den Unterlagen und zieht das Blatt hervor, auf dem sie die Entwicklung ihres Geschäfts notiert hat. »Sie haben bereits bei Geschäftsbeginn 1877, also vor sechs Jahren, Filz für über 3000 Mark verarbeitet. Womit haben Sie das bezahlt?«

»Ich beziehe den Filz direkt von der Fabrik in Giengen«, sagt Margarete. »Sie gehört Hans Hähnle, dem Stiefsohn meiner Tante, also einem Cousin. Sein Geschäftsführer Adolf Glatz ist der Mann meiner Cousine, er berät und unterstützt mich auch.«

Hansen macht ein zufriedenes Gesicht. »Aha. Also direkt von dieser großen Filzfabrik, von der du mir gestern erzählt hast, August? Die sich ständig erweitert? Hähnle ist Ihr Cousin, interessant. Aber dann haben Sie ja doch einen Kreditgeber. Die Firma gewährt Ihnen wahrscheinlich großzügige Konditionen, wenn es um die Bezahlung der Rechnungen geht, hab ich recht?«

Sein gönnerhafter Ton gefällt ihr nicht, und sie kontert etwas schärfer als beabsichtigt: »Ich bezahle alle meine Rechnungen.«

»Daran habe ich nicht eine Sekunde gezweifelt, Fräulein Steiff. Ich nehme an, Sie bezahlen aber erst dann, wenn Sie einen Teil der Produkte verkauft haben und flüssig sind.«

»Nun ja. Das stimmt, aber ich verkaufe stetig, und ich bezahle stetig.«

Er lächelt. »Das ist ein sehr gutes, faires System. Aber die Sache ist die: Die Filzfabrik gewährt Ihnen Zeit. Das ist in diesem Fall der Kredit. Zeit ist auch Geld.«

August, der sich eine Zigarre angezündet hat, lehnt sich zurück und bläst den Rauch an die Decke. »Du sprichst ein großes Wort gelassen aus …«

Margarete tippt ungeduldig auf die Papiere. »Gut, dann ist das ja geklärt. Aber denken Sie, dass ich richtig kalkuliere?«

113

Hansen schiebt die Papiere zusammen. »Zweifellos. Grundsätzlich ist das eine sichere Unternehmung. Wenn Sie genügend Kunden finden. Was mir noch nicht klar ist: Wie wollen Sie diese gewinnen?«

»Durch Inserate. In Journalen, Zeitungen oder... in anderen Geschäften?«

»Nun, da scheint mir aber noch eine gewisse Unsicherheit zu sein. Diese Aufstellung ist mir zu vage. Aber Sie sagten gestern, Sie würden schon über eine große Kundenkartei verfügen? Wie viele Adressen haben Sie?«

»Weit über hundert. Private vor allem, aber es sind auch Geschäfte darunter. Keine Agenten bisher.«

»Ordentlich, sehr ordentlich.« Er lehnt sich zurück und nickt bedächtig. »Agenten werden Sie aber irgendwann in naher Zukunft brauchen, das kann ich Ihnen jetzt schon sagen. Aber das werden Sie selbst merken.«

Wieder hat er diesen onkelhaften Ton. Kleinlaut gesteht sie sich ein, dass er als Mitglied einer Familie, die ein großes Importgeschäft führt, wahrscheinlich wirklich das meiste besser weiß, und sie bemüht sich, ihren inneren Widerstand zu überwinden.

»Wie wär es«, fragt Hansen, »wollen wir einen ersten Entwurf für Ihren Katalog erstellen? Gib mir mal einen Bogen«, bittet er August, der zum Schreibtisch geht und aus der Schublade ein paar Blätter nimmt und dazu Feder und Tintenfass auf den Tisch stellt.

»Was soll auf dem Titelblatt stehen?« Hansen wendet sich wieder Margarete zu. Sie schaut auf seine Hand, die das Tintenfass aufklappt.

»Ich … also … die Liste mit den Preisen.«

»Mehr nicht?«

»Warum mehr? Darum geht es doch!«

»Sicher, aber ein Titelblatt muss etwas hermachen. Warten Sie …« Er schließt kurz die Augen und konzentriert sich. »Wie wäre das: *Preis-Liste des Filz-Versandt-Geschäfts von Margarete Steiff in Giengen an der Brenz …?*«

Sie unterbricht ihn: »Gretchen Steiff. Unter diesem Namen führe ich mein Geschäft.« Ihr fällt noch etwas ein: »Und unter dem Titel sollte stehen: *Reinwollene Produkte.*«

Er nickt und notiert, was sie sagt.

August wirft träge ein: »*Garantiert!* Ihr müsst das Wort *garantiert* unterbringen. Das macht man heute so.«

Hansen lacht. »Da spricht der Bankier!«

»Aber er hat recht«, verteidigt Margarete die Idee. Die Besprechung macht ihr Spaß, und wie Hansen bemerkt, leuchten ihre Augen jetzt tatsächlich sehr hell. »Mir ist das auch schon aufgefallen. Ich studiere seit Wochen alle Broschüren, die ich finden kann. Wir sollten sagen: *Garantiert reinwollene Produkte.*«

»Einverstanden.« Hansen schreibt den Zusatz auf. »Und vielleicht sollten wir hier erwähnen, dass es sich um den Filz der Fabrik aus Giengen handelt. Wenn Sie diese Firma nennen, die ja – mit Verlaub – viel bekannter ist als Sie, zumindest bisher«, fügt er höflich hinzu, »schafft das Vertrauen und den Eindruck von Verlässlichkeit. Eine Filzfabrik würde nicht mit einer Näherin arbeiten, die nicht … sagen wir: ordentlich arbeitet.«

Wieder mischt sich August ein: »Ich glaube, Hähnles Fabrik ist inzwischen führend auf dem Weltmarkt, wenn es um Filz geht. Er hat praktisch alle Konkurrenten aufgekauft.«

»Sehr gut«, lobt Hansen. »Dann ist es noch wichtiger, dass wir ihn nennen. Und er sollte Ihre Broschüre auch an seine Kunden versenden.«

Unter Margaretes Anleitung notiert Hansen jetzt die Rubriken, welche die Preisliste aufweisen soll: Kinderanzüge, Damenunterröcke, Decken, Gardinen, Draperien und so weiter. Auch das Elefäntle soll eine Seite bekommen. Margarete will es in verschiedenen Größen anbieten, mit und ohne Rollen. Fritz hat ein Gestell konstruiert, mit dem aus einem großen Elefäntle ein stabiles Reittier für Kinder wird. Jetzt wird Hansen hellhörig und will das rollende Elefäntle sehen. August bestellt sofort drei Stück davon, und Margarete verspricht, sich darum zu kümmern, wenn sie zurück in Giengen ist. Hansen redet ihr außerdem zu, Filzproben in den Katalog aufzunehmen.

»Sie sollten kleine Farbmuster einkleben. Glauben Sie mir, nichts überzeugt Kunden mehr, als wenn sie etwas anfassen und fühlen können. Der Aufwand ist groß, aber er wird sich lohnen. Und dann geben Sie den Farbmustern unbedingt Nummern. So vermeiden Sie Missverständnisse bei den Bestellungen. Außerdem sollten Sie auf jeder Seite ganz unten einen Hinweis setzen, dass ab einer gewissen Bestellsumme kein Porto berechnet wird und dass Sie bei größeren Bestellungen zusätzlich Rabatte gewähren.«

Nach zwei Stunden haben sie nicht nur einen detaillierten Entwurf für die erste Preisliste und eine Reihe von Inseraten erstellt, nebst einem Verzeichnis mit den Namen der Journale, die Margarete anschreiben soll, sie hat auch die Gewissheit, dass sowohl August als auch Hansen ihr Vorhaben, das Filz-Versandt-Geschäft zu gründen, gutheißen.

Als Mina zu ihnen stößt und ungehalten fragt, ob sie nicht endlich fertig seien, greift August nach ihrer Hand und bittet um Verzeihung, dass sie so lange habe warten müssen. »Aber wir haben Margarete schon einen Katalog zusammengestellt und alle Werbesprüche notiert, die uns eingefallen sind.«

»Wie wunderbar«, entgegnet Mina, »dann werde ich nicht weiter schimpfen. Hoffentlich habt ihr auch notiert: *Das schönste Spielzeug aus Giengen!*« Die drei schauen sich an. August küsst die Hand seiner Gattin: »Ausgezeichnete Idee, was habe ich für ein Glück mit meiner klugen Frau.«

Selbst Hansen ist zufrieden. Dass er sich in der Rolle als Ratgeber für eine junge Unternehmerin so gut fühlt, hat er nicht erwartet. In Hamburg konsultieren seine Brüder ihn nur selten, um seinen Rat einzuholen, und es tut ihm gut, wenn sich jemand mit einer echten Frage und großem Vertrauen an ihn wendet. Er wird dieses Fräulein gerne weiter unterstützen. Ihr fehlen zwar noch viele Kenntnisse, aber sie scheint einen guten Instinkt für das Geschäftliche zu besitzen – und vielleicht hat sie eine Zu-

117

kunft. In diesen Zeiten kommt es darauf an, Mut für Neugründungen zu haben, und den hat sie. Doch sie sollte auch ihren Sinn für die Kunst weiter verfeinern, denkt er, und dabei fallen ihm die Eintrittskarten in seiner Brieftasche ein. Ich werde das Fräulein Steiff zusammen mit den Lechners in die Oper einladen. Mit Sicherheit war sie noch nie im Hoftheater. Wenn es nicht *Die Zauberflöte* sein kann, dann gehen wir nächste Woche zu *Mignon*. Das ist für eine Anfängerin vielleicht sogar besser.

⇝ 1853 ⇜

Ein Sturz ins Wasser

Es ist einer dieser Tage, an denen man sich nicht vorstellen kann, dass der Sommer jemals ein Ende findet. Bereits am frühen Morgen streicht ein warmer Wind durchs Haus. Er trägt den Duft von frischem Heu und Sonne durchs offene Fenster und verwirbelt in der Küche mit der betäubenden Süße der heißen Marmelade, die im großen Emailletopf blubbert. Margarete hat nach dem Aufwachen sofort das Aroma der roten Beeren in der Nase und leckt sich über die Lippen. Wenn sie jetzt in eine Hefewecke beißen würde, müsste diese nach Himbeeren schmecken, selbst ohne Aufstrich. An einem solchen Morgen ist alles leicht, sie braucht sich nur ein Kleidchen über den Kopf ziehen zu lassen, Strümpfe und Jacke bleiben in der Truhe. In Windeseile flechten die Schwestern sich gegenseitig die Haare. Margarete sitzt vorn, hinter ihr Pauline und dahinter Marie, die sich anschließend selbst die langen Haare bürstet. Ihr kleiner Bruder Fritz ist schon angezogen und spielt mit ein paar Steinen, die sie gestern am Ufer der Brenz gesammelt haben. Er wirft seine Schätze klackernd in einen alten, häufig gestopften Socken des Vaters hinein, holt sie wieder hervor und beginnt von vorn.

Die Steiff-Kinder sind zappelig, weil sie heute mit Onkel Esis, wie sie ihren Nachbarn Jesaja Edelmann nennen, zum Mähen fahren dürfen. Schon hüpfen Pauline und Marie fröhlich die Treppe hinunter, Fritz rutscht, vorsichtig auf dem Po sitzend, Stufe um Stufe nach unten und hält den Socken dabei fest. Die fünfjährige Margarete bleibt allein zurück.

»Mama! Trägst du mich runter? Schnell, der Esis hat bestimmt schon angespannt! Mama!«

»Hetz mich nicht!« Mit energischen Schritten stapft die Mutter die Treppe herauf.

»Du bist die Richtige, immer andere zu kommandieren, Gretle«, schimpft sie. »Ich hätt grad Lust, dich hier oben zu lassen! Deinetwegen musste ich die Marmelade vom Feuer nehmen.« Speicheltröpfchen sprühen aus dem Mund der Mutter.

Margarete dreht den Kopf weg und presst die Lippen aufeinander. Angestrengt lauscht sie, wie ihre Geschwister unten die Holzpantinen anziehen. Schon quietscht die Haustür, und sie stürmen nach draußen, wo der Esis und sein geduldiger Kaltblüter stehen. »Da sind ja meine Fahrgäste«, ruft der Nachbar, und bestimmt hebt er jetzt einen nach dem anderen auf den Wagen. Ob ihm auffällt, dass sie fehlt? Und tatsächlich geht die Tür unten wieder auf, und der Esis ruft: »Maria! Wo ist das Gretle, das soll doch mit! Soll ich's holen?«

Oben steht die Mutter vor dem Bett und stemmt die Arme in die Hüften. »Bist ja ein rechtes Unglückskind, nicht nur die lahmen Glieder, bist auch vorlaut und frech.

Eine wie du, die muss besonders bescheiden sein und brav und lieb. Und nicht andre Leut die Treppe hochhetzen und rufen ›Rasch, rasch!‹ Verstehst du das endlich einmal?«

Margarete senkt den Kopf, nickt und beißt jetzt auch die Zähne zusammen. So kann kein vorlautes Wort herausschlüpfen. Das klappt fast immer. Den Kopf senken, die Mutter nicht mehr anschauen. Dann geht es schnell vorbei. Wie ein Gewitter. Wenn sie der Mutter nämlich direkt ins Gesicht schaut, wird diese manchmal noch wütender.

»Maria!«, ruft der Esis noch einmal.

»Wollt ihr mich ins Grab bringen mit eurer Hetzerei?« Maria Steiff packt ihre Tochter und wuchtet sie sich auf den Rücken. »Wirst auch immer schwerer, Kind.«

Margarete versucht sich so leicht wie eine Feder zu machen, sie hält die Luft an, weil die Marie ihr gesagt hat, dass so ihr Gewicht geringer wird. Ihre Schürze, vorne auf das Kleid geknöpft, ist beim Hochnehmen nach oben gerutscht, und während sie sich mit der linken Hand an der Schulter der Mutter festklammert, drückt sie die Nase in die kleine aufgestickte Nelke auf der Schürze und versucht, sich einen Tropfen abzuwischen, ohne dass die Mutter es merkt. Unten im Flur nimmt der Esis sie der Mutter ab. Margarete schaut nicht zurück, als sie aus dem Haus treten. Die Geschwister winken vom Wagen, und kurz danach sitzt sie neben ihnen.

»Haltet euch gut fest«, sagt Esis. »Ihr werdet gleich

so durchgeschüttelt, dass die Sahne in eurem Bauch zur Butter wird!«

Die Geschwister lachen, nur Margarete, die es mit der Wahrheit immer sehr genau nimmt, belehrt ihn: »Onkel Esis, Sahne gibt es nur bei den Großeltern!«

Esis steigt auf den Bock und löst die Bremse, schnalzt auffordernd, und der Braune trottet los. Die Kinder fallen nach hinten und kreischen vor Freude, sie halten sich aneinander und an den Seitenstangen fest. Von der Ledergasse geht es in Richtung Klingelmühle, wo der Esis kurz wartet, damit sie Apollonia Hähnle winken können. Die Tante reicht ihnen mit geheimnisvollem Lächeln ein Bündel. »Erst zur Mittagsvesper aufmachen, und das Tuch nicht verlieren«, verlangt sie, dann sagt sie dem Esis noch ein paar Worte und kehrt zurück in den Mühlenhof.

Die Kinder befühlen das Bündel und riechen daran. »Wurst?«, fragt Fritz und schiebt einen Finger unter den Bindfaden, mit dem das Päckchen verschnürt ist. Marie schlägt ihm auf die Hand und nimmt ihm das Bündel weg. »Oder Sülze mit Brot?«

Margarete legt sich auf den Rücken und schaut in den Himmel. So viel Freude auf einmal ist ihr fast zu viel. Sie ballt die linke Faust und beißt hinein. Dann stößt sie ein dunkles Brummen aus.

»Was ist los, Gretle, geht's dir nicht gut?«, fragt Pauline besorgt.

»Ich freu mich zu arg, hätt doch die Tante uns das Bündel an einem anderen Tag geben können, wenn es keinen Ausflug mit dem Esis gibt …«

»Du bist eh verrückt«, stellt die Schwester fest und kitzelt Margarete, bis diese nach Luft schnappt.

Esis ist zwar Schuhmacher, aber er hält in seinem Hof auch ein paar Schweine, Ziegen und Hühner. Dazu besitzt er eine kleine Wiese vor der Stadt, unterhalb vom Bruckersberg. Heute soll sie gemäht werden, eine mühsame Arbeit, die er mit der schweren Sense erledigt.

An seiner Parzelle angekommen, hilft Esis den Kindern vom Wagen herunter und setzt Margarete an den Rand der Wiese. Dann spannt er das Pferd aus und führt es zu einem Baum, wo er es festbindet. Es fängt sofort an zu fressen. Wären Esis' ältere Kinder dabei, könnten die Steiff-Geschwister nacheinander eine Runde reiten, aber heute sind sie mit dem Nachbarn allein.

Sie pflücken Blumen, und Marie zeigt ihnen, wie man einen Kranz windet. Dann will Fritz wieder Steine suchen, und die Schwestern helfen ihm. Als Esis einen ersten Streifen fertig gemäht hat, schlagen sie dort ihr Lager auf und spielen mit den Steinen Schule. Die abgemähten Halme piksen in den nackten Kniekehlen. Später helfen Marie und Pauline beim Graseinsammeln. Aber der Rechen aus Holz ist schwer, und schon nach wenigen Minuten schmerzen ihnen die Arme.

Margarete erzählt Fritz vom Leben der kleinen Insekten, die in der Wiese wohnen. Sie gibt ihnen Fantasienamen und erfindet schreckliche Krankheiten, unter denen die Tiere leiden würden. Als er daraufhin einem Käfer ein Bein ausreißen will, damit er auch wirklich krank aussieht, gibt sie ihm eine Ohrfeige.

Mittags setzen sie sich zum Pferd in den Schatten und knüpfen das Bündel der Tante auf. Für jeden von ihnen ist ein Brot mit Wurst und ein halber Apfel darin, auch für den Esis. Doch der gönnt sich nur eine kurze Pause, und bald hören sie wieder das gleichmäßige Zischen, mit dem er in die Halme fährt. Sie tragen das gemähte Gras zum Wagen und helfen ihm beim Aufladen.

Am Nachmittag brennt die Sonne heiß, als er sie alle wieder auf den Wagen hebt. Begeistert wälzen sie sich auf dem weichen Grashaufen.

»Ich bin eine Prinzessin und habe ein Himmelbett aus Seide«, ruft Margarete. »Und was seid ihr?« Die Schwestern wollen ebenfalls Prinzessinnen sein, sogar Fritz will das. Die großen Mädchen lachen ihn deshalb aus, nur Margarete erklärt, Fritz dürfe sein, was er wolle. Sie dreht sich auf den Rücken und betrachtet die an den Himmel getupften Wolken hoch über ihr. Eine kleine Distelblüte sticht ihr in den Nacken, aber sie stört sich nicht daran. Sicher ist ihr Kleid mit Kletten übersät, da müssen ihr die Schwestern helfen beim Abzupfen, bevor sie der Mutter unter die Augen kommt. Das Schaukeln des Wagens macht sie schläfrig, aber sie möchte so gerne noch ein bisschen träumen, bevor sie zu Hause ist, noch ein paar Minuten Prinzessin sein, bevor sie sich wieder in eine Last verwandelt, die sich von der Mutter durchs Haus schleppen lassen muss.

Viel zu schnell biegt Esis in die Ledergasse ein, wo ihnen der Gerber Böckh mit seinem Fuhrwerk entgegenkommt. Die Gasse ist zu schmal für zwei Pferdekarren, Esis muss ausweichen, damit sie sich nicht verhaken oder er in den schmalen, aber tiefen Seitenarm der Brenz rutscht, der durch die Gasse fließt. Er und Böckh könnten sich beim Manövrieren fast gegenseitig durch die Haare fahren, wenn sie wollten. Nur hat der Esis nicht mehr viele Haare, und als ihm nun auch noch der fast taube Schlosser Brechtschneider entgegenkommt, ist er sauer, weil er fast zu Hause ist und der andere hätte warten können, bis er in seinen Hof eingefahren ist. Doch auch der Brechtschneider will nach Hause und treibt seinen Ochsen an.

Esis lenkt sein Pferd so nah es geht an die Brenz, aber weil das Ufer schlecht befestigt ist, kippt der Wagen ins Wasser. Das Pferd wiehert schmerzvoll auf, weil die Wucht des Karrens ihm die Deichsel in die Flanken haut, Esis und die Kinder fliegen in hohem Bogen in den Fluss. Margarete, die nichts von dem Ausweichmanöver mitbekommen hat, findet sich plötzlich unter Wasser wieder. Die Kälte ist ein Schock. Dann das Dröhnen in den Ohren, das Gurgeln und Glucksen. Sie weiß nicht, wo oben und wo unten ist. Etwas stößt gegen ihren Bauch und drückt sie weg. Mit der linken Hand greift sie nach vorn, um sich festzuhalten, aber da ist nichts, nur ein paar Grashalme wickeln sich um ihre Finger. Sie hört das Pferd wiehern und Menschen schreien, es klingt dumpf, als würde sie eine dicke Mütze tragen. Wieder wird sie von etwas getroffen, diesmal fällt es auf ihren Nacken, und sie sinkt weiter nach unten.

Lichtblitze schießen durchs Wasser. Sie reißt die Augen

auf – warum ist da so viel Staub im Wasser? Sie weiß, dass man unter Wasser nicht atmen kann, und denkt an die Kätzchen, die ersäuft werden, wenn keiner sie haben will. Margarete öffnet den Mund trotzdem und schluckt Wasser. Sie will um sich schlagen, aber ihre Arme treiben hilflos im Wasser. Es wird auf einmal dunkel, die Schürze mit der kleinen Nelke legt sich weich auf ihr Gesicht. Durch ihren Kopf zuckt der Gedanke, dass die Mutter gleich nur noch die Schürze ihres Kindes in der Hand hält und fassungslos vor der Brenz steht, in der sie jetzt ertrinken muss.

Plötzlich wird sie an der Schulter gepackt und mit einer Wucht, die sie noch nie erlebt hat, nach oben gerissen. Verdutzt schnappt sie nach Luft, als ihr Kopf aus der Brenz schießt. Sie schaut direkt in das Gesicht von Esis, dem das Wasser aus den Haaren über die Wangen läuft. Ihr Vater und die Nachbarn sind dabei, die Geschwister aus dem Wasser zu tragen, andere schieben den Wagen wieder auf die Straße, und um das Pferd kümmert sich auch jemand. Auf Paulines Kopf türmt sich ein Grashaufen, das sieht lustig aus, denkt Margarete, aber sie ist zu erschöpft, um zu lachen. Mit klappernden Zähnen sagt sie: »Ich wollte gerade zur Tante schwimmen … zzz … zur Klingel … mühle«, worauf der Esis sie an sich drückt. »Still, Kind, still.«

Als sie später alle vier abgetrocknet und aufgewärmt unter einer dicken Decke im Bett liegen, sagt Margarete in das Schweigen: »Gut, dass meine Schürze jetzt sauber ist, mit der hatte ich mir heute Morgen die Nase abgewischt.«

Lange Zeit dürfen sie beim Esis nicht mehr mitfahren, nicht einmal bis zum Ende der Ledergasse. Selbst besuchen darf Margarete ihn eine Weile nicht, obwohl es bei ihm immer so schön ist, weil »Frau Esis« immer ein paar Leckerbissen für sie hat. Stattdessen sitzt sie Stunde um Stunde im Leiterwagen vor dem Haus und denkt sich neue Spiele für die Geschwister und die Freunde aus, bei denen sie Bestimmerin ist. Eine Zeit lang wollen aber alle nur bei »Der Kaiser schickt Soldaten aus« um die Wette rennen, da kann Margarete nicht mitmachen, und die Kinderschar verzieht sich dafür auf die Bleiche am Rand von Giengen. Verstecken kann sie sich auch nicht, aber ihr Wägelchen ist der Abschlag für diejenigen, die sich freikaufen. Und natürlich muss der Sucher bei ihr stehen und mit geschlossenen Augen bis dreißig zählen. Sie passt genau auf, dass niemand früher mit dem Suchen beginnt, denn sie kann schon so weit zählen, obwohl sie noch nicht in die Schule geht. Manchmal tut sie so, als verrate sie ein Versteck, zeigt hierhin und dorthin und verwirrt den Sucher damit. Es fällt ihr immer etwas ein, um sich selbst im Spiel zu halten. Es gibt aber auch schlimme Tage, an denen alle von einem auf den anderen Moment wegrennen. Einfach so.

Wie an jenem frostigen Wintermorgen, an dem sie vom ersten Moment an draußen im Leiterwagen friert. Aber da sie ihre Mutter gequält hatte, sie solle sie doch bitte, bitte, bitte auf die Gasse tragen, kann sie jetzt nicht mehr zurück. Und dann packt ihr Marga, die Schwägerin vom Esis, auch noch ihre Zwillinge in den Wagen. Zuerst stehen alle um sie herum und streiten darüber, warum der liebe Gott Zwillinge macht. Mäxe sagt, weil so viele Kinder sterben, wäre ein Zwilling ein Ersatzmensch. Das will aber niemand glauben, vor allem nicht, weil die Kinder der Marga so niedlich sind. Margarete überlegt fieberhaft, ob ihr nicht eine gute Geschichte einfällt, mit der sie die anderen begeistern kann. Doch dann taucht die Vreni auf und ruft, bei ihr auf dem Hof gäbe es junge Katzen, und sofort rasen alle mit ihr fort. Margarete bleibt zurück, nur die kleinen Mädchen neben sich. Zwei dicke, in Wolle gewickelte weiche Pakete mit blauen Augen, die sie erwartungsvoll anschauen. Margarete will auf irgendwen wütend sein, am liebsten würde sie auch jemandem wehtun, aber sie schafft es nicht, diesen arglosen Kindern mit den rosigen Wangen und den kleinen Mündchen, die wie von Kirschsaft beträufelt aussehen, böse zu sein.

»Wisst ihr überhaupt, was kleine Kätzchen sind?«, fragt sie die beiden ernst. Die verstehen zwar nichts, aber sie strahlen Margarete an und wackeln mit den Füßen unter der Felldecke. »Kleine Kätzchen«, erklärt Margarete jetzt mit ihrer Lehrerinnenstimme, weil niemand da ist, der sie auslachen könnte, »sind so weich, weicher als alles, was ihr kennt. Weicher als die Haut hinter euren Ohren.« Sie nickt bedeutungsvoll, und die Zwillinge nicken freundlich zurück. »Da! Fühlt mal die Stelle hinter euren Ohren, wie weich die ist.« Sie zeigt ihnen, wo sie tasten müssen, aber die Zwillinge können sich mit ihren kurzen Ärmchen in den dicken Jacken nicht hinters Ohr fassen. »Die kleinen Kätzchen sind noch weicher, und dann haben sie ganz winzige Haare an dem Schnäuzchen, die kitzeln, wenn man sie streichelt.« Margarete greift sich ihren Zopf und dreht den Kopf so, dass sie den beiden Mädchen mit den Haarspitzen über die runden Nasen wischen kann. Sie glucksen vor Freude, und Margarete lächelt.

»Wenn ihr wollt, erzähle ich euch das Märchen von den drei Kätzchen, die in einer Scheune zur Welt gekommen sind.« Sie hält kurz inne. Als die Mädchen sie gebannt anschauen, fährt sie fort: »Niemand will sie haben, und die Bauersfrau stopft sie in einen Sack, um sie zum Löschteich zu tragen, wo sie die Kätzchen ersäufen will.« Sie wartet, ob die Zuhörerinnen ihrer dramatischen Steigerung folgen. Immerhin haben sich ihre Münder geöffnet, und kleine Atemwölkchen steigen empor. Margarete nimmt es als Ermutigung. »Auf dem Weg zum Teich muss die Bauersfrau an einer kleinen Hütte vorbei, wo ein Mädchen lebt, das nicht laufen kann. ›Gib mir die Kätzchen‹, sagt das Mädchen, ›du darfst sie nicht töten. Es sind nämlich verwunschene Kinder.‹« Die Zwillinge strecken ihre Hände aus, um Margarete ins Gesicht zu fassen. Gleich werden sie weinen, weil sie frieren, denkt sie. »Und was tut die Bauersfrau?« Ihre Stimme klingt jetzt geheimnisvoll. »Sie stülpt den Sack um und lässt die Kätzchen auf den Boden fallen. ›Da hast du deine verzauberten Kinder mit vier Pfoten. Du darfst sie haben, aber wehe, sie kommen jemals zurück in meine Scheune, dort will ich sie nicht mehr sehen, denn wir haben schon genug Katzen.‹

Die Frau geht zurück zu ihrem Hof, die Kätzchen laufen zu dem Mädchen und reiben ihre rosa Näschen an der Hand des Mädchens. Das sitzt immer auf einem großen Kissen und rutscht am Abend auf dem Bauch in sein Bett. In dieser Nacht kuscheln sich die drei Kätzchen an das Mädchen, und als es morgens aufwacht, sind es – drei Kinder. ›Wir bleiben bei dir und kümmern uns um dich, du sollst nie mehr allein sein‹, sagen sie. ›Wir kochen für dich die leckersten Speisen. Bratwurst und Hutzelbrei!‹ Und so leben sie glücklich bis an ihr Lebensende.«

Margarete schaut die beiden Mädchen prüfend an, aber sie hören ihr nicht mehr zu, denn ihnen ist jetzt wirklich kalt, ihre Münder zittern. Margarete seufzt und schaut sich um, ob nicht irgendwer da wäre, den sie bitten könnte, die Marga zu rufen. Als sie niemanden sieht, brüllt sie: »Marga! Du musst die Zwillinge ins Haus tragen, denen ist kalt.«

Endlose Stunden verbringt sie in ihrem Leiterwagen vor dem Haus und wartet vergebens, dass jemand vorbeikommt, mit dem sie reden kann. Notgedrungen entwickelt sie sich zu einer genauen Beobachterin. Bald kann sie erkennen, wenn ein Kind von einem unsichtbaren Band im Rücken festgehalten wird, wenn es mühsam einen Fuß vor den nächsten setzt, weil es nicht nach Hause will. Es sind wohl Schimpfe und Schläge, die es fürchtet, und es dreht sich immer wieder um und fragt sich, ob es nicht etwas gibt, das ihm einen Umweg erlaubt. Manche dieser Kinder stellen sich kurz zu ihr an den Leiterwagen und erzählen, wovor sie Angst haben. Andere rennen von der Schule auf kürzestem Weg nach Hause, voller Freude auf das Essen und die Geborgenheit in ihrer Familie. Sie nehmen die Stufen vor dem Haus in einem Sprung.

Margarete lernt, dass es Frauen gibt, deren Körbe mit Steinen gefüllt zu sein scheinen, was ihre Schritte schwerfällig und schwankend aussehen lässt. Andere tänzeln beschwingt über die Gasse, weil sie wissen, dass Mann und Kinder sich an sie drücken werden, wenn sie ins Haus treten. Auch die Sprache der Tiere lernt Margarete auf ihrem Beobachtungsposten. Ob eine Katze hungrig oder satt ist, ist nicht schwer zu erkennen, und an der Art, wie sie durch die Löcher in Zäunen huscht oder sich unter Hoftoren durchdrückt, sieht sie, ob sie vor einem Hund wegläuft oder selbst auf der Jagd ist.

Besonders freut sie sich, wenn sie kleine Mäuse entdeckt, deren Augen wie schwarze Knöpfe glänzen. »Verrate uns nicht«, scheinen sie zu bitten. Daran hält sie sich, aber trotzdem muss sie manchmal beobachten, wie Katzen sie zu Tode quälen.

An anderen Tagen, wenn es wärmer ist und Margarete nichts zu tun hat, drückt ihr die Mutter eine Häkelnadel und ein Knäuel Wolle in die Hand, damit sie an ihrem Topflappen weiterarbeitet. Sie hasst es, immer häkeln zu müssen. Sie kann dabei nicht umherschauen und die Welt beobachten, und außerdem tut ihr der Arm so schnell weh.

Margaretes Leben ändert sich grundlegend, als sie endlich in die Schule gehen darf. Sie hat es sich sehnlichst gewünscht, aber die Eltern waren sich zuerst nicht einig, ob sie es gutheißen sollten.

»Dann hast du doch auch mehr Ruhe, Maria«, versucht Friedrich Steiff es mit leicht zu durchschauender Taktik eines Abends. Er lehnt auf Socken an der Küchentür und schaut seiner Frau zu, die Kartoffeln zu Brei stampft. Der Geruch von heißer Butter und Muskatnuss steigt ihm in die Nase, obwohl das ganze Haus bereits seit zwei Stunden nach Rollbraten mit Kräutern duftet. Friedrich Steiff schließt die Augen und spürt, wie ihm das Wasser im Mund zusammenläuft. »Hm, schon auf der Baustelle wusste ich, dass mein Weib heute etwas Besonderes kocht«, sagt er, umfasst sie von hinten und presst sein Gesicht in ihren warmen Nacken. Maria drückt die Ellenbogen hoch und befreit sich aus der Umarmung.

»Und wie das Gretle zur Schule kommen soll, hast du darüber auch schon nachgedacht?«

Er streicht ihr über den Nacken, fest entschlossen, sich die Vorfreude auf das Essen nicht verderben zu lassen.

»Sie kann im Leiterwagen sitzen, und die Großen ziehen sie. Durch die Webergasse sind es nur ein paar Minuten. Das schaffen die Mädchen spielend.«

»Und wenn sie mal krank sind?«

»Dann fragen wir eins von den Nachbarskindern. Oder ich mach's dann eben.«

Maria stampft die Kartoffeln mit heftigen Bewegungen, hält kurz inne und schaut ihren Mann an, der wieder an der Tür lehnt. Sie streicht sich kurz die Strähnen aus dem Gesicht.

»Am Ende bleibt es doch wieder an mir hängen. Wie alles, was das Gretle angeht.« Sie arbeitet weiter und beschließt, dass es genug ist. Schiebt den Topf zur Seite, damit der Stampf nicht anbrennt, und öffnet die Ofenklappe, um nach dem Braten zu sehen. »Was soll sie überhaupt in der Schule? Schreiben lernen wird sie wohl kaum.«

»Sie muss. Das braucht man heutzutage, auch als Frau. Wenn es mit der Rechten nicht geht, muss sie mit der Linken schreiben. Lesen und rechnen muss sie auch können. Außerdem ist sie nicht dumm, das weißt du sehr gut. Sie kann nur nicht so lange durchhalten, das muss man dem Lehrer sagen.«

»Wer sagt es dem Lehrer? Du etwa?« Maria drückt mit dem Zeigefinger auf dem Braten herum und schiebt ihn zurück ins Rohr.

»Na gut, ich sag's ihm.« Friedrich Steiff fragt sich, ob seiner Frau noch mehr Gründe einfallen.

»Ich übe nicht mit ihr für die Schule. Und eins sag ich dir: Wenn das Gretle schreiben kann, kann es auch häkeln. Immer nur auf der Gasse sitzen und die ganze Stadt unterhalten, das hört dann auf.«

Ihr Mann zuckt mit den Schultern und setzt sich an den Küchentisch. Ihm ist warm, und er wischt sich mit dem Taschentuch über die Stirn.

»Was willst du eigentlich? Sei doch froh, dass sie ein fröhliches Kind ist. Stell dir vor, sie wäre so ein Miesepeter, so wie…«

»Wie wer?«

»Weiß nicht, irgendwer.«

»Wie ich? Meinst du das?«

Friedrich Steiff steckt das Tuch weg und gähnt herzhaft.

»Aber nein, du bist kein Miesepeter. Du hast nur Sorgen um das Kind. Die sind allerdings arg, die fressen dich auf, denk ich manchmal. Und deine Freude am Leben auch.« Er zieht seine Socken aus und massiert sich die Füße. »Soll das Mädchen in die Schule gehen und so viel lernen, wie es geht. Mit irgendwas muss es ja später sein Geld verdienen.«

»Du hast Ideen. Geld verdienen? Unsere Tochter wird nicht mal einen Mann finden, der sie versorgt.« Maria öffnet die Klappe unter dem Rohr und schiebt mit dem Eisenhaken die Kohlestücke auseinander, um die Hitze zu reduzieren. Sie holt einen Stapel Teller aus dem Schrank und beginnt, den Tisch zu decken. Dabei sinniert sie: »Sie wird ja keinen Haushalt versorgen müssen und keine Kinder. Sie müsste aber ein Zimmer haben wie die Ursche und sich mit irgendwas nützlich machen.« Ihr Mund verzieht sich grimmig. »Aber sie will ja nicht mehr häkeln. Sie ist langsam und unwillig.«

»Ist halt schwer mit dem Arm ...«

»Ach, alles ist schwer. Sie muss sich mehr Mühe geben.«

»Maria. Du bist nicht gerecht. Die Margarete kann doch nichts dafür, dass sie so ist. Glaub mir: Lass sie lernen. Je mehr in dem Köpfchen drinsteckt, desto besser für die Zukunft.«

Maria Steiff schnaubt. »Weißt du, was ich glaub? Was hernach in ihrem Kopf drinsteckt, das sind alles Flausen.«

Es war schließlich der Arzt aus Ulm, der den Eltern Steiff dringend dazu riet, Margarete in die Schule zu schicken. Gerade weil sie körperlich so eingeschränkt sei, sagte er, solle sie ihren Verstand beschäftigen.

Seit Herbst 1853 ziehen Pauline und Marie die Schwester jeden Morgen gemeinsam die Webergasse hinauf. Dann holpert das Wägelchen über die Marktgasse, hernach biegen sie rechts in die Kirchgasse ein, von dort gehen sie bis zum Kirchplatz, wo die Schule im Schatten der Stadtkirche liegt.

Meistens trägt Marie die Schwester ins Schulhaus und setzt sie auf ihren Platz ganz vorn, nahe am Pult des Lehrers. Die Ausstattung der Klasse mit Möbeln ist dürftig, es gibt von allem zu wenig, und oft sitzen die Kinder zu viert an einem Tisch, der eigentlich nur für zwei gedacht ist. Sie stoßen sich gegenseitig mit den Ellenbogen an, während sie auf ihren Schiefertafeln mit viel Gekratze Buchstaben malen.

Das Lesen lernt Margarete schnell, im Rechnen ist sie bald besser als die älteren Kinder, aber das Schreiben fällt ihr schwer, ebenso das Zeichnen. In der Musikstunde singt sie laut und kräftig mit, und sie lernt auch gerne die Bibelsprüche auswendig, die der Pfarrer ihnen vorliest.

Wenn es ums Aufpassen im Unterricht geht, ist Margarete vom ersten Tag an begeistert dabei, nur dauert es, bis sie die Antworten nicht mehr direkt in die Klasse ruft. Zu Hause beim Abendessen wiederholt sie jeden Abend stolz, was sie gelernt hat, bis die Mutter es verbietet. Sie sehe nicht ein, sagt Maria Steiff, dass sie mit achtunddreißig Jahren noch einmal in die Schule gehen solle. Insgeheim ist sie jedoch beeindruckt davon, was ihre Tochter sich alles merken kann.

Margarete ist schon fast neun, als die Mutter das Gespräch eines Abends, als sie mit ihrem Mann allein in der Küche ist, noch einmal auf das Thema Heilung bringt.

Friedrich Steiff sitzt vor einem Krug Bier und reinigt seine Fingernägel mit dem Messer.

»Ich dachte, es solle endlich gut sein mit den Arztbesuchen«, sagt er nur und steckt sein Messer weg.

Seine Frau fegt den Boden und klopft mit dem Besen an seinen Stuhl, damit er die Füße hochhebt. »Aber ich habe gehört, dass es in Ludwigsburg einen Kinderarzt geben soll, der wahre Wunder vollbringt. Das einzige Problem ist…«

»Das Geld?«

»Ja. Aber ich habe eine Idee, Friedrich, nur musst du mir helfen.«

⇒ 1884 ⇐

Erinnerung an Mignon

»Enger, Gretle, das muss enger. Ich will eine Taille haben wie die von der Kronprinzessin. Genau so!« Berta beugt sich zur Seite und tippt auf den *Giengener Anzeiger*, auf dessen erster Seite eine preußische Prinzessin abgebildet ist. »Bitte, mach's wie bei Ella. Der hast du auch so ein schönes Kleid genäht.«

Margarete rafft den schlüsselblumengelben Musselin über Bertas Hüfte und hält den gebauschten Stoff probeweise über deren Po. Gar nicht schlecht, aber die üppige Stofftournüre passt eben doch besser zu einer gertenschlanken Prinzessin als zur rundlichen Berta vom Gasthof Zum Hirschen. Berta dreht den Kopf so weit sie kann nach hinten, um zu sehen, wie sich der Stoff dort macht. Immer wieder streicht sie an ihrer Taille entlang und atmet flach.

»So geht es doch, oder?«, presst sie hervor.

Margarete lässt den Stoff sinken, nimmt vorsichtig die Nadel aus dem Mund und steckt sie ins Nadelkissen. Sie kramt in ihrem Nähkasten, als suche sie etwas, aber eigentlich will sie Zeit gewinnen. Das ist das Schlimme bei den Anproben. Es kommt fast immer der Moment, an dem sie gezwungen ist, der Kundin etwas Unangenehmes zu sagen. Wenn sie doch lediglich Unterwäsche, Weißzeug oder Kinderkleider nähen müsste. Kleine Mädchen schlüpfen in ein neues Kleid, drehen sich im Kreis, sind froh über Muster, Biesen, eine Schleife oder ein aufgenähtes Blümchen. Sie hüpfen vor Freude und zeigen Margarete damit, dass das Kleid auch zum Spielen taugt. Dann schielen sie zu ihrer Mutter, und wenn diese lächelt, sind sie für gewöhnlich glücklich. Bei den Jungen ist es noch einfacher, obwohl sie meistens gar keine neuen Hosen oder Jacken haben wollen. Hauptsache, die Sachen zwicken nicht. Schnell ziehen sie die neuen Sachen wieder aus, um in ihre bequemen, abgetragenen Lederhosen zu schlüpfen.

Margaretes Kundschaft in Stuttgart ist anspruchsvoller, aber da kann sie auch andere Preise nehmen, und deshalb darf die Prozedur länger dauern. Die Damenkleider jedoch machen am meisten Arbeit, und hier in Giengen ist es besonders heikel. Fast alle Schulfreundinnen, Cousinen und Nachbarinnen wollen ein Kleid von ihr. Margarete weiß, dass sie sich auf die Produktion der Filztiere und die Vergrößerung des Versandt-Geschäfts konzentrieren sollte, aber sie kann so schwer nein sagen – obwohl diese Anproben zu viel Zeit und Kraft rauben. Dass die Mutter in diesem Moment die Werkstatt betritt, passt daher ausnahmsweise mal ganz gut.

Maria Steiff ist schon seit zwei Jahren immer atemlos, wenn sie die Treppe zu Margarete hinaufgestiegen ist. Jetzt ist sie auch noch wütend. Ebenfalls nichts Ungewöhnliches, aber heute scheint sie sich besonders zu ärgern.

»Stell dir vor: Unten steht ein Knecht von Hähnles und hat zehn große Ballen Filz für dich, Gretle, das kann ja nur ein Irrtum sein!«

Als sie Berta erkennt, sagt sie knapp »Grüß Gott, Berta«, und die Wirtstochter knickst automatisch, obwohl sie genau wie Margarete schon sechsunddreißig Jahre und viel zu alt dafür ist.

Margarete ist kurz aus dem Konzept gebracht. Die Lieferung ist allerdings eine Woche zu früh, aber das muss die Mutter nicht interessieren.

»Nein, das ist schon recht, er soll sie heraufbringen.«

»Zehn Ballen?«

Margarete nickt und dreht Berta, die dem Wortwechsel aufmerksam lauscht, wieder zum Spiegel.

»Ja, und ich erwarte bald noch mehr, das ist alles bestellt. Und …«, sie sieht die Mutter beschwörend an, »es ist meine Sache, du brauchst dich nicht zu kümmern. Sag nur dem Mann, er soll alles heraufbringen und hier abladen.«

Mit der linken Hand zeigt sie auf die Seite des Zimmers, wo es noch eine kleine freie Fläche gibt.

»Bist du narrisch, Gretle? Was willst du mit dem ganzen Filz?«

»Röcke und Decken nähen. Und Spieltiere herstellen. Wir haben neue Bestellungen.« In Gedanken fügt sie hinzu: darunter ein ganzes Dutzend Elefäntle für Hamburg. Aber die Mutter ahnt nichts von ihrer Bekanntschaft aus dem letzten Frühling, und so soll es auch bleiben. Die meisten Elefäntle gehen sowieso nach Stuttgart zum Großhändler.

»Mutter, sei so gut. Und nun ist die Berta wieder dran.«

Bevor Maria geht, legt sie noch einen Stapel Post auf den Tisch. Dabei murmelt sie hörbar: »Ich muss immer für alle da sein.«

Margarete kann die Briefe jetzt nicht durchschauen, obwohl es ihr in den Fingern juckt. Während sie dem Knecht der Hähnles dabei zuschaut, wie er die Ballen in der Ecke ihrer Werkstatt stapelt, denkt sie nicht zum ersten Mal, dass sie etwas ändern muss. Wie lang wird das noch gut gehen, hier in der Ledergasse? Fritz hat vorgeschlagen, ihr ein Haus zu bauen mit Wohnung und großer Werkstatt, Lager- und Packraum. Aber sie wagt es nicht. Zwar nehmen die Bestellungen stetig zu, seit sie das Filz-Versandt-Geschäft im letzten Jahr gegründet hat, und die Tiere werden auch immer beliebter. In diesem Jahr – das zeichnet sich sogar jetzt im Frühling schon ab – könnte die Zahl der bestellten Elefanten sogar auf über dreihundert steigen, das wäre das Dreifache vom letzten Jahr. Aber um ein Haus zu bauen, braucht es stabile, langfristige Verträge und einen verlässlichen Kundenstamm. Margarete ist lieber etwas pessimistischer, denn scheitern will sie auf keinen Fall. Heute Nachmittag kommen die Näherinnen und helfen ihr. Es sind schon zwei Festangestellte und noch mal so viel, die von zu Hause aus für sie arbeiten, aber zugeschnitten wird der Filz noch immer bei ihr, damit es keine Abweichungen gibt. Ihre Kunden, Spielzeuggeschäfte und Großhändler wissen es zu schätzen, dass Margaretes Produkte stets gleich gut verarbeitet sind.

»Gretle? Was ist jetzt?«

Margarete strafft den Oberkörper und reibt mit der linken die rechte Hand, um die Durchblutung anzuregen, während sie Bertas Taille in dem viel zu eng gesteckten Kleid mustert. Sie weiß genau, was die Freundin sich wünscht. Doch eben das ist nicht möglich. Berta will durch das Kleid verwandelt werden. Es kommt ihr selbst lächerlich vor, das zu denken, aber es ist am Ende doch ein bisschen wie bei Aschenputtel. Berta ist wie Margarete nicht verheiratet, und sie setzt ihre Hoffnung auf das jährliche Stadtfest, den Höhepunkt des Jahres für alle Einwohner von Giengen. Es nennt sich zwar *Kinderfest,* und die Kinder spielen tatsächlich eine große Rolle, aber eigentlich ist es ein richtiges Bürgerfest. Jede Jungfer will dort tanzen und vielleicht einen Mann finden, nicht anders Berta, die schon mit dem Schreiner Waldemar verlobt war, der jedoch vor der Hochzeit an einer Geschwulst gestorben ist.

Margarete ist sich bewusst, dass Berta sie mit weiteren Wünschen quälen wird, wenn sie jetzt nachgibt. Doch dafür hat sie keine Zeit. Auf ihrem Sekretär liegt die Liste der Neubestellungen, und sie hat sich vorgenommen, ihre Kräfte besser einzuteilen. Dabei schmerzt ihr rechter Arm schon von der ganzen Absteckerei, weil der Stoff so schwer ist. Also muss sie lernen, sich durchzusetzen und diese Anproben abzukürzen.

»Wie bei Ella kann ich es nicht machen«, sagt sie langsam. »Deine Schwester ist nämlich nur halb so… breit wie du, Berta«, fährt sie fort, und mit jedem Wort klingt ihre Stimme fester.

Berta dreht sich um, und ihr Gesichtsausdruck zeigt genau das, womit Margarete gerechnet hat: Erstaunen und Wut. Berta weicht einen Schritt zurück. »Gretle, also wirklich! Ich dachte, du bist meine Freundin.«

»Bin ich auch. Deshalb beschütze ich dich davor, lächerlich auszusehen. Du willst doch in diesem Kleid nicht am Rand stehen und die ganze Zeit japsen wie ein Fisch auf dem Trockenen? Du willst auf den Schießberg gehen. Du willst Krapfen essen und Spießbraten. Und du wirst auch an eurem Stand sein und ausschenken. Und wenn dein Vater dir freigibt, willst du selbst trinken und vor allem tanzen, wenn dich jemand auffordert. Wenn ich es so eng mache, wie du es willst«, sie rafft den Stoff extra fest, und Berta schnappt nach Luft, »wirst du nach einer Stunde ohnmächtig, weil du erstickst. Dann ist das Fest für dich vorbei.« Margaretes Stimme klingt härter, als sie es beabsichtigt hat. Berta sagt nichts. »Glaub mir, ich will, dass du das Fest genießen kannst und trotzdem wunderschön aussiehst. Und ich habe auch eine Idee.«

Die tränenfeuchten Augen Bertas richten sich hoffnungsvoll auf den Spiegel, damit sie Margaretes Gesicht sehen kann. Diese dreht die Freundin zu sich und rafft den Stoff weiter unten.

»Schau, wenn ich hier noch einen Volant annähe, sieht das beim Tanzen wunderschön aus, weil er mitschwingt.

Und hier oben«, sie nimmt einen Stoffrest vom Tisch und hält ihn Berta über den Busen, »nähe ich Blumen aus Seide auf.« Als sie den skeptischen Blick sieht, fügt sie hinzu: »Die machen wir selbst. Katharina kann das besonders schön, und so teuer sind sie nicht. Für dich schon gar nicht. Und dann schauen alle auf deinen Ausschnitt und nicht auf die Taille. Ich habe das gerade in einem Journal gesehen, diese Mode kommt aus England. Das wird richtig hübsch. Und du kannst atmen, lachen und…«, sie stupst Berta in die Taille, »sogar von dem Zuckerbrot essen, das du so magst.«

Berta schluckt, schließlich nickt sie. »Vielleicht könntest du auch die Spitze meiner Großtante aufnähen? Weißt du, die ich dir mal gezeigt habe, das cremefarbene Band?«

Margarete überlegt einen Moment. »Bring sie mir nur. Aber ich würde die Spitze lieber an einen Schal nähen, den du umlegst, wenn es kühl wird. Auf diese Weise kannst du die Spitze auch öfter tragen.«

»Du bist so praktisch und gescheit!«

Margarete lacht. »Ja, das bin ich wohl. Und nun zieh das Kleid aus, damit ich es fertig machen kann. Sei bitte noch so gut und hol mir aus der Küche ein Brötle und einen Becher Kaffee aus der Kanne, die auf dem Ofen steht. Dann bin ich gestärkt, und es geht schneller.«

Während Berta in die Küche geht, notiert sich Margarete im Auftragsbuch, was an dem Kleid gemacht werden muss. Nähen kann es morgen die Katharina, aber das muss Berta nicht unbedingt wissen.

»Gretle, es ist immer so nett bei dir, können wir noch etwas zusammensitzen und erzählen?« Vorsichtig stellt Berta den Becher vor der Freundin ab und legt das Brötle daneben. Dann ist sie auch schon wieder in der Küche und kommt mit einem zweiten Becher und einem weiteren Teller zurück. »Ich hab das früher immer so gerne gehabt, wenn du erzählt hast in der Nähschule. Ein bisschen Zeit hab ich noch, muss erst abends in der Schenke helfen.«

Einen gemütlichen Plausch lässt Margarete nur ungern aus, aber heute geht es nicht. »Tut mir leid, aber ich hab so viel zu schaffen. Mir bleibt nicht mal Zeit zum Mittagessen. Und außerdem: Das mit dem Schwätzen beim Arbeiten, das geht nicht mehr so leicht wie früher. Beim Weißnähen, beim Säumen oder bei Knopflöchern kann ich das wohl. Aber bei deinem Kleid muss ich mich konzentrieren, sonst gibt's Patzer, und ich muss alles wieder auftrennen.«

»Hm«, antwortet Berta mit vollem Mund, »dann ein andermal.« Sie schaut sich um. »Du brauchst mehr Platz. Bist ja eh schon eine Berühmtheit in der Stadt. Deine Filzkollektion hat es bis nach Berlin geschafft, hab ich gehört. Das find ich schön. Und willst du wirklich auch ins Ausland verkaufen?«

In Giengen gilt es mehr, in Berlin bekannt zu sein als in Paris. Aber was soll's, Berta will nett sein, und Margarete möchte es ebenso. »Vielleicht. Euer Bier erobert gerade die Schwäbische Alb, hab ich gehört«, sagt sie und freut sich, dass die Freundin sie anstrahlt.

Wie wichtig es für den Erfolg ist, seine Produkte nicht nur in der Heimatstadt zu zeigen, hat Margarete erst mit der Zeit begriffen. Aber jetzt ist sie ganz begierig darauf, die Möglichkeiten zu erkunden, um ihren Markt zu vergrößern. Vor ein paar Monaten besuchte sie mit Fritz die Ausstellung der Stuttgarter *Musterlagerverwaltung der Königlichen Centralstelle*. Der Gewerbeverein von Giengen hatte sich die Schau von Ende Januar bis Mitte Februar gesichert und sie im Nebengebäude der Gaststätte Einhorn in der Obertorstraße gezeigt, ein Saal, der normalerweise für Hochzeiten, Taufen oder einen Leichenschmaus genutzt wird. Der *Brenzthal-Bote* sparte nicht mit Lob: »Jeder Gewerbetreibende, jede Hausfrau, jede Jungfrau, alle werden in der Ausstellung musterhaft gearbeitete Gegenstände finden.«

Gleich am Tag der Eröffnung warteten Margarete und Fritz um zwölf Uhr vor dem Eingang. Fritz legte den Eintritt von 20 Pfennig für sie aus. Der Einhornsaal war liebevoll mit Tannenzweigen und Papierblumen dekoriert, und Hans Hähnle hatte die langen Tische mit Filz bespannen lassen. Sie begannen den Rundgang bei den Kasten- und Türschlössern, die Fritz als Baumeister besonders interessierten. Auch für Vorhängeschlösser, Scharniere und Werkzeuge begeisterte er sich und notierte in seinem Taschenkalender ein paar Firmen, die er anschreiben wollte.

Die nächste Abteilung mit Haushaltsgeräten bot eine fast unüberschaubare Vielfalt: Von der Halterung für Essig und Öl über Geschirr, große Kandelaber, Bierseidel, Liqueurkannen, Spielteller, Rauchergarnituren und Schreibunterlagen schien es für alle Tätigkeiten im Haus ein passendes Gerät oder eine Vorrichtung zu geben. Neugierig stöberte Margarete die Auslage der Etuis durch.

»Fritz, wir hätten Anna mitnehmen sollen. Ein Handschuhkasten, wie praktisch. Sucht sie nicht immer ihre Handschuhe?«

»Weil sie sie verlegt, wenn sie die Kinder hochnimmt und ihnen die Nasen putzt. Ein solcher Kasten würde ihr gar nichts nützen. Sie würde ihre Handschuhe überall liegen lassen, nur nicht dort. Ich bin froh, dass sie nicht dabei ist, sie würde das alles hier kaufen wollen«, brummte ihr Bruder.

Als Margarete einen Teekasten entdeckte, hielt sie inne und strich liebevoll mit den Händen über das glatte Holz und die schlichte Intarsienarbeit. Der Schlüssel steckte, und sie öffnete den Kasten. Drei Fächer kamen zum Vorschein, jedes mit einem perfekt passenden Deckel verschlossen, den man an einem kleinen Holzknopf hochnehmen konnte. Auf einem Schild hieß es, der Kasten sei aus Eiche und Veilchenholz.

Verwundert schaute sie zu Fritz, der schon den nächsten Stand erreicht hatte: »Veilchenholz? Kennst du das?«

Ihr Bruder kehrte zurück und begutachtete den Kasten. Auch er legte unwillkürlich seine Hände auf den glatten Deckel. »Hier, die eingelegten hellen Rauten sind das. Gutes Material, ein Tropenholz. Kommt aus Brasilien oder Mexiko. In der Bauschule nannten wir es Königsholz.«

»So einen Teekasten könnte ich gebrauchen«, sagte Margarete. »Ich könnte verschiedene Sorten in den Fächern aufbewahren und hätte immer den Überblick, welche gerade zur Neige geht.«

Sie begann zu träumen, aber Fritz hob den Holzkasten an und winkte ab. »Der ist zu schwer für dich, den kannst du gar nicht bewegen. Wo sollte der auch stehen in der Ledergasse? Und außerdem: In Giengen trinkt niemand Tee. Du etwa? Komm, lass uns weitergehen.«

Margarete schaute noch einmal zurück und sagte sich: Doch, ich trinke Tee. Und wenn ich ein eigenes Haus habe, dann kaufe ich mir einen Teekasten.

Schließlich gelangten sie zu der Abteilung mit textilen Produkten: persische Pantoffeln, Filzstiefel, Tücher, Decken.

»Eigentlich müssten deine Spieltiere hier zu sehen sein«, monierte Fritz.

»Ja«, gab sie ihm recht. »Beim nächsten Mal sind sie dabei. Dafür sorge ich.«

Als Berta gerade fort ist, tauchen die Näherinnen in der Ledergasse auf. Margarete sitzt mit ihnen am großen Tisch in der Werkstatt und verteilt die Arbeit, bevor sie sich um die Papiere kümmert, Bestellungen in Listen einträgt, Materialmengen und Arbeitsstunden berechnet. Da ihr rechter Arm seit der Anprobe schmerzt, blättert sie zur Entspannung durch die Werbebroschüre eines Drogisten, die heute mit der Post gekommen ist. Aufmerksam studiert sie Gestaltung und Text. Manches gefällt ihr gut, das könnte sie übernehmen. Hingegen stoßen die marktschreierischen Anpreisungen und Versprechungen sie ab: Wie oft es dort heißt »auf vielseitiges Verlangen« oder »delikat« oder »das Einzige und Wahre und Echte« – Margarete erscheint das unredlich. Ich muss einen Weg finden, überlegt sie, seriös zu klingen, so als wüsste ich genau, was ich tue – denn so ist es ja auch – und könnte den Wert meiner Arbeit gut einschätzen. Anbiedernd oder eingebildet will ich aber nicht klingen. Sie wechselt den Platz und setzt sich mit der Post an den kleinen Sekretär in der Ecke der Werkstatt. Dort liegt der Entwurf für ihren neuen Katalog, den sie Hansen zur Begutachtung vorlegen will: »Filz ist der billigste Bekleidungsstoff am Markt und auch der beste, solange er aus reiner Wolle fabriziert wird. Ich biete nur garantiert reinwollene Ware, welche sich vortrefflich eignet zur Anfertigung von Mänteln, Juppen, Schlafröcken, Kinderanzügen, Damenunterröcken, Mützen, Kapuzen, Decken, Teppichen, Stickereien, Gardinen, Draperien usw.«

Ja, denkt sie, das ist klar, ehrlich, selbstbewusst und nicht auf billige Wirkung bedacht.

Sie schaut die Bestellungen im Auftragsbuch durch. Es werden jedes Jahr mehr. Sie müsste sich vielleicht doch vergrößern. Schon jetzt stoßen sie an Grenzen, wenn sie hier zu fünft oder zu sechst arbeiten. Natürlich könnte sie zusätzlich Frauen für die Heimarbeit engagieren, aber diese müssen angeleitet, die Stoffe müssen zugeschnitten und am Ende muss alles verschickt werden. Sie braucht einfach mehr Platz.

Vielleicht sollte sie auch darüber einmal mit Hansen reden. Er hatte ihr geraten, das Filzgeschäft zu einem Familienunternehmen aufzubauen und ihre Neffen einzubinden. Noch sind sie zu jung, aber bald könnten Paul und Richard ins Geschäft eintreten.

»Ich weiß um die Vorteile und Nachteile einer großen Familie und eines Unternehmens, das sich ganz auf sie stützt«, hatte Hansen letztes Jahr gesagt, als sie mit ihm und August in der Neckarstraße zusammen in der Bibliothek saß. »Jeder meiner Brüder hat seinen Platz. Auch ich.«

Hansen hat Glück, weiß Margarete, denn sein Platz ist überall. Er muss nicht jeden Tag ins Hamburger Kontor. »Meine Brüder«, so erzählte er weiter, »nennen mich den Botschafter, aber ich würde sagen, ich bin nur eine Art gehobener Gesandter. Ich reise und knüpfe Kontakte. Und während ich versuche, Geschäftsbeziehungen einzufädeln, kann ich meiner Liebe zur Musik nachgehen. Zwischen Madrid, Wien und Kopenhagen kenne ich wohl jedes Opernhaus…«

August hatte sie daraufhin bedauernd angelächelt. »Gretle, solche Freiheiten kommen für dich nicht in Frage. Jedenfalls noch nicht. Du musst vor Ort sein. Und wenn du reisen willst – und ich weiß, dass du das nicht nur willst, sondern auch für deine geistige Gesundheit brauchst –, musst du einen Geschäftsführer haben. Ein Unternehmen darf nicht zu lange kopflos sein, sonst rennt es in die Brenz!«

Sie hatten gelacht und mit dem Wein angestoßen, den

August für ihre Zusammenkunft spendiert hatte. Hansen wurde schnell wieder ernst. »Natürlich gibt es Diskussionen darüber, wie ein Unternehmen zu führen ist, auch bei uns. Aber wenn der Familienzusammenhalt grundsätzlich da ist, rauft man sich zusammen. Wir Hansens handeln nach dem Spruch: ›Was für das Geschäft gut ist, ist auch für die Familie gut.‹ Und umgekehrt: ›Was für die Familie gut ist, ist immer auch gut fürs Geschäft.‹ Und Sie haben ja bereits damit begonnen, denn Ihr Filzlieferant ist doch Ihr Cousin!«

»Ja, und sein Geschäftsführer, Adolf Glatz, ist der Mann meiner leiblichen Cousine, also der Stiefschwester von Hans Hähnle. Er berät mich oft.«

Hansen nickte. »Umso besser. Der ist so gut wie ein Cousin. Was meinen Sie, wie die Familienbande bei uns in Hamburg sind? Wer immer einen einzigen Tropfen einer Hanseatenfamilie in sich trägt, wird auf dieses Erbe stolz sein. Ein etwas entfernter Vorfahre von mir war mit einer Amsinck-Tochter verheiratet. Der Glanz dieser Ehe fällt noch heute auf unser Unternehmen. Deshalb rate ich Ihnen: Lassen Sie bald die Neffen mitarbeiten. Ihr Bruder ist Baumeister, sagten Sie, nun, vielleicht baut er Ihnen einmal ein neues Geschäftshaus. Und Ihre Schwestern?«

Ein Schatten legte sich auf Margaretes Gesicht: »Marie ist vor fünf Jahren gestorben ...« August nahm kurz ihre Hand und drückte sie. »Sie war so fröhlich, ein Schatz«, seufzte sie, dann fasste sie sich: »Pauline ist mit ihrem Mann fortgezogen, aber wer weiß, vielleicht kommen sie ja einmal zurück ...«

Margaretes Gedanken schweifen von der Szene in Augusts Bibliothek zu ihrer großen Schwester Marie, die elend im Kindbett verblutet ist. Mutterschaft ist ein großes Glück, aber zugleich eine Gefahr für Leib und Leben. Vielleicht sollte sie froh sein, dass sie nie vor die Wahl gestellt wurde, Mutter zu werden oder nicht. Auch Hansen hat auf diese Weise eine Schwester verloren …

»Hansen, immer Hansen, Gretle, jetzt denk gefälligst mal an etwas anderes«, murmelt sie leise vor sich hin, damit die Frauen am großen Tisch nichts davon hören. Sie greift nach den letzten noch ungeöffneten Briefen und hält plötzlich ein cremefarbenes Kuvert in der Hand – mit einem Hamburger Poststempel.

»Gebrüder Hansen, Am Sandtorkai, Hamburg«, steht als Absender darauf, und sie streicht vorsichtig mit dem Finger darüber. Da ist er ja schon wieder, denkt sie und atmet tief durch.

Seit sie sich im letzten Frühling in Stuttgart kennenlernten, hat er ihr dreimal geschrieben. Bei diesem Gedanken korrigiert sie sich sofort. Natürlich hatte er nicht dreimal an sie direkt geschrieben. Beim ersten Mal hat er August Lechner einen Artikel aus einer französischen Tageszeitung geschickt, in dem es um den Ankauf der Filzfabrik von Reims durch Hans Hähnle ging. Auf einem Zettel stand dabei:

Lieber August,

vielleicht mag Mina beiliegende Merkwürdigkeit an Eure Freundin, das mutige Fräulein Steiff, schicken? Ich finde es bemerkenswert, dass die Giengener Filzfabrik in der französischen Presse erwähnt wird, und hege den Wunsch, ihr das mitzuteilen. Sicher ist sie froh, einen in der Welt so bekannten Lieferanten zu den ihren zu zählen. Hoffentlich wird auch ihr geplantes Filz-Versandt-Geschäft ein Erfolg! Falls noch Platz ist, darf Mina auch einen herzlichen Gruß von mir mit hineinlegen.

Mina hatte den kurzen Artikel und die Notiz von Hansen wirklich an Margarete geschickt. Über das Wort »mutig« freute sie sich am meisten, auch wenn sie nicht genau wusste, ob er es so meinte, wie sie es auffasste. Hansen hielt sie offenbar also nicht für verrückt. Ja, er hatte bei seiner Zeitungslektüre sogar die Verbindung zwischen der Filzfabrik von Hans Hähnle zu ihr gezogen, und das zeigte doch, dass sie in seinen Gedanken... nun ja, ein winziges Plätzchen hatte.

Beim zweiten Mal hatte Hansen den Stuttgarter Freunden zu Weihnachten ein schmales Bändchen mit dem Titel *Der Tee und seine heilende Wirkung* geschickt. Wieder lag eine Notiz dabei:

Eines der zwei Exemplare habe ich Eurer geschätzten Freundin, dem Fräulein Steiff, zugedacht. Zwar sind von der Heilkraft des Tees keine Wunder zu

erwarten, und Frl. Steiff ist viel zu klug, um sol-
che Vorstellungen zu hegen, aber es gibt doch eine
Reihe Krankheiten, bei denen der Tee durchaus
lindernd einwirken kann. Ich werde selbst eine
Abhandlung über die medizinischen Wirkungen
schreiben, wenn ich wieder mehr Zeit habe. Es soll
ein längerer Aufsatz werden, der über die hier vor-
liegenden Gedanken eines chinesischen Mönchs
hinausgeht. Obwohl ich die Zeichnungen für so
exquisit halte, dass sie wohl kaum übertroffen
werden können. Bitte sendet herzliche Grüße zum
neuen Jahr an Frl. Steiff. Wird sie Euch im Mai
wieder besuchen?

Margarete war der Meinung, sie dürfe, nein, sie müsse
sich sogar für das schmale Büchlein bedanken. Kurz
darauf schickte sie ein Päckchen mit neuen Spieltieren
an Mina. Sie hatte einen Affen und ein Kamel genäht
und dazu noch einen Hund und Katze und wollte wissen, wie die Kinder darauf reagierten. Außerdem legte
sie einen kleinen Elefanten dazu und verfasste ihrerseits
eine Notiz: »Da Eure Kinder mit Elefanten aus Giengen
leidlich versorgt sind, dürft ihr diesen an Herrn Hansen
nach Hamburg schicken. Ich hoffe, er freut sich über ein
eigenes Exemplar. Wie man an den kleinen Ohren sehen
kann, ist dieser Dickhäuter in Indien zu Hause, wo es ja
auch große Teevorkommen geben soll, wie ich gelesen
habe. Ich möchte mich damit für das Tee-Büchlein und
auch für Herrn Hansens nachdrücklichen Rat vom Früh-

jahr bedanken, meine Produkte an das Export-Musterlager in Stuttgart zu schicken.«

Sie hoffte, Hansen würde bemerken, dass sie die Satteldecke des Elefanten mit chinesischen Schriftzeichen und die Filzunterlage mit winzigen Zitronenblüten bestickt hatte, Letzteres eine Anspielung, bei der sie sich fast schon verwegen vorkam.

Ein paar Wochen später erhielt sie die Antwort. Hansen hatte zum ersten Mal an sie selbst nach Giengen in die Ledergasse geschrieben und sich für das Filztier bedankt:

Nun aber müssen Sie mit den Folgen Ihres Geschenks leben, denn meine Neffen und Nichten haben sich schon so leidenschaftlich um das Elefäntle gestritten, dass die Zitronenblüten, wären sie denn echt, längst zertrampelt unter seinen Füßen lägen. Ich bestelle daher heute ausdrücklich zehn Elefäntle bei Ihnen und verbinde das mit einer Bitte: Gestalten Sie die Tiere so, dass vier brave Mädchen und sechs wilde Jungen jeweils ihr eigenes Spielzeug leicht wiedererkennen. Und lassen Sie mich in dem Glauben, die Blüten lägen nur zu Füßen des Johannes-Balthasar-Hansen-Elefanten und fänden sich nirgendwo sonst.

Er hatte die Zitronenblüten erkannt und sogar den Mut gefunden, sie zu bitten, sie auf kein anderes Tier zu sticken. Das löste in ihr ein so warmes Gefühl aus, dass sie das Fehlen der Frage, ob sie im Frühling wieder nach Stuttgart käme, gar nicht mehr so bedeutend fand.

Und nun ist da wieder ein Brief. Sie beginnt zu summen: »Kennst du das Land, wo die Zitronen blühn...«, als sie ihn zur Hand nimmt. Halb hofft, halb fürchtet sie, er möge ihr etwas Persönliches sagen, obwohl sie weiß, dass ihre Fantasie mit ihr durchgeht und sie das auf keinen Fall zulassen darf. Entschieden legt sie den Brief zur Seite. Nein, ganz sicher wird sie ihn nicht in der Stimmung lesen, in der sie sich gerade befindet, so aufgewühlt und mit den verrücktesten Gedanken in ihrem Kopf.

Sie setzt sich zu den anderen und arbeitet noch eine Stunde an den Filzkragen. Dann erst erlaubt sie sich, der Enge des Zimmers zu entfliehen, und erfindet eine Verabredung zum Maßnehmen. Dora will sie begleiten, aber Margarete winkt ab.

Sie holt den wollenen Umhang aus ihrem Schlafzimmer und hält vor dem Spiegel inne. Selten hat ihr Gesicht so gestrahlt. Es ist doch nichts dabei, wenn du dich freust, sagt sie sich. Niemand ahnt, welche Seifenblasen in deinem Inneren aufsteigen. Und niemand wird es je erfahren. Du wirst dich nicht der Lächerlichkeit preisgeben, indem du irgendeinem Menschen, auch nicht den allerliebsten Freundinnen, Einblick in dein Herz gibst. Dein Stolz beschützt dich vor Mitleid und Häme. Aber wenn ein Lichtstrahl ins Innere dringen will, warum solltest du ihn nicht hereinlassen? Es ist doch kein Gift, wenn man einen Menschen gernhat. Und nur darum geht es. Und um die Freude, dass einer an dich denkt. Dass

155

ein Mann, der mehrere Tagesreisen von dir entfernt lebt, in seinem Kopf und vielleicht sogar in seinem Herzen einen winzigen Tropfen Blut hütet, auf dem Margarete steht. Das ist keine Sünde, solange du keine Erwartungen hegst. Solange es dir nicht das Leben vergällt, das du führst. Margarete nickt ihrem Spiegelbild zu und schlingt den Schal um ihre Schultern. Sie fährt zur Hintertür, die Dora für sie öffnet, und rollt langsam die Rampe hinab, hält mit der Rechten den Handlauf und mit der Linken die Bremse. Unten angelangt, fährt sie in Richtung Brenz und rollt über den Uferweg. Sie strengt sich an, die Räder anzutreiben, und spürt, wie gut es ihr bekommt, sich zu bewegen.

An ihrem Lieblingsplatz bleibt sie stehen. Dort breitet sich auf der Wiese, die zum Wasser führt, ein dichter Teppich Scharbockskraut aus. Daran angrenzend plätschert das Wasser eilig in Richtung Dillingen an der Donau.

Noch immer summt sie vor sich hin. Es ist schön, dass es diese Musik gibt. Und es war ein unvergesslicher Abend in der Stuttgarter Oper. Wie oft hat sie seitdem daran gedacht.

Es war Mina, die am Vorabend, als alle gemütlich im Salon versammelt waren, davon anfing.

»Gretle, den feinsten Staat, den du eingepackt hast, musst du morgen anlegen. Wir gehen in die Oper. Johannes lädt uns ein.«

Die Ankündigung jagte Margarete zunächst einen Schrecken ein. Sie war noch nie in der Oper. Ob man ihr ansah, dass sie alles andere als Vorfreude empfand? Sie wagte einen schnellen Blick in die Runde. Aber August und Hansen waren in ein Gespräch vertieft und überhörten Minas Satz. Mina selbst kämpfte gerade mit einer Reihe von Nadeln und einem winzigen Söckchen, das sie stricken wollte, aber als sie die Handarbeit hochnahm, um sie genauer anzuschauen, erkannte sie, dass es ihr nicht gut gelungen war. Missmutig warf sie die angefangene Strickerei auf den Tisch. Margarete griff danach und begutachtete das kümmerliche Ergebnis stundenlanger Mühe.

Sie überlegte, ob sie alles wieder aufribbeln sollte, und fragte betont beiläufig: »Ach ja? Was für eine ungewöhnliche Idee. Was wird denn gegeben?«

Mina beobachtete sie scharf. »Du musst das Gelumpe nicht retten. Ich kann einfach keine Söckchen stricken. Ich kann eigentlich gar nicht stricken, wie du sehr gut weißt.«

»Umso heldenhafter, dass du es immer wieder versuchst. Ich habe das Stricken schon länger aufgegeben. Warum beginnst du nicht lieber eine Häkelarbeit? Ein Deckchen für die Wiege. Oder ein paar Blümchen, die wir zusammennähen und auf das Federbett legen.« Sie zog die Nadeln heraus und begann, die Maschen aufzuziehen.

Mina runzelte die Stirn. »Gretle, es ist rührend, dass du mir jedes Mal das Gefühl geben willst, ich könnte etwas leisten beim Handarbeiten. Aber es will einfach nichts werden. Das überlasse ich lieber dir. Dafür kann ich etwas anderes: Ich werde morgen dafür sorgen, dass wir beide ordentlich herausgeputzt sind.« Zu den Männern gewandt fragte sie: »Johannes, welche Oper wird überhaupt aufgeführt?«

»*Mignon*«, erklärte Hansen, stand auf und kam zu ihnen herüber. Er zog einen Sessel heran und setzte sich auf diese eigenartig steife Weise hin, die Margarete schon öfter an ihm beobachtet hatte. »Wenn gewünscht – und Sie nichts dagegen haben, Fräulein Steiff –, erzähle ich kurz die Handlung…«

»Liebe, Tod und Verrat. Geht's darum nicht immer in der Oper?« August meldete sich von seinem Platz aus. Er schenkte sich und Hansen ein Glas Wein ein und kam mit den Gläsern zum Sofa, wo er sich neben seine Frau setzte und ihr einen Kuss auf die Wange drückte.

»Ich war noch nie in der Oper«, sagte Margarete leise.

»Das macht nichts«, entgegnete Hansen aufmunternd. »Sie sollten nur die Geschichte kennen, um besser folgen zu können.«

»Aber sei darauf gefasst: Man versteht rein gar nichts«, warf Mina ein. »Sie singen nämlich gerne auf Italienisch. Zwischendurch reden sie. Zum Glück. Aber wer wen am Ende heiratet oder wer sterben muss, merke ich mir nie. Ich mag die Oper wegen der Kleider. Und wegen der schönen Musik.«

»Du bist eine gute Bankiersgattin, meine Liebe«, lobte August und küsste ihr die Hand, »immer mit dem Blick fürs Wesentliche. Wie lang wird es dauern, Johannes? Wieder einmal fünf Stunden?«

»Nur drei«, gab Hansen zu.

»Dann komme ich lieber später. Zum Imbiss in der Pause.«

Hansen wollte zuerst etwas Strenges erwidern, ließ es aber und seufzte. »Ich bin mir sicher, dass du das nicht so meinst, August. Und du solltest Fräulein Steiff auch nicht schon vorher die Freude verderben. Wer weiß, vielleicht liebt sie die Oper? Schließlich ist sie musikalisch.«

Mina warf sich in Pose und trällerte ein paar Takte, die eher nach Küchenlied klangen als nach Oper: »Lalalala … ja, die Musik ist schön. Und dabei kann man – wenn man einen Logenplatz hat – den Blick auf die hübschesten Frisuren und die stattlichsten Kavaliere richten.«

August legte ihr die Hände um den Hals und drohte in gespielt düsterem Ton: »Während der eifersüchtige Ehemann sich von hinten anschleicht … Johannes, du hast doch hoffentlich eine Loge gemietet?« Sie lachten beide.

Auch Hansen rang sich ein Lächeln ab und sagte zu Margarete: »Meine Freunde sind keine ernsthaften Verehrer der Oper, wie Sie merken. Natürlich sitzen wir in einer Loge. Aber nun erzähle ich Ihnen die Geschichte von *Mignon* …«

Als sie am nächsten Abend das Foyer der Oper betraten, musste Margarete an das Gesumme der Bienen im Fingerstrauch denken, der im Garten in der Ledergasse wuchs. Jeder Gast schien in Bewegung zu sein, Herren verbeugten sich, Damenköpfe mit schweren Hüten nickten huldvoll, behandschuhte Arme wurden träge zum

Gruß oder auch zum Kuss gereicht, Röcke sanft gerafft, Tournüren zurechtgeschoben, Capes mit vorsichtigen Bewegungen von weißen Schultern gehoben, Fächer geöffnet, Hüte gelüpft. An den Garderoben nahmen junge Mädchen in langen schwarzen Kleidern die Zylinder und Handschuhe entgegen, dazu Mäntel mit Pelzkragen und weiche Umhänge. Pagen in Livree verteilten Programmzettel und verkauften aus ihren Bauchläden Konfekt, Streichhölzer und Fotografien der Sängerinnen und Sänger, die an diesem Abend auftraten. Untermalt wurde die Szene von perlendem Gelächter und sonorem Gemurmel, ab und zu unterbrochen von Akzenten wie einem hellen Aufschrei. Margarete wäre froh gewesen, wenn sie dieses Theater, das sich in der Vorhalle abspielte, in Ruhe hätte beobachten können, aber neben Bankier August Lechner und seiner Gattin Mina, die es raffiniert verstanden hatte, ihren kleinen Bauch zu kaschieren, war das unmöglich, weil die beiden schnell von Freunden und Bekannten umringt wurden.

Hansen hatte sich als Gastgeber um alles gekümmert, und Margarete, die sich vorher gefragt hatte, wie sie mit dem Rollstuhl in die Oper hineinkommen würde, merkte rasch, dass ihre Sorge unnötig war. Kaum hatten sie die Kutsche verlassen, tauchten wie aus dem Nichts zwei stämmige Träger in Livree auf, die Margarete mitsamt dem Rollstuhl die Stufen zur Eingangshalle hinauftrugen. Sie blieben eine Viertelstunde in der Halle, damit die obligatorischen Grüße ausgetauscht werden konnten. Dann waren die Träger wieder zur Stelle und brachten Margarete mit leichtem Schritt hinauf ins kleine Foyer vor den Logen. Dort befand sich eine Sitzgruppe, auf der die anderen nun Platz nahmen und sich Champagner servieren ließen. Das prickelnde Getränk schoss Margarete sofort ins Blut. Sie schaute sich um und begegnete den neugierigen Blicken fremder Gäste mit einem herausfordernden Blick. Ja, dachte sie, es ist sicher selten, dass eine Dame im Rollstuhl die Oper besucht, aber ich bin auch kein Hund mit zwei Köpfen. Genau das hatte Dora ihr beim Frisieren eingetrichtert, als Margarete zugegeben hatte, ihr sei ein wenig unbehaglich zumute. Immerhin wusste sie, dass sie untadelig aussah, und das beruhigte sie. Sie trug ihr bestes Kleid aus schwarz-grüner Seide. Es hatte kein so tiefes Dekolletee wie die fliederfarbene Robe von Mina, aber es offenbarte ihre zarten Schulterblattknochen, auf denen eine dünne Silberkette ruhte. Heute Morgen hatte sie noch eine Reihe schwarzer Schwanenfedern auf das Samtband genäht, das den Ausschnitt ihres Kleides abschloss. Ihre Haare waren aufwendiger frisiert als sonst, aber nicht übertrieben, und außer einer Perlenspange trug sie keinen Schmuck im Haar. Dafür hatte sie einen schwarzen Spitzenschal, den Mina ihr aufgenötigt hatte, um die Schultern gelegt, und in der linken Hand hielt sie – ebenfalls aus Minas tiefer Kommodenschublade mit faszinierendem Putzkram – einen halb geöffneten Fächer mit Stäbchen aus Perlmutt und einer chinesischen Malerei auf hellem Grund. Margarete war sich bewusst, dass sie hübsch anzusehen war, dennoch schaute sie ernst, weil sie glaubte, den neugierigen Blicken auf diese Weise am wirkungsvollsten zu begegnen.

Als sie schließlich auf dem weinroten Sessel ganz vorne an der Brüstung Platz nahm, wanderte ihr Blick über die Menschen im Parkett, zum Orchester und von dort hinauf zu den Rängen. Hansen setzte sich neben sie.

»Ich mag dieses Haus, auch wenn es so oft umgebaut wurde, dass es seine Sprache verloren hat.«

Irritiert sieht sah sie ihn an.

»Der Baustil«, erklärte er, »das ist doch die einzige Sprache, die ein Haus spricht.«

Sie drehte den Kopf nach oben, musterte Wände und Decke, ohne zu verstehen, wonach sie suchen sollte.

»Dort haben wir Reste der alten Renaissance-Architektur.« Hansen zeigte auf den Figurenschmuck über den gegenüberliegenden Logen gleich neben der Bühne. »Der stammt aus dem *Lusthaus*, wie das Theater früher hieß. Und je tiefer Sie in den Zuschauerraum blicken, desto mehr Barock-Elemente können Sie entdecken. Die Logen sind sogar noch viel jünger, denn ursprünglich gab es hier nur zwei Galerien, die übereinanderlagen.«

»Mir gefällt es, aber ich nehme an, das liegt daran, dass ich diese… Sprache nicht beherrsche. Ich kann mir aber vorstellen, was Sie zum Ausdruck bringen wollten. Wenn Sie mir ein Kleid zeigen, an dem verschiedene Schneiderinnen Änderungen vorgenommen und Dekorationen aufgebracht haben, kann es in einem schrecklichen Durcheinander enden, und man weiß nicht mehr, warum man das Kleid einmal elegant gefunden hat.«

Er lächelte. »Genau das meine ich. Es ist nie gut, wenn ein Stil immer wieder aufgebrochen wird.«

»Wahrscheinlich kann unser König es sich nicht leisten, jedes Mal, wenn eine neue Mode auftaucht, sein Theater neu zu bauen, nur damit es so strengen Kritikern wie Ihnen gefällt.«

Hansen war verblüfft. »Es ist erfrischend, mit Ihnen zu sprechen, Fräulein Steiff. Ihre Auffassungsgabe ist enorm. Wundern Sie sich nicht über die Musiker, die stimmen gerade ihre Instrumente.«

»Herr Hansen«, probeweise wedelte sie mit dem Fächer, und es klappte ganz gut, »glauben Sie im Ernst, ich wüsste nicht, dass sich ein Orchester vor dem Konzert einstimmen muss? Giengen ist nur ein kleines Städtchen, aber wir sind keine Wilden. Wir genießen regelmäßig Gastspiele. Zwar beehren uns nur kleine Orchester, aber auch sie stimmen ihre Instrumente.«

»Verzeihen Sie.« Er war verlegen.

Um die Pause zu füllen, sagte sie rasch: »Es fühlt sich an, als vibriere das ganze Haus.«

Wieder schwiegen sie beide.

»Sie haben ein Talent, Dinge in Worte zu fassen«, sagte er schließlich leise.

»Bestimmt nicht. Ich bin nur … vielleicht … im Zuschauen geübt.«

»Jetzt ziehen sie gleich den Leuchter nach oben.« Hansen deutete auf den riesigen Kristalllüster unter ihnen, dessen Gaslicht jetzt verlosch.

Während das Gemurmel leiser wurde und alles auf

den Dirigenten wartete, raunte er ihr zu: »Wetther, der Intendant, hat dafür gesorgt, dass die Luger heute hier auftritt. Sie hat ihre Gesangskarriere in diesem Haus begonnen. Dann ging sie vor zwei Jahren nach Berlin zur Hofoper. Aber dort blieb sie nicht lange, weil sie keine großen Rollen bekam. Sie wechselte nach Leipzig, aber auch in dieser Stadt erkannte man ihre Kraft und ihr Talent nicht. Ich hoffe, sie findet bald ein Engagement, das ihrer Stimme gerecht wird. Im Moment ist sie auf einer *grand tour*, ich denke, sie sucht einen neuen Wirkungskreis. Ich habe gehört, sie würde ebenfalls in Frankfurt auftreten. Es ist ein Glück, dass wir sie heute hier hören können. Die Stuttgarter hätten sie gerne zurück, aber sie will sich zuerst an einem anderen Theater durchsetzen. Manchmal muss man fort aus der Heimat, um Erfolg zu haben.«

Margarete fixierte das Orchester. »Wenn man das kann, ist das bestimmt ein guter Weg.«

Hansen warf ihr einen Blick zu, aber sie schien es nicht zu bemerken.

»Man kann immer das, was man will«, sagte er und starrte auch auf das Orchester.

Margarete reagierte nicht. Zum Glück erschien jetzt der Dirigent, und der Vorhang öffnete sich. Der seltsame Moment der Anspannung zwischen ihnen war vorbei. Als die Luger die Bühne betrat, reichte Hansen ihr sein Opernglas. Sie studierte die Züge der Sängerin. Sie war sehr stark geschminkt und steckte in einem Kleid, das ihre etwas füllige Figur nicht sehr vorteilhaft einquetschte. Warum die Menschen nicht verstehen, dass sie ihre Fehler nur herausstreichen, wenn sie sie auf diese Weise verdecken, wunderte sich Margarete.

Die Luger war trotzdem eine Bühnenschönheit mit sehr großen Augen, die sie leider jedes Mal weit aufriss, wenn sie hohe Töne sang. Aber das kam nicht so oft vor, denn die Rolle der Mignon war für einen Mezzosopran gedacht, das hatte Margarete auf dem Programmzettel gelesen. Spätestens als die Luger ihre Hand in einer rührenden Geste dem Publikum entgegenstreckte, war Margarete tief in die Geschichte eingetaucht und vergaß alle kritischen Beobachtungen.

Angelika Lugers Stimme klingt weich und warm, wie Samt, dachte Margarete, und zugleich ist sie wie Organza, durchscheinend und geheimnisvoll. Als sie klagend von der Sehnsucht nach ihrem Vater und der Erinnerung an ihre verlorene Heimat sang, kam es Margarete vor, als öffne sich in ihrem Inneren eine Tür zu einem Raum, den sie noch nie betreten hatte. Sie fragte sich, warum sie so genau wusste, wovon die Luger da sang, obwohl sie selbst weder ihre Heimat noch den Vater verloren hatte und auch nie irgendwo gewesen war, wo Zitronen blühen. Nichts verband sie mit Mignon. Sie liebte nicht und wurde noch nie geliebt, sie war nicht krank und nicht einsam, und doch fühlte es sich an, als sänge die Luger nur für sie. Als wäre das Haus vor Jahrzehnten nur für diesen Abend gebaut und all diese Menschen nur gekommen, um sie dabei zu begleiten, wie sie eine Tür durchschritt, von der sie nicht gewusst hatte, dass es sie gab. Margarete merkte, dass ihr Atem schwer ging und dass sich in der Beuge ihrer Ellenbogen unter den langen Abendhandschuhen Feuchtigkeit sammelte. Sie runzelte die Stirn, um das Gefühl körperlicher Schwäche zu überwinden. Um sich abzulenken, starrte sie auf den Anzug des Wilhelm Meister. Die Knöpfe an seinem Rock baumelten locker, und die aufgeklebten Schnallen auf seinen Schuhen wackelten, wenn er über die Bühne eilte. Die banalen Details halfen ihr, sich zu fangen. Sie merkte, dass sie die Schultern hochgezogen hatte, ließ sie sinken und lehnte sich zurück.

Dieser neue Raum, den sie gerade entdeckt hatte, gehörte nur ihr. Sie glaubte nicht, dass sie mit Mina darüber reden wollte. Auch nicht mit August und schon gar nicht mit Hansen. Aber das machte nichts. Es war wie in den Märchen, die sie früher im Leiterwagen den Zwillingen erzählte: Manchmal bekommt man einen Schlüssel zugeworfen, und es geht darum, ihn zu fangen und festzuhalten.

Daran muss sie denken, als sie nun, ein Jahr später, an der Brenz in der Sonne sitzt. Nicht nur wegen der Musik, des Gesangs und dem Gefühl, ihr Inneres habe sich auf wundersame Weise geweitet. Auch wegen der Fürsorge, die Hansen eigens für sie an den Tag gelegt hatte. Margarete ist es am liebsten, wenn die Leute sie so nehmen, wie sie ist, ohne großes Getue. Aber sie kann durchaus anerkennen, wenn sich jemand auf diskrete Weise Mühe gibt. Als sie in der Pause im kleinen Foyer vor den Logen saßen, sie im Rollstuhl und die Freunde auf eleganten Stühlen, und ihnen zum Glas Wein ein paar winzige Scheibchen Brot mit Mayonnaise und Kaviar gereicht wurden, bemerkte Margarete, dass die Leute aus den anderen Logen ihre Erfrischungen im Stehen einnahmen. Ihr war sofort klar, dass Hansen schon tags zuvor Stühle und ein niedriges Tischchen geordert hatte, um ihr einen Gefallen zu tun. Nur wenn alle saßen, war sie auf Augenhöhe mit ihnen. Normalerweise mussten sich die anderen zu ihr herabbeugen, und sie musste den Kopf in den Nacken legen. Noch nie war jemand auf die Idee gekommen, Stühle aufzustellen, damit Margarete sich in einer Gruppe aufgehoben fühlte. Selbst beim Stadtfest in Giengen musste sie die Freundinnen immer darum bitten, mit ihr zu den Tischen und Bänken zu gehen, was denen gar nicht recht war, weil sie am liebsten neben der Tanzfläche herumstanden, wo es für sie am interessantesten war.

Nach der Oper gingen sie ins Hotel Royal auf der Schlossstraße zum Souper. Margarete war sehr still, Mina hingegen aufgekratzt. »Habt ihr die Frau von Waldegg gesehen und den absurden Hut auf ihrem Kopf? Gretle weißt du, die mit dem Schleier und den Tupfen darauf, ich hab sie dir gezeigt ...«

Margarete beschloss, nicht mehr zuzuhören.

Hansen ließ sie in Ruhe, erst auf dem Heimweg fragte er, ob ihr die Oper gefallen habe.

»Sehr. Ich danke Ihnen für dieses Geschenk. Ich hätte doch etwas verpasst im Leben, wenn ich das nicht kennengelernt hätte, glaube ich.«

Er schaute zu Boden und räusperte sich. »Nun, das freut mich.«

Und nun will sie den Brief öffnen, hier an der Brenz im Sonnenlicht, mit dem Plätschern des Bachs im Hintergrund, der das Klopfen in ihrem Kopf oder in ihrem Herzen – so genau kann sie das nicht unterscheiden – übertönen kann.

Wertes Fräulein Steiff,
hoffentlich beehren Sie die Lechners in diesem Frühsommer mit Ihrem Besuch. August hat mir schon geschrieben, dass Sie im Mai nicht kommen, weil Sie die Bürgerschaft von Giengen für das jährliche Stadtfest mit Kleidern versorgen müssen. (Das ist durchaus nicht despektierlich gemeint, wie Sie wissen, habe ich große Hochachtung vor Ihren Fertigkeiten.) Aber im Juni werden Sie von den Lechners erwartet. Und von mir, wenn ich das sagen darf. Ich habe nämlich einen Vorschlag. Vielleicht kann ich Sie und Ihre Freunde überreden, für ein paar Tage mit mir nach Wiesbaden zu reisen, wo es nicht nur Kurhallen gibt und ein Heilwasser, das Mina guttun könnte (wenn ich die Klagen ihres Mannes über deren Unpässlichkeit im letzten Winter richtig gedeutet habe). Es gibt in Wiesbaden auch ein Opernhaus und sicherlich ein sehenswertes Programm (ich würde es beilegen, aber ich habe es noch nicht be-

*kommen). Gerne buche ich ein Quartier, sobald ich
Ihr Einverständnis habe.*

*Schicken Sie Ihre Reisedaten bitte an August, mit
dem ich in Kontakt stehe. Er kabelt mir alle paar
Tage. Denn morgen fahre ich zu einem Verwand-
tenbesuch nach Dänemark, von dort nach Polen.
Daher werde ich in den nächsten Wochen kaum er-
reichbar sein.*

*In der Hoffnung auf eine Begegnung im Juni…
Hochachtungsvoll,
Johannes Balthasar Hansen*

Margarete faltet den Brief zusammen und macht sich auf
den Heimweg. Es gibt viel zu tun, wenn sie im Juni nach
Stuttgart fahren will.

⇒ 1856 ⇐

Zur Kur in Wildbad

»Kind, wach auf. Wir müssen zur Poststation.« Es ist gerade mal halb zwei, als Maria Steiff die Tochter weckt. Margarete durfte ausnahmsweise im Kleid schlafen, damit die Mutter nicht mitten in der Nacht eine schlaftrunkene Achtjährige ankleiden muss. Heute gibt es nur Katzenwäsche, dreimal kreist der nasse Lappen durch ihr verquollenes Gesicht, dann trägt der Vater sie zur Poststation an der Spitalgasse, während die Mutter das Pferd führt, das die Reisekiste auf dem Rücken trägt.

Als sie den Pferdeomnibus vor dem Posthof entdeckt, ist Margarete bereits putzmunter und deutet zappelig darauf. Friedrich Steiff zieht das Papier aus der Jacke, auf dem die Anzahlung des Fahrtgeldes für Mutter und Kind quittiert ist, und begleicht den Rest. Die Kiste wird auf das Dach der Kutsche verladen. Man hatte ihnen eine Liste geschickt, was mitzubringen sei in die Ludwigsburger Kinderheilanstalt: gute und warme Kleidung in doppelter Ausfertigung, dazu eigene Bettwäsche, einen neuen Schwamm und einen neuen Kamm. »Warum neu?«, hatte Margarete gefragt. Die Mutter wusste es auch nicht, kaufte ihr auch nur einen neuen Schwamm. Den Kamm steuerte Tante Apollonia bei. Im Beutel, den die Mutter sich über ihren Mantel gegürtet hat, steckt eine Brieftasche mit Margaretes Taufschein, ihrer Adresse und dem Nachweis, dass sie gegen die Pocken geimpft wurde.

»Wir brauchen noch ein ärztliches Zeugnis«, hatte der Vater festgestellt, als er vor ein paar Wochen die Liste studierte.

»Wozu denn das?«, murrte seine Frau, »es sieht doch jeder, was los ist mit dem Kind.«

»Vielleicht wollen sie wissen, was die Ärzte alles versucht haben, damit sie keine sinnlosen Behandlungen verschreiben, die nachher nur Geld kosten«, wandte Friedrich Steiff ein.

Gleich am nächsten Tag sprach er beim Giengener Stiftungsrat vor und bat um die Überlassung des ärztlichen Gutachtens aus Ulm, das sie dem Antrag auf Kostenübernahme beigelegt hatten. Schließlich waren alle Papiere beisammen und Margarete für den Aufenthalt in Ludwigsburg gerüstet. Es ist Mai, als sie die Reise antritt.

In Söhnstetten und Böhmenkirch haben sie kurz Aufenthalt, bei dem es nur für einen Becher Haferkaffee reicht, den sie sich teilen, und in Süßen steigen sie um in die Eisenbahn. Margarete sieht zum ersten Mal eine Dampflok, die sie in helle Aufregung versetzt, als sie stampfend in den Bahnhof einfährt. Erst im Abteil fällt ihr auf, dass sie ihre neue Haarschleife verloren hat. Die Mutter verzieht das Gesicht, aber sie ist zu erschöpft und selbst auch zu nervös, um lange zu schimpfen. Stattdessen tippt sie der Tochter mit dem Zeigefinger an den

Kopf: »Du hast zu viel Unordnung da herinnen, Gretle.«
Die Tochter setzt ein schuldbewusstes Gesicht auf, aber
nur für ein paar Sekunden, dann dreht sie den Kopf wieder strahlend zum Fenster und beobachtet die vorbei-
fliegende Landschaft. Es wäre jetzt vielleicht doch der
richtige Moment, der Tochter ins Gewissen zu reden, beschließt Maria Steiff.

»Schau, Gretle, der Stiftungsrat von Giengen hat dir
diese Reise und die Kur von sechs Wochen genehmigt.
Da ist es sicher nicht zu viel verlangt, dass du deine Sie-
bensachen beisammenhältst. Ich möchte keine Klagen
über dich hören, wenn ich dich abhole. Und vor allem:
Sei nicht ständig so vorlaut!«

Margarete nickt, ohne den Blick vom Fenster abzuwenden. Insgeheim genießt sie das Wackeln des Waggons
so sehr, dass sie jubeln möchte. Aber sie hält den Mund.
Wenn sie nach hinten oder zur Seite geschleudert wird,
fühlt sie sich wie auf der wackelnden Holzplatte, die – auf
einen spiralförmig gebogenen festen Draht geschraubt –
zu den beliebtesten Spielgeräten auf dem Giengener Kinderfest gehört. Plötzlich ruckelt der Wagen so heftig, dass
Margarete kurz von ihrem Sitz hochfliegt und halb auf
dem Schoß der Mutter landet. Die muss wider Willen
selbst lachen und drückt die Tochter kurz an sich, während sie ihr ins Ohr flüstert: »Sieh zu, dass du gesund
wirst, Gretle. Tu alles, was man dir sagt.«

Am Bahnhof von Ludwigsburg erwartet sie Christian,
der Dienstmann der Kinderheilanstalt. Er hebt die Kiste

auf einen Leiterwagen und setzt Margarete obendrauf. Dann zieht er den Wagen, während die Mutter neben ihm hergeht. Als sie an einem stattlichen dreistöckigen Haus vorbeikommen, zeigt er auf das Schild neben der Tür: *Werner'sche Kinderheilanstalt.*

»Wir sind da!«, freut sich Margarete.

Aber der junge Mann entgegnet, er habe den Auftrag, sie zu Werners nach Hause zu bringen, ein paar Straßen weiter, am »Kaffeeberg«. Maria Steiff erinnert sich, dass in dem Schreiben von »Familienpflege beim Vorstand des Hauses« die Rede war.

»Du hast es gut, du darfst in der Familie wohnen«, sagt Christian jetzt zu Margarete gewandt, »das ist lustiger, und das Essen ist auch besser. Es ist ein schönes Haus, obwohl der Doktor all sein Geld in die Kinderheilanstalt steckt. Aber die Frau Werner«, sein Gesicht leuchtet warm auf, »ist eine Dame, wenn ich das mal so sagen darf, und hat sehr feine Sitten. Wir sind gleich da.«

Ein paar Minuten später trinkt Maria Steiff Tee mit Frau Karoline Werner. Dass ihre Gastgeberin die Tochter eines Pfarrers ist, sieht man ihr an, denkt Margarete. Sie trägt ein großes Kreuz an einer goldenen Kette um den Hals und sieht aus wie ein Engel aus der Bilderbibel, lieb und vornehm zugleich. Außerdem klingt ihre Stimme so weich, als habe sie noch nie jemanden ausgeschimpft. Dass ihre Mutter sich in der Werner'schen Stube, die mit schönen Möbeln und ein paar Bildern an der Wand sehr elegant wirkt, unwohl fühlt, merkt Margarete sofort. Sie ist es nicht gewohnt, an einem zierlichen Teetisch aus dünnen Porzellantassen zu trinken und dabei von einem halben Dutzend Kinder angestarrt zu werden.

»Willst du mit uns spielen?«, fragt eines der Mädchen und stellt sich neben Margarete, die auf einem Hocker sitzt.

Sie nickt.

»Dann komm.«

Margarete schaut hilflos zu ihrer Mutter.

»Kannst du nicht rutschen?«, fragt das Mädchen.

Maria Steiff blickt beunruhigt zu Frau Werner.

Die Hausherrin zwinkert. »Kind, ich sehe, du hast ein feines Kleid an. Dann soll die Josepha dir helfen, ein anderes anzuziehen. Josepha ist meine Älteste«, erklärt sie ihrem Gast. »Sie ist schon sechzehn und sehr verlässlich.«

»Josepha!«, kräht das kleine Mädchen, das deutlich jünger als Margarete ist, »trag mal das neue Kind in dein Zimmer. Die darf in ihren Sachen nicht rutschen!«

Margarete wird rot und wartet mit angehaltenem Atem. Was, wenn die Mutter jetzt kategorisch erklärt, dass sie gar nicht rutschen darf, in keinem ihrer Kleider? Doch Maria Steiff sagt nichts.

Stattdessen hört sie Frau Werner sagen: »Das Kind soll sich zu Hause fühlen bei uns, liebe Frau Steiff. Ein jedes von ihnen nehmen wir herzlich auf, wie unser eigenes. Wir nennen sie unsere lieben Pfleglinge. Darf ich Ihnen noch Tee nachschenken?«

»Hier wirst du schlafen, Margarete, neben mir«, sagt Josepha, als sie das dunkle Zimmer betreten. Vier Betten stehen darin, denn es schlafen noch zwei von den jüngeren Schwestern dort.

»Werde ich gar nicht in die Kinderheilanstalt gehen?«, fragt Margarete.

»Nur zu den Untersuchungen und zum Turnen«, antwortet Josepha und öffnet die Reisekiste. Sie holt eines von den einfachen, schon mehrfach geflickten Kleidern heraus und hält es hoch. »Dieses ist besser geeignet zum Spielen«, entscheidet sie und hilft Margarete beim Umziehen.

Maria Steiff verabschiedet sich bald von ihrer Tochter und lässt sich von Christian zur Kinderheilanstalt begleiten, wo sie Dr. Werner trifft und eine kurze Unterredung mit ihm hat. Die Nacht wird sie im Besucherzimmer der Anstalt verbringen und am nächsten Morgen ganz früh wieder abreisen.

Dr. August Werner ist ein Mann mit forschenden Augen und einem Backenbart der – obwohl er seinen fünfzigsten Geburtstag noch vor sich hat – schon so schlohweiß ist wie seine Haare. Sein rechtes Auge ist deutlich größer als das linke, was seinem Gesicht den Eindruck verleiht, er könne sich auf zwei Dinge gleichzeitig konzentrieren.

Bei der Ankunft des Vaters bricht im Hause Werner Tumult aus. Die Kinder stürzen sich auf ihn, greifen nach seinen Händen oder umklammern seine Beine. Dr. Werner bleibt angesichts dieses Überfalls gelassen im Entree stehen und schaut auf Margarete hinab, die auf dem Bauch hinter den Kindern hergerutscht ist. Er kniet sich vor sie hin und streicht ihr über den Kopf.

»Du bist also die Margarete aus Giengen, sei mir herzlich willkommen!« Er setzt sich neben sie auf den glatten Parkettboden, und die jüngsten Kinder versuchen sofort, auf seinen Schoß zu klettern. »Ich habe deine liebe Mama gerade kennengelernt. Hast du auch so viele Geschwister wie meine Schäfchen hier?« Zärtlich legt er seine große Hand auf den Kopf des Jüngsten, der sich den Daumen in den Mund steckt und die Augen schließt, als wolle er auf der Stelle einschlafen.

»Nein, wir sind nur vier, alle zusammen«, sagt Margarete.

»Und wir sind sieben«, ruft eine der Werner-Töchter und schmiegt sich an den Rücken des Vaters, während ihre Hände Halt an seinem Hals suchen. Werner löst die Hände sanft und zieht sie auf seinen Schoß, weshalb die beiden anderen ihr Platz machen müssen.

»Meine Frau Karoline und ich haben elf Kinder, aber vier von ihnen sind schon im Himmel. Doch wir wollen sie nicht vergessen«, sagt er und wuschelt seiner Tochter durch die Haare. »Die Gestorbenen bleiben ein Teil unserer Familie und unseres Lebens.«

Margarete überlegt, ob sie erwähnen soll, dass sie auch noch eine kleine Schwester hatte, die nur zwei Wochen alt geworden ist. Aber dann lässt sie es sein.

Josepha tritt hinzu und nimmt Dr. Werner ohne viele Worte die kleinsten Kinder ab. Sie flüstert ihnen zu, der Vater brauche jetzt seine Ruhe, und sie würde ihnen ein Märchen vorlesen. Überraschend behände steht der Vater auf und schreitet gemächlich ins Arbeitszimmer, wo seine

Frau bereits mit einem Glas Wein auf ihn wartet, damit er sich entspannen und ihr von seinem Tag berichten kann. Er schließt die Tür hinter sich.

Margarete merkt bald, dass Josepha kein leichtes Leben hat: Wenn sie nicht auf die kleinen Geschwister aufpasst, dann gibt es immer einen Pflegling, um den sie sich kümmern muss. Außerdem erwartet die Mutter von ihrer ältesten Tochter Hilfe im Haushalt, vor allem in der Küche. Nie hat sie einen Moment für sich allein, denkt Margarete. Fast wie die Tante Ursche, nur dass Josepha immer ein liebes Gesicht macht und sich nie zu grämen scheint.

Bei Werners sind viele Dinge anders, als Margarete es von zu Hause kennt: Die Mutter wird nie laut, es wird viel gebetet, und beim Essen spricht man nicht über Krankheiten. Sie beobachtet alles und versucht sich anzupassen, denn sie möchte den Werners gefallen. Hier darf sie sich so frei bewegen wie nie zuvor. Frau Werner hat ihr einen Überrock aus festem Kattunstoff gegeben, damit sie keine Löcher in ihre Kleider reißt, und sie darf so viel rutschen, wie sie will.

Dr. Werner krabbelt ab und zu selbst auf dem Boden herum. Seine Frau, die Margarete bald Tante Karoline nennen darf, hat ihm einen Hausmantel genäht, der innen mit Fell ausgekleidet ist. Manchmal trägt Dr. Werner ihn auf links gezogen und sieht dann aus wie ein Bär. Brummend lässt er sich auf alle viere nieder, und die Kinder dürfen auf ihm reiten. Als Margarete dieses Spiel zum ersten Mal sieht, macht sie große Augen.

Der Bär bleibt in der Mitte des Zimmers stehen und fragt: »Na, willst du auch mal reiten, Gretle?«

»Zu gerne!«

Sie wartet, aber der Bär bleibt, wo er ist, bis sie glaubt, er habe sich nur einen Spaß erlaubt. Sie ist ja auch schon fast neun Jahre alt und vielleicht zu groß für Reiterspiele.

»Du musst den Bären einfangen, wenn du ihn reiten willst«, brummt Dr. Werner mit tiefer Stimme und tut so, als wolle er sich trollen. Dabei wirft er die kleinen Reiter vorsichtig ab. Margarete überlegt nicht lange, sondern robbt schnell hinter ihm her, bis sie seinen Fuß zu fassen bekommt.

»Helft mir, den Bären zu fangen«, ruft sie den anderen Kindern zu, und sofort stürzen sich alle auf ihn. Margarete umfasst seinen Bauch und zieht sich hoch, die anderen helfen ihr. Gezähmt trottet der Bär nun brav im Kreis.

»Wie kann man ihn lenken?«, ruft Margarete den anderen zu.

»An den Ohren«, brüllen die Kinder, »du musst an den Ohren ziehen.«

Nach diesem Abend schläft Margarete mit dem Gefühl ein, dass sie kein Heimweh mehr nach Giengen haben wird, solange sie bei Werners wohnen darf.

Jeden Nachmittag hat sie Unterricht bei Josepha, damit sie das Lernen und Lesen nicht vernachlässigt. Sogar ein paar Wörter Englisch bringt sie ihr bei.

Die Kinderheilanstalt lernt sie auch bald kennen. Freitags geht Frau Werner dorthin, um Bettwäsche auszubessern, und sie nimmt ihren Pflegling mit.

»Wir haben eine großzügige Gönnerin«, erklärt sie Margarete, die von Christian im Leiterwagen gezogen wird. »Herzogin Henriette von Württemberg spendet uns jedes Jahr einen ganzen Ballen Leinwand. Ihre eigenen Bauern liefern den Flachs dafür, und sie lässt die Stoffe von Familien weben, die sonst keine Einkünfte haben. Leider müssen wir immer wieder Betttücher zu Lappen zerschneiden, weil sie sich nicht mehr flicken lassen. Meiner Meinung nach gehen die Wärterinnen zu grob beim Wäscherubbeln vor.«

Margarete lauscht nur mit halbem Ohr. Sie interessiert sich mehr für die schönen breiten Straßen der königlichen Residenzstadt Ludwigsburg. Alles ist viel größer, höher und heller als in ihrer Heimatstadt, und man sieht an jeder Ecke Soldaten. Weil Frau Werner aber gar nicht aufhört, über das Weißzeug zu sprechen, rechnet Margarete fest damit, beim Flicken helfen zu müssen, doch niemand verlangt das von ihr.

Dr. Werner untersucht ihre Arme und Beine, hört sie gründlich ab und trägt sie ins Turnzimmer, wo er ihr ein paar Übungen zeigt, die ihre Arme und ihren Rücken kräftigen sollen. Anschließend nimmt er sie huckepack.

»Jedes Kind darf mich an seinem ersten Tag in der Anstalt auf meinem Rundgang begleiten«, sagt er und steigt die Treppe hoch.

In den Schlafsälen stehen immer acht Betten. Über jedem

179

Bett hängt eine Tafel mit einem in Schönschrift gemalten Bibelspruch. Die Tafeln wurden von einem Sträfling gestaltet, aus Dankbarkeit. Dr. Werner behandelt nämlich auch die Insassen des Ludwigsburger Gefängnisses.

Die Krankenzimmer werden von je einer Wärterin betreut, die sich bei ihrem Eintreten sogleich erhebt. Sie erstattet Bericht über die Vorkommnisse des Vortags und der Nacht.

Margarete lernt zuerst die Kinder kennen, die nicht laufen können, weil sie keine Beine haben oder sie nicht bewegen können. Dann ist da noch ein Junge, der oft hinfällt, weil seine Knie wegknicken. Da man vorher nie weiß, wann das passieren wird, haben die Wärterinnen ihm die Ellenbogen und Handgelenke mit Verbänden gepolstert.

Der Junge lächelt Margarete freundlich an: »Ich bin Ferdi. Und wer bist du?«

»Gretle«, sagt sie und schaut neugierig über die Schulter von Dr. Werner zu dem Jungen.

Der Arzt spricht jedes Kind mit seinem Namen an und fragt, wie es ihm heute gehe. Er streicht ihnen liebevoll über den Kopf und tippt ihnen unters Kinn, damit sie ihn anschauen. Gründlich studiert er die Augen der Kinder und wirft auch immer einen Blick hinter die Ohren, ob sie sich ordentlich gewaschen haben. Margarete kommt es so vor, als habe er noch einen anderen Grund, hinter die Ohren zu schauen, aber ihr fällt keiner ein. Der Doktor macht gerne Scherze, und es gibt kein Kind, das während seines Besuchs nicht wenigstens einmal lacht.

Im nächsten Zimmer sitzt ein kleines Mädchen, dessen Hände direkt an den Schultern festgewachsen sind. Es häkelt mit nur einer Hand und klemmt den Lappen zwischen zwei Steine. Margarete hat ein schlechtes Gewissen, als sie das sieht, weil sie ihre Handarbeit mit Absicht zu Hause vergessen hat. Schon bald ist sie der Meinung, sie sei mit Abstand das gesündeste Kind der Anstalt.

Eines Abends, Margarete ist seit einer Woche bei Familie Werner, kann sie lange nicht einschlafen. Abends kommt der trubelige Haushalt der Werners zur Ruhe, und ein bisschen fürchtet sie sich davor, denn es stürzen Gedanken auf sie ein, und sie hat keine Übung darin, sie zu sortieren. Also flüstert sie in die Dunkelheit:

»Josepha! Hör mal…«

»Was ist? Du sollst schlafen.«

»Ich habe Angst.«

»Wovor? Du bist ein großes Mädchen. Schon bald neun, viel älter als die Kleinen. Du wirst dich wohl nicht vor der Dunkelheit fürchten?«

»Nein, die macht mir nichts.«

»Hast du Heimweh?«

Margarete senkt den Kopf. Dann wird ihr klar, dass Josepha das nicht sehen kann. Sie presst ein »Auch nicht« hervor.

Aus Josephas Bett dringt ein Seufzen und das Rascheln der Bettdecke. Ein Kissen wird an die Wand gedrückt. Josephas Stimme klingt jetzt viel näher: »Was ist es dann?« Eine Hand tastet über Margaretes Bettdecke und findet ihre.

Margarete zögert. Als sie spricht, muss sie sich immer wieder räuspern. »Es sind die Gedanken. Am Tag bin ich lustig und immer beschäftigt, und jetzt...«, sie muss schlucken, »also, wenn es so still ist wie jetzt, wenn du zu Ende vorgelesen hast und ich noch nicht schlafe... dann kann ich mich nicht wehren.« Sie wartet kurz, ob Josepha etwas sagt, aber es sind nur die regelmäßigen tiefen Atemzüge der jüngeren Geschwister zu hören. »Dann denke ich... an ganz viele Dinge. Ich verstehe selbst nicht, was das bedeutet. Alles tobt in meinem Kopf herum, als hätte es den ganzen Tag nur darauf gewartet, dass ich im Bett liege... und ich kann das nicht aufräumen... im Kopf...« Sie muss schniefen.

Josepha drückt ihre Hand, und als sie spricht, kann man hören, dass sie lächelt. »Aber das ist doch etwas Gutes. Es zeigt, was in dir steckt. Das gehört zu uns Menschen dazu.«

Margarete fragt mit zitternder Stimme: »Was meinst du?«

Josepha schlägt die Decke zurück und schlüpft neben Margarete ins Bett. Sanft streicht sie ihr über das Gesicht. Margarete schließt die Augen. Niemand fasst sie so lieb an wie Josepha. Sie möchte sich die ganze Nacht lang über das Gesicht streicheln lassen und dabei Josephas Stimme lauschen.

»Schau mal, Gretle, du kannst spielen und toben, lachen und singen, essen und fröhlich sein. Da bist du wie ein kleines Tierchen. Die machen auch nichts anderes den lieben Tag lang. Aber wenn die Gedanken kommen, dann beweist es, dass du ein Mensch bist. Auf diese Weise spricht Gott mit dir.«

Margarete stutzt. Umständlich setzt sie sich auf. »Ist es … ist es der liebe Gott, der mir diese Gedanken sendet?«

Josepha überlegt einen Moment. »Ich glaube schon.« Sie tastet wieder nach Margaretes Gesicht und kratzt sie dabei aus Versehen.

»Au! Meine Nase …«

»Entschuldige. Komm her.« Sie legt ihren Arm um Margarete. »Weißt du, es braucht Übung, wenn man lernen will, seine Gedanken zu sortieren. Es ist … wie ein Garten. Der muss auch zuerst angelegt werden. In deinem Inneren ist das genauso. Im Kopf und im Herzen musst du Ordnung schaffen.«

»Aber wie lerne ich das?«

Josepha fühlt den fordernden Blick des Vaters auf sich ruhen. »Lies die Bibel. Und die Psalmen. Und hab nur keine Angst. Freu dich auf diese Stunden, in denen die Gedanken auftauchen. Schau sie dir an. Höre ihnen zu und lege sie ordentlich nebeneinander. Das Sortieren folgt später. Wenn du nicht weiterkommst, kannst du jemanden fragen, mich oder den Vater. Und danke dem Herrgott, dass er dir so ein großes Herz geschenkt hat und so viel Klugheit.«

Margarete löst sich von Josepha und dreht ihr Gesicht in die Richtung, in der sie die Augen der Älteren vermutet. »Sie sagen zu Hause aber oft ›böse Gret‹ zu mir …«

»Du bist nicht böse. Du wirst geprüft. Und das kostet Kraft. Und nun lass uns schlafen.« Josepha kriecht wieder in ihr eigenes Bett.

Margarete legt sich hin und drückt ihren Kopf in das Leinenkissen. Es riecht nach Bleichmittel und nach Sommer. Bevor sie einschläft, fragt sie sich kurz, was Gott wohl mit ihr vorhat.

Die Operation, die der Wundarzt Dr. Hubbauer zehn Tage nach ihrer Ankunft an Margaretes linkem Fuß durchführt, bringt nichts außer Schmerzen und zwei kleinen Narben. Als der Verband nach zwei Wochen abgenommen wird, kann sie ihren Fuß so wenig bewegen wie zuvor, und laufen kann sie auch nicht.

»Dann setzen wir unsere Hoffnung auf Gott – und auf das Wildbad«, sagt Dr. Werner schließlich. Er schreibt ihren Eltern und schlägt vor, Margarete zu einer mehrwöchigen Kur in den Schwarzwald zu schicken. Dort hat er zwei Jahre zuvor das Kinderheim »Herrnhilfe« eröffnet. Die meisten seiner kleinen Patienten fahren dorthin, um sich ein paar Wochen zu erholen. Die Antwort aus Giengen kommt postwendend. Der Stiftungsrat zeigt sich ein zweites Mal großzügig und übernimmt auch die Kosten für diese Kur.

Die Reise von Ludwigsburg nach Wildbad dauert fünfzehn Stunden, deshalb brechen sie um zwei Uhr in der Nacht auf. Kinder, Wärterinnen und Gepäck werden auf einen gemieteten Pferdeomnibus verladen. Josepha ist schon eine Woche zuvor mit der ersten Gruppe gereist. Frühstück gibt es erst in Vaihingen und Mittagessen in Pforzheim. Margarete sitzt neben Frau Werner, die damit beschäftigt ist, die zerrissenen Röcke ihres Pfleglings auszubessern. Gerade hat die Mutter aus Giengen ein hübsches Kleid geschickt, das zuvor einer Cousine aus der Klingelmühle gehörte. Zuerst hat Margarete sich darüber gefreut, doch als sie beim Anprobieren merkt, wie eng die Ärmel sitzen, hätte sie vor Wut am liebsten so wilde Bewegungen gemacht, dass die Nähte platzen.

Natürlich hat sie sich beherrscht. Die Mutter hatte es gut gemeint und konnte nicht ahnen, dass Margarete in der kurzen Zeit in Ludwigsburg ein Stück gewachsen ist. Alle Mädchen müssen die Kleider von älteren Schwestern oder Cousinen auftragen, so ist das nun einmal. Und es ist auch kein Geheimnis, dass die Steiffs denken, bei Margarete komme es nicht so darauf an, ob Kleider, Blusen und Röcke richtig passen. »Fürs Gretle wird's reichen«, heißt es dann. Irgendwann, so nimmt Margarete sich in diesem Sommer vor, wird sie sich ein Kleid nähen, das perfekt passt.

Doch daran will sie jetzt nicht denken. Dafür scheint die Sonne zu schön, und sie kann sich an der Aussicht auf Wälder und Wiesen, die an ihr vorbeiziehen, gar nicht sattsehen. Gleich zu Beginn der Fahrt im Morgengrauen haben sie in der Ferne sogar ein Schloss erspäht, aber leider spazierten dort keine Prinzessinnen oder Prinzen vorbei. Vielleicht wird das in Wildbad anders sein, hofft Margarete. Josepha hat erzählt, die russische Kaiserin sei schon mehrfach zur Kur in Wildbad gewesen. Wer weiß, vielleicht werden sie in diesem Sommer die Kaiserin sehen, wenn sie badet.

Plötzlich fällt ihr ein, dass sie keine Ahnung hat, wie sie die Kaiserin ansprechen muss. Was sagt man, wenn man plötzlich vor ihr steht? Bestimmt muss man einen Hofknicks machen, aber gilt das auch für Mädchen, die nicht laufen können? Ob jemand der Kaiserin erklärt, warum das Gretle aus Giengen nicht vor ihr im Knicks versinken kann? Je länger sie darüber nachdenkt, desto komplizierter scheint das Problem zu werden.

»Tante Karoline?« Margarete zupft vorsichtig an Frau Werners Ärmel, und als diese aufblickt, streckt sie sich, hält die Hände an ihren Mund und zeigt auf diese Weise, dass sie ihr etwas ins Ohr flüstern will. Die anderen Kinder müssen ja nicht hören, welche Frage sie in diesem Moment quält. Frau Werner lässt das Nähzeug sinken und beugt sich zu Margarete. »Wenn ich im Bad sitze und die Kaiserin vor mir sehe, dann kann ich doch nicht knicksen«, vertraut sie ihr an. »Und selbst wenn ich es könnte, würde ich doch untergehen, nicht wahr? Was soll ich da nur tun?«

Frau Werner verkneift sich das Lachen, weil ihr klar ist, wie peinlich das für ihren Pflegling wäre. Doch ihre Antwort ist trotzdem so laut, dass alle sie hören.

»Kind, die Kaiserin ist heuer nicht in Wildbad. Und sollte sie doch auftauchen, so wird sie ganz sicher in einem anderen Haus baden als ihr.«

Margarete nickt und will gar nicht mehr wissen. Aber

Erwachsene müssen ja immer alles ganz genau erklären, und so fährt Frau Werner fort: »Ihr Kinder von der Herrnhilfe badet im Katharinenstift. Das ist ein Haus für kranke Kinder und arme Menschen. Es liegt am Rand von Wildbad. Aber: Wenn wir Glück haben, werden wir Prinzessin Olga sehen. Sie besucht uns nämlich jedes Jahr einmal und bringt stets etwas Schönes mit. Ist das genug königlicher Glanz für dich, Gretelein?« Sie lächelt Margarete freundlich an und widmet sich wieder ihrer Näharbeit.

Margarete fühlt, wie ihre Wangen heiß werden. Wie dumm von ihr, nicht daran zu denken. Feine Leute wollen keine kranken Kinder sehen, wenn sie im Kurbad sind. Sie schaut sich im Wagen um. Da sitzt die kleine Elsa mit den verkrüppelten Ärmchen. Daneben der Ferdi, der immer hinfällt. Dann die Rosalia, die hat nur einen gesunden Arm, der andere hängt herab, als gehöre er ihr nicht. Und die Zwillinge können nicht alleine essen, obwohl sie schon acht sind. Dann ist da noch Xaver, der bekommt kaum Luft und muss oft husten, er kann nur gehen, wenn ihn jemand stützt. Immerhin bin ich viel gesünder, denkt sie wieder einmal, und wenn ich auch nicht laufen kann, so kann ich alles essen und Spaß haben. Und sterben muss ich auch nicht so bald wie die armen Kinder, die immer nur im Bett liegen müssen und nicht mit uns nach Wildbad fahren dürfen.

Nachmittags um fünf erreicht der Pferdeomnibus endlich sein Ziel. Die meisten Kinder klettern selbstständig vom Wagen, die anderen müssen warten, bis sie jemand herunterhebt. Das Heim Herrnhilfe ist in einem großen Gebäude untergebracht, das drei Stockwerke zählt und darüber noch ein hohes Dach mit vielen Kammern hat. Hier können problemlos dreißig Kinder samt Wärterinnen unterkommen. Das einladend wirkende Haus liegt am Hang über dem Ufer der Enz und ist von einem großen Garten umgeben, der bis zum Wald reicht. Für die Kinder kommt es einem Paradies gleich, mit Büschen und Sandgruben, Bänken und kleinen Holzhütten. Zwei Jahre zuvor, im Jahr 1854, hatte Dr. Werner das Gebäude gekauft, nachdem er der Kurverwaltung versichert hatte, er würde die kranken und verkrüppelten Kinder nicht zu oft durch die Hauptstraßen von Wildbad spazieren lassen, um »solcherart Elend« nicht ungebührlich vorzuführen.

Josepha begrüßt Margarete herzlich und trägt sie ins Haus. In diesem Sommer ist sie zum ersten Mal ganz allein für vier Kinder zuständig, wie eine richtige Wärterin. Die Verantwortung lastet schwer auf ihren Schultern, eigentlich fühlt sie sich zu jung dafür. Jetzt ist zum Glück die Mutter da, die sie um Rat fragen kann, aber die wird nur ein paar Tage bleiben und nach der Ein-Tages-Visite des Vaters mit ihm nach Ludwigsburg zurückfahren. Außer Josepha sind noch die Vorsteherin, eine Köchin und drei andere Wärterinnen im Haus, das ist für eine Gruppe von zwölf Kindern nicht viel, zumal jedes Kind Unterstützung braucht. Josepha weiß, dass sie kaum eine ruhige Minute haben wird.

Nachdem die Kinder sich gestärkt und Haus und Garten erkundet haben, dürfen sie eine Weile spielen. Die Vorsteherin erlaubt Margarete auch das Rutschen im Garten. Zum ersten Mal in ihrem Leben kann sie beim Versteckspiel draußen mitmachen. In Giengen hatte die große Schwester Marie sie manchmal huckepack genommen und sich mit ihr hinter einen Busch gehockt. Margarete erinnert sich noch gut daran, wie ihr Herz geklopft und sie zugleich gehofft und gefürchtet hatte, entdeckt zu werden. Jetzt rutscht sie hinter eine kleine Hecke aus Himbeersträuchern und versucht, sich ganz klein zu machen. Natürlich wird sie als Erste gefunden, aber sie ist glücklich, mitspielen zu können. Als die Wiesen gegen Abend feucht werden, ruft die Vorsteherin alle ins Haus. Josepha hält eine kleine Andacht, und nach dem Abendessen fallen alle müde ins Bett.

Viele der Kinder, die sich jetzt in der Herrnhilfe erholen sollen, sind unterernährt. Deshalb legt Dr. Werner Wert auf reichliche Verpflegung und hat eine Liste mit genauen Anweisungen aufgestellt. Zum Frühstück gibt es Eichelkaffee, Weißbrot und Milch, später am Vormittag noch einmal Brot, zum Mittagessen Suppe, Gemüse und Ochsenfleisch. Die kleineren Kinder bekommen mehrmals in der Woche nachmittags Milchspeisen und eingekochte Birnen, Pflaumen oder Äpfel. Am Abend stehen Brot und Obst auf dem Tisch, daneben ein großer Topf dampfender Suppe mit Kalbsfleisch und Salat. Besonders beliebt sind die Pfannkuchen.

Der Speiseplan sieht für die Kinder, »denen geistige

Getränke zuträglich und Bedürfnis sind«, täglich einen Viertelliter Wein oder einen halben Schoppen Bier vor. Margarete probiert beides, mag es aber nicht, sodass sie von der Liste gestrichen wird.

»Wir werden bald rund und kugelig sein«, prophezeit Margarete nach dem üppigen Frühstück am ersten Tag. Satt und voller Vorfreude sitzt sie bei der Morgenandacht im großen Tagesraum. Josepha spielt auf dem Harmonium, und die Vorsteherin liest ein Kapitel aus dem Neuen Testament vor. Margarete schaut in den Garten hinaus. Sie kann es kaum erwarten, rauszukommen und das frische Gras zu riechen. Ein kleines bisschen Heimweh hat sie nun doch nach Giengen und den Wiesen, die das Städtchen umgeben. Als sie gefragt wird, ob sie auch ein paar Verse vorlesen möchte, gibt sie keine Antwort, weil sie mit den Gedanken schon im Garten ist. Endlich klappt die Hausmutter das Buch zu, spricht noch ein Gebet und erlaubt ihnen, eine Stunde zu spielen, bevor es zum Baden ins Katharinenstift geht.

Margarete hat es sich auf einem Sonnenflecken auf der abschüssigen Wiese gemütlich gemacht. Im Schatten ist das Gras noch feucht, daher trug Josepha sie ein Stück hangaufwärts, von wo sie die fröhlich gurgelnde Enz sehen kann. Sie beobachtet die schäumenden Wellen, die sich zwischen moosbewachsenen grauen Steinen ihren Weg suchen.

Alles ist in Bewegung, denkt sie. Die ganze Welt ist ständig damit beschäftigt, von einem Fleckchen zum anderen zu kommen. Vögel sausen durch die Luft, kleine

Käfer mühen sich damit ab, über große Halme zu krabbeln, die ihnen wie Baumstämme erscheinen müssen. Die Kinder in der Herrnhilfe laufen die Treppen hinauf und hinab, schlagen Türen, umrunden das Haus. Nur ich nicht. Ich sitze hier und kann nicht weg. Mit beiden Händen rubbelt sie ihre Wangen, als könne sie damit die trüben Gedanken loswerden. Aber nein, das ist ja gar nicht wahr. Ich kann rutschen, ich kann mich bewegen, ich kann meine Hände in die Luft stemmen und den Kopf drehen, und meinen Rücken kann ich sehr gut biegen, hat die Turnlehrerin der Kinderheilanstalt gesagt. Und jetzt will ich etwas Neues ausprobieren.

Vorsichtig legt sich Margarete ins Gras und streckt die Arme über den Kopf, die linke Hand hilft der rechten dabei. Sie schließt die Augen und spannt den Körper ganz fest, wie sie es beim Turnen gelernt hat. Dann rollt sie langsam den kleinen Abhang des Gartens hinab. Sie hört die Rufe der anderen Kinder, mal laut, mal gedämpft, je nachdem, ob das Ohr gerade ins Gras gedrückt wird oder in die Luft zeigt. Sie genießt den Schwung, den ihr Körper bekommt, spürt, wie er sich abstößt und zugleich vom Boden gestützt und festgehalten wird. Viel zu schnell ist es vorbei, und sie bleibt am Fuß des Hangs liegen. Margarete öffnet die Augen und setzt sich auf. Die anderen Kinder klatschen und winken ihr zu. Jetzt wollen alle den Abhang herunterrollen. Margarete sieht ihnen zu. Sie ist zufrieden. Das fühlt sich gut an, findet sie.

Die warmen Quellen von Wildbad waren schon im Mittelalter hochgeschätzt. Fürsten, Könige und Kaiser stiegen in das dreiunddreißig Grad warme Wasser, um sich von verschiedensten Gebrechen heilen zu lassen oder einfach nur die wohltuende Wärme zu genießen. Nachdem die hölzernen Badehallen im 18. Jahrhundert Opfer eines Großbrands wurden, ließ der württembergische Herzog Karl Eugen den Ort neu anlegen, und bald reihten sich hübsche Adelspaläste neben Bürgerhäusern an den beiden Ufern der Enz. Die elegante Gesellschaft verlangte aber nach Orten, an denen sie sich präsentieren und amüsieren konnte, also ließ der Herzog einen Park anlegen und neben den Kurhäusern auch ein Konzerthaus und ein Kurtheater bauen. Die verschiedenen Badehäuser teilen die Kurgäste in Arme und Reiche, doch das Wasser ist überall dasselbe.

Am späten Vormittag gibt es im Speisesaal der Herrnhilfe Schmalzbrote, danach wird der kleine überdachte Wagen aus dem Schuppen geholt und hinter den Braunen gespannt. Sechs Kinder und zwei Wärterinnen haben darin Platz, und wer laufen kann, muss zu Fuß zum Katharinenstift gehen. Benannt ist es nach Katharina Pawlowna, der Zarentochter, die den späteren württembergischen König Wilhelm I. heiratete und schon mit dreißig Jahren starb. Auf sie gehen eine Reihe wohltätiger Einrichtungen wie das Katharinenstift zurück. Dort dürfen arme und kranke Untertanen des Königreichs jedes Jahr einen Monat lang täglich kostenlos baden, und auch die Kinder von der Herrnhilfe sind willkommen.

Die älteren Knaben benutzen den Eingang für Erwachsene, die kleinen nehmen denselben wie die Mädchen und Wärterinnen. In den hölzernen Verschlägen, die mit Vorhängen abgeteilt sind, kleiden die Frauen sich um, während die Kinder sich in einem beheizten Keller sammeln. Dort bekommt jedes von ihnen ein dunkelblaues, hochgeschlossenes Baumwollleibchen und dazu ein Beinkleid, das bis zu den Knien reicht. Josepha hilft Margarete beim Umziehen, trägt sie zum Becken und setzt sie am Rand ab. Nur ihre dünnen Beine werden vom Wasser weich umspült, trotzdem krallt sich Margarete mit den Händen am Rand des Beckens fest.

Josepha steigt ins Wasser, taucht unter und schwimmt auf Margarete zu: »Die Kaiserin liebt es, Prinzessin Olga liebt es. Du wirst es auch lieben. Komm! Trau dich nur!«

Aber Margarete, die normalerweise vor nichts Angst hat, fürchtet sich vor der glatten Fläche, die sich vor ihr ausbreitet. Wie Eis sieht sie aus, dampft aber wie ein Kochtopf. Als die Kinder, die schon einmal hier waren, langsam ins Wasser waten, schämt sie sich. Von Josepha weiß sie, das Wasser sprudelt aus einem Loch im Boden, der mit einer dicken Sandschicht belegt ist. Tief ist das Becken nicht, die Kinder können stehen. Aber Margarete kann nicht stehen, und daher bleibt sie lieber am Beckenrand sitzen und zittert.

»Komm, Gretle, komm rein!« Josepha reicht ihr die Hände entgegen.

»Und wenn ich untergehe?«

»Wirst du nicht.«

»Wie kannst du das wissen?«

»Weil es nicht tief ist. Außerdem trägt dich das Wasser. Schau, ich zeig es dir. Siehst du? Ich mache gar nichts, ich lasse mich nur treiben. Ich gehe nicht unter. Komm, ich halte dich fest.«

»Versprich es!«

»Ich verspreche es. Ich halte dich fest.«

Margarete schaut Josepha in die Augen und klammert sich an ihren Blick. Josepha lächelt und greift nach ihrer Hand, dann zieht sie das Kind vorsichtig vom Rand des Beckens fort. Margarete hält die Luft an, fürchtet, sie müsse fallen und wie ein Stein auf den Boden sinken, sie japst und ringt nach Atem. Aber es passiert nichts von dem, was sie befürchtet hat. Stattdessen fühlt sie einen weichen Mantel aus Seide, der sich um ihre Arme und Beine legt, um ihren Rücken und ihren Bauch. Der Mantel streichelt sie sanft und gluckst sie freundlich an, als sie sich staunend umschaut. Josepha hält noch immer ihre Hand und legt jetzt die andere an ihre Taille, aber sie muss sie gar nicht festhalten, denn der seidene Mantel trägt sie, und auf einmal breitet sich Entzücken auf Margaretes Gesicht aus. Langsam zieht Josepha sie weiter, und Margarete weiß nicht mehr, wo der seidene Mantel anfängt und wo ihr Körper aufhört.

Schon ein paar Tage später fühlt Margarete sich so sicher, dass sie mit den anderen im Wasser herumtobt. Wenn sie »Schneider, Schneider, leih mir d' Scher« spielen, bei dem sie die Plätze wechseln müssen, während ein Kind in der Mitte versucht, sie zu fangen, ist Margarete eine der Lautesten. Oft muss die Badefrau die Kinder ermahnen, leiser zu sein, um die anderen Gäste nicht zu stören. Sie sollen auch den Sand beim Herumtoben nicht so aufwirbeln, ruft die Badefrau ihnen zu. Dann nicken sie alle brav, winken ihr zu und machen weiter wie zuvor. Samstags müssen sie besonders leise sein, denn dann werden Menschen mit frischen Wunden ins Katharinenstift geschickt.

Nach dem Baden fahren sie zurück ins Haus und müssen eine Stunde ausruhen, erst danach gibt es Mittagessen.

Am späten Nachmittag dürfen die Kinder wieder in den Garten oder zu einem Spaziergang in den Wald. Margarete und die anderen lahmen Kinder werden in einen Leiterwagen gesetzt und von den Wärterinnen gezogen. Nach dem Abendessen kommen sie zum Abendsegen noch einmal alle zusammen, bevor sie ins Bett gehen.

Dr. Werner taucht nur alle zwei Wochen auf, untersucht die Kinder gemeinsam mit Dr. Schönleber, einem Arzt aus Wildbad, und bespricht alle anderen Angelegenheiten mit der Hausmutter. Schon am nächsten Tag fährt er wieder zurück nach Ludwigsburg, wo Privatpatienten und viele andere Kranke auf ihn warten.

Als Margarete zum ersten Mal auf der Untersuchungsliege in Wildbad sitzt, ist er mit ihren Fortschritten zufrieden.

»Deine Lunge ist kräftiger, du sitzt besser und hast eine

geradere Haltung. Das ist gut. Auch deine Arme sind fester.«

»Laufen kann ich aber immer noch nicht, Herr Doktor«, sagt Margarete leise.

Er lehnt sich neben sie an die Liege, verschränkt die Arme und schaut mit ernstem Gesicht auf sie herab.

»Wir dürfen auch keine Wunder erwarten, Gretle. Und ich finde, du siehst sehr gesund aus. Bist du gerne hier?«

Sie nickt. »So gerne. Ich hab so viel Spaß und gute Laune. Genau so viel wie in Ludwigsburg. Mit dem Baden ist es sogar noch schöner. Ich könnte für immer… nein, das wohl nicht… aber für viele, viele Wochen hierbleiben.«

Dr. Werner lacht und kneift ihr vorsichtig in die Wange. »Das dachte ich mir. Ich hab gehört, dass du beim Baden die Mutigste bist. Und ich habe schon um Verlängerung deiner Kur nach Giengen geschrieben. Wollen wir hoffen, dass der Stiftungsrat zustimmt. Dann darfst du bis November bei uns bleiben.«

»Danke, Doktor Werner, das wäre so schön! Aber ob die Mutter das erlaubt? Und der Herr Lehrer?«

»Du wirst dich anstrengen müssen, wenn du zurück bist. Aber Josepha soll dir noch ein paar mehr Aufgaben ins Heft schreiben, damit du immer weiterübst. Schön fleißig sein, ja?«

Er stößt sich von der Liege ab und geht zu einer großen Kiste, die in der Ecke des Zimmers steht.

»Hier habe ich etwas für dich, das dir vielleicht auch

noch helfen kann. Es kam erst vor ein paar Tagen an, ich habe es mir aus Frankfurt schicken lassen.«

Er beugt sich über die Kiste, und Margarete hört dumpfe Geräusche, so als würde er schwere Steine hin und her räumen. Es ist ein längliches Paket, das der Arzt auf seinen Schreibtisch legt. Die Verpackung besteht aus gewachstem Stoff, der mit breiten Bändern verschnürt ist. Neugierig reckt Margarete den Hals, als er sie aufknüpft. Dann erstarrt sie.

»Nicht erschrecken«, sagt Dr. Werner schnell, als er ihren Blick bemerkt. »Es sieht schlimmer aus, als es ist. Das ist ein Apparat zur Streckung der Beine und Füße. Und gleichzeitig unterstützt er deine Muskeln. Wir legen zuerst mal nur eine Schiene an.«

Er nimmt das Metallgerät mit den Lederriemen in die rechte Hand und schiebt Margaretes Beine auf die Liege. Als das kalte Gerät neben ihr liegt, weicht sie zurück.

»Doktor Werner, bitte nicht«, fleht sie, »das tut bestimmt arg weh.«

»Du Dummchen, das tut überhaupt nicht weh, das ist doch kein Folterinstrument.«

Margarete hat noch nie ein Folterinstrument gesehen, aber jetzt weiß sie, wie so ein Ding aussieht. Genau so.

An diesem Tag hat Margarete nicht mehr viel zu lachen in der Herrnhilfe. Mit der Schiene, die an ihren Unterschenkel geschnallt ist, kann sie nicht rutschen, denn sie ist zu schwer und zerkratzt den Boden. Doch Dr. Werner besteht darauf, dass sie das schwere Gerät bis zu seinem nächsten Besuch tragen soll, um zu überprüfen, ob ihre Muskeln sich festigen. Als alles Bitten und Betteln nichts helfen, zieht Margarete sich in ihr Inneres zurück.

Josepha versucht, den Vater darauf anzusprechen, aber der wehrt ihre Bedenken ab, während er am nächsten Morgen den Wagen besteigt.

»Ich komme ja ausnahmsweise schon in einer Woche wieder und schaue es mir an. Bis dahin wird's wohl gehen.«

Schlagartig verliert Margarete die Freude an allem. Das Gerät ist wie ein schwerer Klotz an ihrem Bein, und sie fühlt sich wie ein Kettenhund, der nicht fortlaufen kann.

Als sie das dem Ferdi anvertraut, sagt er: »Aber du bist immer wie ein Kettenhund, der nicht fortlaufen kann, Gretle.«

»Gar nicht!«, schreit sie und ballt die Fäuste. Sie sitzen auf dem Wagen und fahren ins Badehaus.

Dort schnallt Josepha die Metallschiene ab, und Margarete lässt sich erleichtert ins Wasser sinken. Heute will sie nicht toben, sondern tastet sich am Beckenrand entlang, bis sie so weit wie möglich von den anderen Kindern entfernt ist. Dann legt sie den Kopf nach hinten, bis er zur Hälfte unter Wasser ist. Träge schwappt das Wasser über ihre Ohren, und was in ihren Mund läuft, prustet sie weg. Eine Welle gleitet über ihr Gesicht und nimmt die Tränen mit, die niemand bemerkt hat.

Die Ruhestunde nach dem Baden fällt Margarete heute besonders schwer. Sie liegt auf ihrem schmalen Bett und lauscht den Atemzügen der anderen Kinder, die sofort einschlafen. Josepha ist nicht da, sie muss ja auch nicht ruhen. Margarete versucht die Augen zu schließen. Aber es geht nicht. Sie klappen von allein wieder auf, wie bei der Puppe, die sie einmal bei Werners in Ludwigsburg gesehen hat.

Sie zieht das kleine Kissen zu sich, das Tante Ursche ihr für die Kur geschenkt hat. Es ist aus grünem, festem Stoff, bestickt mit ein paar Blumen und einem Spruch: »Sei wie das Veilchen im Moose, sittsam, bescheiden und rein und nicht wie die stolze Rose, die immer bewundert will sein.« Als ob Margarete sich jemals wie eine Rose gefühlt hätte. Aber wie ein kleines Veilchen auch nicht. Das hätte die Tante wohl gerne. Sie findet, die Nichte mit den lahmen Füßen solle sich immer leise und unauffällig verhalten. »Sei nicht vorlaut«, hört sie oft von Tante Ursche, und: »Du solltest vielleicht mal ganz still sein.« Aber warum sollte sie das? Warum sollte sie sich verhalten, als habe sie etwas falsch gemacht? Als müsse sie für irgendwas Abbitte leisten?

Eines Tages werde ich wissen, welche Blume ich bin, sagt sie sich, vielleicht bin ich eine mit langen Ranken. Oder nur ein Purpurglöckchen, das nicht so auffällt, aber wenn man es von Nahem anschaut, doch sehr hübsch ist. Rittersporn und Stockrosen – nein, die passen nicht zu ihr. Eisenkraut vielleicht, oder Frauenmantel. Ja, der Frauenmantel, der gefällt ihr gut. Er ist nicht auffällig, doch hell und licht, und er verleiht anderen Blumen mit einzelnen kräftigen Blüten Glanz. Könnte das ihre Blume sein? Aber es gibt ja noch viel mehr Gewächse, die sie bislang gar nicht kennt. Und auf einmal scheint es ihr sehr dringend zu sein, die fremden Pflanzen zu studieren. Vielleicht könnte sie Josepha bitten, ihrem Vater zu schreiben, er solle bei seinem nächsten Besuch das Blumenbuch mitbringen. Sie weiß, dass er eines in seinem Arbeitszimmer hat, denn sie durfte es einmal anschauen. Vielleicht schreibt Josepha gerade jetzt an den Vater, und dann ist der Brief unterwegs ohne ihre Bitte. Also muss sie es ihr sofort sagen. Und schon hat Margarete einen wichtigen Grund, das Bett zu verlassen.

Leise setzt sie sich auf und schnallt das verhasste Gerät ab, bevor sie sich auf den Boden sinken lässt. Die kleine Elsa neben ihr schläft tief und fest, ebenso die Zwillinge. Sie rutscht vorsichtig aus dem Zimmer und schaut sich um. Wo könnte Josepha sein?

Aus der Pausenküche, wie sie den Raum hinter der richtigen Küche nennen, in dem die Wärterinnen ihren Kaffee trinken und sich zu kleinen Besprechungen zusammensetzen, dringen Stimmen. So leise sie kann, rutscht Margarete in Richtung des gedämpften Gelächters. Die Tür ist nur angelehnt, sie kann sich dahinter verstecken und gleichzeitig lauschen. Eigentlich darf man das nicht, das ist Margarete auch bewusst, aber sie traut sich nicht, ins Zimmer zu platzen, nur weil sie das Blumenbuch haben will. Sie nimmt sich vor, einen Moment zu verschnaufen und dann wieder zurück ins Zimmer zu rutschen, als sie die Stimme der Wärterin Rosine hört.

»Wie denn? Nicht nur neue Kinder, sondern auch zwei

zusätzliche Wärterinnen? Das wird uns helfen! Natürlich nur, wenn sie sich auf die Arbeit verstehen.«

»Das werden sie. Mein Vater sucht die Wärterinnen immer sehr sorgfältig aus«, sagt Josepha.

»Sicher tut er das. Das sieht man ja an uns!«

Gackerndes Gelächter.

Die andere Wärterin, Ida, die zum ersten Mal dabei ist, meldet sich nun zu Wort. »Die armen Kinder. Was passiert mit ihnen, wenn sie am Ende des Sommers wieder zurück nach Hause müssen?«

»Sie werden von ihren Eltern abgeholt. Manche sind geheilt«, erwidert Josepha.

»Na, Josepha, nun hör mal, so richtig heilen wir doch hier niemanden. Wir päppeln sie auf, das ist alles«, fährt Rosine dazwischen. »Und wenn die Kinder wieder in ihren Familien sind, sind sie dort unnütze Esser wie zuvor.«

»Mein Vater sagt, es gibt keine unnützen Esser«, setzt Josepha energisch dagegen. »Es sind alles Gottes Kinder. Sie sind eine Prüfung für uns und für ihre Familien, damit wir zeigen können, wie ernst es uns damit ist, ins Paradies zu kommen.«

Rosine lacht erneut. »Amen, heilige Josepha. Also, ich habe ja nichts gegen das Paradies, ich muss das Essen für die kleinen Krüppel ja nicht bezahlen. Nur der Ferdi mit den schlackernden Beinen und dass er immer umfällt, geht mir auf die Nerven.«

Es folgt ein Geräusch, als ob ein Stuhl kräftig zur Seite geschoben wird, gefolgt von einem hohen Schrei und

einem weiteren, hässlichen Lachen. Margarete ist starr
vor Schreck. Hat die Rosine jetzt etwa den Ferdi nach-
gemacht und so getan, als ob sie stürzt?

»Du sollst ihn mit Liebe behandeln, sonst ist es nicht
Gottes Werk«, protestiert Josepha.

»Und du kleine Schlaumeierin sollst erst mal erwachsen werden, bevor du unsereins Vorschriften machst...«

Den Rest hört Margarete nicht mehr, denn sie rutscht
mit klopfendem Herzen eilig zurück ins Zimmer. Auf halbem Weg wird sie von Josepha eingeholt, die sie stumm
hochnimmt und zurück ins Bett trägt. Josepha überlegt,
ob Margarete etwas von dem Gespräch mitbekommen
hat. Sie wird dem Vater davon berichten müssen. Muss
sie auch mit dem Gretle reden? Josepha ist müde und
denkt sich, sie kann es später noch tun. Doch dann vergisst sie es. Und ahnt nicht, dass die Worte von den »unnützen Essern« wie eine Giftpille in Margaretes Magen
liegen bleiben.

Ein paar Tage später sorgt Rosine für einen Unfall. Sie
lässt das Pferd in scharfem Trab aus dem Hof der Herrnhilfe fahren und nimmt dabei die Kurve um den Löschteich zu scharf. Der Wagen kippt um, Kinder und Wärterinnen fallen ins Wasser. Weil Margarete die schwere
Metallschiene trägt, sinkt sie sofort auf den Grund des
zwei Meter tiefen Gewässers und muss rasch heraus-
gefischt werden, ebenso die kleinen Kinder, die nicht
schwimmen können. Alle werden ins Bett gesteckt und
mit Süßigkeiten für das Abenteuer entschädigt. Marga-

rete erzählt jedem, dass sie nun bereits ihren zweiten Badeunfall hatte, doch der Schrecken sitzt ihr noch tagelang in den Gliedern. Als Dr. Werner bei seinem nächsten Besuch merkt, dass die Metallschienen Margaretes Muskeln nicht helfen, sondern die mangelnde Bewegung durch den schweren Apparat sogar hinderlich ist für ihre Entwicklung, gibt er nach: »Dann werden wir dir die Schienen nicht mehr anlegen.«

Als Margarete daraufhin in Tränen ausbricht, schickt er die Wärterin aus dem Zimmer und setzt sich neben sie.

»Was ist los, Gretle? Ich dachte, du bist froh darüber.«

Sie nickt, kann aber nicht gleich aufhören zu weinen. Dann sagt sie leise: »Ich bin nur so sehr glücklich darüber. Ich habe es wirklich schlimm gehasst, dieses Ding. Und wenn ich es nicht mehr tragen muss, habe ich ein Problem weniger.«

Dr. Werner wartet. Sie sieht zu ihm hoch, sagt aber nichts. Schließlich fragt er: »Und das andere Problem?« Margarete schaut auf ihre Knie und beißt sich auf die Lippen. »Nun, Gretle, vielleicht kann ich dir dabei auch helfen?«

»Ich will kein unnützer Esser sein.«

Der Arzt erschrickt kurz, aber dann ist ihm klar, woher sie das hat.

»Schau mich an.« Sie sieht zu Boden. »Du musst dich nicht schämen, dafür, dass du diesen dummen Satz von der Rosine gehört hast. Ich habe sie genau deshalb entlassen, nicht wegen des umgekippten Wagens. Aber ich weiß auch, dass man solche Dinge nicht so schnell vergessen kann, sie drehen sich im Kopf herum, nicht wahr?«

Sie hört auf, auf der Unterlippe zu kauen, und sieht ihn an. Stockend gibt sie zu: »Manchmal vergesse ich es, aber dann kommt es zurück, wenn ich mich gerad über etwas freue, und dann wird alles so hässlich in meinem Kopf.«

Der Arzt nimmt ihre Hand. »Ich kenne das, Gretle, ich habe auch solche Gedanken. Die Kinder, meine eigenen Kinder, die gestorben sind. Oder die Kinder, denen ich nicht helfen kann. Es gibt viele solcher Gedanken, und jeder Mensch hat sie. Aber ich sage dir jetzt etwas, das du nie vergessen darfst: Solche Schmerzen sind schlimmer als die Leiden unseres Körpers. Sie schaden uns mehr als Gift. Doch es gibt ein Heilmittel, und das ist der Heiland. Er liebt dich genauso wie sein eigenes Leben. Er hat sein Leben auch für dich gelassen. Deshalb kannst du niemals unnütz sein, Gretle. Einerlei, was dein Weg dir noch beschert, du hast schon jetzt einen Platz im Herzen des Heilands. Den kann dir niemand nehmen. Er will nur eines von dir: dass du an ihn denkst und ihn ehrst.«

»Jetzt muss ich aber wieder weinen, Herr Doktor.«

»Na und? Wen stört das? Gott hat doch auch die Tränen gemacht.«

Die Filztiere kommen!

Das Schwarzkehlchen ist immer das Erste, das sie am Morgen begrüßt. Klar und deutlich hört Margarete seine Stimme aus dem Chor der Wasseramseln, Spatzen und Goldammern heraus. Noch bevor sie richtig wach wird, bevor die Kirchenuhr sechs schlägt, sie die Augen öffnet und sich streckt, dringt das aufgeregte Gezwitscher des kleinen Vogels mit dem dunklen Kopf und dem weißen Kragen in ihr Bewusstsein. Er schmettert ihr an jedem Morgen im März eine lange Liste von Fragen entgegen. »Bist du endlich munter? Willst du den Tag nicht begrüßen? Was hast du dir für heute vorgenommen?«

Gähnend murmelt Margarete: »Noch etwas im Bett bleiben, das wäre mein liebstes Geschäft heute.« Aber während sie die Decke höher zieht und die Nase in den warmen Stoff presst, weiß sie, dass es damit nichts wird. Mit dreiundvierzig Jahren ist sie über das Alter, in dem sie ausschlafen kann, weit hinaus. Zumal als Fabrikchefin, da muss sie Vorbild sein.

»Wie der Herr, so's Gescherr«, pflegte ihre Mutter zu sagen. Maria Steiff ist nun schon seit über einem Jahr tot, und wann immer Margarete an sie denkt, merkt sie, wie ihr Unterkiefer zu zittern beginnt. Es ist traurig, dass sie die Gründung der Filz-Spieltierfabrik nicht mehr erlebt hat. Immerhin hat sie die Pläne für den Bau von Margaretes erstem eigenen Haus in der Mühlstraße noch gesehen.

An dem Abend, als Margarete und ihr Vater den Vertrag über einen Kredit von tausend Mark unterzeichneten, fragte die Mutter: »Warum geben wir dem Kind das Geld nicht ohne Zins, Friedrich? Vier Prozent, das ist doch zu viel!«

Ihr Mann sagte nichts, sondern zwinkerte der Tochter nur zu.

»Ist schon gut, Mutter«, antwortete Margarete an seiner Stelle, »das gehört sich so unter Geschäftsleuten. Die Zinsen machen mir gar keine Sorgen. Wichtiger ist, dass ich endlich einmal viel Platz habe und mein Geschäft vergrößern kann. Und der Vater, der investiert ja mit dem Kredit in mich. Glaub mir, das freut mich fast noch mehr, als wenn er mir das Geld einfach so leihen würde.«

Der Mutter verschlug es für einen Moment die Sprache. Ungläubig musterte sie ihre selbstgewisse, starke Tochter, von der sie früher glaubte, sie würde ihnen immer auf der Tasche liegen. Stattdessen brachte sie andere Leute in Arbeit und Brot. Und jetzt erzählte sie sogar fröhlich, sie betrachte die Zinsvereinbarung mit dem Vater als Auszeichnung. Mit einem Seufzer legte Maria Steiff die gichtverkrümmte Hand auf die der Tochter.

»Kind, ich habe das einfach nicht gesehen. Was in dir

steckt. Natürlich, dass du etwas Besonderes bist, das habe ich immer gewusst, aber vielleicht... nicht... oder nicht richtig... also, ich habe nicht verstanden... dass du...«

Margarete nahm die abgearbeitete Hand der Mutter ganz vorsichtig zwischen ihre und strich zart über die tiefen Rillen an den Knöcheln. »Weiß ich doch, Mama«, sagte sie leise, »weiß ich doch.«

Diese Erinnerung schmerzt so sehr, dass sie die Decke von sich wirft und sich aufsetzt. Sie greift nach dem Glöckchen auf dem Nachttisch und klingelt. Johanna, die gleich darauf erscheint, trägt eine Wasserkanne ins Zimmer.

»Und ich dachte schon, du wollest heute verschlafen, Gretle, fast hätte ich an die Tür geklopft.« Sie stellt die Kanne auf den Waschtisch, zieht die Vorhänge zurück, schließt das Fenster und hilft Margarete dabei, sich vom Bett in den Rollstuhl zu schwingen.

»Hast du nicht gut geschlafen?«, fragt sie nach einem kurzen Blick in Margaretes rote Augen.

Doch die reagiert nicht, sondern wartet, bis Johanna das Wasser in die Schüssel gießt. Während Margarete sich wäscht und die Zähne putzt, klopft Johanna Kissen und Decke aus und legt die Kleidung heraus: Leibwäsche, Strümpfe, Unterrock und das Alltagskleid aus grauer Wolle mit einem hellen angeknöpften Filzkragen. Es ist ein schlichtes Kleid, nur mit ein paar Biesen über der Brust verziert. Dazu wird sie wie fast jeden Tag die schmale Brosche der Mutter tragen, eine kleine goldene Schleife, die sie je nach Laune unter den obersten Knopf des Stehkragens steckt oder seitlich davon.

Beim Ankleiden denkt Margarete, wie dankbar sie sein kann, eine so angenehme Gefährtin wie Johanna um sich zu haben. Es fallen weder bei der Morgen- noch bei der Abendtoilette viele Worte zwischen ihnen, denn jeder Handgriff sitzt. Früher musste sie die wechselnden Wärterinnen oft bitten, vorsichtiger zu sein. Die Nachtwäsche am Morgen auszuziehen war nie ein Problem, aber das Hantieren mit der Waschschüssel, das Bepudern von wunden Stellen, das Überstreifen von Hemd und Bluse, Rock und Strümpfen dauerte manchmal elendig lange und kostete sie Kraft. Als Kind hatte sie sich nichts daraus gemacht, konnte sich ohne Hemmungen von Tanten oder den Müttern ihrer Freundinnen an- und ausziehen lassen, wenn sie auswärts übernachtet hat. Aber das ist lange her. Seit ein paar Jahren kann sie es nicht mehr gut haben, wenn jemand sie falsch anfasst, grob ist oder einfach nur ungeschickt. Wobei sie sehr genau weiß, dass es niemand böse meint.

Doch ihre Empfindlichkeit nimmt zu. Auch wenn es um die Kleidung geht, die sie tragen will. »Nimm doch dieses Hemd, nein, das andere, es müsste in der Schublade ganz vorne liegen, nein, nicht diese grauen Strümpfe ...« Nicht dies, nicht das, sie wusste selbst nicht, warum ihr das oft so aufgestoßen ist, was andere herauslegten. Mit Dora war es besser gegangen als mit allen anderen davor, aber Dora hatte geheiratet und musste die Stelle aufgeben. Erst seit Johanna bei ihr lebt, kommt es Margarete vor, als würde ihr Körper zu einer neuen Ruhe finden, und sie fühlt sich wieder fast so gesund wie mit zwanzig.

Johanna Röck ist die Schwägerin ihrer Schwester Pauline. Seit zwei Jahren kümmert sie sich um den Haushalt in der Mühlstraße und geht Margarete bei allen Alltagsdingen zur Hand, die sie nicht alleine schafft. Gemeinsam sorgen die beiden Frauen für Emilie, die Tochter von Margaretes verstorbener Schwester Marie. Johanna stammt aus Heidenheim und ist keine angestellte Wärterin wie die Frauen vor ihr, obwohl sie eine Mark pro Tag erhält. Sie ist vor allem eine Freundin, ruhig und bescheiden und dankbar für den sicheren Platz in Margaretes Haushalt. Es ist keine Selbstverständlichkeit, als unverheiratetes Fräulein eine verantwortungsvolle Aufgabe und ein eigenes Einkommen zu haben und nicht darauf angewiesen zu sein, bei Verwandten Unterschlupf zu suchen, die sie vielleicht nur ungern aufnehmen und ihr höchstens ein geringes Taschengeld zahlen würden, wenn überhaupt. Johanna bewohnt ein großes Zimmer in Margaretes eigenem Haus, und was ihr an Möbeln fehlte, hat Margarete für sie angeschafft. Sie fühlt sich ausgelastet, aber nicht ausgenutzt, wie sie gerne betont.

Während Margarete in der Werkstatt ist oder sich im Kontor um Abrechnungen, Bestellungen und die Geschäftskorrespondenz kümmert, sorgt Johanna dafür, dass die Zimmer im ersten Stock in Schuss sind, die Wäsche gewaschen wird und genau das Essen auf den Tisch kommt, das Margarete liebt: einfache schwäbische Kost. Johanna kauft ein und hat sich auch schon einen eigenen kleinen Freundinnenkreis in Giengen aufgebaut, doch sie steht Margarete immer zur Verfügung. Wenn Johanna Besuche macht oder kleine Reisen zur Verwandtschaft nach Heidenheim unternimmt, was nur selten vorkommt, sorgt sie zuerst dafür, dass jemand anderes für Margarete da ist.

Die beiden Frauen pflegen ein paar Rituale. Sonntags laden sie die Familie zum Essen ein. Margarete liebt es, die Verwandtschaft um sich zu haben, vor allem die zahlreichen Neffen und Nichten, Fritz und Anna haben neun Kinder. Eine weitere liebgewonnene Gewohnheit ist die gemeinsame Stunde am späten Nachmittag, eine Pause, die Margarete braucht, um sich danach wieder mit Kraft der Arbeit zuwenden zu können. Johanna tischt ihnen beiden in der Stube frisches Gebäck auf und dazu ein Glas Kanarienwein, Malzbier oder auch eine Kanne Tee. Hansen lässt ihnen zweimal im Jahr ein großes Paket mit einer Auswahl erlesener Teeblätter in Dosen oder schwarzen Tüten schicken. Wenn er wüsste, wie viel Margarete davon verschenkt und wie rasch ihre Vorräte zur Neige gehen, würde er wohl häufiger etwas schicken, denkt Johanna, aber das behält sie für sich.

Bei einer dieser Teestunden platzt Johanna plötzlich damit heraus, dass sie den Tag fürchte, an dem sie »das liebe Gretle« verlassen müsse.

Margarete, erschreckt und tief beunruhigt, gelingt es nur mit äußerster Konzentration, die Tasse vorsichtig abzustellen. In das zarte Klirren des Porzellans hinein fragt sie: »Verlassen? Aber warum? Wenn ich dich verletzt haben sollte, lass es mich wiedergutmachen…« Dabei streckt sie ihre Hand nach Johanna aus, die sie ergreift und kurz drückt.

»Nein, Gretle, es gibt keinen Ort, an dem ich lieber wohnen möchte als hier bei dir in Giengen«, sagt sie rasch. »Es ist nur…« Johanna knetet die Hände und schließt kurz die Augen. »Es gibt doch im Leben so wenig, das Bestand hat. Alles vergeht… Das habe ich schon so oft erleben müssen… Nun, ich habe Angst, dass du mich vielleicht eines Tages nicht mehr brauchst, und dann muss ich ja wohl fort.«

Erleichtert atmet Margarete auf. »Aber nein, ich kann dir versichern, ich werde dich immer brauchen, Johanna. Meine Beine werden in diesem Leben nicht mehr laufen. Und mein rechter Arm«, sie hebt ihn kurz an und betrachtet ihn stirnrunzelnd, bevor sie ihn betont kraftlos fallen lässt, »wird auch nicht mehr besser.« Als sie sieht, dass Johanna peinlich berührt ist, lacht sie auf. »Also, das ist es nicht, was du gefürchtet hast? Weiß der Himmel, warum ich dich denn sonst nicht mehr brauchen sollte? Ich kann mir keinen Grund vorstellen. Und ich werde hoffentlich auch immer die Mittel haben, uns beide zu versorgen.«

Forschend schaut sie die Freundin an, doch die hat den Blick noch immer auf ihre Hände gerichtet. »Ist es das, wovor du Angst hast? Dass ich bankrottgehe? Lass dir gesagt sein, das habe ich auf keinen Fall vor! Heuer werden wir über fünftausend Spieltiere verkaufen, ist dir das eigentlich klar?«

»Natürlich, Gretle, ich wollte doch nicht sagen, dass du… Also, ich bin mir völlig bewusst, deine Fabrik ist ein gesichertes Unternehmen!«

»Ha! Gesichert? Gott erhalte dir deine Unkenntnis. Gesichert gibt es im Geschäftsleben nicht! Niemals!«

»Nein, das meine ich nicht, ich will nicht sagen, dass du dein Geschäft nicht richtig…«

»Lass dich nicht necken, liebe Johanna, ich gönn mir nur einen kleinen Spaß. Aber nun hör mir zu: Ich bin sehr froh, dass du da bist, und ich kann mir keine bessere Hausgenossin vorstellen. Ich weiß, dass du im Leben schwere Schicksalsschläge bewältigen musstest. Der frühe Tod deiner Mutter, dann der deines Verlobten, das war alles nicht leicht. Aber schau, bei mir war es anders. Ich war immer selbst diejenige, die dafür gesorgt hat, dass meine Umstände sich ändern. Vielleicht liegt es daran, dass ich weniger Angst vor der Zukunft habe als du. Was ich sagen will: Lass es uns doch genießen, dass es uns beiden so gut miteinander geht. Sorgen machen wir uns dann, wenn etwas passiert.«

Johanna nickt, aber Margarete merkt, dass sie noch immer nicht beruhigt ist. Ihre Hand zittert, als sie nach der Kanne greift und Margarete Tee nachschenkt. Das schöne chinesische Teeservice ist ebenfalls ein Geschenk von Hansen. Sie hatten es in einem ungewöhnlichen Geschäft in Wiesbaden entdeckt, und weil Margarete sich gar nicht davon trennen konnte, hatte er es mit Minas

Hilfe heimlich für sie erstanden und ihr am letzten Tag im Beisein der Freunde überreicht. Es war nichts Unehrenhaftes daran gewesen, aber vielleicht hatte Johanna sich aus ihren zugegebenermaßen nur sehr bruchstückhaften Erzählungen – denn damals war Dora noch in ihren Diensten gewesen – eine falsche Vorstellung von Hansens Absichten gemacht?

Plötzlich kommt Margarete ein Gedanke, der so kühn ist, dass er eine glühende Welle in ihrem Inneren auslöst. Zuerst glaubt sie, nicht aussprechen zu können, was sie denkt. Aber dann merkt sie, dass sie sogar Lust dazu hat. Verschwörerisch beugt sie sich vor und flüstert: »Und noch etwas im Geheimen: Wenn du Angst hast, ich könnte mit einem gewissen Herrn durchbrennen ... dann müsstest du wohl mitkommen, denn auch das würde ich wohl ohne dich kaum bewältigen können.«

Ruckartig hebt Johanna den Kopf und sucht in Margaretes Zügen die Antwort auf die Frage, wie ernst sie dieses kleine Geständnis nehmen darf. Margaretes Lächeln weitet sich zu einem breiten Grinsen, und schließlich müssen sie beide kichern. Die Spannung fällt von ihnen ab, und sie können gar nicht mehr aufhören zu lachen. Als die fünfzehnjährige Emilie in der Küche sie hört, kommt sie aufgeregt ins Zimmer und fragt, ob sie an dem Spaß teilhaben darf. Die Frauen winken jedoch ab, und Emilie zieht beleidigt die Tür wieder zu, während Margarete sich die Tränen von den Wangen wischt. Eine Sekunde lang fragt sie sich, ob sie wirklich nur vor Freude weint.

Das neue Haus an der Mühlstraße hat zweieinhalb Stockwerke und besteht eigentlich aus zwei Gebäuden, die nur wenige Meter voneinander entfernt sind. Eines gleicht dem anderen so genau, als habe ein Spiegel das erste Haus an der Ecke Färberstraße und das zweite an der Ecke Turmstraße entstehen lassen. Fritz Steiff begann mit der Arbeit am ersten Gebäude in demselben Jahr, in dem er das Baugeschäft des Vaters übernahm. Am 24. Februar 1888 lasen die Einwohner von Giengen unter der Überschrift »Geschäftsempfehlung« eine große Anzeige im *Brenzthal-Boten*:

Werkmeister Steiff's Baugeschäft wird nunmehr vom unterzeichneten weitergeführt, welcher sich empfiehlt zur Anfertigung von Bauplänen, Baugesuchen, Berechnungen und allen bautechnischen Arbeiten, auch zur Ausführung von Neubauten, Umbauten, Reparaturen jeder Art, Feuerwerks- und Triebwerks-Anlagen wie auch zur Lieferung sämtlicher Baumaterialien. Hochachtungsvollst F. Steiff jr. Werkmeister.

Sein Vater hatte – um zu zeigen, dass er seinen Sohn unterstützte – darunter noch eine eigene Verlautbarung platziert:

Bezugnehmend auf Obiges, sage ich meiner werten langjährigen Kundschaft besten Dank für das mir allezeit bewiesene Vertrauen, mit der höflichen

Bitte, dasselbe auf meinen Sohn übertragen zu wollen. Hochachtungsvollst F. Steiff senior.

Fritz erhielt schon bald eigene Aufträge, aber er bestand darauf, sein erstes großes Bauvorhaben solle ein Haus für Margarete sein. Sie sträubte sich nicht länger gegen die Idee, denn in der Ledergasse war es definitiv zu eng für das Betreiben einer eigenen Nähstube und ihres Versandt-Geschäfts geworden.

Bis spät in die Nacht saßen Bruder und Schwester in der Werkstatt und zeichneten, radierten und schraffierten auf einem großen Bogen Papier. Begonnen hatte der Abend alles andere als einvernehmlich. Margarete hatte behauptet, sie habe keine Vorstellung davon, wie ihre Wohnung im neuen Haus aussehen sollte.

»Mach es so, wie du meinst, Fritz, ich bin dann schon einverstanden. Und ich habe auch gar keine Fantasie für solche Dinge.«

Unzufrieden stand Fritz auf, ging zum Fenster, stützte sich auf den Sims und fixierte seine Schwester. »Das ist doch nicht möglich, Gretle! Du kannst dir alles ausdenken, Geschichten und neue Tiere und Filzspinnereien und was weiß ich noch – und jetzt kannst du dir deine neue Wohnung in der Mühlstraße nicht vorstellen? Was ist das denn für ein dummes Geschwätz?«

»Ich weiß es eben nicht, du bist doch der Bauherr.«

»Weit gefehlt, du bist die Bauherrin!« Er trat auf sie zu, nahm ihre Hände und ließ sich wieder neben ihr nie-

215

der. »Du gibst mir den Auftrag und musst mich dafür bezahlen. Aber du musst selbst bestimmen, wie dein neues Zuhause und dein Geschäft ausschauen sollen. Ich kann das doch nicht für dich entscheiden.«

Als er ihr unglückliches Gesicht bemerkte, lenkte er ein: »Na gut. Beginnen wir von ganz vorne: Welche Räume brauchst du in deiner Wohnung? Das wirst du doch wenigstens wissen.«

Margarete blickte sich hilflos um. »So wie hier ist es gut. Eine Stube, Küche, Schlafzimmer.«

Fritz griff nach dem Stift und schluckte die Erwiderung, die ihm auf der Zunge lag, herunter. Er zwang sich, freundlich zu klingen.

»Gretle, wenn wir schon neu bauen, dann denk mal nach! So wie hier? Wirklich? Hier oben konnten wir nur den Platz verbrauchen, der vorhanden war. Aber jetzt haben wir die Möglichkeit, wirklich passend für dich zu entwerfen. Nimm das Schafzimmer. Das sollte doch wohl erheblich größer sein als das schmale Stübchen nebenan, oder etwa nicht? Und was ist mit der Wärterin? Sie soll sicher ein eigenes Schlafzimmer bei dir im Haus haben! Ja?«

Margarete nickte langsam, als sie sich vorstellte, wie angenehm es sein müsste, mit dem Rollstuhl zwischen Waschtisch, Bett und Kommode hin und her fahren zu können, ohne – wie jetzt – rangieren zu müssen wie eine Dampflok im Bahnhof.

»Du hast recht, das wäre schön. Es sollte so viel Platz sein, dass ich selbst an den Schrank heranreichen kann.

Und … vielleicht könnte man ein Kabinett an das Schlafzimmer angrenzend planen … für einen Abortstuhl?«

»Das klingt nach einer guten Idee. Na siehst du, es geht doch, du musst dir nur Mühe geben und deinen Verstand benutzen, wenn die Fantasie nicht dafür reicht!«

Am Ende zeichneten sie zusätzlich zur Wohnstube noch einen Frühstücksraum, wie Margarete ihn von Minas Haus kannte, ein Zimmer für die Wärterin, ein weiteres Schlafzimmer, das Emilie bekommen sollte, sowie eine große Küche. Fritz plante die Türen und Flure so breit, dass Margarete bequem mit dem Rollstuhl hindurchfahren konnte.

»Die Rampe hinter dem Haus sollte nicht zu steil sein. Dann kannst du sie im Notfall auch alleine befahren, jedenfalls nach unten«, überlegte Fritz laut und strichelte etwas auf den Plan. Plötzlich kam ihm noch eine ganz andere Idee: »Du könntest deine Wohnung im Erdgeschoss einrichten!«

»Was? Und die Werkstatt dann darüber? Nein, das will ich nicht. Ich muss ohnehin jeden Tag ins Geschäft, also wäre nichts gewonnen.«

»Verstehe, es war auch nur so eine Idee. Ebenerdig schlafen ist zudem nicht gut, dann schaut dir jeder zum Fenster hinein.«

Im Erdgeschoss planten sie eine große Werkstatt, dazu ein Lager für den Filz und die anderen Materialien, einen Packraum und ein Kontor für Margarete und einen Buchhalter.

»Seit wann hast du einen Buchhalter?«, wollte Fritz wissen. »Ich denke, du machst alles alleine.«

»Noch habe ich keinen, aber irgendwann werde ich einen brauchen. Wenn es so weitergeht mit den Aufträgen, schaffe ich das nicht mehr.«

»Bravo. Jetzt sehe ich, dass du mich verstanden hast. Du musst nach vorne schauen, in die Zukunft. Ich denke, wir sollten sogar ein zweites Haus planen und uns das Grundstück nebenan schon jetzt sichern. Denn weißt du, Gretle, so wie ich das sehe, wirst du in ein paar Jahren noch viel mehr Platz brauchen.«

Aber davon wollte Margarete nichts wissen. »Du träumst, lieber Fritze«, sagte sie und stupste ihn in die Seite.

Doch schon zwei Jahre nach Margaretes Einzug in das neue Haus planten sie den Zwillingsbau an der Turmstraße. Fritz musste dafür den Pulverturm der Stadtbefestigung abtragen lassen, was niemanden in Giengen störte. Die mittelalterliche Stadtmauer war schon an vielen Stellen abgebrochen worden, damit eine Ausdehnung der Stadt möglich wurde. Weil Schießberg und Bruckersberg Giengen im Norden und Süden begrenzten, konnten neue Straßenzüge nur im Brenztal entstehen.

Bei der Besichtigung des Pulverturms stießen Fritz und Margarete auf einen Haufen alter Kanonenkugeln.

»Die müssen wir fortschaffen, vielleicht kann man sie einschmelzen lassen«, überlegte Fritz.

»Warum verzierst du damit nicht die Fassade und setzt sie im Gesims unterhalb der Fenster ein? Dann hätten wir die Geschichte des Turms im neuen Haus aufbewahrt«, schlug Margarete vor.

»Meine Schwester«, lobte Fritz beeindruckt, »hat ein praktisches Wesen und einen Blick für einen dekorativen Stil. Genau das werden wir tun. Willst du deine Stube wieder hier oben haben, wo der Erker ist?« Er deutete auf die Stelle im Plan.

»Selbstverständlich. Ich muss doch wissen, was auf der Straße vor sich geht!« Sie zog genießerisch die Schultern hoch und schloss kurz die Augen. »Und ich freue mich, dass ich von dort auf die Brenz schaue und auf viele Bäume. Das ist was anderes als der Blick auf den Kanal an der Färberstraße. Und ich habe mir noch etwas überlegt«, sagte sie und nahm Fritz den Plan aus der Hand. »Im Erdgeschoss will ich ein Ladengeschäft einrichten. Hier vorne.« Sie tippte auf die kurze Seite des Hauses an der Turmstraße, direkt gegenüber der Brücke über die Brenz. »Mit zwei Schaufenstern und einer Ladentür in der Mitte. Dann kommt jeder an unserem Geschäft vorbei. Die Reisenden, die am Bahnhof aussteigen und nach Giengen wollen. Und alle, die mit der Kutsche von Norden anreisen, ebenfalls.«

»Guter Einfall. Und über die Fassade schreiben wir *Filz-Spieltierfabrik*!«

Das Ladengeschäft ist ein Erfolg, aber vor allem floriert das Filz-Versandt-Geschäft. Die Menagerie der Filztiere wachse, als gelte es, die Arche Noah zu bestücken, sagt Fritz.

Im Jahr 1890 lässt Margarete zum ersten Mal einen illustrierten Katalog drucken, um die neuen Exemplare schön zur Geltung zu bringen. Ihre jüngsten Neffen und Nichten sind noch immer die Ersten, die mit den neuen Tieren spielen dürfen, und sie sind verrückt danach. Neben den Elefäntle, den Affen, Eseln und Pferden sind die Kamele sehr beliebt und die rosig-rundlichen Schweinchen. Im Verkauf machen sich außerdem die Reit- und Fahrtiere auf Rollen sehr gut, auch wenn sie stattliche Preise haben. Ihre Produktion ist aufwendig: Die Holzgestelle müssen gezimmert und mit Filz umwickelt werden. Darüber wird die Haut des Tiers gezogen, alles ausgestopft, zugenäht und mit Rädern versehen. Später lassen sie die Gestelle aus Eisen bauen. Ein richtiger Renner sind die kleinen Hasen und Affen auf dem Velo, dem Dreirad. Leider sind sie anfällig und müssen oft repariert werden, daher tüftelt Fritz abends zur Entspannung daran, wie man sie stabiler machen könnte.

Manche der Tiere haben statt einer Filzhaut einen schön gefärbten Mohairplüsch oder werden aus weichem Samt gefertigt. Auch Krimmer verwenden sie in der Werkstatt häufig, denn er sieht wie echtes Fell aus, obwohl er künstlich hergestellt wurde, allerdings unter Verwendung von Hasen- oder Biberhaar.

Inzwischen sind noch Hunde, Hasen und Katzen dazugekommen und – Giraffen, wie man die Kamelparder jetzt nennt! Sie sind besonders knifflig in der Herstellung, und es hat Margarete viele Stunden gekostet, den Schnitt zu perfektionieren. Nur den besten Näherinnen vertraut sie diese Aufgabe an. Man muss die Flecken sorgfältig aufnähen und braucht Geschick, um den langen Hals zu stopfen und die dünnen Beine, die sehr fest sein müssen, damit sie nicht einknicken. Dafür hat Margarete einen speziellen Stopfhaken entworfen, den Fritz beim Schmied anfertigen ließ, und sie hat gleich ein paar davon bestellt, weil er sich auch für das Stopfen der Pferde- und Kamelbeine eignet. Fritz hatte vorgeschlagen, sie solle sich das praktische Werkzeug patentieren lassen, aber darum kann sie sich nicht kümmern. Lieber wäre es ihr, sie könnte die Filztiere patentieren lassen – und insgeheim arbeitet sie an diesem Plan.

An einem Frühlingstag im Mai 1891 sitzt Margarete draußen vor dem Ladengeschäft und beobachtet Kinder und Erwachsene beim Bestaunen der Auslage. Natürlich wirft sie dabei auch selbst einen kritischen Blick auf das Arrangement. Da sie nicht in das Schaufenster klettern kann, gibt sie den Näherinnen Anweisungen, wenn ihr etwas nicht gut gefällt. Sie alle reißen sich darum, im Laden zu verkaufen, denkt Margarete amüsiert. Wenn sie den Stundenplan aufstellt, muss sie immer aufpassen, dass alle einmal hinter der Theke stehen dürfen. Es ist eine solche Freude, die schönen Dinge, für die sie stundenlang mit gebeugtem Rücken vor sich hin gestichelt haben, einer Kundin über die Theke zu reichen und das Geld in die Kasse zu legen. Sogar aus Heidenheim oder Ulm kommen die Kunden extra zu ihnen. Bald nach der Eröffnung des Geschäfts ist klar, dass die Filztiere in naher Zukunft den größten Teil ihres Umsatzes ausmachen werden.

Deshalb muss sie neue Näherinnen anlernen, überlegt Margarete und schiebt den Rollstuhl zum Hintereingang des Hauses, um in die Werkstatt zu gelangen. Sie hat vier Angestellte und beschäftigt noch einmal so viele Frauen, die zu Hause für sie arbeiten. Ist eine Heimarbeiterin neu, wird sie ein paar Wochen lang in der Mühlstraße eingewiesen. Weil Margarete großen Wert auf sorgfältig gearbeitete Produkte legt, übernimmt sie das Anlernen selbst. Zuerst dürfen die Neuen nur einfache Dinge herstellen, Filzdecken und Kapuzen oder Kindermäntel. Wer sich geschickt anstellt, kann bald auch Gardinen, Draperien und Damenunterröcke nähen. Die Spieltiere sind den Frauen vorbehalten, denen Margarete besonders vertraut, weil sie über Talent, Geduld und Sorgfalt verfügen. Das gilt vor allem fürs Formen. Erst wenn die Tiere fast vollständig gestopft sind, erhalten sie ihre endgültige Gestalt. Die Näherin muss den Filz anfeuchten und durch Drücken, Kneten und Nachstopfen die Form perfektionieren. Trocknet der Filz, zieht er sich straff zusammen, und erst am Ende sieht man, ob das Tier gut geworden ist oder ob es Fehler hat. Wer neu in der Fertigung ist, muss sich damit abfinden, dass die Chefin gnadenlos Tiere aussortiert, die sie für nicht gelungen hält.

»Unsere Spieltiere sollen aber nicht nur schön sein, sondern auch stabil«, hämmert Margarete den neuen Arbeiterinnen ein. »Was auch immer die Kinder mit ihren Spielgefährten anstellen, unsere Tiere müssen das aushalten.

Ich möchte keine Rücksendungen wegen geplatzter Nähte sehen. Auch keine ausgerissenen Augen oder Ohren.«

Der Druck auf die Näherinnen ist groß, denn die Auftragsbücher sind voll, und sie müssen sich beeilen, die bestellten Mengen in der veranschlagten Zeit zu produzieren. Margarete lässt sie daher in der Mühlstraßen-Werkstatt gemeinsam an langen Tischen arbeiten. So können die Neuen sich bei den Erfahrenen Rat holen. Besser wäre es natürlich, wenn die Frauen über Jahre bei ihr blieben, aber die meisten wollen nur so lange arbeiten, bis sie heiraten. Eine Frau, die den ganzen Tag fort von zu Hause ist – und dabei gutes Geld verdient –, das gefällt vielen Vätern nicht, den Ehemännern noch weniger, und sie verweigern oft ihre Einwilligung. Die Frauen haben hingegen Freude an der geregelten Arbeit und dem Zusammensein mit den anderen, sie schwätzen beim Nähen über Gott und die Welt. Solange sie ordentlich schaffen, hat Margarete nichts dagegen. Sie sitzt meistens mit am Tisch, wenn sie nicht gerade im Kontor zu tun hat. Schließlich kennt niemand die Tiere besser als sie, die sie die Schnitte entweder nach Vorlagen aus Journalen verfeinert oder gleich selbst entworfen hat. Jede schwierige Naht, jeder Kniff, mit dem die Frauen sich beim Stopfen helfen können, um die Formen der Köpfe, Bäuche und Beine perfekt hinzubekommen, wurde von Margarete schon hundertfach ausgeführt. Und sie will außerdem mit gutem Beispiel vorangehen, wie man schnell und sauber arbeitet.

Kommt es zu Engpässen, entscheidet Margarete, welche

ihrer Näherinnen früher als geplant aufrücken darf, um Elefäntle oder Affen zu nähen. So kommt es, dass Agathe Bauer eines Morgens in der Werkstatt sitzt.

Bei Agathe habe ich einen Fehler gemacht, denkt Margarete, sooft sie die neue Heimarbeiterin beobachtet, die jetzt nicht mehr bei der Gruppe der Haus- und Mode-Näherinnen sitzt, sondern angelernt wurde, um Spieltiere zu nähen. Was genau ihr dieses ungute Gefühl einflößt, kann sie nicht sagen. Die junge Frau sieht blass und dünn aus, und vielleicht kränkelt sie. Normalerweise hat Margarete Einblick in die Familienverhältnisse ihrer Näherinnen, auch bei den Heimarbeiterinnen, denn sie schaut sich die Arbeitssituation vor Ort an, und jede neue Frau durchläuft ja den Anlernkurs in der Werkstatt. Auch wenn es eine neue Tierart zu nähen gibt, müssen die Heimarbeiterinnen wieder eine Zeit lang in die Mühlstraße kommen, um die Technik zu erlernen.

Margaretes Besuch bei Agathe fiel kurz aus, weil deren Vater krank war und sie nicht länger stören wollte. Doch selbst beim Arbeiten in der Gemeinschaft ist wenig über sie zu erfahren. Margarete fragt niemanden aus, das ist auch gar nicht nötig. Beim Nähen erzählen die Frauen mit großer Offenheit von ihren Eltern, Verlobten oder Freundinnen, von Familienfeiern, Krankheiten und von ihren Träumen. Die Augen auf Nadel und Stoff gerichtet, spricht es sich oft leichter, als wenn man den anderen in die Augen schaut. Agathe hingegen hält sich immer zurück.

Das ist kein Grund, gegen sie eingestellt zu sein, ruft

Margarete sich zur Ordnung, aber sie kann nicht anders, sie misstraut der jungen Frau. Es ist womöglich ihr Blick, abwehrend und nie direkt, und das mag Margarete nicht. Sie will, dass ihre Angestellten sie offen anschauen.

Was sie aber noch mehr stört, ist etwas anderes. Es liegt stets etwas Geringschätzung darin, wenn Agathe nach den Stoffen greift. Sie zeigt keinen Respekt, keine Liebe zu ihrer Arbeit. Gleichzeitig hat sie geschickte kleine Hände und kann die Formen sehr gut stopfen. Was ist denn nur, denkt Margarete, fange ich an, Gespenster zu sehen? Vielleicht mag ich sie einfach nicht – aber muss ich alle meine Angestellten mögen? Ihr Blick schweift über die gebeugten Köpfe, die emsigen Hände, die dunklen und blonden Haarkränze und die gestrickten Schultertücher. Sie lauscht dem Gemurmel und dem Lachen und den Neckereien. Ja, wenn sie ehrlich ist, dann kann sie sagen, dass sie ihre Näherinnen mag. Wenn eine von ihnen geht, bedauert sie es aufrichtig. Die Heimarbeiterinnen bleiben ihr länger erhalten, weil sie die Arbeit neben der Sorge um die Familie erledigen. Aber die Angestellten hören immer auf, wenn sie heiraten. Nur Ottilie ist noch da, weil ihr Mann gestorben ist. Als Witwe ist sie froh über Arbeit und gute Bezahlung.

Keine ihrer Angestellten hat bisher etwas an ihrem Arbeitsvertrag beanstandet. Viele haben nicht mal einen schriftlichen Vertrag haben wollen, aber Margarete ist in diesen Dingen sehr genau und lässt sich von Adolf Glatz, dem Mann ihrer Cousine, ausführlich beraten. Als Geschäftsführer der Filzfabrik kennt er sich mit Verträgen bestens aus und weiß aus den Zeitungen, die er abonniert hat, welche neuen Gesetze die Herren in Berlin planen. Die Bestimmungen zum Arbeitsrecht sind in einem großen Durcheinander, denn obwohl es seit 1871 ein Kaiserreich unter preußischer Führung gibt, hat man noch kein allgemeingültiges Gesetzbuch erstellt. Aber Adolf hat erfahren, dass ein Arbeitsschutzgesetz für Frauen in der Beratung ist, das die Arbeitszeit auf elf Stunden beschränken soll und daneben eine Frist von vier Wochen nach der Geburt vorschreibt, in denen die Mütter nicht zur Arbeit erscheinen dürfen. Der »Mutterschutz« ist seit der Novelle der Gewerbeordnung von 1878 schon bekannt, aber erst jetzt sollen die Frauen für diese Zeit auch Geld bekommen.

All diese Regelungen bereiten Margarete keine Sorgen, weil sie ihren Näherinnen längst bessere Arbeitsbedingungen bietet. Ihr wäre es sogar lieber, wenn sie diese für die Anzahl der Tiere oder Kleidungsstücke bezahlen könnte, die sie herstellen. Wie lange sie dafür brauchen, ist dann ihre Sache.

»Das ist aber nicht im Sinne des Gesetzes«, kritisierte Adolf sie streng, als er das hörte. »Die Frauen sollen für die Zeit bezahlt werden, in der sie für dich arbeiten, und wenn die eine schneller ist als die andere, sollte sie doch nicht mehr verdienen. Für die Langsameren wäre das sonst sehr hart.«

»Und für die Schnellen ist es enttäuschend, wenn sie nichts davon haben, dass sie flott und präzise zugleich sind«, entgegnete Margarete. Adolf riet ihr dringend davon ab, meinte aber, sie könnte den Schnellen ja einen Aufschlag zahlen.

»Dann sind wir wieder dort, wo wir vorher waren«, entgegnete ihm Margarete. »Ich weiß schon, was du mir sagen willst. Du bist trotzdem ein Prinzipienreiter. Ich könnte das alles viel besser regeln, wenn ich mich nicht an Gesetze halten müsste, die eigentlich für große Fabriken wie eure gedacht sind.«

Sie hat sich angewöhnt, den Frauen, die jeden Tag in die Werkstatt kommen, auch andere Arbeiten aufzutragen. Sie dürfen Pakete packen oder – wenn sie eine schöne Handschrift haben – Kataloge adressieren. Niemand sollte den ganzen Tag nur winzige Stiche hintereinandersetzen oder Giraffenbeine stopfen. Die Frauen brauchen Abwechslung, und gleichzeitig können sie auf diese Weise lernen, welche Geschäftsbereiche es gibt. Das schafft Freude und ein familiäres Gefühl. Schon in der Nähstube, die sie mit ihren Schwestern betrieben hatte, teilten sie die Arbeiten gerecht untereinander auf. Damals besaßen sie ja auch nur eine Nähmaschine, es konnte also immer nur eine von ihnen daran sitzen, während die anderen sich um die komplizierten Arbeiten kümmerten.

Nun hat sie in ihrer Werkstatt bereits drei Nähmaschinen, aber vieles muss noch immer von Hand genäht werden, vor allem die Filztiere.

»Wie wäre es, wenn wir etwas singen?«, fragt sie an diesem Tag in die Runde und freut sich über die Zustimmung. »Begleiten Sie uns auf der Zither, Fräulein Steiff? Dann macht das Singen noch viel mehr Freude.« Ottilie, die Dienstälteste, steht schon halb, um nach oben zu gehen und Johanna um das Instrument zu bitten. Als Margarete ihr das Zeichen gibt, eilt sie rasch zur Wohnung hinauf.

Ein paar Minuten später zupft Margarete die ersten Takte eines Frühlingslieds, das sie alle gerne singen. Sie liebt diese Momente mit ihren Näherinnen. Deshalb lädt sie auch immer alle zu einer gemeinsamen Weihnachtsfeier ein, bei der gut gegessen und viel gesungen wird. Sogar die Familienangehörigen sind dabei willkommen. Margarete macht sich viele Gedanken beim Aussuchen der Geschenke für ihre Näherinnen. Für dieses Jahr hat sie schon eine Liste angelegt, auf der sie Bettvorleger, Kragen, Filz für Unterrock, Arbeitsbeutel und »warmes Kleid« notiert hat. Und die Kinder ihrer Näherinnen erhalten natürlich jedes Jahr ein neues Spieltier.

Liebevoll gleitet ihr Blick jetzt von einer zur nächsten, alle nähen emsig, und alle singen mit. Nun, nicht alle. Agathe ist wirklich die Einzige, denkt Margarete, die mir fast etwas zuwider ist. Sie wird sich schon mit der Zeit einfügen in die Gemeinschaft. Und wenn nicht, so leistet sie immerhin gute Arbeit.

Am Abend, als die Näherinnen nach Hause gegangen sind, kontrolliert Margarete noch einmal die Werkstatt. Agathe ist noch da. Sie hat sich also getäuscht, die junge Frau arbeitet sogar länger als die anderen.

»Was ist los, warum bist du noch hier?«, fragt Margarete. »Ich bezahle keine Überstunden im Frühling.«

»Ich wollte noch ein paar Elefäntle fertig machen und war so gut im Schwung«, lautet die Antwort.

Margarete betrachtet den vollen Korb neben ihr. »Dann hast du dir etwas außer der Reihe verdient.«

Agathes Kopf fährt hoch, zum ersten Mal lächelt sie. »Danke, Fräulein Steiff, das kann ich gut gebrauchen.«

Margarete würde gerne in den Korb neben Agathes Platz greifen und die Tiere anfühlen. Sie fühlt eine magische Verbindung mit den Elefäntle, seit sie vor über zehn Jahren das erste von ihnen genäht hat. Aber wenn ich mir Agathes Tierchen näher anschaue, wird diese sofort wissen, dass ich ihr nicht traue. Dann wird es noch schwieriger zwischen ihr und mir, denkt sie. Ihr fällt ein, dass Hansen einmal sagte, ein Unternehmer sei nicht nur berechtigt, seine Leute zu kontrollieren, er sei sogar dazu verpflichtet, für das Wohl aller. Ja, das kann man gut sagen, wenn man, wie er, gar keine Leute beaufsichtigen muss.

»Gib mir mal eines von deinen Elefäntle«, sagt sie schließlich doch, »ich nehm sie gar so gern in die Hand.«

Agathe stutzt und greift in den Korb. Sie wühlt einen Elefanten von ganz unten hervor. Mit nichtssagendem Blick reicht sie ihn über den Tisch.

Margarete dreht ihn um und betrachtet ihn von allen Seiten. Er ist gut gelungen.

»Warum gerade diesen? So von ganz unten?«

»Weil er besonders schön ist, Fräulein Steiff.«

»Sie sollen alle besonders schön sein.«

»Das sind sie ja auch.«

»Das will ich meinen. Gib mir einen von den oberen.«

Täuscht sie sich, oder zögert Agathe? Und muss die junge Frau in diesem Moment wirklich das Tuch aus der Schürze ziehen und sich damit schnäuzen? Agathe steckt das Tuch weg und holt gleich eine Reihe von Elefanten hervor, die sie in eine Reihe stellt, als würden sie hintereinander aufmarschieren.

»Ich dachte mir, Fräulein Steiff, wir könnten die Elefanten einmal so präsentieren im Schaufenster.«

»Das gefällt mir, erzähl das morgen gleich der Ottilie. Sie soll sich darum kümmern.«

»Und vielleicht könnten wir die kleinen Äffchen auf die Elefanten setzen?«

Agathe ist aufgesprungen und holt ein paar frisch gefertigte Affen aus dem Regal. Es ist klar, dass sie versucht, von irgendwas abzulenken. Schon beginnt sie damit, die Äffchen auf die Rücken der Elefanten zu setzen.

Margarete fährt an den Tisch heran, stupst eines der Äffchen weg, dann greift sie nach dem ersten Elefanten, den Agathe auf den Tisch gestellt hat. Als sie ihn in der Hand hält, weiß sie sofort, dass etwas an ihm anders ist, als es sein sollte. Und doch: Äußerlich sieht er aus, wie er aussehen soll. Als sie ihn vorsichtig drückt, weiß sie, was es ist. Er fühlt sich nicht richtig an. Normalerweise müsste sein Körper sich leicht eindrücken lassen und danach gleich wieder in die alte Form zurückschnellen. Doch dieser Elefant kommt ihr vor, als habe er Bauchschmerzen.

»Fühlt sich seltsam an.«

»Ich hab alles so gemacht wie immer.«

Margarete nimmt den Elefanten mit an einen anderen Platz, greift nach einer kleinen Schere und trennt die Bauchnaht auf.

»Womit füllen wir die Filztiere, Agathe?«

»Mit Scherwolle!« Patzig fügt sie hinzu: »Und das habe ich auch getan!«

Margarete weiß, dass sie eine erbitterte Feindin haben wird, wenn sie jetzt falschliegt, aber sie muss ihrem Gefühl folgen, und als sie die Füllung aus dem Elefanten pult, weiß sie, dass ihr Instinkt sie nicht getäuscht hat.

Zuerst quillt tatsächlich Scherwolle heraus. Aber danach folgen Tierhaare, Korkreste, Sägespäne.

»Pure Scherwolle also. Die sieht anders aus.«

Agathe schaut auf den Tisch und zieht sich langsam das Kopftuch aus. Sie weiß, dass sie in diesem Moment ihre Arbeit verliert. Aber Margarete ist noch nicht fertig mit ihr. Sie hat schon viel erlebt, geschickte und weniger geschickte Näherinnen, langsame und schnelle, dumme und schlaue. Aber das hier, gemeiner Betrug hinter ihrem Rücken, eine Näherin, die das Tier – noch dazu ein Elefäntle – mit minderwertigen Sachen vollstopft, das treibt ihr Tränen der Wut in die Augen.

»Wir versprechen den Kunden, nur das beste Material zu verwenden. Und du machst mich zur Lügnerin, ja, zur Betrügerin, wenn du solchen Dreck in das Tier stopfst.«

»Es ist genauso weich wie alle anderen«, entgegnet Agathe trotzig.

»Ist es nicht. Deshalb habe ich es auch gleich fühlen können.«

»Na und? Fürs Spielzeug tut es das doch. Sollen die Kinder weichere Spieltiere haben als arme Leute Kissen?«

Während sie das sagt, steht sie auf, bindet die Schürze ab und geht in Richtung Tür.

»Halt!« Margaretes Stimme klingt so schneidend, dass Agathe tatsächlich stehen bleibt und sich umdreht.

»Geh an deinen Platz, Agathe. Du wirst dir anhören, was ich zu sagen habe, und nicht einfach fortlaufen, solange ich mit dir rede.«

Sie wartet, bis Agathe zurückkommt.

»Ich bürge mit meinem Namen für die Qualität unserer Waren. Und ich verlasse mich darauf, dass ihr euch daran haltet. Diese Fabrik gründet auf Vertrauen. Zwischen den Kunden und uns. Und zwischen mir und euch.«

Agathe lässt den Kopf sinken.

»Es tut mir leid.«

»Wie viele Elefäntle haben dieses Glump im Bauch?«

»Nur... zehn.« Sie schnieft und flüstert: »Keines von ihnen ist im Verkauf. Sie liegen noch alle im Korb.«

»Was hast du mit der guten Scherwolle gemacht, die du nicht verwendet hast?«

»Verkauft... auf dem Markt.« Sie spricht so leise, dass sie fast nicht zu verstehen ist.

»Du verdienst aber doch genug bei mir. Warum hast du mich dann so hintergangen? Und alle anderen auch, die für mich arbeiten?«

Agathe sinkt auf ihrem Platz zusammen und schlägt schluchzend die Hände vors Gesicht.

Margarete weiß nicht, was sie tun soll. Sie muss darauf achten, dass jeder seine Arbeit perfekt ausführt und dass die Qualität der Tiere gleichbleibend hervorragend ist. Sie muss auch den guten Namen »Gretchen Steiff« schützen. Was würde passieren, wenn sich das Gerücht verbreitet, ihre Tiere seien mit minderwertigem Material gestopft? Die Konkurrenz ist auch so schon hart genug. In Gotha würde sich Emil Wittzack auf die Schenkel klopfen vor Freude über solches Gerede. Er behauptet ja sowieso, er habe die älteste Spielwarenfabrik im Reich. Schon vor 1871 habe er Spieltiere gestopft, behauptet er.

Margarete fühlt sich auf einmal unendlich müde. Was soll sie jetzt machen?

Da hockt eine junge Frau, die schrecklich weint. Oder tut sie nur so? Und ist sie, Margarete Steiff, denn wirklich diejenige, die sich um dieses Menschenkind kümmern muss?

Zwei Monate später nimmt sie sich vor, mit Hansen darüber zu sprechen. Sie treffen sich wie immer bei Mina und August in der Neckarstraße. Inzwischen finden die Lechners nichts mehr dabei, dass ihre Freunde aus Giengen und Hamburg fast immer gleichzeitig nach Stuttgart kommen und sich augenscheinlich bestens miteinander verstehen. »Soll das Gretle doch auch einmal die Aufmerksamkeit eines Galans genießen«, hatte August im zweiten oder dritten Jahr gesagt, als Mina ihm anvertraute, sie habe Zweifel, ob es anginge, die beiden schon wieder zur selben Zeit zu beherbergen. Mina hatte Angst, die Freundin könne sich falsche Hoffnungen machen, und wollte sie vor einer Demütigung bewahren. Doch August überredete sie dazu, sich nicht einzumischen, nichts zu begünstigen, sich ihnen aber auch nicht in den Weg zu stellen, die beiden seien schließlich »erwachsen und sehr gut in der Lage, auf sich selbst aufzupassen, Margarete wahrscheinlich sogar noch besser als Johannes«.

Seitdem ist es ein ungeschriebenes Gesetz, dass Margarete und Hansen bei ihren Aufenthalten den einen oder anderen Tag zu zweit verbringen. Sie besuchen Nills Tiergarten, den Park der Wilhelma in Bad Cannstatt, oder sie streifen durch die Straßen von Stuttgart. Heute sind sie ohne Kutsche in Richtung Marktplatz aufgebrochen, ihr Ziel ist die Konditorei Bruehl. Hansen bleibt ein paar Meter vor dem Eingang stehen, damit die Diener nicht schon die Türen öffnen, denn er weiß, wie sehr Margarete es liebt, die Fassaden der Häuser in Ruhe zu studieren. Er stellt sich neben sie und folgt ihrem Blick.

Über der Tür sind zwei Frauengestalten in Stein gehauen, jede hält eine Schale, aus der Kaskaden von Trauben quellen. Beide Figuren tragen die Haare zu dicken Zöpfen geflochten, die am Rand des Portals herabhängen und mit Schmetterlingen und Blumen geschmückt sind. Genau über der Doppeltür, zwischen den Frauen, flattern zwei Tauben, die in ihren Schnäbeln ein Schild halten: *Konditorei, Julius Bruehl. Feine Schokoladen.*

»Es ist ja wie bei Rapunzel! Das ist mir noch nie vorher aufgefallen.«

Hansen ist irritiert. »Rapunzel? Sprechen Sie von dem Salat?«

Sie lacht auf, »Nein, Rapunzel ist ebenso der Name einer Märchenfigur. Sie hat einen sehr langen, dicken Zopf, den sie aus dem Fenster ihres hohen Turms heraushängen lässt, damit der Prinz daran heraufklettern kann.«

»Ungewöhnlich«, lautet Hansens einziger Kommentar. Für Märchen hat er nicht viel übrig.

»Es ist auch nicht wichtig«, sagt Margarete. »Nun bin ich bereit für Schokolade und Kuchen.«

Hansen schiebt den Rollstuhl in Richtung Eingang, und die beiden livrierten Diener, die sie bereits im Visier hatten, reißen eilfertig die Türen auf. Innen duftet es verführerisch, es ist auch sehr warm, obwohl alle Fenster offen stehen und der Juli ungewöhnlich kühl ist.

Hansen schiebt Margarete zur Treppe und nickt dem Kellner zu, er hat wie jedes Mal alles am Tag zuvor organisiert. Die beiden Diener tragen Margarete mitsamt Stuhl hinauf zur Empore. Dort wartet der kleine runde Tisch, ihr Stammplatz bei Bruehl. Vorsichtig setzen die Diener Margarete ab, die den Stuhl mit festem Ruck sogleich in Richtung Balustrade dreht.

Zufrieden schaut sie über die eleganten Gäste im Erdgeschoss. »Wie immer der perfekte Platz, Herr Hansen. Hier habe ich den Überblick, genau wie ich es mag.«

»Ich mag das ja auch«, stimmt er ihr lächelnd zu.

Hansen bestellt ein Stück Schokoladen-Likörtorte, Margarete möchte lieber eine mit Marzipan – und ignoriert Hansens Stirnrunzeln. Natürlich ist er der Meinung, es gäbe nirgends auf der Welt besseres Marzipan als in Hamburg, wo sie die Delikatesse direkt aus Lübeck beziehen. Sein Lokalpatriotismus ist ebenso ausgeprägt wie ihrer. Meistens tut sie ihm den Gefallen und wählt etwas anderes, aber heute ist ihr nicht nach Rücksicht.

Hansen hebt ihr Tuch vom Boden auf und legt es über die Armlehne: »Darf ich Sie etwas zu Ihrer Besprechung mit Sigle morgen fragen?«

»Natürlich.«

»Sind Sie gut vorbereitet? Ich meine: richtig vorbereitet? Auf alle Fragen, die man Ihnen stellen wird und alle Manöver?«

»Manöver?«

»Sicher. Man wird versuchen, Sie übers Ohr zu hauen. Entschuldigen Sie den Jargon.«

»Herr Hansen, bitte! Ich weiß, was das heißt. Und ich glaube es im Übrigen nicht. Wir sind schon seit Jahren gute Geschäftspartner.«

Er räuspert sich. »Zumindest wird man die Preise zu drücken versuchen. Sie, liebes Fräulein Steiff, werden von Jahr zu Jahr erfolgreicher. Davon will Sigle profitieren.«

»Das darf er ja auch. Und außerdem: Adolf Glatz wird dabei sein.«

Eine junge Frau kommt mit einem großen Tablett und lädt die Tassen mit der heißen Schokolade und die Teller mit Torte vor ihnen ab, dazu eine Zuckerdose, Stoffservietten, Löffel und kleine Gabeln. Hansen inspiziert das Arrangement und klingt reserviert, als er sagt: »Der Herr Glatz. Sicher ein guter Verhandlungsführer. Wenn Sie meinen. Dann können wir das Thema ja gleich beenden.«

Er schaut sie nicht an. Sie kennt das schon. Wenn Hansen beleidigt ist, weicht er ihr aus, und jetzt greift er sogar nach der Zeitung, die in seiner Jackentasche steckt. Wenn sie nicht wüsste, dass er ein bisschen eifersüchtig ist, könnte sie wütend werden.

»Und? Was ist daran falsch?«

Er blickt von der Zeitung auf, faltet sie umständlich zusammen.

»Ich meine, dass Sie selbst mit allen Wassern gewaschen sein sollten. Sie müssen wissen, was Sie wollen. Und sich nicht hinter Ihrem Cousin verstecken.«

»Das habe ich auch gar nicht vor.«

»Umso besser. Aber dann bereiten Sie Ihre Strategie vor. So eine Verhandlung mit einem Großkunden, das ist wie ein Krieg.«

Er sticht mit der Gabel in seine Torte, als müsse er sie erlegen, bemerkt Margarete amüsiert.

»Was soll ich tun?«, fragt sie.

»Ihre Stellung ausbauen. Verzeihung, das ist ein Begriff aus dem Kriegshandbuch. Damit meine ich: Sie müssen wissen, wie stark Sie sind. Sie müssen die Zahlen im Kopf haben.«

»Ich habe die Zahlen im Kopf. Jedenfalls die Preise, die ich haben will.«

»Aber das ist nicht genug. Wenn Sigle mit den Preisen runtergehen will, sollten Sie es sehr schnell durchrechnen können. Dann sollten Sie sagen können: ›Ah, Herr Sigle, Sie schlagen zwei Mark als Einkaufspreis für dieses Produkt vor? Dann sind es aber nur 150 Mark, wenn wir fünfundsiebzig Stück berechnen.‹ Verstehen Sie? Sigle wird die Zahlen alle parat haben. Und wenn Sie erst anfangen, den Bleistift zu zücken, um zu rechnen, und dabei hilfesuchend zu Ihrem Cousin schauen, haben Sie schon verloren. Wenn Sie wollen, dass man Sie ernst nimmt, sollten Sie sich so gut auskennen wie niemand sonst.«

»Aber ich...«, sie richtet den Blick auf den Löffel, mit dem sie in der Tasse rührt. »Ich habe nur, ich meine... ich war nur auf der Schule, bis ich... Also, ich bin kein Buchhalter.«

»Um ein guter Kaufmann zu sein, müssen Sie auch kein Buchhalter sein, den sollten Sie einstellen. Möglichst bald. Bis dahin müssen Sie selbst ran. Doch darum geht es nicht. Sigle will neue Konditionen aushandeln, das hat man Ihnen ja schon angedeutet. Sie müssen überzeugt davon sein, dass Sie etwas sehr Gutes anzubieten haben. Und Sie müssen ebenso klar zeigen, dass Sie nicht so verzweifelt sind, jedes Angebot annehmen zu müssen, das man Ihnen unterbreitet. Lassen Sie durchblicken: Sigle, Ihr habt Konkurrenten, denn ich stehe mit anderen im Gespräch.«

»Aber das tue ich nicht.«

Hansen rollt mit den Augen. »Das ist doch einerlei. Er soll es nur glauben. Denn er wird auch so tun, als könne er Ihre Produkte woanders kaufen und vielleicht sogar günstiger.«

Margarete fühlt, wie Empörung in ihr aufsteigt. »Aber das kann er nicht. Ich mache sehr gute Arbeit. Niemand stellt solche Produkte her wie wir. Und der Filz aus Giengen ist der beste, und wir haben die besten Ideen!«

Hansen lächelt zufrieden.

»Sehen Sie: Das ist die Haltung, die Sie morgen brauchen!«

Als sie später durch Nills Tiergarten spazieren, registrieren sie alle Veränderungen und begrüßen ihre alten Bekannten, das ausgestopfte Mammut, den Elefanten und den Affenkäfig. Hansen hatte in der Zeitung gelesen, es gäbe eine neue Sensation, einen Ameisenbären.

»Ich habe noch nie ein solches Wesen gesehen, vielleicht wäre es eine gute Vorlage für unsere Spieltiere?«

Aber als sie vor dem großen Metallkäfig stehen, aus dem ein strenger Geruch dringt, ist sie enttäuscht. Im hinteren Teil liegt ein klobiger brauner Fellhaufen, der sich nicht bewegt.

»Hm. Er sollte einmal aufstehen, damit ich weiß, wie seine Proportionen sich ausnehmen«, sagt Margarete.

Hansen blickt sich suchend um. »Vielleicht gibt es einen Pfleger, den man dazu bringen kann, das Tier aufzuscheuchen?«

»Wirklich, Herr Hansen! Sie brauchen sich nicht zu bemühen, meine Wünsche immer sofort zu erfüllen.« Margarete lacht.

Er schaut auf sie herab.

»Nicht? Aber genau das ist doch mein größtes Vergnügen.«

Margarete wird rot und studiert konzentriert das liegende Tier.

»Ich möchte nur nicht, dass Sie gleich Ihre Hand durch

die Stäbe stecken und dieses Ungetüm Ihnen einen Finger abbeißt.«

Hansen rührt sich nicht, wie sie aus dem Augenwinkel wahrnehmen kann.

»Sie haben aber schon gehört, was ich gesagt habe?«

Margarete fühlt ein Summen in den Ohren. Tränen brennen hinter ihren Augen. Sie fühlt sich ausgeliefert, hilflos, glücklich und panisch zugleich. Und vor allem irgendwie dumm, sehr dumm.

In diesem Moment kommt Bewegung in den Fellklotz, das Ungeheuer gibt ein Stöhnen von sich. Der Ameisenbär steht schwerfällig auf und trottet an den Wänden des Käfigs entlang zu einer Sandkuhle. Dort steckt er seine lange Nase hinein und schubbert im Boden herum.

»Eindeutig nicht geeignet für ein Spieltier«, sagt Margarete, »kommen Sie, wir wollen den Elefanten besuchen.«

Hansen sagt noch immer kein Wort, schiebt sie aber auf den Weg zurück in Richtung Elefantenhaus. Hinter einer Hecke geraten sie in einen kleinen Menschenauflauf. Sie sehen die Leute zunächst nur von hinten, weil alle um etwas herumstehen, was ihnen Rufe und Gejohle entlockt. Als sie sich nähern, erkennen sie ein Kamel in der Mitte der Menge. Es wird abgeschirmt von ein paar Männern in langen weißen Kaftanen und schaut völlig unbeeindruckt aus. Unter halb geschlossenen Lidern kaut es gemächlich mit leichten Seitwärtsbewegungen. Zwischen den puscheligen Höckern ist ein mit goldenen Troddeln verzierter roter Sattel aufgeschnallt. Ein Mann im roten Kaftan geht durch die Menge, hält Billetts hoch und ruft: »Wer traut sich? Wer will einmal auf einem Kamel reiten, meine Damen und Herren? Für ein paar Pfennige sind Sie der Wüstenprinz«, er beugt sich zu einer jungen Dame, »oder die Wüstenprinzessin! Na? Wollen Sie es nicht versuchen?«

Die junge Frau kreischt auf und hebt abwehrend die Hände.

»Wer will einmal verzaubert werden wie im Märchen aus dem Morgenland? Ah, hier ist ein mutiger Kerl!«

Ein junger Mann kauft ein Billett bei dem Verkäufer und wartet. Einer der Kameltreiber schlägt mit einem Stock sanft gegen die Beine des großen Tiers, daraufhin knickt es tänzerisch-elegant im Wechsel vorne, hinten und wieder vorne ein, bis es schließlich aufrecht auf dem Weg sitzt. Der junge Mann steigt auf und erhält Instruktionen, wie und wo er sich festhalten muss. Man drückt ihm auch ein paar Zügel in die Hand, doch es ist deutlich zu sehen, dass er das Tier damit nicht selbst lenken muss. Denn nachdem es mit Schwung aufgestanden ist und der Reiter kurz nach vorne und dann nach hinten geworfen wird, geht das Kamel an einem sehr kurzen Strick ein paar Kreise. Die Gruppe der Treiber bleibt in der Nähe, damit es nicht ausbricht, aber es sieht nicht so aus, als wäre es bereit, sich anzustrengen.

»Sehen Sie?«, ruft der Verkäufer. »Es ist so sicher wie in Abrahams Schoß!«

Die Menge klatscht freundlich.

»Ist es Camelot, der König der Dünen, oder hat Nill ein weiteres Kamel erworben?« Margarete ist froh über die Ablenkung und heuchelt großes Interesse an der Darbietung.

»Mir scheint es etwas kleiner zu sein als unser Camelot.« Hansen hatte das Kamel aus Spaß so genannt, als sie es vor zwei Jahren zum ersten Mal in Nills Tiergarten entdeckt hatten. »Aber um sicher zu sein, müssten wir in seinem Gehege nachschauen. Doch wie wäre es? Wollen Sie nicht einmal etwas ganz Neues ausprobieren? Auf einem Kamel reiten?« Er zieht seine Handschuhe aus und klopft sich damit den Staub ab, den der Ameisenbär beim Schubbern aufgewirbelt hatte.

»Bestimmt nicht«, erwidert Margarete. »Wer nicht laufen kann, kann auch nicht reiten.«

Er schaut überrascht auf. »Aber nein, es ist genau umgekehrt. Gerade wer nicht laufen kann, sollte reiten lernen. Sie müssen sich nur gut festhalten, weil das Tier unbegreiflicherweise diesen schlenkernden Passgang hat. Das schaukelt wohl ein wenig. Aber wie zu beobachten ist, muss man nicht wirklich reiten können, sondern nur den Griff vorne am Sattel festhalten. Sie könnten also ohne Probleme aufsitzen, die Treiber werden über Sie wachen. Und wie Sie sehen, geht das Tier sehr brav.«

»Warum reiten Sie nicht selbst?«

»Weil ich mein rechtes Bein nicht mehr richtig knicken kann und mich nicht lächerlich machen will.«

Sie hatte vergessen, dass er nach einem Sturz vom Pferd das eine Bein nachzieht.

»Verzeihen Sie, das hatte ich nicht bedacht. Nun, für mich gilt aber dasselbe.«

»Sie würden sich nicht lächerlich machen. Ich glaube sogar, Sie würden sehr hübsch aussehen oben auf dem eleganten Tier.«

»Sie sind völlig verrückt.«

»Ja, Sie haben recht. Es ist verrückt. Aber warum nicht? Einmal etwas ganz und gar Unsinniges tun. Ich werde es niemandem erzählen. Das verspreche ich.«

Margarete starrt das Kamel an. Was ist heute mit Hansen los? Sie erkennt ihn gar nicht wieder. Es stimmt zwar, sie könnte wahrscheinlich ganz gut dort oben sitzen, aber es ist eben schon sehr hoch, es wackelt, und sie ist nun schon vierundvierzig. Da macht man keine Sperenzchen mehr. Oder vielleicht gerade?

Sie merkt, dass Hansen sie die ganze Zeit fixiert, daher richtet sie den Blick starr auf das Tier. Was für ein aberwitziger Tag ist das nur heute! Überhaupt nicht so schön und vertraut wie sonst, es fühlt sich sogar an, als würde Hansen sie mit Absicht verunsichern wollen.

Sie schluckt und spürt schon wieder Tränen in den Augen. Wovor hat sie nur solche Angst? Gerade sie, die allen Leuten immer wieder sagt, dass der Mensch genau das so gerne tut, wozu er am wenigsten geeignet ist, sie sollte sich doch einmal überwinden können. Dann denkt sie: Ja, man sollte die Welt erkunden, sich dabei aber nicht so weit vom Ufer entfernen.

»Nein«, sagt sie leise. »Ich werde meinen sicheren Platz nicht verlassen. Aber ich würde gerne noch den Elefanten besuchen.«

»Natürlich«, lautet seine knappe Antwort.

Ganz kurz wagt sie es, ihn anzuschauen. Sein Blick ist so rätselhaft wie sein ganzes Benehmen an diesem Tag.

»Sie bringen mich heute aus der Ruhe«, sagt sie langsam und betont würdevoll, als sie ihn hinter sich weiß, weil er den Stuhl anschiebt.

Er sagt nichts. Und das ist auch eigentlich die beste Antwort, denkt sie, bevor sie eine Diskussion über Namen von Kamelen beginnt.

Abends essen sie im Hotel Royal, und Margarete spricht gleich etwas Geschäftliches an.

»Ich brauche wieder einmal Ihren Rat. Ich muss unseren Nachahmern das Handwerk legen.« Bevor er antworten kann, steht der Kellner neben ihnen, und sie bestellt: »Die Leberpastete mit Kümmelbrot und dazu ein Glas Hauswein.«

»Für mich dasselbe«, schließt sich Hansen an. »Und? Schon eine Idee, wie Sie das machen wollen?«

»Ein Patent muss her!«

Einen Moment lang ist er sprachlos. »Respekt, Fräulein Steiff. Aber Sie greifen nach den Sternen. So leicht ist es nicht, ein Patent zu erwirken.«

»Ich weiß. Oder besser: Ich denke es mir. Mein Bruder kennt sich ein wenig aus, und natürlich meine Cousins von der Filzfabrik. Sie haben mir sogar abgeraten, es zu versuchen. Es sei teuer und ziemlich aussichtslos, sagten sie. Sie selbst haben lange für ihre Patente zur Filzherstellung gekämpft. Aber ich will es trotzdem probieren. Mich erreichen immer häufiger Beschwerden über minderwertig hergestellte Filztiere, hässlich und aus schlechtem Material. Manche Leute denken, die wären von uns. Das bedroht unseren Ruf.«

Als das Essen serviert wird, unterbrechen sie ihre Unterhaltung, denn sie sind beide hungrig. Sie prosten sich zu, aber Margarete meidet den Augenkontakt mit Hansen.

»Worauf genau wollen Sie das Patent anmelden?«

»Ich will durchsetzen, dass nur wir das Recht haben, Filztiere weichzustopfen. Wir haben es erfunden …«

»Tatsächlich?«, fragt Hansen gedehnt. »Nun schauen Sie mich nicht so böse an, ich frage nur das, was Sie ein Anwalt auch fragen wird.«

»Wieso ein Anwalt?«

»Sie brauchen einen Anwalt, der den Antrag aufsetzt und beim Kaiserlichen Patentamt einreicht. Er wird Sie sehr ausführlich befragen. Ich kann Ihnen einen guten Mann nennen. Er sitzt in Hamburg, reist aber viel, und vielleicht könnten Sie sich zu einer Besprechung auf halbem Weg treffen. In Frankfurt.«

»So aufwendig ist das? Nun ja. Es stimmt aber. Wir waren die Ersten, die die Technik zur Perfektion gebracht haben. Auch wenn …« Sie hält mit dem Brot in der Hand kurz inne und überlegt. Dann beißt sie hinein.

»Wenn?«

Sie kaut nachdenklich und schluckt den Bissen hinunter, bevor sie antwortet.

»Emil Wittzack in Gotha stellt ebenfalls Spieltiere her. Schon seit 1879, also etwa so lang wie ich. Er beteuert, er hätte sie seit Beginn immer weichgestopft, aber das stimmt nicht. Und seine Tiere sind vor allem nicht so schön und stabil wie unsere. In hundert Jahren wird es keines seiner Tiere mehr geben, unsere aber schon, behaupte ich.«

Hansen presst die Lippen aufeinander, und sie kann nicht einschätzen, ob das ein Kommentar zu ihrer Bemerkung ist oder ein Zeichen dafür, dass ihm die Pastete besonders gut schmeckt.

»Ich fürchte, das Patentamt wird Beweise wollen, keine Behauptungen.«

»Und Emil Wittzack wird alles daransetzen, dass wir das Patent nicht bekommen. So viel ist sicher.«

»Es wird tatsächlich einiges kosten. Die Skepsis Ihrer Cousins ist berechtigt. Sie sollten daher genau überlegen, was Sie machen, falls Sie vor dem Patentamt scheitern.«

»Warum?

»Weil Sie wissen, dass Sie einen harten Konkurrenten haben.«

»Wenn die Spieltiere nicht als patentfähig eingeschätzt werden, dann ist das eben so.«

»Nein, nicht ganz. Sie können dann etwas anderes beantragen, eine Schutzmarke. Ein Zeichen, an dem man erkennt, dass es ein Tier aus Ihrer Filztierfabrik ist.«

»Was soll das sein? Ein Zeichen? Wie ... wie vielleicht das Wappen von Giengen?«

»Das wird man Ihnen sicher nicht erlauben, Sie sind ja nicht die Einzige, die in Giengen etwas produziert.«

»Dann nur das Einhorn aus dem Wappen?«

»Haben Sie ein Einhorn unter Ihren Tieren?«

»Nein.«

»Dann nehmen Sie ein Tier, das für Ihre Filztiere stehen kann, eines Ihrer beliebtesten Produkte. Elefant, Kamel, Affe, Schaf …«

»Dann sollte es wohl das Elefäntle sein, damit hat alles angefangen. Und fast hätte es damit auch aufgehört.«

Sie erzählt ihm von dem Versuch Agathe Bauers, die Elefäntle mit wertlosem Stoff zu füllen, und wie sie es aufgedeckt hat. Auch dass sie nicht wusste, was sie mit der jungen Frau machen sollte, die sie so böse hintergangen hat. Dass sie mit Hansen darüber reden wollte, aber schon vorher eine Entscheidung treffen musste.

»Sie tat mir leid, und etwas sagte mir, dass ich großherzig sein sollte. Also habe ich sie nicht entlassen, und inzwischen führt sie mein Ladengeschäft auf geradezu geniale Weise. Sie organisiert den Plan der Verkäuferinnen allein, und alle sind zufrieden. An den Abenden betreut Agathe die Sonderanfertigungen, also Filztierbestellungen, die mit Namen versehen werden. Natürlich gegen Aufpreis. Sie kann ausgezeichnet sticken.«

Hansen studiert seine Fingernägel, als er antwortet. »Ich hätte Ihnen davon abgeraten, die junge Frau zu behalten, das wissen Sie. Und genau deshalb haben Sie wohl meinen Rat nicht eingeholt, sondern selbst entschieden, was Sie tun.« Er macht eine Pause und schaut sie an. »Das war richtig so. Es ist Ihr Unternehmen. Sie müssen zu dem stehen, was Sie tun. Auch zu Ihren Fehlern. Trinken wir darauf.« Er lächelt verschmitzt und schenkt ihnen beiden Wein nach. »Auf erfolgreiche Verhandlungen morgen mit Sigle!«

»Ganz recht«, sagt Margarete. »Hauptsache, ich habe das letzte Wort.«

Sie stoßen an.

Ein paar Monate später liegt ein Päckchen aus Giengen auf Hansens Schreibtisch in seinem Hamburger Kontor. Es ist ein Katalog mit Filzspieltieren. Dazu ein kurzer Brief. »Empörend kurz, liebes Fräulein Steiff«, seufzt Hansen, als er ihn öffnet und überfliegt:

Werter Herr Hansen.
Ich bin in Eile. Das Patent wurde abgelehnt, wie
Sie es schon vermutet haben. Aber die Schutzmarke
haben wir jetzt! Danke für Ihr Zutrauen.
Ihre Margarete Steiff.

Hansen nimmt den Katalog zur Hand und blättert ihn langsam durch. Es sind tatsächlich schon zweihundertsechsundfünfzig verschiedene Tiere darin, das erkennt er schnell an den Nummern. Auch Puppen finden sich im Programm. Hab ich doch gleich gesagt, denkt er, dass sie Puppen machen soll. Aber dann studiert er die Tiere genauer und findet die Puppen gar nicht mehr so interessant. Zuletzt schaut er sich das farbige Deckblatt genauer an. Es zeigt einen Ausschnitt des Deutschen Reichs, ganz oben ist gerade noch Hamburg zu sehen, zum Glück, und unten der Bodensee. Im unteren Teil mit einem stolzen Schriftzug ist die Heimat der Filztiere markiert: »Giengen a/ Brenz«. Quer über die Karte zieht sich ein Band, auf dem es heißt: »Filz Spielwaren Fabrik«. Oben links ist Margaretes Wohn- und Geschäftshaus abgebildet, mit dem kleinen Erker, von dem sie ihm erzählt hat. Rechts oben sind zwei Kinder gezeichnet, die sich um ein Filztier streiten. Es ist die neue Schutzmarke der Firma. Hansen erstarrt, dann schaut er durchs Fenster auf die Elbe und nickt langsam. Auf der ersten Schutzmarke von Fräulein Steiffs Fabrik ist kein Elefäntle zu sehen, wie sie gesagt hatte. Es ist ein Kamel.

≋ 1862–1868 ≋

Das Ungeheuer und die Schneiderin

Sie bekommt keine Luft mehr. Obwohl sie fast schon fünfzehn ist und so gut wie erwachsen, fühlt sie sich in diesem Moment wie ein Kind und glaubt für einen winzigen Moment, sie könne nicht mehr atmen. Doch dann, als die Schaukel auf dem höchsten Punkt ist, füllt sich ihre Lunge wieder. Im Herabsausen brüllt sie aus voller Kehle: »Jucheeeeehhhhh.« Kaum sind sie unten, schwingen sie wieder hoch, jetzt geht es nach hinten, und Margarete sieht den Boden vor sich. Sie stellt sich vor, wie es wäre abzustürzen und mit dem Gesicht auf den harten Sand zu schlagen. Doch ihr Bruder Fritz hält sie fest, sie schaukeln schon seit ihrer Kindheit zusammen auf dem Stadtfest, seit er sie alleine auf seinen Schoß ziehen kann. Auch jetzt hat er den linken Arm, der für einen Dreizehnjährigen erstaunlich stark ist, um ihre Taille gelegt, mit der Rechten fasst er die Kette der Schaukel. Damit sie schnell in Schwung kommen, stoßen seine Freunde ihn von hinten an und machen sich einen Spaß daraus, die Geschwister so hoch wie möglich zu jagen.

Vier Hände geben ihnen kräftigen Anschub, die Schaukel schwingt erneut hinauf. Margarete malt sich aus, was

passieren würde, wenn sie über das Eisengestell hinaus-
schössen und in hohem Bogen über den Festplatz flögen.
Am höchsten Punkt kippt das Schaukelbrett unter ihnen
ein Stück nach hinten – und sie fallen für den Bruchteil
einer Sekunde. Margaretes Magen schrumpft zu einer
winzigen Bleikugel. Instinktiv krallt sie die Finger tiefer in die Jackenärmel des Bruders. Schon rasen sie wieder hinab. Trotz ihrer Ängste liebt sie das Sausen in den
Ohren, genießt das Gefühl zu fliegen, sich den Kräften
der Erde zu entziehen, die Schwere und Behäbigkeit ihres
Körpers abzustreifen. Beim Schaukeln ist auch sie einmal
so leicht wie alle anderen, leichter vielleicht sogar, weil
sie in diesem Moment mehr abwirft als jeder andere, der
hier beim Stadtfest auf den Holzsitz klettert. Das Glücks-
gefühl treibt ihr Tränen in die Augen. Aber der Fahrtwind trocknet sie schneller, als die Schaukel zum Aus-
schwingen braucht.

Als sie den Platz für die Nächsten in der Warteschlange
freimachen, setzt Fritz sie behutsam in den Rollstuhl und
verschwindet mit seinen Freunden im Getümmel. Margarete gesellt sich zu ihren Freundinnen. Endlich ist das
Vierer-Kleeblatt wieder vereint: Berta, die Tochter des
Gastwirts Zum Hirschen, Mathilde aus dem Nachbar-
haus und nun auch Mina, die seit drei Jahren in Stuttgart lebt, aber für das Stadtfest ein paar Tage in Giengen
verbringen darf.

»Du hast Glück mit so einem großen Bruder«, seufzt
sie. »Alleine traue ich mich nicht, die Anschubser sind so
wild und grob.«

Mathilde schielt zum Schaukelplatz zurück.

»Aber das ist doch gerade schön, diese Wucht«, sagt Margarete und wirft ihre langen blonden Zöpfe zurück. »Nachher will ich auch noch mal. Aber jetzt kommt, wir wollten noch zu den Wettkämpfen.«

Sie machen sich auf den Weg zum anderen Ende des Festplatzes. Man hört das Gejohle schon von weitem.

»Fritz ist nicht mein großer Bruder«, stellt Margarete richtig. »Der ist über ein Jahr jünger als ich.«

»Weiß ich ja«, entgegnet Mina. »Aber er ist sehr groß geworden, finde ich. Letzten Sommer sah er noch wie ein Bub aus.«

»Soll ich ihn fragen, ob er auch mit dir schaukelt?«, fragt Margarete, und als Mina daraufhin loskreischt, ist sie verblüfft.

»Was ist denn los?«

»Auf keinen Fall fragst du Fritz! Wehe! Wenn du es tust, hau ich dich.«

Margarete ist ratlos. »Na schön, aber verstehen kann ich dich nicht.« Sie schaut sich um. Vom Bruder ist nichts zu sehen.

»Ist eh zu spät«, sagt Mathilde, »der ist mit seinen Freunden zum Teich gelaufen.« Sie mustert ihre Schuhe und schiebt noch nach: »Glaub ich.«

Margarete findet ihre Freundinnen seltsam, aber dann sind sie auch schon bei den Wettkämpfen angelangt und drängeln sich nach vorne an die Absperrung. Eine Gruppe junger Männer mit nacktem Oberkörper ist dabei, schwere Eisenkugeln zu heben und möglichst lange in die Luft zu stemmen. Sie veranstalten dabei viel Lärm, feuern sich an, versuchen zugleich, sich gegenseitig zu übertrumpfen, und lachen wiehernd über jeden, der eine Kugel nicht hochhieven kann. Als sie merken, dass die Mädchen ihnen zuschauen, werden ihre Rufe noch lauter. Doch die schüchternen, aus ihren Sommerkleidern vom letzten Jahr herausgewachsenen Mädchen mit den langen Zöpfen und dem scheuen Gekicher sind als Publikum nur so lange interessant, bis ein paar junge Frauen vorbeischlendern, die tiefere Ausschnitte haben und außerdem mutig genug sind, den Männern etwas Freches zuzurufen. Die antworten mit Pfiffen und Johlen, und von einem auf den nächsten Moment fühlen sich Margarete und ihre Freundinnen unsichtbar. Sie verlieren die Lust am Zuschauen und ziehen weiter.

Beim traditionellen Giengener »Kinderfest«, das sich über drei oder vier Tage hinzieht, versammelt sich nahezu die gesamte Bürgerschaft auf dem Schießberg, der sich im Norden, gleich hinter den letzten Häusern, steil erhebt. Das Fest beginnt mit einem frühen Gottesdienst und einer scherzhaften Ansprache des Pfarrers auf den Treppenstufen vor der Kirche. Die versammelten Kinder und Jugendlichen ziehen von dort singend und trommelnd durch die Gassen, begleitet von der Blaskapelle der Giengener Musikschule, gefolgt von Eltern und Großeltern. Auf ihrem Weg durch die Schrannenstraße und die Marktstraße, wo sie am Rathaus vorbeikommen, schließen sich ihnen noch Dutzende Städter an und folgen ihnen bis zum Schießberg. Dort ist auf dem Festplatz ein großzügiger Tanzboden abgesteckt, daneben ein Gastgarten mit Bänken und Tischen. Das Festbier der hiesigen Wirte strömt schäumend in die Krüge, dazu werden kalter Braten, Würste, Zuckerbrot und viele andere Leckereien gereicht. Wer genügend Geld hat, kann sich von morgens bis abends auf dem Schießberg mit köstlichen Mahlzeiten versorgen. Weniger Betuchte kommen mit Leiterwagen, in denen sie nicht nur ihre kleinen Kinder, sondern auch eine eigene Vesper verstaut haben. Blau-gelbe Fähnchen wehen an den Ständen der Wirtsleute, der Bäcker und Metzger. Vor der hölzernen Bühne, auf der die Blaskapelle sitzt und der Bürgermeister die Preise vergibt, hängt das Stadtwappen von Giengen, ein auf den Hinterbeinen stehendes goldenes Einhorn auf blauem Grund.

Tagsüber werden Wettbewerbe wie Tauziehen, Sackhüpfen oder Stelzenlaufen für Kinder veranstaltet. In den Pausen singt der Schulchor, oder es spielt der Giengener Musikverein auf. Ein Puppentheater aus Heidenheim gibt an den Nachmittagen zwei Vorstellungen hintereinander, und eine Gruppe von Schaustellern aus Ulm zeigt verschiedene Attraktionen in Zelten, für die man Eintritt zahlen muss: Zweikämpfe von »garantiert russischen Kosaken«, die kein Wort Russisch sprechen, eine Wahrsagerin, die in einem nach Puder und Schnaps riechenden Zelt hockt, und wie in jedem Jahr wird auch diesmal wieder ein »grausliches Ungeheuer« präsentiert.

Viele Giengener fiebern wochenlang auf das Stadtfest hin und freuen sich auf ein paar Tage voller Vergnügen und Trubel. Die enormen Erwartungen der Gäste werden vom Festbier angeheizt und entladen sich auf vielerlei Weise: Das Fest ist für Schlägereien und Verlöbnisse, Geschäftsabschlüsse und übereilte Fehlkäufe berühmt.

Margarete und ihre Freundinnen überlegen, wie sie die wenigen Kreuzer, die sie in ihren Geldtäschchen hüten, so anlegen, dass sie möglichst viel davon haben.

»Das will überlegt sein«, sagt Margarete. »Also, was steht zur Auswahl? Eintopf und Brezel? Oder lieber Zuckerbrot und Saft?«

»Warum nicht Bratwürstel mit Knödel?«, schiebt Berta dazwischen.

»Du bist wohl narrisch, das ist viel zu teuer. Meine Mutter sagt immer, das Kinderfest sei nicht zum Sattessen da, das könnte ich auch zu Hause.«

Die anderen wechseln einen kurzen Blick. Die Sprüche von Frau Steiff sind ihnen seit Jahren geläufig. Meistens verderben sie ihnen den Spaß. Dass Margarete immer knappgehalten wird, obwohl ihr Vater als gut beschäftigter Baumeister gar nicht zu den armen Leuten in Giengen gehört, tut ihnen leid. Aber der Duft der Holzfeuer, über denen die Würste gebraten werden, sticht ihnen in die Nase. Wäre Margarete nicht dabei, würden sie sich sofort für Würste entscheiden, aber sie wollen die Freundin nicht kränken.

Am Ende findet Mina eine Lösung, die allen gefällt.

»Wir machen es so: Gretle geht in das Zelt und bestaunt das Ungeheuer. Ich habe gehört, es soll diesmal sehr gruselig sein, und der Eintritt ist wirklich teuer. Wir anderen holen Bratwürste. Dann teilen wir, und Gretle

255

erzählt uns dabei haarklein, wie das Ungeheuer aussieht! Das ist viel lustiger, als es selbst zu sehen, denn erzählen, das kannst du wirklich gut!« Sie knufft Margarete liebevoll in die Seite.

»Aber ich will auch das Ungeheuer sehen«, mischt sich Berta ein. »Dafür hole ich einen großen Krug Saft von unserem Stand, den bekomme ich von meinem Vater umsonst. Das reicht für uns alle. Und wenn Gretl etwas vom Ungeheuer vergisst, kann ich aushelfen.«

»Gerade du willst mir aushelfen«, neckt Margarete sie. »Du kannst dir in der Schule nicht mal die einfachsten Zahlenreihen merken. Aber ich bin froh, wenn du mitkommst. Nachher will mich das Ungeheuer fressen, dann brauche ich deine Hilfe.«

»Wir treffen uns bei der Ulme«, entscheidet Mathilde, »wo wir auch letztes Jahr waren.«

Das Ungeheuer wird in einem kleinen, dafür ungewöhnlich hohen schwarzen Zelt etwas abseits vom Festplatz ausgestellt. Margarete und Berta bezahlen den Eintritt bei einem jungen Mann, der sich nur per Zeichen verständlich machen kann. Mit der einen Hand gebietet er ihnen, sie sollten stehen bleiben, mit der anderen deutet er auf das Zelt. Sie sollen warten, bis die Besucher vor ihnen wieder herauskommen.

»Der ist vor Schreck stumm geworden, hat das Ungeheuer zu oft angeschaut«, raunt Margarete der Freundin zu, die sich die Hand auf den Mund presst, um ihr Lachen zu unterdrücken. Der Stumme schaut die beiden

Mädchen böse an. Zu einem dunklen, blank gewetzten Anzug, der ihm deutlich zu klein ist, trägt er einen Zylinder, den er sich mehrfach aus der Stirn nach hinten schieben muss, was ein bisschen lächerlich wirkt. Nur sein Gesichtsausdruck passt zum Amt als Bewacher eines Ungeheuers. Grimmig hat er sich vor dem Eingang aufgepflanzt. Auf dem schwarzen Vorhang ist ein riesiges Reptilienmaul mit spitzen Zähnen aufgenäht. Berta rümpft die Nase.

»Hoffentlich ist es nicht wieder ein Krokodil, dem sie Drachenflügel angeklebt haben«, mault sie halblaut.

Der Stumme legt mit finsterem Blick einen Finger auf seine Lippen, deutet dann drohend auf sie und macht eine schnelle Bewegung mit den Fingern, die er wie ein Messer über seinen Hals zieht. Margarete grinst ihn an: »Hä? Also heuer ist es ein Ungeheuer ohne Kopf?«

Der Stumme durchbohrt sie mit Blicken. Dann greift er in seine Taschen und klimpert mit den Münzen, als überlege er, ob er ihnen den Eintritt zurückgeben und sie wieder wegschicken sollte. Als zwei Damen von innen gegen den Vorhang schlagen und rufen: »Wo geht es denn hier hinaus?«, zieht er den Stoff zur Seite, lässt sie vorbei und macht den beiden Mädchen ein Zeichen einzutreten.

Berta, die sich davon überzeugt hat, dass die beiden Damen keinesfalls verängstigt ausgesehen haben, schiebt Margarete vor sich her und wimmert in gespielter Verzweiflung: »Hua, ich hab solche Angst!«

Hinter ihnen fällt der Vorhang zu, und sie befinden sich im Dunkeln. Es riecht nach heruntergetrampeltem Gras, nach Stroh und – nach Stall. Lichtflecken tanzen über die schwarzen Zeltwände. Sie rühren von ein paar Kerzen, die in durchlöcherten Töpfen stehen und deren Flammen durch den Lufthauch ins Flackern geraten sind.

»Ich sehe kein Tier«, sagt Margarete, »gar nichts. Du etwa?«

»Nein.«

Berta und Margarete drehen sich langsam um. Die Stille und die Unsicherheit, wann sich das Tier zeigen würde, jagen ihnen einen angenehmen Schauer über den Rücken.

»Vielleicht zwicken sie uns im Dunkeln, oder sie werfen etwas auf uns«, flüstert Berta. »Das war bei meinem Vater einmal so. Wenn sie uns erschrecken, laufe ich weg.«

»Wehe, du lässt mich hier allein«, zischt Margarete zurück.

Plötzlich ertönt ein Klicken, und sie drehen sich nach dem Geräusch um. Vor ihnen scheint ein großer Schrank zu stehen, dessen hohe Türen sich jetzt langsam und knarrend öffnen, wie durch Geisterhand. Berta stößt einen kleinen Schrei aus. Margarete sieht die dünnen Fäden an den Türen und will die Freundin gerade darauf hinweisen, als Bertas Hand nach ihr greift.

Im Dämmerlicht wird ein Gitter sichtbar und dahinter – das Ungeheuer. So ein seltsames Lebewesen haben sie noch nie gesehen. Vier dünne Beine tragen einen wuchtigen Körper, auf dem ein riesiger Hals sitzt. Der Kopf – er scheint weit über ihnen zu schweben – wackelt leicht hin und her. Silberne Fäden hängen dem Tier aus dem Maul, und seine großen Augen starren ins Leere. Zuerst muss Margarete an eine Giraffe denken, sie hat zwar noch nie eine gesehen, nur auf der Karte im Biologieunterricht, aber das Ungeheuer hat keine Flecken, und außerdem scheinen seine Beine zu kurz dafür zu sein. Als das Tier einen kleinen Schritt zur Seite macht – es hat so wenig Platz in seinem Käfig, dass es sich nicht einmal wenden kann –, wirkt es ein wenig unbeholfen. Gleichzeitig rumpelt es blechern aus dem Körper des Tieres hervor.

»Es hat Hunger«, sagt Berta mitleidig, »hörst du, wie sein Bauch grummelt?« Sie geht einen Schritt näher heran.

»Pass auf, dass es dich nicht frisst«, sagt Margarete leise, aber beide wissen, dass sie nicht in Gefahr schweben, nicht einmal in der Gefahr, sich zu erschrecken, es sei denn, jemand würde plötzlich von hinten nach ihnen greifen, weshalb sie sich beide ab und zu umdrehen.

»Schau mal diese dünnen Beine, wie können die das Tier tragen? Und diese Füße sind doch irgendwie drollig.« Berta, die Tiere über alles liebt, öffnet auch für dieses hässliche Wesen ihr Herz. »Vielleicht kommt es aus Afrika und hat Heimweh.«

»Wie soll es denn überhaupt fressen, da müsste es den langen Hals aber sehr weit herunterbeugen?«, überlegt Margarete laut. »Und es sieht aus, als könne es das gar nicht. Vielleicht reichen sie ihm dort oben etwas hinauf?« Auch sie schiebt sich näher heran. Das Rumpeln wird stärker und erinnert sie daran, wie es klingt, wenn Kochtöpfe aneinanderstoßen.

»Pssst! Hörst du das?« Margarete greift nach der Hand der Freundin. »Das Geräusch. Nicht das Rumpeln, das andere!« Angestrengt lauschen sie und schauen sich an. Es ist eindeutig. Weniger laut als das Gerumpel dringt ein leises, aber vertrautes Rupfen, Knurpseln und Schmatzen aus dem Tier. Margarete schließt die Augen und versucht, den Geruch zu identifizieren, den sie die ganze Zeit in der Nase hat. »Wonach riecht es hier?«

Berta zuckt die Achseln »Ich rieche die Bratwürste von draußen…«

»Nein, das andere. Das… dahinter. Es riecht… wie…«

Wieder sehen die Freundinnen sich an. Sie begreifen im selben Moment.

»Ziege!«, sagt Margarete, und Berta nickt.

Sie betrachten das Tier und begreifen, dass sie eine Ziege vor sich haben, der man einen großen Leib übergestülpt hat.

Margarete lacht auf: »Du riechst wie 'ne Ziege, du kaust wie 'ne Ziege, und deshalb bist du auch nur 'ne Ziege. Im Kostüm.«

Als das Tier zu meckern beginnt, ertönt erneut das Gerumpel. Offenbar wird das Geräusch mit jeder Bewegung ausgelöst, die das arme Tier macht, damit man sein Gemecker nicht hört.

Berta lacht jetzt auch und ruft: »Huuuu, wie gruselig. Der Teufel! Der Ziegenteufel!«

»Hilfe, es will uns fressen! Die Ziege will uns…«

Bevor sie den Satz beenden kann, steht der Stumme neben ihnen und jagt sie aus dem Zelt. Er ist sehr wütend.

Draußen hat sich eine kleine Schlange eingefunden, die sie neugierig mustert. »Ihr werdet vielleicht etwas erleben«, ruft Margarete ihnen zu, während Berta keuchend den Stuhl an den Leuten vorbeischiebt, und dann machen sie sich schnell davon. Erst als das Zelt außer Sichtweise ist, schütten sie sich aus vor Lachen. Sie beschließen, den anderen nicht den Spaß zu verderben und ihnen das Ungeheuer in den schillerndsten Farben zu beschreiben. Schließlich wollen sie ja auch etwas von den Bratwürsten haben.

Nach einem ausgiebigen Mittagessen und einer weiteren Runde über das Fest, auf dem sie ihre Schulfreunde beim Ballspiel angefeuert haben und alle außer Margarete über den Zitterbalken balanciert sind, sitzen sie am frühen Abend wieder an ihrem Lieblingsplatz. Weil sie durch ein paar Büsche vor den Blicken von besorgten Eltern, Nachbarn oder Lehrern gut verdeckt sind, können sie sich unbehelligt einen Humpen Bier teilen, den Berta am Stand ihres Vaters stibitzt hat. Keine von ihnen mag Bier sonderlich gern, aber sie trinken tapfer alles aus, weil sie sich auf diese Weise erwachsener fühlen. Schließlich wird es Zeit, nach Hause zu gehen und sich zum Tanz umzuziehen. Auch wenn sie damit rechnen müssen, dass niemand eine Vierzehnjährige auffordert.

»Nur du, Mina, darfst bestimmt tanzen«, seufzt Mathilde. »Du hast immer so schöne Kleider vom reichen Onkel aus Ulm.«

»Wenn du willst, leihe ich dir was, komm doch schnell mit zu uns.«

Sofort ist Mathilde auf den Beinen. »Was ist mit euch? Wollt ihr auch mit?«

»Ich muss den Humpen zurückbringen, ohne dass mich jemand sieht, geht schon mal vor. Ich laufe dann mit dem Gretle heim.« Sie wickelt den Humpen in ihr Schultertuch.

Alle drei setzen sich in Bewegung, und Berta ruft noch zurück: »Warte hier auf mich, Gretle! Ich bin gleich wieder da.«

Margarete schaut in den Himmel, der sich langsam verdunkelt. Aus der Wiese steigt Feuchtigkeit auf, und sie fröstelt. Hinter den Büschen erkennt sie die ersten entzündeten Fackeln. Die Leute gehen nach Hause, bringen ihre Kinder zu Bett und putzen sich heraus, um in zwei Stunden wieder auf dem Tanzboden zu erscheinen. In der Zwischenzeit holen die Wirte neue Fässer aus den Kellern. Humpen und Teller werden gespült, die Schankmädchen haben zum ersten Mal an diesem Tag eine kleine Pause, schlingen die verbrutzelten Wurstreste herunter und machen sich notdürftig frisch. Natürlich gibt es ein paar Gäste, die nicht nach Hause gehen wollen und vor ihrem Bier im Gastgarten sitzen bleiben. Manch einer von ihnen fällt schon vom Stuhl, bevor der Tanz losgeht.

Margarete hofft inständig, dass sie mit Berta noch einmal heraufkommen darf. Die Mutter hat abends ständig geschwollene Füße und verlangt von ihr, früh ins Bett zu gehen, damit sie sich selbst schlafen legen kann. Weil die Schwestern in Stellung sind und nicht mehr in Giengen leben, muss Maria Steiff sich alleine um alles kümmern und stößt dabei oft an ihre Grenzen. Margarete spürt die Erschöpfung der Mutter, aber sie kann sich nicht mehr damit abfinden, wie ein Kind behandelt zu werden. Seit sie die Nähschule absolviert hat, sucht sie nach anderen Möglichkeiten, das Haus zu verlassen und unter Leuten zu sein. Deshalb ist sie auch öfter bereit, für eine Woche oder länger in einen anderen Haushalt zu ziehen, wo sie sich als Näherin nützlich machen kann.

Die Frau des Giengener Stadtpfarrers Gross hat die Mutter vor Kurzem gebeten, ihr Margarete für ein paar Tage zu überlassen, damit sie beim Weißzeugnähen für die Aussteuer ihrer Tochter Tusnelde helfen könnte. Das Pfarrhaus ist nur einen Katzensprung von der Ledergasse entfernt, aber Margarete sollte trotzdem bei Familie Gross schlafen, um sich dem Rhythmus des Haushalts anzupassen. Es ist ein stattliches Haus mit einer gemütlichen Nähstube unter dem Dach. Hier erfährt sie vieles, was neu für sie ist, welche Aufgaben die Leitung einer Gemeinde mit sich bringt und wie schwierig es manchmal sein kann, Almosen für die Armen zu organisieren. Was aber das Schönste ist: Margarete wird immer freundlich behandelt, und Pfarrer Gross spricht nie wie andere Leute davon, sie müsse vielleicht einmal in einer Anstalt in Ulm leben und arbeiten. Die ganze Familie freut sich, wenn Margarete da ist, sie darf erzählen und am Abend Zither spielen.

Wenn sie von einer solchen Nähereiwoche nach Hause zurückkehrt, freut sie sich auf die Eltern und Fritz, aber sie merkt, wie beengt es in der Ledergasse zugeht, und das nicht nur wegen der kleinen Zimmer. Schon nach wenigen Tagen sehnt sie sich danach, wieder woanders zu sein.

Während sie den Himmel anstarrt, bis er ganz schwarz ist und die Sterne nacheinander aufleuchten, denkt sie, dass sie nie ein besonders braves Kind gewesen ist. Freche Widerworte kamen ihr schon immer recht schnell, aber seit ein paar Monaten fühlt sie eine heiße Wut in sich aufsteigen, wenn sie ins Haus gesperrt und wie ein kleines Mädchen früh ins Bett gesteckt werden soll. Die Leidenschaft ihres Protests überrascht nicht nur die Mutter, sondern auch Margarete selbst.

Als sie sich vor ein paar Tagen beim Essen in der Küche abermals darum stritten, wie viel »faules Vergnügen« die Tochter für sich einfordern dürfe, lehnte sich Maria Steiff plötzlich zurück, verschränkte die Arme vor der Brust und sagte mit Eiseskälte: »Ach so. Sind wir wieder an diesem Punkt, an dem wir schon einmal waren? Willst du mir etwa erneut damit kommen und sagen: ›Dann schaffe ich eben gar nichts mehr?‹« Bei der Erwähnung dieser Worte, die zu ihren schlimmsten Erinnerungen gehörten, schoss Margarete die Röte ins Gesicht. Dass die Mutter sie benutzte, um sie kleinzukriegen, verletzte sie tief.

Der Satz lag wie ein großer Felsbrocken in ihrer Seelenlandschaft. Sie dachte nicht oft daran, und wenn, dann schaute sie ihn sich nur von ferne an. Jetzt kam es ihr vor, als greife die Mutter ihr wie einem ungehorsamen Hundewelpen von hinten ins Genick und zwinge sie, noch einmal genau hinzuschauen.

Sie war damals elf Jahre alt und eine gute Schülerin. Gerne wollte sie noch vieles lernen, Bücher lesen, die der Pfarrer ihr leihen könnte oder der Lehrer. Stattdessen sollte Margarete – so verlangte es die Mutter – in jeder freien Minute häkeln: Deckchen, Schals, Kanten für Tischtücher oder Vorhänge. Und obwohl sie tagein und tagaus häkelte, wurde die Liste der Arbeiten, die sie abliefern musste, niemals kürzer. Außerdem hämmerte die Mutter ihr ein, sie solle sich mehr anstrengen, schneller häkeln, ordentlicher, fester. Und vor allem sollte sie nicht so viele Pausen machen. Später konnte Margarete gar nicht mehr sagen, seit wann sie das Häkeln so hasste. Es war eine Bewegung, die ihrer rechten Hand besonders schwerfiel, weil sie die Nadel einstechen, schnell drehen und durch die Schlaufe ziehen und zugleich die Handarbeit mit beiden Händen festhalten musste. Als Kind war das ein ständiger Kampf. Die Baumwolle glitt nicht immer leicht über die Nadel, oft stach sie in den Faden hinein, statt ihn ganz mit dem Haken zu greifen. Trotzdem häkelte sie, wie die Mutter es verlangte, und diesmal hatte sie sich ein paar Tage lang sogar besonders angestrengt und überaus fleißig gearbeitet. Und ausgerechnet da schimpfte die Mutter, sie käme wohl gar nicht voran. Ob sie das aus einer schlechten Laune heraus oder aufgrund ihrer Müdigkeit sagte, fragte sich Margarete nicht. Die Kränkung traf sie so heftig, dass sie das Häkelzeug auf den Boden schmiss und rief: »Dann schaff ich eben gar nichts mehr!«

Die Stille, die folgte, war schrecklich und dröhnte in ihren Ohren. Sie spürte ihr Herz so stark klopfen, dass sie meinte, auch die Mutter und die Schwestern müssten es hören. Langsam ging die Mutter zu dem halb fertigen roten Häkellappen und hob ihn auf. Das Knäuel war unter die Kommode gerollt, mit einem Ruck zog sie es hervor und legte beides auf den Tisch. Wortlos verließ sie das Zimmer. Wie eine Blutlache lag der rote Topflappen vor ihr. Margarete schwor sich, die Arbeit nie wieder anzurühren. Zwei Tage lang sprach die Mutter nicht mit ihr und behandelte sie wie eine Fremde. Es waren die trostlosesten Tage ihres Lebens. Auch wenn alles seinem normalen Gang folgte, das Aufstehen und Zubettgehen, die Mahlzeiten und der Weg zur Schule, fühlte Margarete sich, als sei sie durchsichtig und würde sich auflösen wie Nebel.

Am dritten Tag griff sie schließlich nach dem Knäuel und begann wieder zu häkeln. Die Mutter hatte gewonnen.

Als Maria Steiff Jahre später auf diesen Sieg anspielt, fühlt Margarete wieder die lähmende Trauer jener Tage. Aber sie ist nicht mehr elf. Sie weiß, dass die Mutter seit dem Auszug der großen Schwestern noch angestrengter ist als zuvor, dass sie, die sich selbst fast jede Freude versagt, nicht verstehen kann, wie wichtig es für andere Menschen ist, schöne Dinge zu unternehmen und glücklich zu sein. Margarete ist zutiefst davon überzeugt, dass

266

sie ein Recht darauf hat, ihre Freundinnen zu sehen und Spaß zu haben. Sie kann sich inzwischen besser beherrschen und darüber nachdenken, wie sich ihr Ziel erreichen lässt. Deshalb hat sie in der Küche dann auch gar nicht auf die Frage der Mutter geantwortet, sondern sich mit Berta und Mina beratschlagt. Sie haben einen Plan geschmiedet, und mit etwas Glück willigt die Mutter ein.

»Wir bringen dich nach dem Tanz in die Ledergasse, tragen dich hoch und helfen dir ins Bett«, hatte die kräftige Berta vorhin gesagt. »Deine Mutter wird uns gar nicht hören. Sie kann einfach liegen bleiben und weiterschlafen. Sag ihr das.«

Die anderen hatten genickt, und Margarete war gerührt von dem Vorschlag der treuen Freundinnen.

Jetzt legt sie sich die Worte zurecht, mit denen sie der Mutter diese Idee schmackhaft machen kann. Hoffentlich ist sie einverstanden. Und hoffentlich gibt es noch etwas Gutes zu essen daheim, denn die halbe Bratwurst zu Mittag hat nicht lange vorgehalten.

Als im Gebüsch die Zweige knacken, dreht sie sich jäh um.

»Nanu, das ist doch die kichernde Jungfrau von heute Morgen! Das Fräulein ohne Furcht!« Ein Mann kommt von hinten auf sie zu, in der Hand hält er einen Humpen, aus dem er einen großen Schluck nimmt. »Das bist du doch, oder?«

Es ist der Stumme. Der also gar nicht stumm ist. Sie könnte sagen, dass jeder Idiot sie an dem Rollstuhl erkennen könnte, aber sie hält lieber den Mund.

»Bist du doch«, wiederholt er und nähert sich noch ein Stück. Statt des Anzugs trägt er jetzt eine abgetragene braune Hose und darüber ein ordentliches Hemd mit zu kurzen Ärmeln, aus dem dünne, braun gebrannte Handgelenke hervorschauen. Auf dem Kopf sitzt eine Mütze, die ihm deutlich besser passt als der Zylinder. Er legt die freie Hand auf die Armlehne ihres Rollstuhls.

»Kannst nicht reden, oder was?«

Er nimmt noch einen Schluck und wischt sich den Schaum mit dem Ärmel ab, wobei er sie aus zusammengekniffenen Augen anstarrt.

»Vor einer Ziege habe ich tatsächlich keine Angst. Und meine Freundinnen auch nicht.« Sie dreht den Kopf in Richtung des Weges.

»So, hast du nicht. Schau an. Und die anderen auch nicht. Wo sind sie denn, die anderen?«

Er baut sich breitbeinig vor ihr auf.

»Bist du ganz allein hier? Wird doch schon dunkel.«

»Die anderen kommen gleich zurück, wir gehen zum Tanz mit unseren Freunden.«

»Zum Tanz? Bist du dafür nicht zu jung? Wie alt bist du denn?«

Margarete überlegt einen Moment und beschließt, ehrlich zu sein.

»Fast fünfzehn.«

Er trinkt den Humpen leer und schaut sie an.

»Aha. Und schon so hübsch.«

Sein Blick wandert von ihren Zöpfen bis zu ihren staubigen Stiefeln.

»Kannst nicht laufen, oder was? Was willst du dann beim Tanz?«

»Ist doch meine Sache.«

»Kannst ja mit mir tanzen. Wie wär's?« Er greift nach ihrer Hand.

»Au! Lass los. Grobian.«

Er tritt einen Schritt zurück und hebt beschwichtigend die Hände. »Ich mach ja nix.«

Er kommt wieder näher, und sie riecht seinen Atem, der nach Bier und Fleischsoße riecht. Als er sich über sie beugt, sticht ihr ein penetranter Geruch in die Nase.

Schlagartig hat sie keine Angst mehr. Sie greift in die Räder und versucht, den Rollstuhl in Bewegung zu setzen.

»Geh weg, du stinkst nach Ziege.«

Er lacht lauthals auf, drückt ihr den Humpen in die Hände, den sie verdutzt festhält, und schiebt den Rollstuhl von der Wiese zum Weg. Während sie schimpft, er solle sie gefälligst in Ruhe lassen, lacht er nur weiter. »Der Ehemann, den du einmal haben wirst, der darf sich aber freuen über so eine Furie! Gott schütze ihn. Ich tät ihn warnen, wenn ich wüsste, wer es ist. Der braucht gute Nerven.«

Als sie den Weg erreicht haben, kommt auch Berta keuchend angelaufen.

»Lass sie sofort los! Hau ab, oder ich hole meinen Vater«, schreit sie ihn an.

»Ich lass doch eine hilflose Jungfer nicht im dunklen Gebüsch alleine sitzen. Da kann viel passieren.« Er nimmt Margarete den Humpen aus den Händen, tippt sich an die Mütze und verschwindet in der Menge. Margarete versucht, ihn im Blick zu behalten, aber es gelingt ihr nicht.

Zu Hause angekommen, ist die Mutter mit dem Angebot von Margaretes Freundinnen einverstanden. Berta hilft Margarete, sich ein anderes Kleid anzuziehen und eine Blume im Haarkranz festzustecken. Als sie später mit den anderen in der Nähe der Tanzfläche sitzt und den Paaren zuschaut, spielt ein feines Lächeln um ihren Mund. Sie denkt daran, was der Stumme zu ihr gesagt hat: »Der Ehemann, den du einmal haben wirst...« Noch nie hat jemand so selbstverständlich davon gesprochen, dass sie einmal heiraten könnte. Und zum ersten Mal fragt sie sich, warum denn eigentlich auch nicht?

Im November 1862, ein paar Monate nach Margaretes fünfzehntem Geburtstag, kehren Pauline und Marie zurück in die Ledergasse. Sie haben ihre Sache gut gemacht, aber beide sind froh, das Dienstbotendasein hinter sich zu haben, und nun träumen sie von der Zukunft, von einer Hochzeit und einer Familie. Aber nicht um jeden Preis.

»Mein Mann darf weder bösartig sein noch ein Trinker. Und er sollte nicht so arm sein, dass ich mich totschuften oder gar seiner Mutter zu Diensten sein muss«, stellt die resolute Pauline klar, als die drei Schwestern im gemeinsamen Schlafzimmer auf ihren Betten sitzen und sich wie früher gegenseitig die Haare flechten. Pauline ist größer als ihre Schwestern, flink und drahtig. »Wir brauchen einen Plan«, sagt sie forsch, »und ich habe mir schon Gedanken gemacht. Wie wäre es, wenn wir zusammen eine Damenschneiderei eröffnen?«

Marie dreht sich mit einem Ruck nach der Schwester um und vergisst, dass sie Margaretes Zopf noch in der Hand hält.

»Au«, beschwert sich die Jüngste, »so lass doch los!«

Marie streicht Margarete rasch über die Schulter. »Entschuldigung, Gretelein«, sagt sie, und ihre weichen Gesichtszüge drücken echtes Bedauern aus. Marie ist sanfter und langsamer als Pauline. Voller Zweifel fragt sie: »Aber wie soll das gehen? Wo sollen wir arbeiten? Und wie finden wir Kundinnen?«

All das hatte Pauline sich längst überlegt. Die Stube der Steiffs sei ideal zum Arbeiten, erklärt sie, und tatsächlich willigen die Eltern ein, als sie ihnen den Vorschlag unterbreiten. Sie wollen zudem kein Kostgeld verlangen, damit alle Einnahmen der Schneiderei in den Sparhafen der Mädchen fließen können.

Die ersten Kundinnen sind bald gefunden, denn die Steiff-Schwestern arbeiten schnell und sorgfältig, was sich herumspricht. Neben Hemden, Blusen und Kleidern für die Damenwelt in Giengen fertigen sie ihre eigenen Aussteuern an, und so wachsen die Stapel von ordentlich gefalteten Tischdecken und Bettbezügen, Nachthemden und Unterzeug, Strümpfen und Schürzen, die sie in Truhen aufbewahren, die der Vater ihnen gezimmert hat.

Manchmal, besonders vor den Festtagen, nähen sie bis

in die tiefe Nacht. Wenn der Nachtwächter die Mitternachtsstunde ausruft, schauen sie sich kurz an, nicken und wenden sich wieder ihrer Arbeit zu. Ein paarmal sitzen sie sogar noch in der Stube, als das Tageslicht durch die kleinen Fenster dringt und sie die Lampen löschen können. Pauline besitzt am meisten Ausdauer, Marie hingegen schläft manchmal über der Arbeit ein und bricht schon mal in Tränen aus, wenn ihre Nerven zu stark gereizt sind.

Margarete ist froh, dass sie, obwohl sie deutlich langsamer ist als die Schwestern, mitmachen darf und einen Platz hat, an dem sie etwas zu ihrem Lebensunterhalt beitragen kann. Auch sie denkt darüber nach, wie ein passender Bräutigam für sie aussehen könnte. Freundlich und lustig sollte er sein, und er dürfte sich nicht daran stören, dass sie den Haushalt nicht allein bewerkstelligen kann. Aber welcher Mann aus Giengen würde eine Frau heiraten, für die er zugleich eine Magd einstellen müsste? Das beschränkt die Auswahl an Kandidaten drastisch, gesteht sie sich ein, und wer weiß, ob sie überhaupt ein Kind bekommen könnte?

Dass sie Zither spielen und schöne Geschichten erzählen kann – ist das ein Ausgleich zu den Einschränkungen, mit denen sie kämpfen muss? Wenn sie nur jemanden hätte, mit dem sie darüber reden könnte. Aber das wagt sie nicht, nicht mit den Schwestern und nicht mit ihrer besten Freundin Mina.

»Was die Akkuratesse betrifft, Gretle«, sagt Marie, als sie den gekräuselten Kragen einer Bluse begutachtet, die Margarete gerade fertiggestellt hat, »so brauchst du dich nicht zu verstecken. Du hast viel gelernt in der Nähschule. Nur dauert's bei dir immer so lang. Vielleicht sollten wir dir keine komplizierten Sachen geben, sondern lieber die einfachen. Decken und Kindersachen und Weißzeug.«

»Hm ja«, grummelt Margarete, während sie sich gerade mit einer weiteren Bluse abmüht. Sie bemerkt nicht, dass Pauline sie scharf anschaut.

»Gretle soll gefälligst alles arbeiten, was wir machen«, sagt diese schließlich. »Sie hat doch am meisten Zeit. Muss nicht kochen helfen oder putzen, Betten machen oder im Garten graben.«

Margarete lässt die Hände sinken und nickt ergeben. »Ist schon gut. Ich hab's verstanden. Und ich beschwer mich ja nicht. All mein Geld geht in unseren gemeinsamen Sparhafen, das weißt du. Ich kauf mir doch fast nie etwas dafür. Und beim Tanz bin ich ebenfalls nicht so oft wie ihr, oder?«

»Jetzt streitet nicht, denkt an unsere Tante Ursche«, ermahnt Marie die Schwestern. »So wollen wir nicht sein, immer schimpfen und keinem was gönnen.« Alle drei Köpfe senken sich wieder über die Näharbeit, als Pauline weiterspricht: »Lasst uns trotzdem mal überlegen, wie wir das Talent vom Gretle besser einsetzen können. Im Sitzen kann sie mit der Schneiderpuppe nicht gut umgehen, das sollten wir ihr abnehmen. Und das Anpassen von langen Stoffbahnen für einen weiten Rock gelingt ihr auch nicht so leicht. Aber deine Stickereien,

273

Gretle, die sind wirklich sehr schön. Vielleicht könntest du davon noch mehr machen?«

Zwei Jahre später, als sie den Stummen wiedersieht, ist Margarete schon siebzehn. Diesmal tritt er nicht als Ungeheuer-Wärter auf, sondern begegnet ihr als Verkäufer auf dem Giengener Wochenmarkt. Jeden Freitag lässt sich Margarete von einer der Schwestern hinauf zum Rathaus schieben, von wo aus sie sich allein und in aller Ruhe die ganze Marktgasse herunterarbeitet. Keinen Stand lässt sie aus, auch wenn die Mutter sich ärgert, weil immer etwas verdrecktes Stroh an den Rädern des Rollstuhls hängen bleibt. Und einerlei, wie viel gerade zu nähen ist, Margarete besteht darauf, sich diese eine Stunde zu gönnen, sie ist einer der wenigen Höhepunkte ihres oft so eintönigen Alltags. Manchmal hält sie zu Beginn ihrer Marktrunde kurz inne und schließt die Augen. Als Kind fühlte sie sich schnell überfordert von »zu viel Glück« im selben Moment. Inzwischen weiß sie, dass es eigentlich nur zu viele starke Sinneseindrücke waren, die gleichzeitig auf sie einströmten. Es überwältigte sie, und deshalb hätte sie die Glücksmomente aufsparen und auf mehrere Tage verteilen wollen.

An Markttagen wie heute geht es ihr noch immer so. Jetzt hat sie das ofenwarme Zuckerbrot in der Nase, als sich der stechende Geruch frischer Blutwurst hineinmischt und als Nächstes der erdige Duft von Kartoffeln, die haufenweise vor der Eier-Anni liegen. Das Gegacker der Hühner klingt so vertraut wie das Klatschen der Fischleiber auf dem Holzblock. Ihr Kopf beginnt zu dröhnen, wenn sie versucht, die Düfte und Geräusche zu sortieren. Margarete liebt das Feilschen der Händler, die empörten Ausrufe der Giengener Hausfrauen, das Lachen der Knechte, die in ihren schweren Stiefeln aus der Wirtschaft treten und zurück zur Arbeit gehen. Als sie an der Kanne vorbeikommt, würde sie gerne eine Pause einlegen und Dunkerle in den Milchkaffee tauchen, so wie früher. Aber die Kanne ist schon länger an einen neuen Besitzer verkauft.

Auf Fisch, Fleisch und Gemüse folgen die Haushaltswaren, und sie nimmt sich Zeit dafür. Sie mag den Stand des Eisenwarenhändlers, bei dem es von Ratten- oder Marderfallen bis zu Zahnstochern Dutzende faszinierender Artikel zu bestaunen gibt. Am nächsten Stand streicht sie über die glatten Holzgriffe der Bürsten, die in allen Formen und Größen auf dem roten Wolltuch der Bürstenmacherin liegen. Auch Kämme, Spangen und Schleifen haben es ihr angetan. Wenn man jedes Stück, was heute verkauft wird, in fünf Jahren nach seinen Erlebnissen befragen könnte, denkt Margarete, gäbe es schöne Geschichten zu erfahren.

An Wäsche und Filz schiebt sie den Rollstuhl vorbei, mit diesen Dingen hat sie täglich zu tun, die braucht sie nicht näher zu betrachten. Aber der Stand mit den Satteltaschen, den Gamaschen, Henkeltaschen, Handschuhen und Gürteln zieht sie wieder in den Bann, vielleicht, weil hier alles so gut nach Leder riecht. Als sie die Hände auf eine Aktenmappe aus genarbtem hellem Kalbsleder legt und sich Gedanken macht, ob sie jemals genügend wichtige Papiere haben würde, um eine solche Tasche zu benutzen, will sie den Verkäufer nach dem Preis fragen. Doch der dreht ihr den Rücken zu und entwirrt gerade ein Bündel Lederschnüre. Eine nach der anderen zieht er aus einem dicken Knäuel und hängt sie ordentlich nebeneinander über einen Haken.

»Bitte«, fragt Margarete, »wie viel kostet wohl diese …?« Weiter kommt sie nicht, denn als der Verkäufer sich umdreht, ist es der Stumme. Auch er erkennt sie, natürlich tut er das, denkt sie, wie viele andere junge Frauen im Rollstuhl gibt es wohl in Giengen oder auf der Schwäbischen Alb?

»Na, das ist ja mal eine Überraschung«, sagt er freundlich. »Das Fräulein, das unbedingt zum Festtanz wollte!« Sein Blick fällt auf den Rollstuhl, aber er schaut weder verlegen zur Seite, noch mustert er sie aufdringlich, sondern lächelt sie nur an. »Wie klappt es denn mit dem Tanzen?«

Margarete wiegt den Kopf hin und her. »Ganz gut meistens, nur heute geht's gerade nicht.«

Er lacht. »Ist schon lange her, dass du das Ungeheuer bestaunt hast mit deiner Freundin.«

Sie könnte ihm sagen, dass es genau zwei Jahre her ist, aber sie verkneift es sich. Ihre Hand liegt noch immer auf der Ledermappe. Sie streicht ein weiteres Mal darüber, spürt die feinen Erhebungen, bezwingt den Impuls, die Nase daran zu halten.

»Was kostet die Mappe?«

Der Preis ist hoch.

»Du kannst in Raten zahlen, wenn du willst. Ich kenn dich ja.«

»Nein, das mache ich nicht. Ich denk drüber nach.«

Sie schiebt den Stuhl zurück und will sich abwenden.

»Warte«, bittet er. »Erzähl doch mal, wie geht es dir? Wie heißt du überhaupt?«

»Margarete.«

»Aha. Also, was machst du hier in Giengen, Fräulein Margarete? Wenn du nicht gerade auf dem Weg zum Tanzen bist…«

»Ich habe eine Damenschneiderei mit meinen Schwestern, ganz in der Nähe. In der Ledergasse.«

Er ist beeindruckt. »So. Deshalb bist du so gut angezogen.«

Sie schaut an sich herab. Er hat schon recht, sie trägt ein dunkelblaues Kleid mit hellen Paspelstreifen und Knöpfen, streng zwar, ohne Bänder oder Schleifen, aber das Oberteil ist sehr figurbetont und läuft ab der Taille in einem weiten Rock aus.

»Das muss ich wohl. Wir haben keinen Stand so wie du.«

Noch immer wandert sein Blick über ihren Körper, und sie fühlt sich unwohl und doch auch ein wenig stolz. Normalerweise werden nur Pauline und Marie von den Männern so gemustert wie sie jetzt.

»Du bist noch hübscher als damals, weißt du das?«

»Also, wenn diese Mappe in ein paar Wochen noch da ist, werde ich sie vielleicht kaufen.«

»Soll ich sie für dich verwahren?«

»Lieber nicht.«

Sie dreht sich jetzt doch von ihm weg und macht sich auf den Heimweg. Er könnte ja fragen, ob er sie begleiten darf, aber nein, er muss bei seinem Stand bleiben.

»Warte«, ruft er ein zweites Mal, und sie bremst die Räder, lächelt in sich hinein und dreht sich mit ausdruckslosem Gesicht zu ihm. »Macht ihr auch … also … näht ihr auch … Hochzeitskleider?«

Die Frage trifft sie völlig unvorbereitet. Ihr Mund ist trocken. »Ja, das haben wir schon gemacht. Meine Schwester Pauline versteht sich darauf aber besser als ich.«

»Meinst du, ein Hochzeitskleid kostet etwa so viel … wie diese Mappe?«

Sie starrt ihn an. Was will er ihr damit sagen? Macht er sich lustig? Aber sein Gesicht ist ganz ernst. Und ebenso ernst antwortet sie.

»Da muss ich Pauline fragen, es kommt wohl darauf an.«

»Worauf?«

»Wie aufwendig das Kleid ist.«

»Also, die Sache ist so: Ich heirate bald, und mein Mädchen – sie ist auch aus Heidenheim –, sie möchte ein richtiges Hochzeitskleid haben, aber wir haben nicht viel Geld. Dieser Stand gehört ja auch nicht mir, sondern dem Fabrikanten.«

Margarete merkt, wie ihr Kiefer versteinert. Sie kann ihre Hände nicht mehr spüren. Aber sie weiß, dass sie ruhig bleiben muss. Mit höchster Konzentration schiebt sie eine Wand zwischen den Aufruhr in ihrem Inneren und dem Leben hier auf dem Markt. Die Geräusche dringen nur gedämpft zu ihr. Eine Stimme in ihrem Kopf raunt: »Du kannst das, Gretle, du kannst das.« Und wirklich, ihre Stimme klingt ganz normal, vorwitzig schon fast, als sie sagt:

»Da gratuliere ich dir. Weißt du, ich bitte Pauline, hierher zum Stand zu kommen und mit dir über den Preis zu sprechen, sie kann das besser als ich. Bist du jeden Freitag hier?«

»Eigentlich nicht, ich arbeite in der Werkstatt und darf nur heute den Stand beschicken, weil mein Chef krank ist. Aber ich könnte einmal bei euch vorbeischauen und mit deiner Schwester reden. Am besten bringe ich dann … meine Braut auch gleich mit?«

»Natürlich. Das wäre das Beste. Ledergasse 26. Die Schwestern Steiff. Du kannst dort jeden fragen.«

Drei Wochen später, nachdem der Stumme und seine Braut ein schlichtes Hochzeitskleid bei Pauline bestellt haben, kauft Margarete die Ledermappe. Sie hat die Schwestern gebeten, ihr das Geld vorzustrecken, und versichert, sie würde es mit Extra-Arbeiten zurückzahlen. Als Pauline fragt, was in aller Welt sie mit einer Ledermappe will, antwortet sie angriffslustig: »Kann es nicht mal gut sein mit der Bevormundung und Besserwisserei? Darf ich vielleicht meine eigenen Entscheidungen treffen?«

Pauline nickt überrascht und wechselt einen schnellen

Blick mit Marie. Beide nehmen sich vor, Margarete etwas genauer zu beobachten in der nächsten Zeit. Geht bei ihr etwas vor, was sie ihnen nicht sagt? Sie machen sich Sorgen um die Schwester, die auf einmal so wortkarg ist, keine Lust hat, mit der Zither aufzuspielen, und sich in sich selbst zurückzieht.

Nach ein paar Wochen scheint das Rätsel noch komplizierter zu werden, als Margarete in ihrem besten Kleid zum Fotografen in der Scharenstetter Straße gefahren werden will. Pauline bringt sie hin, und weil sie merkt, wie explosiv Margaretes Stimmung ist, hält sie den ganzen Weg über den Mund.

»Du brauchst nicht auf mich zu warten. Herunter komme ich gut alleine«, sagt Margarete zum Abschied.

Eine Woche später bittet Margarete die Familie, sich in der Stube zu versammeln. Sie lächelt dabei und scheint ihre Angespanntheit überwunden zu haben. Als alle um den Tisch sitzen, legt sie die neue Ledermappe auf den Tisch und holt einen großen Papierumschlag hervor. Sie zieht die Fotografie von sich heraus und packt sie neben die Mappe. Niemand sagt etwas. Ihre Eltern, Marie, Pauline und Fritz starren auf das Bild. Margarete sitzt in ihrem schönsten Kleid – es ist dunkelgrün, aber das sieht man auf der sepiafarbenen Aufnahme nicht – auf einem gepolsterten Stuhl im herrschaftlichen Ambiente eines Salons. Die Ärmel und das Oberteil sind mit Ornamenten bestickt, was gut zur Geltung kommt, ebenso der weiße Kragen und die Brosche, die sie von der Großmutter geerbt hat. Ihre Haare sind zu einem Knoten hochgesteckt. Der weite Rock des Kleids liegt elegant ausgebreitet, in den Händen hält sie ein Buch. Aber diese Details sind nicht der Grund dafür, dass es ihnen allen die Sprache verschlägt. Es ist Margaretes Blick auf der Fotografie, ernst und abwesend. Alle fragen sich in diesem Moment, ob sie diese junge Frau überhaupt kennen, ob sie sie jemals so gesehen haben, wie sie hier erscheint, als erwachsene Persönlichkeit, stark und geheimnisvoll.

»So«, sagt Margarete schließlich, »ich möchte, dass ihr es alle wisst. Ab jetzt reden wir nie wieder darüber, ob ich geheilt werden kann. Ich warte nicht mehr darauf. Ich bin, wie ich bin. Ich bin gesund. Nur laufen kann ich nicht. Keine Besuche mehr bei Ärzten, keine Hoffnungen, keine Enttäuschung. Ich will, dass ihr das versteht. Denn das unnütze Suchen nach Heilung lässt den Menschen nicht zur Ruhe kommen.«

Damit hätte es gut sein können, aber Maria Steiff kann sich eine Frage nicht verkneifen: »Dann war alles umsonst, die vielen Arztrechnungen und die Kuren? All das viele Geld …«

Margarete fixiert die Mutter, ihre Mundwinkel verziehen sich zu einem winzigen Lächeln. »Nein, umsonst war das nicht. Aber es gibt noch andere Dinge, die mir wichtig sind. Wichtiger als die ungewisse Hoffnung: Das Vertrauen in mich selbst.«

Eine richtige Fabrik

Genau so hat sie es in Erinnerung: Wie ein weiches, sanft gewelltes Tuch breitet sich der Bodensee vor ihr aus. Er trägt sein Sommerkleid und schimmert im warmen Nachmittagslicht blau und grün, mit glitzernden Funken betupft. Margarete stellt sich vor, wie es sich anfühlt, mit den Händen darüberzustreichen wie über feinen Samt. Obwohl ihr letzter Besuch in Lindau Jahre zurückliegt, erkennt sie alles wieder, und das leise Glucksen des Wassers, das an die von Moos und Algen bewachsenen Steine der Kaimauer schwappt, klingt wie ein sanftes Willkommen.

Schon als die Pferde über die Brücke zur Insel trabten, stieg ihr der intensive modrige Geruch des Sees in die Nase, und kaum hatten sie die Kutsche vor der Pension Heller in der Kirchgasse verlassen, schlug sie ihrer Begleiterin vor, den Hafen zu besuchen, bevor sie die Reisekisten auspackten. Johanna, an Margaretes Temperament und spontane Planänderungen gewöhnt, hatte sich dreingefunden und die Freundin nach deren Anweisungen durch die Gassen geschoben, bis sie den Damm erreichten.

Wie beruhigend und tröstlich, dass der See tief und

282

weit vor ihr liegt wie immer. Was sollte er auch sonst tun? Margarete muss über ihren eigenen Gedanken lächeln, während sie die Nadel aus dem Strohhut zieht, um ihn abzunehmen. Sofort erfasst der Wind die platt gedrückten Haare und weht sie durcheinander. Sicher sieht sie jetzt aus »wie eine Wilde«, wie ihre Mutter sie zurechtgewiesen hätte, aber nach vielen Stunden in der Eisenbahn und danach im stickigen Reisewagen muss sie wenigstens für einen Moment frische Luft am Kopf spüren. Sie streift sich mit der linken Hand über den feuchten Nacken. Mit einem Seufzer des Bedauerns steckt sie den Hut wieder fest, ohne die Haare darunter ordentlich in Form gelegt zu haben, aber das sieht ja keiner. Wie auf meinem Kopf, so sieht es auch in meinem Inneren aus, denkt sie. Oberflächlich ist alles ordentlich, aber darunter herrscht Wirrwarr.

Und deshalb ist sie hier. Um zur Ruhe zu kommen. Ihr Leben hat sich in den letzten Jahren stark verändert, und nicht nur ihres, auch das ihrer Familie ist in den Sog der Fabrik geraten. Und überhaupt scheint sich die ganze Welt immer schneller zu drehen, da tut es einfach gut, an einem Ort zu sein, der sich nicht verändert hat. Vor ihr hebt sich der imposante Leuchtturm gegen den klaren blauen Himmel ab. Links davon bewacht der Löwe aus Sandstein den Zugang zum Hafen. Morgen werden sie mit dem Schiff zwischen Turm und Löwen hindurchfahren, sie freut sich jetzt schon unbändig darauf.

Vor sechzehn Jahren ist die Freundin und Cousine Anna-Marie mit ihrem Mann Adolf Glatz ins nahe Hörbranz gezogen, wo Adolf eine Papierfabrik für Cousin Hähnle in Betrieb nehmen sollte. Lange sind sie nicht in der Gegend geblieben, aber die Zeit reichte, um ihnen einen mehrwöchigen Besuch abzustatten. Margarete war damals angestrengt damit beschäftigt, ihr kleines Nähstübchen in der oberen Etage der Ledergasse durch die ersten Stürme zu steuern. Es gab noch kein Filz-Versandt-Geschäft, sie musste alle Aufträge annehmen, die man ihr erteilte. Wie hat sie sich abgeplagt mit den Damenroben aus Atlas und Seide, den gekräuselten Kragen, den Knöpfchen und Fältchen, dem Versetzen von Abnähern, den Rüschen, Schößchen und gebauschten Röcken! War es ihr Neffe Paul, der sie vor ein paar Jahren einmal fragte, wie viele Stiche nötig seien, um ein Kleid zu nähen? »So weit zähle ich nicht«, hatte sie geantwortet. Was für eine dumme Antwort für einen wissbegierigen jungen Mann, denkt sie jetzt und schämt sich dafür. Sie hatte einfach keine Lust gehabt, darüber nachzudenken. Denn zählen, das kann sie ausgezeichnet. So hat sie überschlagen, dass ihr diesjähriger Umsatz auf die 90 000 Mark zusteuert, er hat sich damit innerhalb von fünf Jahren verdreifacht. Johanna sagt, davon könne einem schwindlig werden, aber Margarete hält das für eine alberne Bemerkung. Von solchen Erfolgsmeldungen wird ihr nicht schwindlig, also wirklich nicht. Wenn sie daran denkt, wie knausrig ihre Schwestern und sie die Kreuzer und Gulden in ihrem Sparhafen hüteten, lange bevor sie nach der Reichsgründung die neue Mark bekamen, dann ist sie vor allem stolz.

Und doch. Etwas treibt sie um, macht ihr Sorgen und stört ihren Schlaf. Sie ist jetzt fünfzig Jahre alt und Chefin einer Fabrik mit zehn Angestellten und dreißig Heimarbeiterinnen. Es sollte folglich so sein, als stünde sie auf einer Aussichtsplattform, von der sie zufrieden auf das Erreichte herabschauen kann. Tief im Inneren spürt sie aber etwas anderes: Der richtige Aufstieg hat gerade erst begonnen.

Wenn sie auf den Bodensee blickt, scheinen die Zahlen ihres Geschäfts klein und unbedeutend zu sein. Sie lässt die Schultern sinken. Immer öfter mahnt Johanna sie in letzter Zeit: »Gretle, die Schultern!« Dann merkt sie, wie angespannt sie ist. Auch das ist ein Grund für die Reise nach Lindau. Sie muss lernen, dem Wandel mit Gelassenheit zu begegnen. Deshalb suchte sie einen Ort, der sich gleich geblieben ist. Es hätte auch ein Berg sein können, eine Gipfelspitze, aber Margarete ist mit ihrem Rollstuhl nie sehr weit in die Bergwelt vorgedrungen. Deshalb war ihr der See eingefallen. Sie wird diese Tage nutzen, um sich auszuruhen, Kräfte zu sammeln und in ihrem Inneren aufzuräumen. Dann wird sie es schaffen, sich angesichts der stetigen Veränderung in ihrem Leben zu behaupten.

Dr. Werner hatte ihr und seinen Kindern eingeschärft: »Wir steigen niemals in denselben Fluss!« Der Satz stammte aus einem Buch über griechische Philosophen, deren Gedankengebäude viel zu kompliziert für sie und die anderen Kinder waren, aber Dr. Werner liebte den

Satz. Er stand in dem abgegriffenen roten Ledereinband, aus dem er ihnen abends manchmal vorlas. Das meiste konnte Margarete gar nicht verstehen und hatte es auch sofort wieder vergessen, aber dieser Satz war all die Jahre in ihrem Kopf haften geblieben, weil er etwas in ihr ausgelöst hatte.

Sie saß auf dem Boden in der guten Stube der Werners und schob die Teile eines Legespiels hin und her, auf dem das Ludwigsburger Schloss Monrepos abgebildet war, als sich plötzlich in ihrem Inneren etwas weitete. »Wir steigen niemals in denselben Fluss.« Das hieß doch, die Welt befand sich in ständiger Veränderung und sie selbst mit ihr. Es war ein Gefühl der Befreiung, weil sie einen Funken davon begriff: Auch wenn sie vielleicht niemals würde laufen können – den Gedanken hatte sie sich zwar damals noch verboten, aber er war trotzdem immer da gewesen –, so hieß das nicht, dass es keine Bewegung, keine Entwicklung in ihrem Leben geben würde. In der Herrnhilfe hatte sie zum ersten Mal gespürt, dass sie nicht wie ein plumper, unbeweglicher Stein, sondern wie eine Blume war, ein Geschöpf Gottes, das wachsen und sich verändern wollte. Sie würde Blätter und Blüten hervorbringen, unbekannte Seiten an sich entdecken, neue Dinge lernen. Mit dem Satz über den Fluss konnte sie darauf vertrauen, dass sie ihren eigenen Weg finden und jedes Jahr – nein, jeden Tag – eine andere sein könnte, wenn sie es nur wollte. Darin steckte so viel Hoffnung, dass sie bis heute die Woge hellen Lichts spüren kann, die damals in ihr Herz gedrungen ist. Gott hat etwas mit ihr vor, davon war sie seit dem Besuch bei Dr. Werner überzeugt – und ist es bis heute. Sie kann ihren Neffen und Nichten gar nicht oft genug predigen, sie dürften das Beten nicht vergessen, um den Zuspruch Gottes nicht zu überhören.

Zugleich steckte in dem Satz, man würde nicht in denselben Fluss steigen, ein niederschmetternder Gedanke. Er zog einen Vorhang zu, schnitt Wege ab, kappte Bande zu denen, die sie liebte. Nichts konnte sie im Leben wirklich festhalten. Sie würde Menschen verlieren, das erkannte sie in diesem Moment, und so war es auch gekommen, zuerst die Großeltern, dann die Eltern, sogar die liebe Schwester Marie war ihr genommen worden. Sie wusste schon damals, dass ihr Dinge verloren gehen oder unter den Händen zerreißen würden, dass sie Orte verlassen und niemals wiedersehen würde. Für ein Kind war das schwer zu fassen, daher hatte sie sich auf die hoffnungsvolle Botschaft des Satzes konzentriert, doch die Angst vor dem Verlust wurde sie auch nie wieder los.

Jetzt fragt sie sich, ob sie den griechischen Philosophen überhaupt richtig verstanden hat? Oder hat sie sich die Dinge nur zurechtgebogen, wie sie ihr passten?

Sie könnte mit Hansen darüber sprechen, er wird den Satz sicherlich kennen, seine Bildung ist so umfassend, dass sie manchmal denkt, es gibt keine Frage, auf die er keine Antwort hätte. Außer wenn es ums Nähen geht, denkt sie und verzieht den Mund zu einem spöttischen Lächeln. Aber gibt es überhaupt ein Richtig oder Falsch, und ist es wichtig, recht zu haben, solange sie auf Gott vertraut? Hatte Gott ihr nicht immer geholfen, Zuversicht und Mut zu finden? Und hätte er es ihr nicht deutlich gesagt, wenn sie etwas falsch versteht?

Der Anblick des Sees tröstet und beruhigt sie. Möglich, dass es in Lindau neue Häuser gibt, aber der Blick über das Wasser und auf die Berge im Hintergrund ist geblieben und wird immer bleiben.

Mit der Rückkehr an diesen Platz kann sie den Satz über den Fluss, der nie derselbe bleibt, überlisten. Denn die Erinnerung an schöne Dinge geht nicht verloren, und sie kommt ihr in diesem Moment so frisch vor wie ein Sommerkleid, das sie nach dem Winter aus der Truhe holt, von Lavendelsäckchen befreit, um es im hellen Sonnenlicht auszuklopfen. Mag sein, dass die Farbe des Kleids von Jahr zu Jahr ein bisschen blasser wird, dass ein Knopf fehlt oder ein Stück Saum abgerissen ist, aber das Kleid ist noch dasselbe. Und wenn sie an die Filztiere denkt, die sie in Giengen jetzt in enormen Stückzahlen produzieren, so sind auch sie kleine Boten dieses Gedankens. Das Glück der Kindheit, die Liebe zu einem Spieltier, die Erinnerung an unbeschwerte Momente – all das geht im Leben mit der Zeit verloren und bleibt zugleich in unserem Inneren erhalten, wenn wir uns daran erinnern.

Es waren schöne Tage damals mit Anna-Marie und Adolf in Hörbranz. Oft fuhren sie nach Lindau und unternahmen Ausflüge mit dem Schiff. Margarete erinnert sich an den scharfen Wind, der ihre Haare zerzauste und ihr die Troddeln des Schals ins Gesicht schlug. Adolf hielt den Rollstuhl fest, damit er nicht umfiel oder über das glitschige Deck rutschte. Zwischendurch strich er rasch über die Wange seiner Frau und schaute sie mit diesem zärtlichen Blick an, den er heute noch hat, wenn er Anna-Marie und seine Kinderschar betrachtet. Allerdings, denkt Margarete etwas despektierlich, hat Adolf sich von uns dreien am meisten verändert, er hat nämlich am Bauch zugelegt und dafür keine Haare mehr. Die vielen Stunden am Schreibtisch als Geschäftsführer der Filzfabrik lassen ihm wenig Muße für die ausgiebigen Spaziergänge, die er früher so geliebt hat. Und doch hat er immer Zeit für Margaretes Anliegen. Mit seinen Ratschlägen formte er die Überlegungen von Hansen und August Lechner, mit denen sie in Stuttgart über ihr Geschäft sprach, in konkrete Pläne um. Adolf war es, der die Vereinbarungen zwischen Margarete und der Filzfabrik aufgesetzt hatte, der ihr zu den Kreditverträgen riet, die Cousin Hans Hähnle ohne ein Zögern unterschrieb. Und es war auch Adolf, der darauf achtete, dass man ihr stets die besten Konditionen für den Einkauf von Filz einräumte.

Als sie jetzt beginnt, über das Geschäft nachzudenken, wird Margarete unruhig. War es richtig, Richard alle Verantwortung zu überlassen, solange sie fort ist?

»Was ist los, Gretle?« Johanna hat ein gutes Gespür für Margaretes Stimmungen. Was sie hingegen noch immer nicht versteht: Es wäre höflicher, sie würde sich neben Margarete stellen, wenn sie eine Frage an sie richtet. Wenn sie hinter ihr stehen bleibt, muss Margarete sich den Hals verrenken, um sie anzuschauen. Margarete seufzt. Warum sieht das bloß keiner ihrer Freunde und Verwandten? Nur die Kinder bauen sich direkt vor ihr auf, wenn sie mit ihr reden, weil sie ihr ins Gesicht schauen wollen. Und ... nun ja – Hansen, der hat es tatsächlich auch sofort so gemacht.

Die Freude über den Anblick des Sees und die Gewissheit, in ihrem Herzen alles aufbewahren zu können, was ihr etwas bedeutet, versetzt sie in eine milde Stimmung. Sie will Johanna jetzt nicht maßregeln, dreht aber auch den Kopf nicht zu ihr, sondern schaut weiter in Richtung See.

»Ich denke über das Drama des menschlichen Lebens nach.«

»Ach du meine Güte.« Johanna klingt belustigt. »Und ich habe mich gerade gefragt, ob uns beim Heller noch etwas aufgetischt wird, wenn wir nicht bald zurückgehen. Er hat gesagt, das Abendessen würde bei ihnen pünktlich serviert.«

Margarete reibt sich die Hände. »Wie gut, dass ich dich habe, ich verhungere auch schon fast!«

Während Johanna sie über das holperige Pflaster zurück durch das Gewirr der Gassen schiebt und Margarete sich an den Armlehnen festhält, um die Stöße abzufangen, denkt sie an die letzten Jahre in Giengen.

Vor vier Jahren, sie hat das Datum noch genau im Kopf, am 3. März 1893, ließ sie ihr Unternehmen »Mar-

garete Steiff, Filzspielwarenfabrik Giengen/Brenz« ins
Handelsregister eintragen. Das hatte sogar im *Grenz-
boten* gestanden, dem Amts- und Intelligenzblatt von
Heidenheim. Seit diesem Tag schauten die Giengener sie
mit anderen Augen an. Zuerst warteten sie, ob sie auch
Erfolg haben würde, doch bald nickten sie ihr mit Respekt zu. Margarete war in ihrer Heimatstadt immer beliebt gewesen, galt als fleißig und für jede Gesellschaft be-
lebend. Die Achtung der Geschäftsleute, die sehr genau
wussten, wie weit der Weg von einem Nähstübchen zum
Eintrag ins Handelsregister ist, war etwas Neues und tat
ihr gut. Damals hatte ihr Vater noch gelebt. Im Jahr darauf starb er, im hohen Alter von achtundsiebzig Jahren,
und nun standen Fritz, Pauline und sie ganz ohne Eltern
da. Fritz war zwar der Jüngste von ihnen, schlüpfte aber
ohne zu zögern in die Rolle des Familienoberhaupts.

Ohne Fritz hätte ich meinen Weg auch nicht gehen
können, überlegt Margarete voller Liebe. Er hat ihr die
Werkstatt und später das Haus gebaut, er hat die ersten
Holz- und Eisengerüste für die Elefanten und Kamele auf
Rollen konstruiert, damit Kinder auf ihnen reiten können. Die Fahrtiere sind überhaupt Fritz' Idee gewesen,
weil er seinen Kindern den Traum erfüllen wollte, den
er selbst als Kind gehegt hatte. Vor allem steckt Fritz
sie immer mit seiner guten Laune und Zuversicht an.
Als Ratgeber ist er nie aufdringlich oder besserwisse-
risch. Wenn sie ihm erklärt, dass sie bestimmte Fragen
mit Adolf oder August besprochen hätte – von Hansen
spricht sie in Giengen fast nie –, nickt Fritz freundlich:

»Gut, wenn die beiden das so sehen, wird es stimmen.« Fritz hat sie nie in einen Konflikt mit den anderen Ratgebern gebracht, und dafür ist sie dankbar.

Jetzt ist sein zweitältester Sohn Richard ihr Partner im Geschäft. Anfang des Jahres hat sie ihn in die Firma geholt, und schon bald entwickelte er sich zur treibenden Kraft. Dieses Jahr 1897 hat es überhaupt in sich. Es kommt ihr vor, als wäre nicht mehr nur die harte, zähe Arbeit ihrer eigenen und der vielen helfenden Hände für den Erfolg des Geschäfts verantwortlich, sondern als würden die Dinge plötzlich von allein weiterlaufen. Und nicht nur das: Sie laufen auch immer schneller. Die Zahlen explodieren, und das hatte sie nicht kommen sehen. Niemand hatte ihr gesagt, dass so etwas passieren würde. Sie will sich der Entwicklung auch gar nicht in den Weg stellen oder sie aufhalten. Aber um den Überblick behalten zu können, muss sie jetzt kurz zur Seite treten. Das war ein Rat von Hansen – und sie hat ihn beherzigt, indem sie Richard erklärte, sie müsse für ein paar Wochen fort. Er hat es mit einem Nicken hingenommen. Kein Protest, keine Diskussion. Ganz anders war es vor ein paar Monaten gewesen, als sie ihre erste Meinungsverschiedenheit ausfochten.

»Wir müssen einen eigenen Stand in Leipzig haben, Tante Gretle, glaub mir, das geht nicht mehr anders. Es gehört heute einfach dazu, sich zu präsentieren, wenn man weiterwachsen will.«

Es war Mitte Januar, ein paar Wochen vor der Messe,

und Richard hatte sich in ihrem Kontor einen Schemel ge-
schnappt und sich neben sie gesetzt. Sein eigener Schreibtisch steht im Raum nebenan, in dem kleinen Büro, den
sie einmal für einen Buchhalter eingeplant hatte. Inzwischen haben sie längst eine richtige Buchhaltung von den
Produktionsräumen abgetrennt. Platzprobleme begleiten
sie, seit sie zu dritt ihre kleine Näherei aufgebaut haben.
Aber Richard war noch keine Woche im Geschäft, als er
vorschlug, ein paar Abläufe bei der Produktion so umzu-
stellen, dass Platz gewonnen werden konnte. Außerdem
würde nun bald eine Packerei zwischen die Häuser gebaut werden, das sollte ebenfalls für mehr Luft im Betrieb sorgen.

Margarete sparte nie mit Lob für den Einsatz ihres
Neffen, aber die Kosten für einen eigenen Messestand in
Leipzig wollte sie nicht akzeptieren. Daher sagte sie mit
mehr Schärfe als nötig: »Wir waren bisher immer bestens vertreten in Leipzig. Lindenmaier ist ein ausgezeich-
neter Agent. Jeder, der seinen Stand besucht hat, kann
das bestätigen. Er hat unsere Filztiere gut platziert und
die Aufnahme von Bestellungen stets kompetent erledigt.
Außerdem lagert er unsere Waren ohne Aufpreis. Wobei
er schon im letzten Jahr sagte, nur noch wenige Kunden
würden die gekauften Waren gleich mitnehmen wollen.
Er meint, Leipzig würde sich in eine Mustermesse verwandeln, auf der nur noch geordert wird. Dann müssten wir keine Waren mehr dort lagern und brauchen von
jedem Tier nur eines hinzuschicken. Angeblich soll das
die Zukunft sein, weißt du das?«

»Richtig, das habe ich auch gehört.« Richard lächelte sie freundlich an. Oder war sein Blick nachsichtig? »Aber darum geht es mir gar nicht. Wir müssen selbst vor Ort sein, einen eigenen Stand haben, an dem wir richtige Verkäufer haben. Verkäufer von uns!«

»Was stimmt nicht mit den Verkäufern von Lindenmaier?«

Richard schwieg, wirbelte seinen Stift einmal durch die Luft und fing ihn geschickt wieder auf. Ein Taschenspielertrick, den sie schon kannte, daher reagierte sie nicht. Richard sah seiner Tante ins Gesicht. Er hat die Augen seines Vaters, dachte sie, und ich mag ihn wirklich sehr. Aber ich gebe auf keinen Fall nach.

»Sie verkaufen alles, Tante, das weißt du doch. Ob es Mundwasser ist oder Schweineschmalz oder eben Filztiere. Sie wissen nur sehr oberflächlich Bescheid. Sie beten die Texte des Katalogs herunter. Die können die Kunden aber selbst lesen. Es gibt so vieles, was wir zu den Tieren erzählen können. Das Material, die neuen Stoffe, die Verarbeitung. Wir, die wir genau wissen, mit wie viel Mühe und Präzision die Tiere gefertigt werden, können das besser erklären.«

»Aber Lindenmaier ist das alles bekannt. Weißt du eigentlich, was ein eigener Stand kostet?«

Er reichte ihr ein Blatt. »Ja. Natürlich. Hier habe ich eine Liste der Kosten.«

Margarete überflog sie. Richard hatte offenbar an alles gedacht, sogar das Trinkgeld für die Laufburschen war notiert.

»Und darunter findest du die Verkaufszahlen, die ich erzielen müsste, um die Kosten wieder hereinzuholen. Alles, was darüberliegt, ist gewonnen.«

Margarete musste über eine Erwiderung nachdenken.

Ermutigt fuhr er fort: »Daher, liebe Tante: Lass mich fahren und ein Lokal in Leipzig mieten, nahe bei den anderen Messehäusern. Ich werde alles schön ausstatten, Anzeigen setzen und Handzettel drucken lassen. Und ich würde gerne Eulenstein mitnehmen. Wir haben ja über ihn gesprochen, er könnte unser erster Reisevertreter in England sein. Ich garantiere dir, ich werde die Auftragsbücher füllen… Wir müssen nach vorne gehen, in die Zukunft.«

Sie hatte um Bedenkzeit gebeten, und Richard war in sein eigenes Kontor verschwunden. Dann hatte sie über seiner Liste gebrütet und sich gefragt: Muss sie das wirklich? In die Zukunft gehen? Alle sagen das. Aber stimmt es deshalb auch? Manchmal war sie müde und dachte, es wäre doch schön, wenn sie einmal stehen bleiben und sich ausruhen und abwarten könnte bis zum nächsten Schritt. Die Dinge auf sich wirken lassen. Sortieren. In der Firma und im Kopf. Aber diese Zeit will ihr niemand geben. Ständig soll es weitergehen. Richard entwirft neue Tiere. Er füllt einen Skizzenblock nach dem anderen oder plant neue Formen und Farben für die Tiere, die sie schon haben.

Es war ihre Idee, dass Richard zuerst eine kaufmännische Ausbildung bei Cousin Hans Hähnle in der Filzfabrik absolvieren sollte. Danach hätte er direkt bei ihr einsteigen können, aber Richard wollte unbedingt die Kunstgewerbeschule in Stuttgart besuchen. Und Margarete hatte eingesehen, wie hilfreich es sein würde, wenn einer aus der Familie die Gesetze der Gestaltung von der Pike auf lernen würde. Während ihrer Besuche bei den Lechners traf sie Richard ab und zu und neckte ihn, weil sein Unterricht im Pönentiarhaus stattfand, einem ehemaligen Gefängnis. Richard fühlte sich in Stuttgart pudelwohl und kannte Nills Tiergarten bald besser als Margarete und Hansen. Stundenlang saß er dort und zeichnete. Vor allem der Bärengraben hatte es ihm angetan. Es ließ ihm keine Ruhe, er wollte die zotteligen Tiere und ihre schwerfälligen und zugleich eleganten Bewegungen einfangen. »Ich will einmal ein paar schönere Bären entwerfen, als wir im Programm haben«, hatte er verkündet und auf die Frage nach dem Warum hinzugefügt: »Ich mag sie einfach lieber als das Elefäntle und das Kamel, vielleicht, weil sie so tapsig sind. Menschlicher irgendwie.«

Dabei hatten sie doch genügend Bären im Sortiment. Es gab den stehenden Bären mit Stange und Kette und einem Dompteur daneben. Er war als Stehaufbär oder auf dem Velo zu haben. Margarete verstand nicht, wovon Richard genau träumte, wenn er über die Bären sprach, aber es war auch einerlei. Der Junge hatte Talent, das war jedem klar, der mit ihm arbeitete, er war kreativ, geduldig und – ebenso perfektionistisch wie sie selbst. Sie wollte ihn unbedingt in der Firma haben und war froh, als er nach einem Aufenthalt in England, wo er ihre Vertretung aufbaute, endlich in Giengen anfangen konnte.

Richard war jetzt offiziell der Leiter für Entwurf und Herstellung. Sein Kopf war voller Pläne, innerhalb von Sekunden konnte er sich für eine neue Idee begeistern. Nach einer Reise in die USA entwarf er eine Puppe, die aussah wie George Washington, der auf einem Pferd mit Rollen ritt.

Was Leipzig betraf: Zuletzt hatte sie doch nachgegeben. Allerdings musste er ihr versprechen, über jeden Pfennig Buch zu führen. Sie hatte ihm angedroht, die Kosten der Reise, sein Pensionszimmer und die Miete für den Messestand Stück für Stück von seinem Gehalt abzuziehen, falls sich die ganze Angelegenheit nicht lohne. Anstatt beleidigt zu sein, hatte er nur gelacht, ihr spielerisch die Hand geküsst und »Zu Befehl, Mylady« gesagt. Richard hatte das freundliche Temperament seines Vaters geerbt, und wahrscheinlich war er tatsächlich ganz sicher gewesen, dass seine Nase ihn richtig leiten würde. Er kam dann auch mit einem prall gefüllten Auftragsbuch zurück und präsentierte es ihr am Tag nach seiner Rückkehr. Sie hatte ihn und seine Brüder Paul und Franz, dazu Fritz und seine Frau Anna und natürlich auch Eulenstein zum Abendessen geladen.

Und so hatten sie sich um ihren Esstisch in der Mühlstraße versammelt und den Anekdoten der beiden Messereisenden gelauscht. Richard hatte ihr zudem fünf gefüllte Skizzenhefte gereicht.

»Schau, Tante Gretle, das sind alles Tiere, die wir noch machen können. Was hältst du davon?«

Margarete merkte, wie die Firma sich unter Richards

geschickten Händen bewegte, wie alles zu wachsen begann, worauf sein Blick fiel. Sie ertappte sich immer wieder bei dem Gedanken, dass sie mit Hansen darüber sprechen wollte, weil sie nicht wusste, wie sie darauf reagieren sollte.

Sie war und ist die Chefin und will es auch bleiben. Noch ist sie nicht bereit, die Leitung aus der Hand zu geben, vor allem nicht an den heißblütigen jungen Neffen. Im nächsten Jahr will sie Fritz' ältesten Sohn Paul in die Firma holen und auch den drittgeborenen Franz. Dann können die drei sich miteinander arrangieren. Bis dahin darf Richard nicht das Gefühl haben, er dürfe jetzt schon alles bestimmen. Sie kommt sich vor wie ein Dompteur im Zirkus, der mehrere Pferde gleichzeitig in Schach halten muss. Die *Rossebändigerin* nennt sie sich manchmal insgeheim. Es ist anstrengend, aber sie ahnt, dass sie in Zukunft noch viel mehr Kräfte braucht, wenn es so weitergeht mit dem Erfolg ihrer Filztiere.

Nach dem Essen sitzen Johanna und Margarete noch eine Weile im Garten der Pension. Frau Heller hat ihnen den Platz auf der Terrasse »fein gemacht«, wie sie stolz verkündet hat, die Rattanmöbel abgewischt, eine Tischdecke aufgelegt und Johanna zwei Kissen gegeben, damit sie bequemer sitze. Ihre Tochter brachte einen Krug mit Johannisbeersaft, und Herr Heller spendierte zwei Gläser mit einem »famosen Marillenlikör« aus der Wachau, wo die Hellers eine Cousine haben.

Johanna und Margarete haben sich in wollene Schals

gewickelt und geflissentlich ihre Handarbeiten in den Zimmern vergessen. Sie reden nicht viel, sondern betrachten den Abendhimmel und lauschen dem Konzert der Vögel, die in dem alten Eichenbaum sitzen, der seine Zweige über den hinteren Teil des Gartens breitet. Von der Ligusterhecke weht ein süßer Duft herüber, der in Margarete ein wehmütiges Gefühl auslöst, das sie an ihre Kindheit erinnert. Sie denkt darüber nach, warum ihre Filztiere seit ein paar Jahren so gefragt sind, dass sie mit der Herstellung kaum nachkommen. Niemand, mit dem sie bisher darüber geredet hat, Richard, Fritz, Pauline, Adolf oder August, hat eine schlüssige Erklärung dafür. Nicht einmal Hansen.

»Kann es nicht daran liegen, dass du die Tiere an mehr Stellen präsentierst als zuvor?« Johanna nippt an ihrem Likör und schaut Margarete an. »Ein Stand in Leipzig und dazu die Agenten mit den Musterlagern in London und Paris. Außerdem sind die Kataloge dicker und schöner geworden. Ich blättere so gerne darin. Und viele Abbildungen sind jetzt sogar in Farbe!«

Margarete hatte zunächst denselben Gedanken, glaubt aber, dass es noch einen anderen Grund gibt. Eine weitere Welle von Ligusterduft hüllt sie ein und weckt vergessen Geglaubtes. Plötzlich hat sie eine Idee.

»Ist dir auch aufgefallen, dass viele Eltern ihre Kinder heute anders behandeln, als es bei uns damals war?« Als Johanna sie fragend anschaut, fährt sie fort: »Als ob sich etwas in der... wie soll ich das nennen?... in der Sicht gewandelt hätte. Man hat doch früher nicht so viel Auf-

hebens um Kinder gemacht. Was sie essen, wie viel Schlaf
sie brauchen, wie streng man sie bestrafen muss, all das
haben meine Eltern entschieden, ohne darüber nachzudenken, deine nicht?«

»Doch. Und sie waren sehr streng«, sagt Johanna
schlicht und schaut zu Boden.

Margarete fragt sich, welche Erinnerungen der Freundin jetzt durch den Kopf gehen mögen, und denkt an ihre
eigenen Eltern. »Meine Mutter war auch streng. Mag
sein, dass der Vater sich manchmal gegen sie gestellt
hat, weil er fand, sie sei zu hart mit uns. Also muss er
sich wohl doch etwas überlegt haben, aber sonst? Und
jetzt stößt man sogar in Zeitschriften wie der *Mode-
welt* auf Artikel, in denen es um ›neue Erziehungsgrund-
sätze‹ geht.« Ihre Stimme klingt ironisch, und sie schiebt
das Kinn nach hinten wie ein penibler Lehrer. »Und ein
andermal stand dort etwas zur ›Theorie über die Beschaf-
fenheit der …‹ weiß nicht mehr … ›der kindlichen Bedürfnisse‹?«

Johanna rümpft die Nase. »Allerdings, die Überschrift
habe ich gesehen, aber den Artikel wollte ich natürlich
nicht lesen. Ich erinnere mich zudem an einen Artikel,
der hieß etwa so: ›Neue Erkenntnisse über gesunde und
schädliche Kinderkleidung!‹ Ist das zu fassen? Das fand
ich nun wirklich albern.«

Margarete stimmt der Freundin lachend zu, wird aber
gleich wieder ernst.

»Offenbar gehört das alles zu dieser neumodischen
Strömung, die sie Reformpädagogik nennen. Der Begriff

begegnet einem jetzt öfter. So ganz weiß ich zwar nicht, was damit eigentlich gemeint ist, aber ich muss zugeben, ein Gedanke aus einem der Artikel hat mir sofort eingeleuchtet: Es macht einen Unterschied, ob man die Belange des Kindes aus der Sicht von Erwachsenen betrachtet oder vom Kind aus.« Nachdenklich nimmt sie einen Schluck Marillenlikör. »Doch um das zu verstehen, brauche ich keine Theorien, das wusste ich schon immer. Das Elefäntle gehört in die Welt der Kinder und schenkt ihnen etwas, das sie brauchen: einen Freund und Zuhörer, ein weiches Schmusetier, ein Wesen, mit dem sie auch ihre Angst und ihre Wut teilen können …«

»Ich bitte dich«, unterbricht Johanna sie, »wütend sollen Kinder ja wohl nicht sein, das muss man ihnen so früh wie möglich austreiben. Bei uns zu Hause hätten wir niemals wütend sein dürfen.«

»Nicht?« Margarete schaut die Freundin überrascht an. »Aber ich war oft wütend als Kind. Und meine Mutter war noch viel öfter wütend als ich. Wut ist etwas ganz Normales. Und ein Kuscheltier muss deshalb auch mal Tränen und Schläge aushalten. Du glaubst nicht, wie brutal Kinderhände sein können! Sie verdrehen dem Elefäntle den Rüssel oder ziehen es an den Ohren. Und danach zerquetschen sie es wieder fast vor Liebe. Das ist der Grund, warum ich so streng darauf achte, dass die Tiere stabil gefertigt sind.«

»Es gefällt mir gar nicht, was du da sagst. Das ist doch keine gute Entwicklung, Gretle! Sollen deine Tiere die Kinder etwa dazu ermuntern, so mit ihnen umzugehen?

Schändlich nenne ich das.« Sie greift wieder nach dem Likörglas, und Margarete sieht, dass ihre Hand zittert.

»Aber Kinder sind so«, insistiert sie, »sie haben Gefühle wie die Großen. Und es ist besser, sie teilen sie mit ihren Filztieren, als dass sie auf andere Kinder losgehen, wenn sie wütend sind.« Sie hält kurz inne und lächelt verschmitzt. »Vielleicht ist das sogar Reformpädagogik, was ich da gerade sage.« Johanna wiegt missbilligend den Kopf, aber Margarete achtet nicht darauf. »Und außerdem finde ich: Für Kinder ist nur das Beste gut genug. Das ist schon immer meine Devise, seitdem mir bewusst wurde, dass das Elefäntle ein Spielzeug und kein Nadelkissen ist. Aber jetzt scheinen plötzlich viele Menschen so zu denken. Weißt du was: Ich sollte den Satz vielleicht in meinen Katalog aufnehmen.«

Johanna nickt und schiebt etwas sarkastisch hinterher: »Das würde deiner Freundin Mina sicher besonders gut gefallen!«

»Wohl wahr«, lautet Margaretes knappe Antwort.

Sie erinnern sich beide noch lebhaft an Minas Besuch in Giengen vor ein paar Wochen, es war der erste seit dem Tod von Minas Mutter.

Mina wollte alles sehen, was neu im Städtchen war, vor allem die Filzspieltier-Werkstatt. Margarete nahm sich Zeit, um der Freundin alles zu zeigen. Das neue Haus an der Mühlstraße, den großen Raum mit den emsigen Näherinnen und Stopferinnen, die mit Filzspieltieren gefüllten hohen Körbe und auch die für den Versand bereits zugenagelten und beschrifteten Kisten. Sie führte sie durch das Lager für Filz, Plüsch, Samt und die anderen Stoffe, deutete auf das Regal mit den verschiedenen Kleinteilen, die für die Fertigung gebraucht wurden, angefangen bei den Garnrollen in fünfzehn Farben über die Quasten für Tierschwänze, die Knöpfe für Augen, die halben Holzkugeln, auf denen sie Stehaufbären und Hasen befestigten. Zum Schluss öffnete Margarete feierlich das Kästchen, in dem sie die Schutzmarken aufbewahrten, die jedem Steiff-Tier angenäht wurden.

Mina war begeistert. »Darf ich ein paar davon haben? Das wäre doch lustig, wenn ich sie an meine nächste Handarbeit nähe.«

»Nein.« Margaretes Stimme klang ernst.

»Huch?« Die Freundin war irritiert. »Warum nicht?«

»Es ist nun mal die Eigenschaft einer Schutzmarke, dass sie nur dort zu finden ist, wo es sich um das Originalprodukt handelt.«

»Gretle, nur zum Spaß, sei doch nicht so. Ich verkaufe meine Stümpereien doch nicht, ich finde es nur …«

»Auf keinen Fall«, fiel ihr Margarete ins Wort und setzte den Deckel wieder auf den Karton. »Solche Späße gibt es nicht bei uns. Meinen Angestellten ist es strengstens verboten, die Schutzmarke weiterzugeben oder zu verkaufen.«

»Wirklich? So unerbittlich bist du? Also dann eben nicht.«

Mina lachte und ging weiter. Gekränkt schaute Margarete ihr hinterher.

Der letzte Teil der Führung gehörte dem Ladengeschäft an der Ecke. Mina war schon beim Anblick des
Schaufensters außer sich vor Begeisterung über die vielen Tiere, die sie noch nicht kannte, und stürmte die Stufen zum Eingang hoch, ohne auf Margarete zu warten.
Gleich darauf schaute sie zur Freundin zurück, aber die
war bereits auf dem Weg zum Hintereingang, den sie mit
dem Rollstuhl selbst bewältigen konnte. Als sie hinter
der Theke auftauchte, war Mina schon dabei, einen Berg
von Filztieren aufzuhäufen.

»Gretle, warum hast du mir das Kegelspiel nie gezeigt?
Das ist entzückend! Ich muss sofort eines haben!« Sie
hielt einen Hund in der Hand, aufrecht auf einen Holzso-
ckel geschraubt, der sich nach unten hin verjüngte wie ein
Kegel. Die Kegelspiele boten sie in verschiedenen Varianten an, gemischte Tierwelt oder jeweils nur Hunde, Katzen oder Hasen, Schweinchen oder Elefäntle. Der König
der Kegel war jedoch immer ein Bär mit rotem Mantel
und Krone. Mina suchte dazu einen Hasen auf einem
Dreirad aus, eine Sammlung Puppen mit Schwarzwald-
tracht und ein lustiges Schweinchen auf Rollen. »Und
dies hier, wie allerliebst!« Sie zeigte auf einen hölzernen
Halbmond mit freundlichem Gesicht. Es war eine Wippe
für kleine Spieltiere: Auf dem Kinn des Mondes saß ein
Elefant, der mit dem Rüssel ein Glöckchen hielt, ein Affe
im Matrosenanzug hatte sich an der Stirn des Mondes
festgekrallt. Wenn die Wippe sich bewegte, klingelte das
Glöckchen.

»Das soll Hedwig zu ihrem vierten Geburtstag bekommen. Aber dann muss ich für die anderen Kinder auch etwas finden …«

Margarete wusste Mina in den guten Händen ihrer besten Verkäuferin Agathe, die bei der schwierigen Aufgabe, Geschenke für alle Lechnerkinder zu finden, eine echte Hilfe war. Als Mina ihre Auswahl getroffen hatte, wollte sie noch den Hof des Hauses sehen, wo die Kisten verladen wurden. Zuletzt begutachteten sie die Rampe, die zu Margaretes Wohnung im ersten Stock führte.

Dort waren zwei Mädchen gerade damit beschäftigt, einen Handkarren hinaufzuschieben. Das Lager befand sich zwar eigentlich im Erdgeschoss, aber es war ein paar Tage zuvor von einer Mäusefamilie heimgesucht worden, die sich in einem Korb mit wollweißen Schäfchen eingenistet hatte. Mit der Füllung hatten die Mäuse ihr Nest unter einem Regal ganz hinten an der Wand ausgepolstert. Da noch nicht klar war, ob Ottilie alle Nager erwischt und jeden ihrer geheimen Zugänge verstopft hatte, verlegten sie das Lager vorübergehend in den ersten Stock. Deshalb mühten sich nun die beiden Mädchen mit dem Karren ab – das jüngere, etwa fünf oder sechs Jahre alt, zog schnaufend an der Deichsel, das ältere war etwa zehn und schob von hinten.

Als Mina die beiden sah, stieß sie einen Schrei aus: »Gretle das geht nicht! Die sollen sofort damit aufhören!«

»Was meinst du?« Margarete schaute sich um, weil sie nicht gleich verstand, was die Freundin so aufregte.

»Die Mädchen da! Das ist zu schwer. Sag ihnen, sie

sollen das stehen lassen. Du kannst die Kinder nicht für dich arbeiten lassen!« Leise fügte sie hinzu: »Das ist verboten, das musst du doch wissen.«

»Arbeiten?« Margarete war perplex. »Nein, bei uns arbeiten keine Kinder!«

»Und was ist das?« Anklagend deutete Mina auf die beiden Mädchen, die sich weiterhin mit dem Korbwagen abplagten.

»Was soll das schon sein? Die beiden bringen die halb fertigen Tiere, die ihre Mutter, die Guste, genäht hat, nach oben ins Zwischenlager. Wir hatten unten die Mäuse.«

Margarete schob den Rollstuhl zum unteren Ende der Rampe. »Magst du mir helfen, dann können wir oben mit Johanna noch Tee trinken.«

Mina begann, die Freundin die Rampe hinaufzuschieben. Sie beugte sich vor und flüsterte ihr ins Ohr: »Und ob das Kinderarbeit ist! Und außerdem: Was ist, wenn die beiden das nicht schaffen?«

»Die schaffen das schon. Der Wagen ist nicht schwer, nur unhandlich. Du verstehst das falsch. Die beiden Mädchen arbeiten nicht bei uns. Guste hat sie geschickt, damit sie die Schweinchen hier abgeben. In unserer Werkstatt werden die Augen, Ringelschwänze und die Marken angenäht. Und die Guste kann derweil zu Hause weiterarbeiten oder für ihre Familie kochen.«

Als Mina nicht antwortete, wandte Margarete den Kopf zu ihr. Der Mund ihrer Freundin formte eine strenge Linie. »Das geht trotzdem nicht«, sagte sie knapp.

Die Mädchen hatten den Wagen inzwischen nach oben gebracht, einer Arbeiterin übergeben und hüpften lachend die Rampe herab. Margarete winkte ihnen zu.

»Sieh doch. Was die Mädchen machen, ist bei uns ganz normal. Sie helfen ihrer Familie. Das ist keine Arbeit und wird auch nicht bezahlt.«

Die beiden Frauen waren oben angelangt. Vom Flur aus ging es auf der einen Seite zu Räumen der Fabrik, auf der anderen in Margaretes Wohnung. Dort hielt Johanna ihnen schon die Tür auf: »Immer herein, ich hab uns Tee gemacht und Kuchen gebacken.«

Kaum saßen sie um den Tisch herum, fing Mina von neuem an. »Du weißt genau, was ich meine, Gretle, du darfst das nicht dulden. August sagt, in Stuttgart sind sogar Inspektoren in den Fabriken unterwegs, um zu kontrollieren, ob die Arbeitsregeln eingehalten werden. Die für Frauen, vor allem für Schwangere. Und stell dir vor, solche Leute sehen dann Kinder auf der Rampe.«

Johanna schaute fragend zu Margarete, doch die zuckte nur mit den Schultern. »Mina hat die beiden Töchter von Guste gesehen. Sie haben den Wagen mit den Schweinchen nach oben gebracht. Mina meint, das sei Kinderarbeit.«

»Ach!«, lautete Johannas Kommentar.

Margarete beschloss, das Thema zu beenden. »Ich werde mit Richard sprechen. Weißt du, wir sind hier nicht in Stuttgart. Hier müssen die Kinder auch mal Hand anlegen. Sogar ich musste das.«

»Und du hast es gehasst«, sagte Mina nachdrücklich.

»Aber nicht, weil es Arbeit war, sondern weil ich immer häkeln sollte. Ich hätte mit Freude etwas anderes gemacht. Heu geerntet oder Bier ausgeschenkt in der Kanne.«

»Mach dich nicht lustig, Gretle. Kinder sind zu zart für so was.«

Da hörte sie es zum ersten Mal. Bisher hatte ihr gegenüber niemand Kinder als zu zart beschrieben. Früher hieß es nur, Kinder seien zu frech, zu wild, zu laut, zu unfolgsam, aber zu zart?

Jetzt, im dunklen Garten der Pension Heller in Lindau, erinnert sich Margarete an den Satz der Freundin.

»Aber vielleicht hat Mina gar nicht so unrecht. Kinder sind ja wirklich zart. Ihre Seelen sind es mit Sicherheit. Und deshalb brauchen sie viele kleine Freunde. Unsere Filztiere. Gefährten eben, die ihnen zuhören und sie verstehen.«

Johanna schaut sie zweifelnd an. »Legst du da nicht ein bisschen zu viel hinein in die armen Tierchen?«

Margaretes Antwort kommt erst nach einer Weile: »Nein, ganz sicher nicht.«

Als es Zeit ist, schlafen zu gehen, schiebt Johanna sie zum Gartenzimmer, wo Margaretes Bett steht. Der sanft ansteigende Weg zur Terrasse und dieses Zimmer sind der Grund, warum die Pension Heller für sie so gut geeignet ist. Außerdem hat Margarete ein eigenes Kabinett. Sie sei nicht die erste »Fußlahme«, die hier absteige, hatte Herr Heller zur Begrüßung betont. Er habe sein Haus speziell auf Menschen eingestellt, die nicht gut oder gar nicht laufen können. Weiß der Himmel, wie Hansen diese Pension für sie gefunden hat.

Während sie sich auszieht und Johanna ihr das Nachthemd reicht, denkt Margarete, dass es Menschen gibt, die sich überall gut einfinden, die sich mit den Bedingungen, die sie vorfinden, vertraut machen und die Grenzen akzeptieren, die ihnen gesetzt sind. Auf diese Weise ist auch sie bisher gut durchs Leben gekommen, alles andere hätte sie nur unzufrieden gemacht. Und mangelnde Zufriedenheit ist doch immer der erste Schritt ins Unglück, sagt sie sich. Aber es gibt eben ganz andere Menschen, die nicht gerne Grenzen akzeptieren, die Ansprüche stellen und Erwartungen formulieren. Menschen wie Hansen. Er hatte ihr versprochen, einen schönen Platz in Lindau für sie zu finden, eine Pension nahe am Hafen, wo sie ordentlich versorgt wird und in der sie sich so selbstständig wie möglich bewegen kann. Sie ist eher dankbar als gerührt, weil sie glaubt, nicht Hansens Gefühle für sie hätten seine Suche angetrieben, sondern seine Überzeugung, er würde das, was er sich vorstellt, selbstverständlich auch finden. Wenn es darum geht, ihr einen Weg zu ebnen, macht er sich ihre Bedürfnisse zu eigen – und dann gilt jeder Affront, der sie trifft, auch ihm.

Insgeheim denkt Margarete, wenn der Weg vom Garten ins Haus nicht so schön befahrbar wäre für den Rollstuhl, hätte Hansen ihn bearbeiten lassen. Aber nein, wie weit lässt sie sich in ihrer Fantasie eigentlich hinreißen? Doch die Vorstellung gefällt ihr, weil Hansen ein Mensch ist, der mit kühnen Entscheidungen seine Welt gestaltet, während sie... ja, wie gestaltet denn sie ihre Welt? Mit kleinen, feinen Stichen, beharrlich und zäh. Und weil sie dabei nie sehr weit nach vorne schauen kann, steckt sie jetzt in dieser aufreibenden Umbruchsphase. Als sie die Decke über sich zieht, Johanna ihr Gute Nacht sagt und die Tür hinter sich schließt, schläft sie sofort ein.

Die Sommertage in Lindau tun Margarete gut. Jeden Tag sind sie unterwegs, mal mit einer Mietdroschke, mal auf einem Schiff. Manche Tage verbringen sie faul am Ufer des Sees. Ist es sehr heiß, lassen sie sich mit einem Badekarren ins Wasser schieben, und dann taucht Margarete in einem langen blauen Badekleid ins kühlende Nass. Das Kleid ist ein Geschenk von Hansen, der es auf raffinierte Weise geschafft hat, ihr ein fast schon intimes Kleidungsstück auf eine Weise zukommen zu lassen, die es ihr erlaubte, es anzunehmen.

Schon bei ihrer Ankunft erwartete sie das Paket aus Hamburg im Gartenzimmer bei Hellers. Darin lag – in dünnes Papier gewickelt und mit weißer Schleife verschnürt – ein dunkelblaues Badekleid mit dazu passender Hose. Der Kragen im Matrosenstil war – ebenso wie die Puffärmel – mit einem weißen Streifen abgesetzt. Dazu hatte Hansen geschrieben:

Sehr verehrtes Fräulein Steiff,
bitte verzeihen Sie mir diese ungewöhnliche, aber –
wenn Sie meinen Brief gelesen haben – hoffentlich
nicht als ungehörig verstandene Sendung.

Meine Schwester hat dieses Badekleid in Trave-
münde bei einer Schneiderin gekauft, die leider nicht
mehr in der Lage ist, es in der passenden Größe
meiner Schwester anzufertigen. Daher hofft meine
Schwester, Sie würden ihr diesen Gefallen tun – und
bitte legen Sie eine ordentliche Rechnung bei, sonst
ist mein Schwager verstimmt. Bitte nähen Sie die-
ses Modell zweimal für meine Schwester nach, die
Maße füge ich auf einem Extra-Bogen hinzu. Meine
Schwester behauptet, an der Ostsee dürften die Da-
men kürzere Ärmel tragen und bräuchten keine
Hauben mehr. Nun weiß ich nicht, wie die Verhält-
nisse in Lindau sind, aber sollten Sie das Bedürfnis
verspüren zu baden, dürfen Sie dieses Kleid gerne
verwenden, da meine Schwester es nicht zurückha-
ben möchte. Alle meine Schwestern sind sehr hoch-
gewachsen und passen gar nicht hinein.

Margarete und Johanna hatten sich die Seiten gehalten
vor Lachen, als sie sich vorstellten, mit welchen Skru-
peln Hansen das Paket gepackt und den Brief formuliert
hatte.

Eigentlich hatte Margarete nicht vorgehabt zu baden,
aber da sie nun dieses Kleid besitzt, das ihr gut passt,
zumal sie die Weite mit Bändern anpassen kann, über-
redet sie Johanna, sich in dem Geschäft »Die modische
Dame«, vor dessen Schaufenster sie regelmäßig stehen
bleiben, auch ein Badekleid anmessen zu lassen. Dazu
kaufen sie noch zwei Paar lange Badestrümpfe, die am

Bodensee vorgeschrieben sind. Gleich am nächsten hei-
ßen Augusttag mieten sie einen der rot-weiß gestreiften
Badekarren, die in sicherer Entfernung vom Hafen am
Strand liegen.

Als die stämmige Badefrau begreift, dass Margarete
nicht laufen kann, herrscht für einen Moment schlechte
Stimmung in dem hölzernen Verschlag.

»Da können Sie gleich wieder aussteigen, ich lasse Sie
nicht zu Wasser. Nicht mit meinem Karren. Wo käme ich
denn da hin!«

»Aber ich habe schon als Kind in einem Kurbad
schwimmen gelernt«, versichert Margarete, »in Wildbad. Und ich war immer eine ganz ordentliche Schwim-
merin.«

»Das ist etwas ganz anderes, werte Dame«, schimpft
die Badefrau, »ein Kurbad! Das hier ist der Bodensee,
der hat seine Tücken! Was mache ich, wenn Sie absau-
fen?«

Johanna ist entsetzt über die Wortwahl, aber Margarete sagt mit der Autorität ihrer fünfzig Jahre: »Dann
gehen wir eben nicht so tief hinein. Beruhigt Sie das?«

Die Badefrau überlegt kurz und kratzt sich am Hinter-
kopf. Dann lenkt sie in ruppigem Ton ein. »Sie werden
sich hübsch an dem Seil festhalten, das ich Ihnen gebe,
und nicht loslassen, keine Sekunde.«

Margarete nickt und sieht keinen Grund, der guten
Frau auf die Nase zu binden, dass sie im rechten Arm
wenig Kraft hat. Sie lässt sich von Johanna beim Umziehen helfen. Dann zieht die Badefrau den Karren ins

Wasser. Als sie die Tür zum See öffnet und das Glitzern des Wassers den kleinen Raum auf einen Schlag erhellt, würde Margarete am liebsten jubeln vor Freude.

Johanna und die Badefrau tragen sie an den Rand des kleinen Holzstegs, von dem drei Stufen direkt ins Wasser führen. Margarete greift das Seil fest mit der linken Hand und lässt sich von der obersten Stufe ins Wasser gleiten, während Johanna Stufe um Stufe mit quietschenden Rufen herabsteigt. Das Wasser ist kalt. Margarete schiebt die rechte Hand unter die linke und dreht sich auf den Rücken. Das Wasser trägt sie. Auch das ist ein Gefühl, das sie kennt und das sich nicht verändert hat.

⇒ 1868–1877 ⇐

Viele Hochzeiten und eine Werkstatt

Die Steiff-Schwestern sind die Ersten in Giengen, die eine Nähmaschine besitzen. Es ist Margarete, die 1868 die unscheinbare Anzeige in einer Modezeitschrift entdeckt. Darin wird eine »Doppelstichmaschine zur Herstellung mechanischer Nähte« als sensationelle Erfindung aus Amerika angepriesen. Würde es sich lohnen, für diese Investition ein Loch in ihren Sparhafen zu reißen? Sie entscheiden sich dafür, und am nächsten Tag schickt Pauline die Bestellung an den Händler in Stuttgart, der im Inserat »schnellstmögliche« Lieferung verspricht.

Nach sechs Wochen trifft die Kiste mit dem Wunderding ein. Fritz hebelt den Deckel mit Hammer und Meißel auf, während die drei jungen Frauen ungeduldig danebenstehen. Endlich taucht er seine Arme tief in die Holzwolle und hebt ein schwarzes Eisengerät heraus, das auf eine Holzplatte geschraubt ist. Marie greift sich die Anleitung, und Pauline spannt nach ihren Anweisungen den Faden ein. Bevor sie loslegen darf, besteht Fritz darauf zu überprüfen, ob alle Schrauben fest sitzen und sämtliche Teile, die sich bewegen sollen, geölt sind.

Nach ein paar Minuten bohrt sich die Nadel in das

Stück Probestoff, und als Pauline dem Schwungrad kräftig Antrieb gibt, bahnt sich die Nadel hämmernd ihren Weg. Danach darf Marie das Gerät ausprobieren, zuletzt Margarete. Als sie merkt, dass sie das Schwungrad mit der rechten Hand nicht antreiben kann, weil ihr die Kraft dazu fehlt, ist der Jammer groß. Gerade sie hatte gehofft, mithilfe der Maschine schneller arbeiten zu können. Vor Wut treten ihr die Tränen in die Augen, aber dann schluckt sie die Enttäuschung herunter und greift ergeben nach dem Rock, den sie gerade in Arbeit hat. Auch damit wird sie fertig, schwört sie sich. Und bald kann sie sich am Rattern der Maschine freuen, als würde sie selbst mit ihr nähen.

»Damit rasen wir allen anderen davon«, prophezeit Pauline, die es gar nicht fassen kann, wie schnell ihr die Arbeit jetzt von der Hand geht. »Und schaut nur«, sie hält eine Kissenhülle hoch und zieht daran, »die Nähte halten. Eine neue Zeit bricht an, ihr werdet sehen! Die Steiff-Mädchen arbeiten ab sofort wie der Wind, und keine Naht platzt mehr auf.«

Tatsächlich häufen sich die Aufträge. Die Müdigkeit wächst allerdings auch. Marie wird sich ruinieren, denkt Margarete manchmal, wenn sie deren blasse Haut und die dunklen Schatten unter den Augen betrachtet. Sie selbst ist gezwungen, gut auf sich zu achten, damit sie überhaupt arbeitsfähig bleibt. Jeden Morgen führt sie noch im Bett liegend die Turnübungen von Dr. Werner aus, außerdem sorgt sie dafür, genügend Zeit an der frischen Luft zu verbringen. Das hatte ihr der Ludwigsburger Arzt ebenfalls eingeschärft: »Weil du den ganzen Tag lang sitzt, kann sich deine Lunge nicht so gut weiten, wie sie es täte, wenn du gehen oder laufen würdest. Also musst du sie kräftigen, indem du viel draußen bist und dort ganz langsam tief ein- und ausatmest, während deine Arme kreisen.«

Margarete konzentriert sich beim Arbeiten jetzt noch mehr auf die Dinge, die ihr leichter von der Hand gehen, Kinderkleidung, Leibwäsche, vor allem Hemden aus Leinwand und das Besticken von Tischdecken und Handtüchern. Rips zu verarbeiten weigert sie sich, weil ihre Hände sich dabei verkrampfen.

Obwohl sie viel Anerkennung erfährt, fragt sie sich manchmal bang, wie es mit ihr weitergehen soll, wenn die Schwestern heiraten und vielleicht sogar aus Giengen fortgehen. Die ersten Verehrer sind schon zur Stelle, und Margaretes Freude auf das jährliche Stadtfest ist zum ersten Mal verdüstert durch die Vorstellung, Pauline oder Marie könnten sich an einem der lauen Frühsommerabende auf dem Schießberg verloben.

Und dann 1870, kurz vor dem Ausbruch des Deutsch-Französischen Krieges, heiratet Pauline tatsächlich. Ihr Mann Fritz Röck nimmt sie mit nach Österreich, wo er Holzschleifmaschinen einrichtet. Als er damit fertig ist, zieht das junge Paar nach Schweden und kann den Umzug gerade noch bewältigen, bevor einzig Truppen mit der Eisenbahn transportiert werden.

Pauline schreibt traurige Briefe nach Giengen. Ihr erstes Kind stirbt kurz nach der Geburt, und sie muss es fern von der Heimat und ihrer Familie begraben. Alle sind bedrückt, weil sie ihr in dieser schweren Zeit nicht beistehen können.

Das zweite Sorgenkind in Margaretes Leben ist die Cousine und Freundin Anna-Marie Hähnle, die Tochter ihrer Patentante Apollonia aus der Klingelmühle. Anna-Marie fürchtet täglich um das Leben ihres Verlobten Adolf Glatz. Die Württemberger kämpfen an der Seite Preußens gegen Frankreich, und auch Giengen muss seinen Teil leisten und eine Anzahl von Soldaten stellen. Weil Adolf nur selten schreibt, hat seine verzweifelte Braut viel Zeit, sich den Kopf über seine Sicherheit zu zerbrechen. Fast täglich muss Margarete die Freundin beruhigen oder wenigstens ablenken. Schließlich siedelt sie für ein paar Wochen über in die Klingelmühle.

Der Aufenthalt bei Hähnles ist trotz langer Gespräche über die Gefahr, in der Adolf schweben könnte, ein Lichtblick. Margarete überlässt die Arbeit in der Nähwerkstatt ohne Bedauern der großen Schwester und stürzt sich auf die Herstellung der Aussteuer von Anna-Marie. In der Klingelmühle finden sich zu jeder Mahlzeit die vielen Stiefkinder Apollonias ein, und Margarete genießt es, inmitten einer lebhaften Gruppe junger Freunde zu sitzen, deren Diskussionsthemen von der Gesundheit des württembergischen Königs bis zu den Expansionsplänen ihres Cousins Hans Hähnle reichen, der die von ihm gegründete Filzmanufaktur gerne erweitern möchte. Margarete zeigt ehrliches Interesse an der Filzherstellung und lässt sich die einzelnen Schritte, die komplizierten Geräte und die betriebswirtschaftlichen Überlegungen in aller Ausführlichkeit erklären. Bald besitzt sie ein solides Grundwissen über Auslastungskapazitäten von Dampfmaschinen, Vorteile gut geplanter Produktionsabläufe, betriebliches Vermögen, Kostenaufstellungen und Bilanzen.

Nach dem Ende des Krieges kehrt Adolf Glatz gesund nach Giengen zurück, und die Familie Hähnle kann 1871 eine Doppelhochzeit feiern: Anna-Marie bekommt ihren Adolf, und ihr Halbbruder Hans Hähnle heiratet seine Verlobte Lina. Hähnle stellt den neuen Schwager Adolf sofort ein und überträgt ihm von Jahr zu Jahr mehr Verantwortung. Margarete ist mit beiden Paaren gut befreundet und nutzt jede Gelegenheit, ihnen Besuche abzustatten und ihren Hals auf diese Weise aus dem »Giengener Hühnerstall«, wie sie die Heimatstadt gerne nennt, herausstrecken zu können.

Ohne Pauline kann die Damenschneiderei in der Ledergasse nicht in dem Umfang weitergeführt werden wie bisher. Als sich kurz darauf auch Marie verliebt und eine weitere Hochzeit geplant wird, weiß Margarete, dass sie jetzt an ihre eigene Zukunft denken muss. Keine der Schwestern hat je angedeutet, Margarete in ihren Haushalt aufnehmen zu wollen. Sie hätte sich wohl auch geweigert, aber es wäre eine freundliche Geste gewesen, sie wenigstens zu fragen, denkt sie insgeheim.

»Ich glaube nicht, dass es daran liegt, dass du nicht laufen kannst, liebes Gretle«, sagt Lina Hähnle eines Abends zu ihr, als Margarete in der Klingelmühle zu Besuch ist. Die Frischvermählten haben sich dort unter dem Dach eine kleine Wohnung eingerichtet, bis sie sich ein eigenes Haus leisten können, das ihnen Fritz Steiff bauen will.

»Was soll sonst der Grund sein?«, entgegnet Margarete und greift sich ein Stück Brezel vom Brotzeitbrett, das vor ihr auf dem Tisch steht.

Als Lina ihr gegenüber Platz nimmt, denkt Margarete wie so oft, dass die Frau ihres Cousins wunderschön ist. Ihr schmales, helles Gesicht trägt die sanften Züge eines Engels, wie sie am Rande von Altarbildern sitzen und verträumt über die Szene blicken. In Ulm hat sie ein solches Bild im Münster gesehen. Linas dicke schwarze Haare sind ordentlich aufgesteckt, die hohe Stirn hebt sich klar davon ab. Ihre vollen Lippen leuchten rot, ohne dass sie jemals dafür mit roter Pomade hätte nachhelfen müssen, und die dunklen Augen richten sich nun liebevoll auf ihren Mann. Der sieht immer noch aus wie ein Schüler, obwohl er sich einen Schnäuzer hat wachsen lassen, denkt Margarete amüsiert. Auch die edle Hausjacke, die den etablierten Herrn verrät, verleiht Hans Hähnle nicht das Aussehen eines Fabrikbesitzers von fast Mitte dreißig.

»Also, was ist deiner Meinung nach der Grund, nun sag schon«, bringt sich Margarete in Erinnerung, bevor die jungen Eheleute über ihrem verliebten Blickwechsel die Besucherin ganz vergessen.

»Du bist so… selbstbewusst.« Lina lächelt, um den

Worten die Schärfe zu nehmen. »Selbstbewusstsein« ist ein modernes Wort, das in Giengen nicht zu den Komplimenten gehört. »Ich mag das so an dir…«, fügt sie hinzu, als Hans sie unterbricht.

»Du bist es nämlich auch«, wirft er ein und streicht Lina zärtlich über die Wange.

Sie strahlt, behält aber den Blick auf Margarete gerichtet. »Vielleicht… vielleicht haben deine Schwestern das Gefühl, du seist… zu wenig bereit, dich den Regeln ihres Haushalts anzupassen?«

Margarete seufzt und hebt den Zinnbecher mit Wein an die Lippen, trinkt aber nicht. »Das hast du sehr schön gesagt, liebe Lina. Und du hast recht.« Sie nimmt nun einen Schluck und setzt den Becher resolut ab. »Ehrlich gesagt, ich will auch gar nicht bei ihnen leben. Ich liebe meine Schwestern, aber ich muss meinen eigenen Kopf haben.« Sie streicht mit der Hand über das Tischtuch, das sie selbst einmal umsäumt hat. »Also denke ich schon lange darüber nach, wie ich mich in der Ledergasse so einrichten kann, dass ich meinen Eltern möglichst wenig zur Last falle. Was nicht ganz einfach ist.«

Hans Hähnle nickt: »Kundinnen hast du ja wohl genügend. Man stolpert in der ganzen Stadt über Leute, die nur bei dir fertigen lassen wollen.«

»Das stimmt, aber ich darf mich darauf nicht ausruhen. Und es ist schwierig, in der Stube die Kundinnen zu empfangen und meine Mutter davon abzuhalten, sich ständig einzumischen und Ratschläge zu erteilen. Aber lasst uns von etwas anderem sprechen. Erzähl mir doch bitte vom Filz und wie es damit weitergeht. Ich habe gehört, Adolf muss schon wieder reisen, um dir eine weitere Fabrik zu kaufen? Nach Neckarsulm?«

Hans lässt sich nicht lange bitten. »Filz wird immer beliebter, das kannst du mir glauben. Wir hatten damals die richtige Spürnase. Er ist billig und hält lange. Weil man die Fasern nicht spinnen, sondern nur walken muss, ist der Aufwand bei der Herstellung viel geringer als bei allen anderen Geweben. Und die neuen Maschinen, Gretle, die schaffen es noch schneller. Wir steigern unsere Produktivität praktisch von Jahr zu Jahr.«

Margarete lässt sich das durch den Kopf gehen. Wie könnte sie ihre eigene Produktivität steigern? Sie sieht keine Chance dazu, auch wenn sie endlich einen Trick gefunden hat, die Nähmaschine zu bedienen. Ganz plötzlich war die Idee da: Sie hat die Maschine einfach umgedreht und treibt das Schwungrad mit der linken Hand an. Aber mehr Schnelligkeit ist im Schneiderhandwerk einfach nicht herauszuholen. Es sei denn… sie würde sich andere Produkte suchen. Aber auch die müssten ihr vor allem sichere Einnahmen bescheren. Was könnte das sein? Was könnte sich schneller nähen lassen als das, was sie heute schon anbietet?

An Hans gewandt, fragt sie: »Wofür eignet sich der Filz eigentlich noch außer für Hüte und Pantoffeln und Decken?«

Hans zuckt mit den Schultern. »Man müsste es ausprobieren. Ich könnte mir vorstellen, dass du sogar Kleidung daraus machen kannst.«

»Dafür ist er doch zu fest!«

»Nicht mehr. Wir experimentieren gerade ein bisschen und sind dabei, dünnere Filze herzustellen. Die sind weich und biegsam. Die müsste man auch für andere Dinge einsetzen können.«

Margarete überlegt. Die Schnitte sollten einfach sein, nicht so kompliziert wie von normaler Kleidung. Dann könnte es vielleicht gehen. Man muss den Filz ja nicht füttern und auch nicht versäubern.

Laut sinniert sie: »Vielleicht Capes oder ... Unterröcke für den Winter?«

»Mäntel oder Jacken?«, fragt Lina, die allerdings, wie jeder weiß, überhaupt keine Ahnung vom Nähhandwerk hat.

Margarete grübelt aber weiter und folgt mit dem Nagel des Zeigefingers den Kreuzstichen auf der Tischdecke. »Nein, das geht nicht wegen der Ärmel, dazu ist er doch zu sperrig.«

Hans insistiert: »Ich sag dir doch ...«

»Ja, das habe ich schon verstanden«, wehrt Margarete ab, ohne ihn anzuschauen. Sie fixiert noch immer einen Punkt auf der Tischdecke. »Wir könnten mit Kindermänteln anfangen. Ich zeichne einen Schnitt auf.«

Hans ist sofort begeistert. »Wunderbar. Und ich lasse dir einen Ballen von unserem neuen, ganz feinen Filz schicken. Wir können ihn auch sehr gut färben. Blau und grün. Und meliert gibt es ihn ebenfalls. Das wirkt fast schon vornehm.«

»Meliert? Das klingt interessant, vielleicht könnte man

Kissenhüllen daraus machen? Schick mir den melierten und den blauen Filz. Einen dünnen und einen etwas dickeren. Und was wird das kosten?«

»Nichts, Gretle, ich bin ja froh, wenn du damit arbeiten willst.«

»Womit schneide ich ihn am besten?«

»Eine normale Schere reicht, nur scharf muss sie sein. Übrigens werden wir unsere Filze demnächst auf der Weltausstellung in Paris ausstellen.«

»Du willst hoch hinaus, lieber Cousin«, sagt Margarete bewundernd.

Er nickt. »Und wenn du schlau bist, Gretle, nimmst du dir das auch vor!«

Die Schwester Marie hält Margaretes Experimente mit Filz für verrückt.

»Was soll dieses Herumgeschnippel mit dem Filz, niemand will das haben.«

»Noch nicht!« Sie sagt es nur halblaut und heftet weiter an einer Naht, aber Marie hört es dennoch.

»Heute nicht und morgen auch nicht. Unsere Kundinnen wollen keine Filzkleidung! Merk dir das. Und überhaupt, ich habe die Fasern hier überall auf dem Tisch.«

»Ich mach's ja weg, bin schon dabei.« Margarete legt den Rock beiseite, schiebt sich an den Arbeitstisch und streicht mit dem ganzen linken Arm darüber, um die kleinen Filzfasern wegzufegen. »So, zufrieden?«

Marie scheucht sie jetzt herum, wie es Pauline früher gemacht hat. Seit Margarete aus der Klingelmühle wieder nach Hause gezogen ist, hat sie kaum eine ruhige Minute. Deshalb freut sie sich schon auf ihren nächsten Nähauftrag, für den sie zu Tante Susanna nach Bergenweiler reisen wird. Dort muss sie sich nicht mit aufwendigen Roben herumschlagen, Gott sei Dank. Obwohl sie gerade ihrer Freundin Mina in Stuttgart ein Kleid genäht hat, mit dem diese, so schrieb sie es in einem seitenlangen Brief, einen Mann gefunden hat. Aber tief in ihrem Inneren weiß Margarete, dass ihre Zukunft nicht darin liegt, Kleider für modebewusste Damen zu nähen. Es dauert einfach zu lang.

Marie heiratet 1873 ihren Verlobten Michael Häussler und eröffnet mit ihm in Giengen ein Geschäft für Lebensmittel- und Alltagsbedarf an der Memminger Torstraße. Margarete muss zugeben, dass Schwester und Schwager damit einen Glücksgriff getan haben, denn wegen des Eisenbahnbaus läuft der Laden vom ersten Tag an glänzend.

Die Brenzbahn zwischen Aalen und Heidenheim wurde schon knapp zehn Jahre zuvor eröffnet, aber erst jetzt wird die Strecke über Herbrechtingen und Giengen bis nach Niederstotzingen weitergeführt. Auf dem ersten Stück folgen die Gleise dem Lauf der Brenz, doch hinter Bergenweiler biegen sie nach Südwesten ab und führen bis nach Ulm. Dafür müssen Wälder gerodet, Büsche ausgegraben und Felsen gesprengt werden. Heerscharen von Bahnarbeitern kommen in die Stadt, darunter auch Frauen, die sich mit Hacken, Schaufeln oder Spaten ausgerüstet haben. Die meisten »Eisenbahner«, wie sie genannt werden, wohnen in eilig errichteten Häuschen am Rand von Giengen. Ihnen fehlt es an allem, weshalb Marie und Michael das Sortiment ihres Geschäfts ständig erweitern. Dass Marie abends, nachdem der Laden abgeschlossen ist, auch noch Näharbeiten anfertigt, hält Margarete allerdings für übertrieben. »Aber das steckt wohl in uns drin«, murmelt sie eines Abends vor sich hin, als sie selbst noch spät an einer Arbeit sitzt, »da brauche ich mir nichts vorzumachen.«

Auch ihr Bruder Fritz hat sich inzwischen verlobt und will nun bald seine Anna heiraten. Er fragt Margarete ebenso wenig wie ihre Schwestern, ob sie bei ihm wohnen will. Warum auch? Sie beweist ja, dass sie alleine klarkommt. Fast alleine. Ohne die Mutter, die sie treppauf und treppab trägt, ginge es nicht. Seit Maries Auszug denkt Margarete ernsthaft darüber nach, eine Wärterin einzustellen, die ihr auch beim Waschen und Anziehen helfen könnte. Aber sie schreckt davor zurück. Das Geld wäre schon da, aber würde das nicht wirken, als hielte sie sich für etwas Besseres? Als würde das lahme Gretle aus der Ledergasse sich anmaßen, andere für sich arbeiten zu lassen. Andererseits: Tut sie das nicht längst? Hat sie nicht bereits eine Reihe von Freundinnen regelmäßig zu Näharbeiten herangezogen, und sind diese nicht froh darüber, damit ordentliches Geld zu verdienen? Sie denkt oft daran, was es für sie heißen könne, wenn sie sich »professionalisierte«. Den Ausdruck benutzen Hans und Adolf oft. Aber sie hat Angst davor.

Zum Glück sind die Freundinnen noch immer bereit, sie abends, wenn sie nach einer Feier zusammen heimkehren, in ihr Bett zu tragen, damit die Mutter nicht wieder aufstehen muss, um Margarete zu helfen. Es gibt viele solche geselligen Stunden bei Freunden oder in der Wirtschaft, an denen sie erst spät nach Hause kommt. Sie liebt diese Abende, das Musizieren, das Singen, das ausgelassene Lachen und Geschichtenerzählen. Oft liegt sie nach der Rückkehr noch wach und denkt darüber nach, ob sie jemals den Mut finden wird, ihre Situation von Grund auf zu ändern. Was hält mich davon ab?, fragt sie sich dann. Man ist nur einmal jung, und ich bin so hungrig darauf, etwas von der Welt zu sehen. Sie beschließt, sich einen ungewöhnlichen Luxus zu gönnen. Sie will genau das tun, von dem ihre Mutter glaubt, sie könne es niemals bewerkstelligen. Sie will reisen.

Zuerst fährt sie nach Geislingen an der Steige, wo eine Schulfreundin von ihr lebt. Dafür muss sie einiges organisieren, vor allem muss der Rollstuhl mit einem Botenfuhrwerk vorausgeschickt werden. Margarete selbst fährt mit der Post nach Heidenheim, von dort nach Gerstetten, wo sie im Gasthof von Verwandten übernachtet. Am nächsten Morgen bewältigt sie die letzte Etappe, muss aber feststellen, dass der Stuhl beim Transport Schaden genommen hat. Er kann jedoch schnell repariert werden.

Den Aufenthalt in Geislingen genießt sie in vollen Zügen, freut sich, einen anderen Ort und dazu andere Menschen zu sehen, wie sie ihrer Freundin Mina schreibt:

»Mit meiner bekannten Unverfrorenheit nehme ich alles mit großem Dank an, was man für mich tut. Wenn ich es als selbstverständlich hinnehme, tun es die anderen auch, und so kommen wir ganz gut zurecht.«

Die zweite Reise führt sie ein Jahr später, im Frühling 1874, nach Neckarsulm. Hier soll Adolf den Kauf und Umbau einer Fabrik abwickeln, in der Hans Hähnle Filz produzieren lassen will. Glatz hat ein Haus gemietet, das nur zum Teil möbliert ist und dem Anna-Marie nun den letzten Schliff geben will. Nach einem längeren Aufenthalt in der Klingelmühle nimmt das junge Paar Margarete in seiner bequemen Kutsche mit nach Neckarsulm. Auf der langen Reise, bei der sie zweimal übernachten, schärft Adolf ihr ein: »Du darfst niemals Neckars-Ulm sagen, Gretle, sondern nur Neckar-Sulm, weil der Ort nach der Sulm benannt ist, die hier in den Neckar mündet.«

Margarete kichert. »Wie oft habe ich diese Geschichte nun schon gehört? Von dir, von Anna-Marie, von der Tante, von meiner Mutter, von Fritz… Glaub mir, ich träume schon davon. Erzähle mir bitte etwas Neues!«

Aber sehr viel mehr, als dass es in Neckarsulm wegen der beiden Flüsse viel Wasser gibt, was die Filzproduktion begünstigt, und dass dort ein kleines Schloss steht, weiß Adolf nicht. »Ob im Schloss jemand wohnt und wir die Bekanntschaft dieser Familie machen können, weiß ich noch nicht. Aber einer der Buchhalter vor Ort wird sich mit den Verhältnissen auskennen, ich bringe ihn bald einmal zum Essen mit.«

»Vor allem soll Gretle mich beraten, wie ich den Wintergarten dekorieren kann. Du wirst das Haus lieben«, sagt Anna-Marie und greift nach der Hand ihrer Freundin. »Und ich bin so froh, dass du uns begleiten kannst.«

In Neckarsulm angekommen, sieht Margarete schnell, dass noch lange nicht alles fertig eingerichtet ist. Aber mithilfe von zwei Hausmädchen, die gleich am ersten Tag engagiert werden, wird es von Stunde zu Stunde wohnlicher. Anna hat ihre Möbel vorausgeschickt und dazu eine Unmenge an Kissen und Spitzendeckchen in ihre Kutsche gepackt, dazu Strohblumensträuße und kleine Glasfiguren. Margarete, die beim Umräumen der Möbel nicht helfen kann, hat jedoch einen guten Blick für harmonische Raumdekoration und rät der Freundin dazu, die Zimmer nicht zu überladen.

Sie bekommt während ihres Aufenthalts das ebenerdige »Herrenzimmer«, wofür sie Adolf sehr dankbar ist, weil sie nun nicht ständig Treppen herauf- und heruntergetragen werden muss und sich selbstständig zum Speisezimmer, in den Salon und in den Wintergarten begeben kann.

Die Atmosphäre im Hause Glatz ist heiter, und ihre Gastgeber begegnen der Freundin äußerst wertschätzend, dass Margarete so deutlich wie nie zuvor begreift, wie bedrückt die Stimmung ist, die in ihrem Elternhaus herrscht. Zwar würde sie das niemals laut sagen, aber ein Haushalt, in dem es keine ständigen Klagen und düsteren Prognosen gibt, kommt ihr wie eine Kur für die Seele vor. Sie beschließt, Giengen ab sofort jedes Jahr für ein paar Wochen zu verlassen.

Fleißig arbeitet sie im Haus der Freunde die Nähaufträge ab. Adolf hat versprochen, sich um den Versand der fertigen Stücke zu kümmern, da er ohnehin Proben der neuen Produktion nach Giengen schicken muss, wenn die Maschinen erst eingerichtet sind.

Das Frühjahr 1874 ist warm und sonnig. An den Nachmittagen sind die Freundinnen oft am Neckar unterwegs. Sie beobachten die flachen Kähne und folgen einer schattigen Allee, von der aus sie die sieben Türme der Stadtbefestigung zählen können. Um die Weinstadt zu erkunden, brauchen sie nicht lange, es sind nur wenige Gassen, in denen sich Häuser mit spitzen Dächern um eine hübsche Kirche drängen. Geschäfte gibt es nur wenige, und man kann sowieso nicht lange vor den Auslagen verharren, weil man aufpassen muss, von einem der Karren oder Leiterwagen, die mit Fässern beladen durch die Stadt gezogen werden, nicht überfahren zu werden.

»Und die Bewohner vom Deutschordensschloss haben wir auch nach einer Woche noch nicht zu Gesicht bekommen«, klagt Anna-Marie beim Abendessen ihrem Mann.

Die Villa der Familie Glatz liegt am Rand der Stadt, inmitten eines schönen Gartens, in dem jetzt der Flieder blüht und die schmalen Wege von Tulpen und Vergissmeinnicht begrenzt werden. Die Wege sind zu eng für den Rollstuhl, daher kann Margarete den Garten nur von der Terrasse aus bewundern, zu der sie mit Anna-Maries Hilfe gelangt.

Das Haus besitzt einen Salon zur Straße, der für offizielle Besuche gedacht ist und dessen Einrichtung streng gehalten ist. Nach hinten liegt der Wintergarten, in dem die Freundinnen viel lieber sitzen. Die Fenster erstrecken sich über die ganze Wand, es sind viele kleine Glasscheiben, von denen manche mit Eisenriegeln geöffnet werden können. Ein paar Fensterchen ganz oben stehen immer offen, damit der Geruch frischer Farbe abziehen kann. Sie hatten sich auf einen zarten hellgrünen Ton für die Wände geeinigt. An den Seiten, neben den Türen, die zum Flur oder zum Rauchsalon führen, sind schmale Holzleisten angebracht, an denen sich Pflanzen mit dicken Blättern emporranken. Vor dem Fenster steht ein runder Tisch mit einer schweren weißen Decke, die über und über mit Vögeln bestickt ist, ein Hochzeitsgeschenk von Lina und Hans. Um den Tisch gruppieren sich Stühle aus geflochtenem Korb mit flachen Kissen in einem Roséton.

»Ich komme mir vor wie im Märchen«, sagt Margarete, als sie zum ersten Mal hier sitzt, »wie bei ›Dornröschen‹ oder ›Schneeweißchen und Rosenrot‹.«

»Du hast immer so schöne Märchen erzählt, als wir klein waren. Ich erinnere mich vor allem an die Geschichte von Frau Holle. Du hast mich die Goldmarie genannt, weißt du noch?«

»Das warst du ja auch in meinen Augen. Und bist es heute noch. Nun schau, wie schön du es hast, einen guten Mann und dieses Haus und bald auch ein Kindchen.«

Während Anna-Marie den Malzkaffee einschenkt und

Margarete eine der Tassen herüberreicht, sagt sie mit Bedauern: »Wie schade, dass du das alles nicht hast, Gretle. Dann würde ich mein Glück noch mehr genießen.«

Margarete gibt Zucker in den Kaffee und rührt ihn um.

»Aber nein, mir geht es doch so gut! Ich sitze hier wie die Made im Speck und lasse mich bedienen. Was fehlt mir denn? Nichts.«

»Hättest du nicht auch gerne … einen Mann und Kinder … und ein Haus?«

»Früher vielleicht. Jetzt habe ich ganz andere Pläne für mein Leben. Glaub mir, du musst mich nicht bedauern. Ich habe noch einiges vor.«

Was genau das sein sollte, will sie an diesem Tag noch nicht sagen, aber seit einigen Wochen hat sie das Gefühl, einen neuen Weg vor sich zu sehen. Nicht klar und vorgezeichnet wie auf einer Landkarte, aber doch so, dass sie weiß, in welche Richtung sie sich bewegen will.

Die Arbeit wird das sein, was ihrem Leben den Sinn gibt. Das weiß sie schon länger. Aber erst hier in Neckarsulm wird ihr klar, was sie nach ihrer Rückkehr in Giengen ändern muss, damit sie effizienter und erfolgreicher sein kann. Es geht nicht darum, immer nur schneller zu arbeiten, wie es Hähnle mit seinen Maschinen macht. Es geht darum, dass sie nicht länger darauf warten will, mit welchen Wünschen die Kundinnen zu ihr kommen. Sie wird den Spieß umdrehen und Produkte entwickeln, die sie dem Markt anbietet. Kleine Dinge, die sie selbst gut herstellen kann. Sesselschoner, Kissenhüllen, Kaffeewärmer. Sie wird eine ganze Kollektion entwerfen. Und sie weiß auch schon, aus welchem Material die Dinge sein werden: aus Filz.

Es gibt nur noch eines zu bedenken. Kann sie das alles in der Ledergasse unter elterlicher Aufsicht bewerkstelligen? Bevor sie die Antwort darauf gefunden hat, kommt ihr das Leben zuvor und sorgt für einen Neuanfang am 24. Juli 1874.

Viele Geschenke hat sie nicht erwartet. Es ist ihr siebenundzwanzigster Geburtstag, und die Jahre, in denen sie mit klopfendem Herzen nach Gaben auf dem Frühstückstisch geschielt hat, sind schon lange vorbei. Aber heute liegt da tatsächlich kein einziges Päckchen. Nur eine kleine Kerze steht verloren neben dem Brotteller. Irritiert und ein wenig gekränkt verharrt Margarete an der Tür, aber sie hat Hunger und begibt sich entschlossen zu ihrem Platz neben dem Fenster. Es steht offen, damit die frische Morgenluft hereinkommen kann. Der Tag verspricht heiß zu werden, und später müssen sie die Fensterläden schließen. Jetzt könnte sie noch das Treiben auf der Straße beobachten, aber ihr ist gerade nicht danach. Sie hört auch so, was los ist. Ein Fuhrwerk rumpelt langsam über das Pflaster der Ledergasse. Es gehört ihrem Nachbarn, Gerber Adalbert Böckh, dessen Knecht neue Häute holt. In das Klappern der Hufe mischt sich das Knirschen der Räder, und sie hört ihn brüllen: »Aus dem Weg!« Kinder lachen und trappeln auf Holzpantinen vorüber. Ein Hund kläfft und erschreckt damit die

Enten, die mit aufgeregtem Geschnatter und Flügelschlagen reagieren. Es ist ein ganz normaler Mittwoch im Juli in Giengen an der Brenz. Aber es ist ihr Geburtstag, und sie hat ein Recht darauf, denkt sie, dass die Familie davon Notiz nimmt.

Doch die Mutter hat kein Wort dazu gesagt, als sie Margarete wie jeden Morgen beim Aufstehen, Waschen und Anziehen zur Hand gegangen ist. Und nun hat sie beim Frühstück nur eine einsame Kerze zur Gesellschaft, denn der Vater ist schon unten in der Werkstatt und lässt sich ebenso wenig blicken wie die Mutter. So ist das also, wenn man als einziges von vier Kindern zu Hause zurückbleibt und als Erwachsene noch bei den Eltern wohnen muss. Marie und Pauline sind verheiratet, und Fritz lebt seit Kurzem mit seiner Anna glücklich in einem eigenen kleinen Haus, nur ein paar Gassen weiter. Und sie selbst? Sie würde auch gerne auf eigenen Füßen stehen. Wenn diese Füße sie tragen wollten, was nun einmal nicht der Fall ist.

Das friedliche Geschnatter der Enten, die sich immer noch nicht beruhigt haben, klingt wie Hohn in ihren Ohren. Jede dumme Ente kann herumspazieren, wie sie mag. Jeder Hase hoppelt, wohin er will, und jedes Rindvieh mampft sich von einer Seite der Weide zur anderen. Gehen, laufen, wanken, schlittern – wie viele Wörter gibt es eigentlich dafür, dass Mensch und Tier sich fortbewegen? Nur die Margarete aus der Ledergasse kann das nicht. Die sitzt fest.

Als sie wieder über den leeren Tisch blickt, spürt sie

einen Anflug von Selbstmitleid, und weil sie das nicht gut haben kann, setzt sie sich gerade hin und greift nach der Kanne. Sie hält die Nase daran. Es ist Himbeersaft, den gibt es schon seit Wochen. Zwar mischt die Mutter nur wenige Tropfen Sirup ins Wasser, aber es schmeckt gut, und sie gießt sich den Becher voll. Dann denkt sie wieder an ihren Geburtstag. In der Familie Steiff werden Feiertage nicht übermäßig groß begangen, aber ein bisschen Freude sollte sie heute doch verspüren dürfen. Selbst der Vater konnte es vor ein paar Monaten nicht lassen, an seinem Geburtstag ein wenig die Hauptperson herauszukehren. Margarete hatte ihm eine Weste genäht mit ein paar schmalen Taschen für die kleinen Dinge, die er immer mit sich herumträgt, Stift, Schnupftuch, Messer – und er war fröhlich darin herumstolziert.

Mit etwas Wertvollem rechnet sie ja sowieso nicht. Ein paar selbst gestrickte Strümpfe, eine Schachtel mit Veilchenbonbons oder eine künstliche Blume zum Anstecken – bisher ist der Mutter immer etwas eingefallen. Margarete legt den Kopf in den Nacken und streicht sich mit der linken Hand über die schmerzende rechte Schulter. Gestern hat sie bis in die Nacht noch an einem Kleid gesessen, und heute will sie mit ihrer Familie wenigstens gemütlich frühstücken, bevor sie sich wieder an die Arbeit macht.

»Guten Morgen, liebe Familie Steiff«, ruft sie laut in Richtung Tür, denn irgendwie muss sie sich Luft machen. »Wie nett, dass ihr alle da seid!«

Als sie gleich darauf Schritte auf der Treppe hört, dazu

ein Lachen und ein unterdrücktes Kichern, vergisst sie, ein unbeteiligtes Gesicht aufzusetzen, und schaut neugierig zur Tür. Fritz, der schon seit ein paar Jahren im Baugeschäft des Vaters mitarbeitet, erscheint lächelnd an der Tür und zieht seine Frau Anna hinter sich her. Mit ihnen weht ein süßer Duft in die Küche, denn direkt hinter ihnen folgt die Mutter und trägt mit beiden Händen einen Gugelhupf mit weißem Guss, auf dem kleine fliederfarbene Zuckerblüten stecken.

»Herzlichen Glückwunsch zum Geburtstag, liebes Gretle«, sagt Fritz und küsst sie auf beide Wangen. »Hübsch siehst du heute mal wieder aus!«

Sie kneift dem Bruder liebevoll in die Wange, wie sie es schon gemacht hat, als er noch ganz klein war. Fritz ist ein gut aussehender junger Mann mit freundlichen, etwas besorgt dreinblickenden Augen und einer schönen, geraden Nase. Seine schwarzen Haare fallen ihm ständig in die Stirn, wenn er sie nicht mit Pomade bändigt, und er wirkt mit seinen fünfundzwanzig Jahren noch immer jungenhaft. Margaretes Augen leuchten, während sie den Bruder anstrahlt, der ihr stets ein Gefährte gewesen ist. Jetzt drängt sich ihre sanfte Schwägerin Anna vor, um sie zu beglückwünschen, die Mutter stellt den Kuchen auf den Tisch und nimmt die Tochter fest in den Arm. Zuletzt betritt der Vater die Küche, in der es langsam eng wird. Die anderen machen ihm Platz, damit er sich neben Margarete auf seinen Stuhl setzen kann. Friedrich Steiff streicht ihr über das Haar, zärtlich und hilflos zugleich, eine Geste, die er dann braucht, wenn er nicht weiß, was er sagen soll. Auch jetzt kommt kein Wort aus ihm heraus, er nickt nur bedeutungsvoll, holt einen Zettel aus der Westentasche und legt ihn vor Margarete auf den Tisch.

»Was ist das?«, fragt sie.

Friedrich Steiff lächelt und hebt die buschigen Augenbrauen. Er blickt zu seiner Frau, die gerne das Reden für ihn übernimmt: »Schau es dir nur gleich an, Gretle. Das ist unser Geschenk. Eigentlich ist es von Vater und Fritz. Aber von mir auch.«

Also doch. Sie haben sich etwas für sie ausgedacht. Margarete sieht sie alle der Reihe nach an. Egal was es ist, sie will diesen Moment auskosten. Den gespannten Blicken nach scheinen alle vier es für eine großartige Sache zu halten. Margarete greift nach dem Papier und überlegt in Sekundenschnelle, was es sein kann. Eine Einladung zu einem Ausflug, zu einer Landpartie oder zum Zirkus? Eine Ausfahrt zu ihrer Freundin in Geislingen? Als sie das Blatt auseinanderfaltet, ist sie verwirrt. Sie erkennt zwar sofort, dass es eine Zeichnung ist, ein Grundriss, aber was soll sie damit? Ratlos mustert sie die aufgeregten Gesichter. Alle scheinen den Atem anzuhalten, keiner sagt etwas. Sie studiert das Papier genauer. Es ist ein Plan ihres Hauses in der Ledergasse 26, versehen mit dem Datum von heute. Abgebildet ist nicht die Werkstatt unten, sondern das erste Stockwerk. Aber etwas daran stimmt nicht. Ihr Vater – es steht sein Name darunter – hat mehr Räume gezeichnet, als sie eigentlich haben. Sie legt das Papier auf den Tisch und schaut den Vater fragend an.

»Hast du es denn jetzt, Gretle?«, fragt er und beugt sich vor. »Wir reißen den Stall ab und mauern neue Wände hoch. Damit gewinnen wir Platz. Und hier«, er tippt mit seinem breiten, krummen Zeigefinger, der nach einem Unfall nicht mehr gerade zusammengewachsen ist, auf ein großes Zimmer, »hier wird deine Werkstatt sein. Dazu sollst du eine eigene Wohnung haben mit Kammer und Küche. Was sagst du?«

Margarete starrt auf den Plan, und plötzlich laufen ihr Tränen über das Gesicht.

»Endlich ist es einmal sprachlos, unser Gretle.« Fritz lacht und knufft sie freundlich in die Seite, während Anna ihr ein Tuch reicht. »Schon dafür hat sich die Sache gelohnt. Bald wirst du nicht mehr bis in die Nacht in der Wohnstube der Eltern nähen, sondern in deiner eigenen Werkstatt. Schau her, die Fenster zum Garten reichen sehr tief, damit du auch im Sitzen rausblicken kannst, und hier vorne bauen wir einen Erker, der zur Gasse zeigt. Dann weißt du über alles Bescheid. Genau wie du es so gerne hast.«

»Und wenn wir dich besuchen, können wir schon von weitem winken, denn du siehst genau in unsere Richtung«, fügt Anna fröhlich hinzu.

Gerührt nickt Margarete und wischt sich über die Augen.

»Die Türen macht der Vater so breit«, auch die Mutter will jetzt etwas beitragen, »dass du allein von einem Zimmer zum anderen fahren kannst und nicht immer rufen musst.« Unbeholfen steckt sie die Hände in die

Schürzentasche, aber es ist nichts darin, was sie heraus-holen könnte. »Nicht weil ich dir nicht helfen will...
nur... weißt du...«

»Schon gut, Mutter.« Margarete mag es nicht, wenn ihre Mutter verlegen wird. Zwar schätzt sie deren häu-fige Wutausbrüche und ihr Selbstmitleid auch nicht, aber wenn die Mutter sich schämt, greift es ihr direkt ans Herz. »Dann kann ich mir selber helfen, und genau das will ich doch so gerne.« Als die Mutter nickt, wen-det sie sich wieder zum Vater. »Aber... ist das nicht viel zu teuer?«

»Das haben wir durchgerechnet. Das geht sich aus. Aber es soll sich vor allem für dich rechnen: Du sollst dich in Zukunft ganz auf deine eigene Werkstatt kon-zentrieren. Musst dann nicht mehr bei anderen Leuten wohnen und Aussteuern nähen. Vielleicht wird daraus ja mal dein eigenes Geschäft. Es ist an dir, Gretle, mach was draus.«

Margarete drückt ihm die Hand. »Dank dir. Dank euch.«

Sie schaut sie alle nacheinander an, die Eltern, den Bruder und die Schwägerin: »Das ist das schönste Ge-schenk... meines ganzen Lebens. Natürlich mache ich was draus. Wir waren schließlich die Ersten in Gien-gen, die eine Nähmaschine hatten. Und ich habe ja Ideen und Kraft und jetzt auch bald eine richtige Werkstatt für mich. Pauline und Marie werden mir helfen, wenigstens mit Ratschlägen. Wissen sie es schon?«

Die Eltern nicken.

»Natürlich!« Fritz grinst seine Schwester an. »Sie wissen es schon lange. Und man sollte es nicht glauben, aber sie haben es bis heute geheim gehalten, damit wir dich überraschen können.«

⤳ 1903–1907 ⬳

Bären im Jungfrauenaquarium

Sie hört das Lachen bereits, als ihre Neffen heraufkommen. Wie oft hat sie ihnen gesagt, sie sollten nicht wie die Landsknechte über den hölzernen Steg trampeln, sondern die Treppe nehmen. Schon beginnen die Gläser in der Vitrine zu klirren, und sie schließt resigniert die Augen. Auf das energische Klopfen folgt nur einen Wimpernschlag später das Quietschen der Wohnungstür: Die Herren haben sich also mal wieder selbst Einlass gewährt. Margarete seufzt. Sie liebt ihre Neffen innig, aber manchmal sind sie zu forsch. Es strengt sie an, mit den kraftstrotzenden Körpern im selben Raum zu sein. Unwillkürlich greifen ihre Hände fest um die Armlehne, aber die jungen Männer statten zuerst der Küche einen Besuch ab, bevor sie feixend und kauend, sich gegenseitig Krümel von Ärmeln und Revers klopfend, einer nach dem anderen durch die Tür treten: Paul, Richard, Franz, Hugo und Otto. Es scheint, als zucke selbst die Stube unter dem Schwall von Energie zusammen, den sie mitbringen.

Margarete muss sich nicht bemühen, freundlich zu schauen. Wenn sie vor ihr stehen, geht ihr immer das

Herz auf. Es sind ja irgendwie auch ihre Buben. Und es muss etwas Wichtiges sein, das sie heute umtreibt, sonst hätten sie mit dem Besuch bis zum Familienessen am Sonntag warten können. Eigentlich sollten sie jetzt alle bis auf Ernst, der erst dreizehn ist, in der Spieltierfabrik sein und ihren Aufgaben nachgehen.

Es ist ein warmer Septembertag, Margarete hat sich nach einer ausgedehnteren Mittagspause frisch gemacht, weil ein Besuch im benachbarten Herbrechtingen verabredet ist. Dort lebt Frau Maurer, eine Bekannte, die vor Kurzem ihren Mann verloren hat und die seitdem eine kümmerliche alte Frau ist. Ein erschreckender Gedanke schießt ihr durch den Kopf: Ist sie selbst auch schon eine alte Frau, zumal ihr die Jungen immer öfter zu viel werden? Aber nein, denkt sie und strafft die Schultern, sie ist zwar schon sechsundfünfzig und fühlt sich nicht mehr jung, aber noch längst nicht alt. Sie ist gereift, sagt sie sich. Und überhaupt wird sie selbst einmal eine alte Fabrikantin sein, eine alte Chefin, und das ist besser als eine alte Frau.

»Tante Gretle, du wirst Augen machen, wenn du siehst, was vor deiner Haustür wartet!« Otto, mit seinen achtzehn Lenzen immer hibbelig wie ein Schuljunge, tritt als Erster vor und küsst sie auf beide Wangen. Die anderen folgen seinem Beispiel. »Wir haben es getan«, Ottos Augen leuchten, »die Steiff-Brüder besitzen das erste Motorrad in Giengen. Bisher nur eines, aber ich denke, wir brauchen bald ein zweites, sonst gibt es Streit, oder?« Die anderen nicken, und er fragt bittend in die

Runde: »Darf ich die Tante denn jetzt fahren? Das haben wir noch nicht ausgemacht! Ich melde mich hiermit freiwillig.«

»Auf keinen Fall«, fährt ihm Paul dazwischen, »du Grünschnabel, das könnte dir so passen. Die erste Fahrt mit der Tante, das ist ja wohl das Recht des Ältesten. Ich werde fahren. Und der Franz sitzt hinten auf, wenn er will. Richard, du gehst ins Kontor.«

Paul hält sich sonst lieber im Hintergrund, aber heute scheinen die Brüder ihn mit ihrer aufgekratzten Stimmung angesteckt zu haben. Grinsend wendet er sich der Tante zu. »Du willst nach Herbrechtingen, hab ich gehört? Hat Johanna uns gestern erzählt. Deshalb haben wir uns so beeilt mit dem Kauf, denn wir werden dich höchstpersönlich geleiten!«

Ihre Antwort klingt misstrauisch. »Also, ich denke doch, der Steffen fährt mich mit der Chaise …«

»Lass dich überraschen, liebe Tante. Wollen wir aufbrechen? Hast du alles?« Paul stellt sich hinter den Rollstuhl und schiebt ihn, ohne ihre Antwort abzuwarten, ein Stück in Richtung Tür. Margarete hebt die Hände.

»Moment, nicht so schnell. Gib mir das Päckchen dort auf der Anrichte, das ist für Frau Maurer. Und dann brauche ich mein wollenes Tuch und meinen Beutel … Ach, ihr bringt mich ganz durcheinander. Wo ist denn … Johanna? Johanna!«

Die Freundin kommt mit roten Wangen ins Zimmer gelaufen und hält nicht nur das warme Tuch, sondern auch eine Blechdose in der Hand.

»Die machen mich verrückt, Gretle! Das wollen erwachsene Männer sein? Stibitzen mir in der Küche die Gutsle… Wart, hier ist das Tuch und in der Dose noch ein Gruß von mir für Frau Maurer.«

Margarete stopft beides in ihren Beutel. Johanna ist schon wieder durch die Tür und ruft über die Schulter: »Ich hole dir noch den Hut.«

»Gib ihr lieber eine Haube, Johanna«, rät Paul, »es wird windig!«

Die anderen lachen, und Margarete schaut ratlos von einem zum anderen. Was heute nur in sie gefahren ist.

Schließlich schiebt Paul seine Tante vorsichtig die Rampe herunter. Dann stellen die fünf Männer sich stolz hinter dem Fahrzeug auf, das sie gerade gekauft haben.

»Schau, Tante! Vor dir steht das erste Motorrad von Giengen. Und es gehört uns«, platzt Otto heraus.

»Es gehört Paul und mir und Franz«, wirft Richard ein, »ihr beiden müsst euch ein eigenes kaufen.«

»Aber wir dürfen auch damit fahren, wenn ihr es nicht braucht. Stimmt's Richard, das hast du gesagt…?«

»Wie die kleinen Kinder.« Tadelnd wirft Margarete einen skeptischen Blick auf das Gefährt. Sie will den Neffen die Freude nicht verderben, aber sie versteht deren Begeisterung überhaupt nicht.

»Dafür verlasst ihr eure Posten in der Fabrik? Damit kann ich doch nicht fahren!«

»Oh doch.« Paul schiebt sie einmal um das Gefährt herum, und erst jetzt sieht sie den Sitz, der an der Seite des Motorrads eingehängt ist. Margarete stutzt und beugt sich nach vorne. Tatsächlich, es ist eine Art Sessel mit einem eigenen Rad an der Seite.

Sie schaut zu Paul. »Das ist nicht euer Ernst.«

»Aber ja. Es ist ganz bequem, Otto hat es schon probiert.«

Der nickt. »Wirklich, Tante, es wird dir gefallen. Wir heben dich hinein, und du hast es darin sehr gemütlich. Und dann geht's los! Du freust dich ja immer, wenn du mal schnell durch die Welt brausen kannst, das wissen wir doch!«

Ein paar Tage später berichtet Margarete in einem Brief an ihre Nichte Eva, die in London lebt, von ihrer ersten Ausfahrt mit dem Motorrad:

Wenn man nicht allzu schwer ist, so wie ich, kann man im eleganten Beiwagen sehr angenehm mitfahren. Er sieht aus wie ein einfacher Sessel, und man bekommt ein gewachstes Tuch über die Beine geknöpft, zum Schutz. Aber vielleicht hast Du in London schon ein solches Gefährt gesehen? Eigentlich wollte Paul mich zu Frau Maurer bringen, aber als wir gerade losfahren wollten, wurde er dringend in die Fabrik gerufen, und so hatte dann doch Otto das Glück, seine Tante als Erster zu »kutschieren«, wenn man das so nennen darf. Er war der stolzeste junge Kerl, den Du Dir denken kannst. Paul holte mich aber später in Herbrechtingen ab und brachte mich nach Hause. Ich muss Dir sagen: Ich fühlte mich wie

*vom Wind getragen. Nur staubt es leider sehr, und
ich musste in den Kurven sogar meinen Hut festhal-
ten. Beim nächsten Mal setze ich eine Haube auf.
Und dann war ich ja ohne meinen Rollstuhl bei Frau
Maurer und konnte bei ihr nur auf dem Sofa sitzen.
Aber weißt Du: Der Spaß war es mir wert. Und die
Leute haben wieder etwas zu reden über die Steiffs.
Dabei haben sie unsere neue Fabrik noch gar nicht
ausgiebig genug betratscht.*

Margarete schreibt den Brief am Tisch in ihrem neuen
Kontor. Es liegt im ersten Stock des Neubaus, der erst
vor wenigen Wochen fertiggestellt wurde. Nur ein paar
Meter von der alten Werkstatt und ihrer Wohnung entfernt, auf der anderen Seite der Mühlstraße, dort, wo einmal Nadlers Garten war, befindet sich jetzt ein Gebäude,
vor dem jeder Neuankömmling in Giengen stehen bleibt
und sich die Augen reibt. Man kann es nicht anders als
spektakulär bezeichnen, denkt Margarete stolz. Die Ein-
heimischen haben ihm den Spitznamen *Jungfrauenaquarium* verpasst. Warum auch nicht? Es ist ja tatsächlich
ein Glaskasten, in dem überwiegend Frauen arbeiten, die
noch nicht verheiratet sind. Aber vor allem sieht der Bau
ganz und gar neuartig aus. Sie muss Richard um ein Foto
bitten und es Hansen schicken. Dann wird er staunen
und nicht mehr über das provinzielle Giengen lächeln,
wie das manchmal so seine Art ist. Immer wenn sie ihm
von ihrer Heimatstadt erzählt, kräuselt er die Lippen
und schaut mit unverhohlenem Vergnügen auf sie herab.

Allerdings: Manchmal leuchtet es in seinen Augen dabei liebevoll auf. »Ich mag es, wie sehr Sie mit Ihrer Heimat verbunden sind. Ich mag es… und auch nicht«, hatte er einmal zu ihr gesagt. »Ihre Wurzeln stecken mindestens so tief in der Erde von Giengen wie meine im Schlick des Hamburger Hafens.« Leise hatte er hinzugefügt. »Wir können wohl nicht aus unserer Haut. Beide nicht.« An diesen Moment möchte sie aber jetzt nicht denken, denn er sitzt wie ein kleiner Dorn in ihrem Herzen, und wenn sie daran rührt, tut es weh.

Margarete dreht sich zum Fenster und lässt den Blick über die spitzen roten Dächer, die beiden ungleichen Kirchtürme, die schrägen Giebelfenster und Schornsteine schweifen. Mag Hamburg einen Hafen besitzen, der Menschen aus aller Welt empfängt, und mag Giengen, ihr liebes Giengen, eben nur ein kleines Städtchen an der eiskalten Brenz sein: Im Jahr 1903 hat die Heimatstadt ihren Weg in die Moderne eingeschlagen. Genau so hat Richard es bei der feierlichen Einweihung der neuen Fabrik verkündet, und alle Anwesenden haben ihm applaudiert.

Das Ganze war sowieso Richards Idee. Keine zwei Jahre ist es her, dass er vorschlug, ein Gebäude aus Glas, Stahl und Holz zu bauen. Nur in München und London gibt es Vergleichbares, aber das sind Glaspaläste, in denen Ölgemälde und Marmorfiguren ausgestellt sind. Das Steiff'sche Glashaus hingegen ist nur für die Fertigung von Filzspieltieren und Filzpuppen gedacht. Deshalb sind die Stahlträger schlicht und tragen keine Ver-

346

zierungen, keine Bögen oder Rosetten. Margarete selbst hätte sich niemals so ein ungewöhnliches Bauwerk ausdenken können, in ihrer Fantasie sah sie immer eine rote Backsteinfassade vor sich, wenn sie über den dringend benötigten Neubau gesprochen hatten. Als Richard ihr die Zeichnung vorlegte, war sie daher auch einen Moment lang sprachlos gewesen und hatte den Plan mit zitternden Händen von sich geschoben. Das sah nicht aus, wie eine Filzspielwaren-Fabrik aussehen sollte. Richard hatte ihre Verunsicherung gespürt. Schweigend setzte er sich neben sie und ließ ihr Zeit, sich zu fassen. Erst nach ein paar Minuten brachte er vor:

»Weißt du, es geht viel schneller, wenn wir mit Glas und Stahl bauen. Außerdem sparen wir die Kosten für die Beleuchtung, denn die Werkstätten werden sehr hell sein.«

Die Wörter »schnell« und »sparen« klangen in Margaretes schwäbischen Unternehmerinnenohren zuckersüß, aber sie durchschaute seine Taktik sofort. Darauf fiel sie nicht herein. Jedoch verflüchtigte sich ihre Abwehr gegen das Glashaus von allein, und sie schrieb Eva, es sei mit 40 000 Mark Baukosten zwar eine teure Unternehmung, aber es sei dann auch »was Rechtes«.

»Wir werden ein flaches Souterrain bauen«, hatte Richard vorgeschlagen, »ein Parterre und einen ersten Stock. Jede Etage legen wir als einzigen Saal an, den wir flexibel unterteilen können. Die Kontore sind natürlich oben, du bekommst auch eine Rampe, genau wie hier.«

Margarete hatte nur einen Einwand. Sie wusste, dass

sich die Hitze unter dem Glasdach stauen würde. »Und wenn sich das obere Stockwerk im Sommer zu stark aufheizt? Anna-Marie konnte in ihrem Wintergarten in Hörbranz an manchen Tagen gar nicht sitzen.«

Richard nickte und lächelte schelmisch. »Daran habe ich auch gedacht und mir Folgendes überlegt: Im Sommer streichen wir das Glasdach mit Kalkfarbe, die wir im Herbst wieder abwaschen. Übrigens: Wir legen Linoleum auf den Boden, fertig.«

Ganz so einfach war es dann zwar nicht gewesen, aber der Kostenvoranschlag der Firma Eisenwerk München AG für die Konstruktion des Stahlgerüsts lag schon nach wenigen Wochen auf dem Tisch, und der Bau kam schnell voran. Nur die Baugenehmigung fehlte, weil es im Giengener Amt für Bauwesen keine Richtlinien gab, um einen so neuartigen Plan zu bewerten. Das helle Licht könne die Augen schädigen, mutmaßte der Bauamtsleiter und versagte ihnen die Erlaubnis. Für Margarete und Richard war das kein Grund, den Plan aufzugeben, und als ihnen die Baugenehmigung am 8. August 1903 endlich doch erteilt wurde, stand das Gebäude bereits fix und fertig da und glänzte in der Sonne. Die Bauzeit hatte nur sechs Monate betragen. Stolz teilte Margarete ihren Kunden im nächsten Katalog mit:

Fabrikneubauten und Kesselhaus 1903–1904 umfassen zirka 900 qm erstaunlich helle Fabrikräume, nach eigenem, unerreicht billigem System erbaut, mit Wänden ganz aus doppeltem Gußglas, Dampf-

heizung, neueste Bogenlampenbeleuchtung, 25 Tele-
fon-Stationen.

In ihrem neuen Kontor nehmen sich die Möbel aus der Mühlstraße seltsam aus. Sie scheinen geschrumpft, gedunkelt, gealtert. Richard wollte neue Tische und Aktenschränke kaufen, aber Margarete war dagegen. Auf keinen Fall dürften sie jetzt noch mehr Geld ausgeben, nur um sich neu einzurichten. Sie kann hier sehr gut arbeiten, es kommt ihr sogar vor, als ermüde sie nicht wie sonst so schnell.

Der ungewöhnlich warme Septemberwind streicht durch die geöffneten Fenster und trägt den Duft der ersten Herbstfeuer herein. Vor ihr liegt der Brief für Eva, die zurzeit in London lebt, um Haushaltsführung zu lernen und Englisch. Glücklich ist Eva darüber nicht, aber Margarete ist überzeugt, der Aufenthalt tue ihr gut. Nichts geht über die Erfahrung, die man in einem fremden Haushalt sammelt, sowohl im Guten als auch im Schlechten. Deshalb hat sie darauf bestanden, dass die Nichten in Stellung gehen, wie es ihre eigenen Schwestern auch hatten tun müssen. Wenn Eva in ihren Briefen über zu viel Arbeit klagt, redet die Tante ihr gut zu und berichtet zum Trost alles Wissenswerte von zu Hause. Fünf Seiten hat sie bereits in ihrer ordentlichen Schrift mit Berichten aus Giengen gefüllt, um Eva auf den neuesten Stand zu bringen.

Als sie ein neues Blatt aus der Lade nimmt, fährt der Wind in die Seiten und schiebt sie auseinander. Margarete greift schnell nach dem Briefbeschwerer, doch als sie ihn auf die Papiere legen will, hält sie inne und wiegt die Glaskugel in der Hand. Hansen hat sie aus einer Glashütte von Murano mitgebracht. Sie legt die unten abgeflachte Kugel vorsichtig auf die Blätter und stützt den Kopf in die Hände, während sie sich in die geheimnisvolle Welt im Inneren des Briefbeschwerers versenkt. In den oberen Schichten tummeln sich gelbe, rote und blaue Punkte wie ein Schwarm bunter Fische, der sich in eleganten Kurven durch den Ozean schlängelt. »Die Fische im Schwarm bewegen sich synchron, als hätten sie alle denselben Plan studiert«, hat Hansen erklärt. Wie Zugvögel würden sie Kurven und Wellenbewegungen beschreiben, und wenn die Sonnenstrahlen auf das Wasser träfen, glänzten die silbrigen Fischleiber auf allerhübscheste Weise. Ein wenig von diesem Funkeln scheint auch in der Kugel eingefangen zu sein. Und ganz unten hat der Glasbläser zwei Luftblasen eingeschlossen. Beide sind von lanzettenförmigen Blättern umgeben, die sich wie Seetang um sie legen. Nur wenn Licht von oben in die Kugel fällt, kann man sehen, dass es eine hauchdünne Verbindung zwischen den beiden Blasen gibt, etwa so dünn wie ein Safranfaden oder ein Spinnenbein. Dazu hatte Hansen nichts gesagt, und es war auch nicht nötig gewesen.

Margarete nimmt die Kugel hoch und drückt sie an die Stirn, auf die geschlossenen Augenlider und dann auf ihre Wange. Sie genießt das kühle Glas auf der Haut und das Wissen, dass in diesem Geschenk zugleich Hoffnung und Verzeihung stecken.

Mit einem Lächeln legt sie die Kugel zurück auf den Tisch und beschließt, kein neues Blatt zu beginnen. Sie hat gar nicht mehr genug zu erzählen, es wäre reine Papierverschwendung. Stattdessen greift sie nach der letzten Seite und kritzelt einen knappen, herzlichen Abschiedsgruß für Eva an den Rand.

Ein Gefühl von Unruhe steigt plötzlich in ihr auf, und während sie den Brief ins Kuvert steckt und die Adresse darauf schreibt, beschließt sie, gleich noch einen Blick auf den neuen Bauplatz zu werfen. Richard und sie haben beschlossen, schon im nächsten Jahr eine weitere Halle zu bauen. Es hilft ja nichts. Sie nennen das Jungfrauenaquarium jetzt den Ostbau, weil sie bereits einen Westbau planen. Er wird sich über eine Grundfläche von über 6000 Quadratmetern ausbreiten. Im Vergleich dazu hat der Ostbau nur 1000 Quadratmeter. Das Unternehmen wächst in einem Tempo, das sie noch immer kaum für möglich hält. Wenn sie sich die Zahlen vorlegen lässt, erwartet sie jedes Mal, die Entwicklung stagnieren zu sehen, aber das passiert einfach nicht. Ihr Jahresumsatz liegt jetzt bei knapp 200 000 Mark, und sie beschäftigen mehr als zweihundert fest angestellte Näherinnen und Stopferinnen. Um alle Aufträge abarbeiten zu können, vor allem die aus dem Ausland, müssen sie sogar noch mehr Leute einstellen. Die Vertretungen in Hamburg, London, Florenz und Amsterdam sind wie Schleusentore, durch die sie viele neue Kunden gewonnen haben, und dazu häufen sich die Bestellungen aus den USA. Paul hat fast zwei Jahre in Amerika verbracht und den Markt von

New York aus für sie erschlossen. Unermüdlich reiste er an der Ostküste gen Süden und an der Westküste wieder zurück, führte Gespräche mit Warenhausbesitzern und Geschäftsführern von Spielwarengeschäften. In Pauls Gepäck befand sich immer ein Stapel Werbepostkarten, von denen er ab und zu eine nach Giengen schickte, um über seine neuen Vertragsabschlüsse und die darauffolgenden Vorbestellungen zu berichten. Auf der Vorderseite der Karte sieht man einen etwa fünfjährigen Jungen auf einem Hirsch sitzen, die Hände brav um den Haltegriff am Sattel gelegt. Dass man das Tier von den Kufen abnehmen und auf Räder setzen kann, lässt sich auf dem Bild gut erkennen. »Die Amerikaner lieben solche Variationsmöglichkeiten«, hatte Paul ihr geschrieben, »sie glauben, auf diese Weise zwei Spieltiere in einem zu bekommen, und das spricht ihren Sinn fürs Sparen an.« Niemand kann das besser verstehen als Margarete. Sie war immer dafür, die Schaukeltiere so zu fertigen, dass man sie sowohl hinter sich herziehen als auch darauf reiten kann.

Der Junge auf der Werbepostkarte ist von Filztieren in verschiedenen Größen umringt: Hund, Schaf, Katze, Stehaufbär und Elefäntle. Darüber steht in großen Buchstaben: »Margarete Steiff, Giengen (Brenz)«, und darunter hat Paul für die Kunden in den USA den Zusatz gestempelt: »Leading Felt Toy Manufactory«. Man erfährt außerdem, dass die Firma Steiff die »erste Filzspielwaren-Fabrik Deutschlands« sei, und neben Telefonnummer und Telegrammadresse sind alle europäischen

Musterlager aufgeführt, die Steiff-Filzspieltiere führen. Am unteren Rand der Karte hat Paul einen zweiten Zusatz mit seiner Adresse in New York gestempelt.

Für Margarete ist es immer noch ein kleines Wunder, dass ihre Tiere nun zu Dutzenden sorgfältig in Kisten verpackt über das Meer bis in das ferne Amerika reisen. Von dem Leben der Menschen dort weiß sie nicht viel. In der Zeitung hat sie Bilder von Wildwest-Shows gesehen, aber auch von eleganten Menschen vor großen Villen und von Farmerfamilien, die ihr Brot mit harter Arbeit verdienen, wie hier auf der Schwäbischen Alb. Wo werden ihre Elefäntle, die Hasen und Schäfchen wohl ankommen? Letztlich werden sie in den Armen von Kindern landen, und das ist immer eine schöne Vorstellung.

Margarete greift nach dem gerahmten Foto mit den Söhnen ihres Bruders. Es ist ein lustiges Bild, das die Neffen eigentlich für ihre Mutter Anna hatten aufnehmen lassen. Alle sechs sitzen ihrem Alter entsprechend hintereinander in einer Reihe. An der Spitze Paul, der scheu wirkt, obwohl er sich so mutig in die Ferne begeben hat. Liebevoll streicht Margarete mit dem Finger über sein Gesicht und denkt daran, dass er der Erste war, der ihr Elefäntle zum Leben erweckt hat. Nach seinem Schulabschluss absolvierte Paul eine Lehre bei einem Bildschnitzer und Zeichner und arbeitete danach in der Giengener Orgelfabrik. Schließlich bewarb er sich – genau wie Richard – an der Stuttgarter Kunstgewerbeschule und lernte die Grundzüge der Gestaltung. Es war Pauls eigener Wunsch, nach Amerika zu reisen und die

Filztiere dort an den Mann zu bringen, was ihm gut gelungen ist.

Seit seiner Rückkehr kümmert Paul sich um die Schnittmuster-Erstellung. Jedes Jahr nehmen sie neue Tiere in ihr Programm auf, inzwischen sind es weit über fünfhundert. Außerdem bieten sie die Tiere in verschiedenen Größen an und brauchen dafür neue Schnittmuster. Paul überwacht die Entwürfe und die Übertragung der Größen. Dabei kommt ihm seine gewissenhafte, fast schon penible Art zugute. Jedes Tier hat jetzt dank ihm auch eine genaue Produktbezeichnung, eine Nummer, die Größe und Material anzeigt. Selbstredend sollen alle Tiere mit derselben Nummer auch genau gleich aussehen.

Jahrelang lagerten die alten Entwürfe und Schnittmuster unsortiert in Kartons. Bis Paul damit begonnen hat, sie zu beschriften und zu katalogisieren. Es ergab sich danach wie von selbst, dass die Verantwortlichen aus den Bereichen Einkauf, Verkauf, Kreativabteilung und Buchführung bei Paul anfragten, ob er ihnen helfen würde, auch ihre Unterlagen zu archivieren.

Auf dem Foto sieht man Richard an zweiter Stelle sitzen, dahinter Franz. Er überragt seine Brüder um einige Zentimeter, und in seinem Benehmen liegt etwas Lehrmeisterliches, obwohl er in der Schule nie übermäßig glänzte, sondern eher praktisch veranlagt ist. Nach der Webschule in Heidenheim ließ er sich in der Weberei eines Onkels in Aalen ausbilden. In Margaretes Firma umfasst Franz' Aufgabenbereich den Einkauf von Stoffen und die Organisation der Produktionsabläufe. »Das größte

Problem«, klagt er oft, »ist das Beharren der Näherinnen darauf, die Dinge schon immer auf diese oder jene Weise gemacht zu haben. Wenn ich etwas effizienter organisieren will, denken sie gar nicht darüber nach, ob mein Vorschlag gut ist, sondern regen sich auf, sie müssten ständig alles neu lernen. Was ja gar nicht stimmt.« Mit Charme und Witz gelingt es ihm dann aber doch, die Näherinnen, Stopferinnen und Zuschneiderinnen zu überzeugen. Franz will möglichst bald neue Produktionsstandorte in benachbarten Gemeinden aufbauen. Vielleicht hat er sich von seinen beiden älteren Brüdern herausgefordert gefühlt, die sich im Ausland bewähren konnten.

Otto ist ebenfalls schon dabei. So jung er ist, zeigt er Neigung, sich zu einem guten Geschäftsführer zu mausern. Er absolviert gerade – nach Abschluss der Realschule in Heidenheim – eine dreijährige Lehrzeit als Kaufmann in ihrer Firma und scheint Talent zu haben. Margarete möchte ihn zuerst noch nach Köln auf die Handelshochschule schicken, erst danach soll er eine führende Position in Giengen einnehmen.

Hugo und Ernst werden in den nächsten Jahren die Einarbeitung in verschiedenen Abteilungen durchlaufen, bevor sie einen festen Platz in der Filztierfabrik bekommen.

Das Foto von ihren Nichten steht ebenfalls auf Margaretes Schreibtisch. Auch für sie hat sie Pläne, denn solange sie nicht verheiratet sind, sollen sie sich ruhig nützlich machen. Lina Steiff, die älteste Tochter von Fritz und Anna, leitet bereits die Nähabteilung, und wenn Eva aus

England zurück ist, wird sie die Arbeit der Heimarbeiterinnen koordinieren. Margaretes eigene Schwester Pauline betreut schon seit Jahren die Puppenherstellung, und auch Emilie, die Tochter ihrer verstorbenen Schwester Marie, arbeitet in der Spielzeugfabrik.

Dann habe ich doch für alle unsere Lieben gesorgt, mein guter Fritz, denkt Margarete jetzt und stellt die Fotografien zurück an ihren Platz. Ihr Blick fällt dabei auf das Porträt des Bruders, und sie merkt, dass ihre Hände zittern. Sie sollte hinunter in die Werkstatt fahren und an ihrem derzeitigen Lieblingstier arbeiten, einem Affen in der Livree eines Chauffeurs. Das Wirken an einem neuen Tier ist noch immer etwas, das ihr besondere Freude verschafft. Es hilft ihr auch dabei, sich zu beruhigen und die Bodenhaftung nicht zu verlieren. Außerdem will sie den Frauen in der Werkstatt ein gutes Beispiel geben und zugleich ein Auge darauf haben, ob alle gut und fleißig arbeiten.

Während sie über den breiten Flur in Richtung Ausgang zur Rampe rollt, denkt sie aber doch wieder an Fritz. Wie traurig, dass er dieses wundersame Gebäude nicht mehr sehen konnte, er wäre so stolz auf Richard. Sie bleibt vor dem Fenster stehen und schaut auf die Wiese, die bald bebaut wird. Als ihr einfällt, wie viel Arbeit so ein Neubau für sie alle mit sich bringt, fühlt sie sich plötzlich müde, und sie beschließt, dem kleinen Affen den letzten Schliff nicht jetzt zu verpassen, das kann noch warten.

Hinter ihr öffnet jemand eine Tür und geht schnell über den Flur in eines der anderen Büros. Das Klappern der Underwood-Maschine dringt aus Richards Kontor. Natürlich war er es, der die erste Schreibmaschine im Unternehmen hatte. Die erste in Giengen war es nicht, diesmal ist ihm Cousin Hans von der Filzfabrik zuvorgekommen. Hans Hähnle sitzt seit der Reichsgründung 1871 schon zum dritten Mal als Abgeordneter für Württemberg im Reichstag. Fritz hat prophezeit, Hans würde einmal ein wichtiger Mann sein, nicht nur in Giengen. Ach Fritz. Sie sieht es wieder vor sich, wie Richard ihr an jenem unglücklichen Tag vor drei Jahren mit offenem Mantel und wirren Haaren entgegengelaufen war. Schon von weitem konnte sie seine Verzweiflung erkennen und klemmte die Hände fest um die Armlehnen des Rollstuhls. Sie wusste, sie würde jetzt alle Kraft brauchen. Grausige Bilder durchzuckten sie. Anna könnte tot sein, durch einen Unfall, wie der erste Mann ihrer Mutter, der vom Dach gefallen war. Einer der Neffen oder eine Nichte könnte sich verletzt haben. Sie dachte an alle möglichen Katastrophen, an alle, nur nicht an die eine, naheliegende. Weil es ihr leichter fiel, sich die absurdesten Dinge auszumalen, als sich vorzustellen, sie könnte tatsächlich nie wieder mit Fritz sprechen, weil dieser Gedanke einfach verboten war. Dann stand Richard vor ihr und stammelte nur: »Der Vater, der Vater«, und da liefen ihr schon die Tränen über das Gesicht, obwohl sie eigentlich nie weinte. Aber nun war Fritz tot, der kleine Bruder, der doch immer ein großer Bruder für sie war, ein Ratgeber, ein Freund. Nie aufdringlich, nie fordernd, aber stets da, wenn sie ihn brauchte.

Er war ein glücklicher Mensch gewesen, hatte seine Aufgabe als Baumeister geliebt und in Giengen viele schöne Häuser errichtet. Deshalb hatte er auch so gut verstanden, dass Margarete ihre Arbeit genauso liebte wie er seine. Nie hatte er ihr das Gefühl gegeben, er würde sie nicht ernst nehmen mit dem, was sie tat. Und dass sie trotzdem jedes Jahr für ein paar Wochen wegfahren musste aus Giengen, hat er akzeptiert, weil er spürte, dass sie diese Reisen brauchte.

Fritz war lange krank gewesen, aber sie hatte gehofft, er würde sich erholen und der Frühling könnte ihm neues Leben einhauchen. Er war doch erst zweiundfünfzig Jahre alt. Ja, man hätte damit rechnen können, aber wenn sie in ihrem Leben immer mit allem Schlechten gerechnet hätte, wäre nichts von dem passiert, was ihr Leben heute ausmacht. Die Hoffnung auf einen guten Ausgang, die hat sie sich schwer erkämpft. Aber der Preis dafür war hoch, denn nach dem Tod von Fritz stürzte sie in tiefe Trauer.

Jetzt wandern ihre Gedanken zu dem letzten großen Fest, das sie und Fritz gemeinsam besucht haben. Es war der Beginn des Jahres 1900. Der Einhornsaal war prachtvoll herausgeputzt. Fabrikanten und wohlhabende Kaufleute mit ihren Familien waren geladen, jeder kannte jeden, wie immer in Giengen. Die Edelmanns von der Malzfabrik hatten den Saal dekoriert, die Hähnles den Filz dafür gespendet. An der Stirnseite des Saals befand sich eine kleine Bühne, und auf der Wand dahinter prangte eine goldene »1900« nebst einem goldenen Giengener Einhorn auf einem blauen Wandbehang. Vor dieser Kulisse machte der städtische Fotograf Engelbert Boppel Aufnahmen von jedem, der wollte. Alle wollten.

Auf den Holztischen lagen gold-blaue Läufer, die aus der Tuchmanufaktur der Semles stammten. Diese hatten außerdem eine kleine Lotterie aufgebaut, bei der man Schleifen und bestickte Tücher gewinnen konnte, dazu hübsche Quasten und kleine Körbe mit einer Flasche Wein und einem Stück Schinken. Margarete hatte kleine Vögel aus Filz gestiftet, die sie ursprünglich für Lina Hähnle entworfen hatte. Lina hatte vor einem Jahr den Bund für Vogelschutz gegründet, und Margarete war dort natürlich auch Mitglied. Der Schultheiß hielt die erste Rede, aber besser kamen die scherzhaften Reime des Herrn Bollinger von der Buchdruckerei an. Er hatte sogar eine Postille mit wunderlichen Begebenheiten aus dem letzten Jahrhundert drucken lassen. Darin berichtete er von Wunderheilungen, von einer Kuh mit fünf Beinen, einer Gespensterkutsche, die von nicht weniger als zwanzig Giengener Jungfrauen »unzweifelhaft« gesehen worden war, und von einem Regenguss, der die Marktstände die Gasse herabgetrieben hatte. Ein paar Hühner sollen damals auf offener Straße ertrunken sein.

Die Kinder der Spitalmühlenbesitzer spielten ein selbst ausgedachtes Märchen über das Giengener Einhorn, und die Orgelbauerfamilie Link zeigte, dass sie sich auch auf Blasmusik verstand.

»Wer kann das schon, ein neues Jahrhundert begrüßen?« Fritz ließ sich ächzend neben Margarete nieder, langsam und schwerfällig, wie er es sich in den letzten Monaten angewöhnt hatte. Vom quirligen jüngeren Bruder war nichts geblieben. Sie wusste, dass er Schmerzen hatte und nicht darüber sprechen wollte. Den ganzen Abend über saßen die Geschwister beieinander und ließen sich Teller mit Festschmaus bringen, Sülze zur Vorspeise, gefolgt von gefüllter Kalbsbrust mit Kartoffelsalat. Zum Abschluss wurden leckere Gutsle gereicht, und je näher die Mitternachtsstunde rückte, desto mehr Schnapsflaschen sammelten sich auf den Tischen.

»Guten Abend, Fräulein Steiff«, säuselte Tuchfabrikant Ferdinand Traub und zog einen Stuhl heran. Margarete wollte lieber nicht mit dem angetrunkenen Mann reden, nickte nur und drehte den Kopf von ihm weg, um ein Gespräch mit Fritz zu beginnen. Menschen, die vom Alkohol benebelt sind, lösten in ihr schon seit Kindertagen einen Fluchtreflex aus. Dabei war der sauer riechende Atem nicht das Schlimmste. Betrunkene kamen ihr oft zu nah, stießen an den Rollstuhl oder stützten sich auf ihren Armlehnen ab. Sie beugten sich dreist über sie und gaben ihr das Gefühl, sie sei gefangen wie ein Kaninchen, in eine Erdkuhle geduckt. Nie bedauerte sie es so sehr, nicht schnellen Schrittes weitergehen zu können, wie in solchen Momenten. Von Betrunkenen konnte sie nur umständlich wegrollen, und nie würde sie vergessen, wie sie einmal ein Mann frech an der Lehne festhielt, als sie seiner unerwünschten Annäherung ausweichen und das Weite suchen wollte. Das war vor Jahren in

Nills Tiergarten gewesen. Schockiert und zitternd hatte sie dagesessen, unfähig, etwas zu sagen, bis die Wut mit voller Wucht aus ihr hervorbrach und sie den Fremden beschimpfte, der sie überrascht anglotzte.

Hansen war nur kurz vorausgegangen, um einen Weg zu prüfen. Als er zurückkam, erfasste er sofort, was passiert war, verscheuchte den Lumpen und tröstete sie.

Hier in Giengen wagte es niemand, sich ihr gegenüber ein derartig respektloses Verhalten herauszunehmen, trotzdem wollte Margarete jetzt nicht mit Traub sprechen. Doch der hielt ihr seinen Becher Wein hin.

»Herzlichen Glückwunsch! Sie können das neue Jahrhundert wahrscheinlich gar nicht erwarten, oder? Sie gehören ja jetzt zu den wichtigsten Persönlichkeiten in Giengen. Wer hätte das gedacht! Die lahme Gret! Ich weiß noch, wie Ihre Schwestern Sie als kleines Mädchen im Leiterwagen durch die Stadt gezogen haben. Ein vorlautes Mädle mit Zöpfen.«

Margarete wartete einen Moment, dann drehte sie sich zu ihm und entgegnete gelassen, das sei nun wirklich schon sehr lange her.

»Und wissen Sie was, Fräulein Steiff«, fuhr Traub fort, dessen Denken so verlangsamt war, dass er nicht spontan reagieren konnte, »meine Familie hatte damals schon eine Tuchmanufaktur!«

»Sicher«, Margarete lächelte, »und mein Vater ein Baugeschäft.«

»Aber das hat er nicht selbst aufgebaut, sondern ange… angeheiratet. Meine Familie hat uuu… unsere Tuchweberei vor über hundert Jahren gegründet! Vor über hundert Jahren!«

»So riechen Ihre Tuche auch, Traub!«, warf Fritz halblaut von der Seite ein.

Margarete tadelte ihn dafür mit einem strengen Blick, aber Traub hatte die Bemerkung glücklicherweise nicht gehört.

»Was sagen Sie, Steiff?«, bellte er.

»Nichts, nichts«, beeilte sich Margarete, einer Antwort ihres Bruders zuvorzukommen.

»Aber Sie! Sie sind wirklich ein … ein …«

»Ein Original«, sagte Richard, der plötzlich neben ihnen stand und sich zu ihnen setzte. »Entschuldigen Sie, Ferdinand, aber ich muss mal eben mit meiner Tante etwas besprechen.«

Natürlich gab es nichts zu besprechen, was nicht bis zum nächsten Tag Zeit gehabt hätte. Aber Richard hatte die Szene beobachtet und wollte die Tante vor dem zudringlichen Traub schützen. Und tatsächlich trollte sich der Mann. Um etwas zu sagen, schlug Richard vor: »Wir sollten nur noch Tiere und Puppen in den Katalog aufnehmen. Keinen Filzversand mehr, Tante, das Geschäft ist vorbei.«

Sie nickte mechanisch. »Ein andermal, Richard, nicht heute. Ich kann mich nicht darauf konzentrieren.«

Als Richard wieder fort war, nahm Fritz ihre Hand. »Gretle, was du geschafft hast, macht mich so stolz. Ich bin froh, dass ich eine Schwester wie dich haben durfte. Und ich habe nur noch eine Bitte. Kümmere dich an meiner Stelle um meine Lieben, wenn ich es nicht mehr kann.«

Inmitten des lärmenden Saals, inmitten der Musik, der vielen lauten Menschen, angetrunken und fröhlich, saßen sie hier, sie beide, und hielten sich an den Händen. Es kam ihr vor, als säßen sie in einer anderen Welt oder in einer Glaskugel wie der von Hansen.

»Natürlich, mein Lieber. Du kannst dich auf mich verlassen. Aber ich möchte dich doch bitten, noch ein bisschen zu bleiben. Ich brauche dich nämlich.«

Schwer legte er seine Hand auf ihren Kopf und strich ihr übers Haar. Sie lächelten sich an. Als alles jubelte, küssten sie sich auf die Wangen.

»Auf ein glückliches neues Jahr, Margarete.«

»Auf ein glückliches neues Jahr, Fritz.«

Sie wussten beide, dass es für Fritz die letzte Jahreswendefeier sein würde.

Noch heute, drei Jahre später, glaubt Margarete, die Hand von Fritz auf ihrem Kopf fühlen zu können.

Wie lange ist es her, dass ihr jemand liebevoll über den Kopf gestreichelt hat? Zärtlichkeit, das ist ein seltenes Glück. Erst recht für eine Frau wie sie. Zögernd hebt sie die Hand und streicht sich selbst über die straff gescheitelten Haare. Dann über die Stirn. Sie ist noch immer glatt. Sie spürt eine Traurigkeit aufsteigen und drückt sie weg, indem sie eine Faust macht, öffnet und schließt. Es sieht aus, als führe sie eine Übung von Dr. Werner aus. Warum um etwas trauern, das nicht mehr zu ändern ist?

Hätte es einen anderen Weg gegeben? Hätte sie... vielleicht sogar heiraten können? Und wo wäre sie dann heute? Hätte sie schon früher alles den Neffen überlassen und fortgehen sollen? Wäre sie dadurch jetzt glücklicher?

Schließlich rollt sie die Rampe herunter und setzt sich doch noch zwischen ihre Näherinnen, um den Affen in Chauffeurs-Livree endlich fertigzustellen. Weil die Jacke knifflig ist, bleibt sie lange in der Werkstatt, bis sie schließlich sogar eine Lampe einschalten muss. Die angestellten Frauen sind längst nach Hause gegangen, Margarete erwartet auch von niemandem Überstunden, außer vor Weihnachten.

Ihr fällt auf, dass Emma noch da ist, eine Freundin ihrer Nichte Eva. Sie sitzt an einem anderen Arbeitstisch, aber sie näht nicht, ihre Augen sind auf etwas unter dem Tisch gerichtet. Margarete nimmt die Brille ab und beugt sich herunter. Emma hält ein Buch in den Händen, das kann sie erkennen.

»Was liest du da?«

»Nichts!« Emma versteckt das Buch unter ihrer Schürze.

»Zeig her.«

»Nein.«

»Emma. Sei nicht dumm. Ich krieg es sowieso heraus. Nun zeig schon her. Es wird ja wohl nichts Verbotenes sein.«

Als sie das schuldbewusste Gesicht des Mädchens sieht, durchfährt sie ein Schrecken. Kann es sein, dass die junge Frau gefährliche Ansichten hinter ihrer zarten

Stirn hegt? Umstürzlerische womöglich? Ihr wird flau im Magen. In der eigenen Familie – und sie zählt Emma fast dazu, nicht nur, weil sie mit Eva befreundet ist, sondern auch, weil sie hier arbeitet, *in der Margarete*, wie man in Giengen sagt – darf das nicht sein. Kann das nicht sein. Sie weiß, dass ihre Arbeiterinnen loyal sind, genügsam und keine ungehörigen Forderungen stellen. Wenn Emma die anderen aufwiegelt, muss man sie sofort entlassen. Margarete legt ihre Hände im Schoß zusammen und faltet sie, öffnet sie, streicht mit der linken über die rechte. Dabei taxiert sie das Mädchen, das sie ängstlich anschaut. Weint sie etwa?

Ihr fällt ein, was Hansen beim letzten Besuch in Nills Tiergarten erzählte. Krokodilstränen sind Tränen, die nichts mit Traurigkeit zu tun haben. Krokodile weinen, wenn sie verdauen, eine seltsame Laune der Natur. Weiß Gott, sie kennt sich mit den Launen der Natur aus. Sie selbst hat nie viel geweint. Was hätte das gebracht? Nur mehr Schelte der Mutter. Also hat sie sich das Weinen gar nicht erst angewöhnt. Es gab nur wenige Momente. Der Tod ihrer Schwester, ihrer Eltern. Fritz. Aber sonst fast nie.

Warum weint Emma jetzt? Aus Angst oder Scham?

»Gib mir das Buch.« Ihre Stimme klingt hart wie das Eisengitter, mit dem die Brenzbrücke in der Nacht abgeschlossen wird. Sie fühlt sich mit dieser Stimme nicht wohl, aber sie braucht sie als Chefin doch ab und zu.

Emma steht von ihrem Arbeitsplatz auf, kommt zögernd herüber und legt das Buch vor Margarete auf den Tisch.

Sie nimmt den schmalen schwarzen Band in die Hand und schlägt ihn auf: *Das Wesen der Ehe* steht da, von Louise Dittmar. Der Name sagt ihr nichts. Sie blättert ein bisschen herum und findet einen Streifen Filz als Lesezeichen. Das Kapitel heißt: »Wider das verkochte und verbügelte Leben der Frauen«.

Sie mustert die Freundin ihrer Nichte.

»Und? Worum geht es da?«

Emma zuckt mit den Schultern. Margarete setzt die Brille auf und liest:

»Die Hausfrau ist in den meisten Fällen nichts als eine vornehme Magd, und der Mann das Lasttier, das mit der Ehe einen Berg von Sorgen auf sich lädt.«

Das ist zwar nicht ganz falsch, denkt Margarete insgeheim, aber etwas daran klingt trotzdem schrill in ihren Ohren. Weiter heißt es, das Leben der Frauen sei »roman- und teeverwässert«. Das ist ja schon fast amüsant. Von »häuslichen Plackereien« ist die Rede und ob daneben überhaupt noch ein Gedanke zur Seele der Frau durchdringen könnte, der erhebend sei für die Kultur des Herzens?

Margarete denkt an ihre Besuche in der Oper, an die Reisen, bei denen sie die Schönheiten der Natur auf sich wirken lässt, sie denkt an die Bildbände im Haus von Mina, an Kutschfahrten und Spaziergänge mit Hansen, an seine Berichte von Büchern, die er gelesen hat. Es stimmt wohl, ohne diese Dinge wäre ihr Leben ärmer. Sie liest weiter: »Kurz, sie muß das Ideal einer Gattin, Mutter, Hausfrau und Gesellschafterin sein, alles können und

nichts wollen, alles leisten und nichts brauchen; tugend-
haft, liebenswürdig, gebildet, bescheiden, einfach … ein
Genie in Leistungen und ein Automat im Willen.« Im
nächsten Abschnitt heißt es, die Frauen würden zu Unrecht auf den Haushalt beschränkt: »Welche Kenntnisse
würden sich die Frauen in allen Fächern aneignen können, wenn sie statt am eignen Herd, wie heute, so morgen, zu sieden und zu braten, an großen gemeinschaftli-
chen Anstalten sich beteiligten …«

Margarete hält das Buch hoch und deutet mit dem Finger auf die Stelle: »Hast du das unterstrichen?«

Emma senkt den Kopf. »Es ist nicht mein Buch, ich
habe es geliehen.«

»Von wem?«

»Von einer Freundin.«

Margarete geht im Kopf die Mädchen durch, die sie
mit Eva und Emma zusammen gesehen hat, aber sie hat
keinen Überblick mehr über die Freundinnen der Nichten.

»Gib es zurück.«

»Ja, Fräulein Steiff.«

»Glaubst du den Unsinn, der da steht?«

»Ist es falsch?«

Margarete kämpft mit sich. Sie spürt auch jetzt diesen
unwiderstehlichen Drang zu sagen, was sie denkt, ohne
zu lügen.

»Vielleicht ist manches richtig, aber es ist nun mal die
Ordnung unserer Welt. Wer die verlässt, wird unglück-
lich. Vor allem als Frau.«

»Dann wird auch mein Leben verkocht und verbügelt sein?« Emmas Blick ist trotzig und sorgenvoll zugleich.

»Das weiß man nie. Jede Frau sollte kochen und einen Haushalt führen können. Ich rate dir, solche frechen Gedanken nicht zu äußern, wenn du einen Mann finden willst. Es ist nun einmal so, dass wir Frauen uns um das Haus kümmern und die Männer ums Geschäft.«

»Aber Sie haben doch auch nicht…«

Margarete klappt das Buch zu und legt es mit beiden Händen fest auf den Tisch.

»Bei mir ist es anders, weil ich es nicht anders kann. Aber du wirst ein schönes Heim haben, Kinder aufziehen. Deinen Mann glücklich machen. Und das wird dann auch dich glücklich machen.«

Während sie das sagt, fragt sie sich kurz, ob das der richtige Rat ist. Ob Eva dieses Buch ebenfalls gelesen hat? Sie gehört zu einer angesehenen Familie in Giengen, wird eine ordentliche Mitgift bekommen, hat eine gute Schule besucht, hat nähen gelernt, kann einen Haushalt führen, das wird ihr Beruf sein. Es ist der edelste Beruf für die Frau. Oder nicht?

Sie weiß nicht, was sie Emma noch sagen soll. Aber mit diesem Buch will sie nichts zu tun haben. Sie schiebt es von sich weg.

»Geh nach Hause und bring das nicht wieder mit.«

Als Emma fort ist, bleibt Margarete in der Werkstatt sitzen. Der Affe hat noch immer keine fertige Jacke.

»Tante Gretle?« Richard steht plötzlich neben ihr. Er hält etwas in der Hand. Einen Bären.

»Ja? Was gibt's denn noch?« Sie klingt unnötig unwirsch, das merkt sie selbst.

»Ich hab's jetzt. Ich hab ihn kleiner gemacht. Fünfundfünfzig Zentimeter war zu unhandlich. Jetzt ist er nur noch fünfunddreißig Zentimeter groß … Schau …« Er hält ihr einen plüschigen Bären entgegen.

Sie nimmt ihn in die Hand, setzt ihn sich auf den Schoß. Und merkt sofort, dass Richard recht hat. Das ist er. Sie lächelt den Bären an, dann den Neffen. Und nickt. »Das war eine lange Reise, Richard. So viele Bären hast du entworfen, und immer war etwas zu verbessern. Aber jetzt hast du es geschafft. Das ist er.«

Richard legt die Hände an den Mund und ruft durch die leere Halle: »Hört alle her, der Plüschbär 35 ist da! Merkt euch den Namen gut: PB 35.«

»Fritz wäre so …« Margarete kann nicht weitersprechen. Richard nimmt den Bären in die Hand. Der Bär streicht ihr sanft über die Wange.

Der Bär hat Richard nie losgelassen. Schon seit Jahren entwarf er immer wieder neue Varianten. Manchmal, wenn Margarete abends mit der Arbeit fertig war und sich auf den Weg in ihre Wohnung machte, sah sie Richard am Zeichentisch sitzen. Wenn sie stehen blieb, fragte er: »Willst du mal schauen?« Dann zeigte er ihr seine neuen Ideen, und oft ging es dabei um die Bären.

»Haben wir nicht genügend Exemplare von Meister Petz?«, fragte sie dann. Sie selbst mochte den Stehaufbär am liebsten. Er steht auf einer Halbkugel und hält sich an einer Stange fest. Eine Kette führt von der Stange zu einem Ring in seiner Nase. So werden die Bären im Zirkus in Schach gehalten, Richard hatte es in Frankreich gesehen. Dann wollte er aber, dass sich der Bär freier bewegen kann, und erfand den Tanzbären, der auf verschiedenen Scheiben befestigt ist, unter die er kleine Rollen geschraubt hat. Wenn man ihn über den Boden schiebt, dreht er sich. Manch einer ihrer Bären kann sogar brummen. Auch für die Stimmen der Tiere ist Richard zuständig.

»Einer fehlt uns noch, Tante«, sagte Richard oft. »Ich kann ihn nicht zeichnen, weil ich ihn noch nicht vor mir sehe. Aber er nähert sich mir. Wart's nur ab, irgendwann hab ich ihn am Schlafittchen, banne ihn aufs Papier und lasse ihn nicht mehr fort.« Wie viele Bären-Varianten Richard gezeichnet hat, weiß nicht einmal er selbst, aber im Herbst 1902 hatte er gefunden, wonach er suchte.

Margarete und Richard besuchten an diesem Tag die Gräber ihrer Eltern und Geschwister. Richard schob den Rollstuhl und bemühte sich, den Wurzeln auszuweichen, die aus den mit gelben und roten Blättern bedeckten Wegen ragten. Stießen die Räder daran, kippte Margarete unsanft nach hinten.

Es war ein milder, aber windiger Tag. Blätter segelten durch die Luft und malten Tupfen auf Wege und Gräber. Dazwischen leuchteten Kastanien, die aus grünen, stacheligen Panzern platzten. Der Friedhof an der Memminger Straße war für alle in Giengen noch immer der »neue Friedhof«, keine zehn Jahre alt. Sie hatten den Grabstein vom alten Friedhof hierherbringen lassen, aber die Toten ließen sie in der Erde schlafen. »Wenn sie denn schlafen, jetzt wo sie eine Schule auf dem Gelände errichten«, hatte Fritz gewitzelt. »Gut, dass ich mal einen ruhigeren Platz bekomme.« Und nun ist Fritz wirklich der erste Steiff auf dem neuen Friedhof.

Margarete reichte Richard den Strauß gelber Chrysanthemen und dunkelroter Astern, damit er sie in den Krug stellte, den er zuvor mit Wasser gefüllt hatte. Sie studierte die Namen ihrer Lieben. Gerne hätte sie mit der Hand über die Steine gestrichen und den Schmutz aus den Rillen gekratzt, aber sie reichte nicht heran, und es war zu feucht, als dass Richard sie auf das Grab hätte setzen können. Sie seufzte. Wer hätte gedacht, dass Marie und Fritz vor ihr sterben würden?

»Willst du gleich wieder nach Hause?«, fragte Margarete den Neffen. Sie wollte die frische Luft hier draußen vor der Stadt noch etwas genießen.

»Ich hab Zeit. Wollte dir ohnehin etwas zeigen. Und es ist mir recht, wenn wir dabei allein sind.«

Neugierig sah sie zu ihm auf.

Richard schob die Tante zu einer Bank. Von dort konnte man zwar das Familiengrab nicht sehen, aber der Platz lag geschützt an einer Hecke, und es schien sogar die Nachmittagssonne hierher. Eine Birke ließ ihre Zweige im Wind tanzen und warf mit Lichtreflexen um sich.

Richard griff in die Innentasche seines Mantels und holte ein gefaltetes Blatt hervor. Einen Moment hielt er inne, dann öffnete er es vorsichtig und schaute es zuerst selbst noch einmal an. Margarete warf einen schnellen Blick auf das Papier und erkannte gleich, dass es schon wieder ein neuer Entwurf für einen Bären war. Sie legte den Kopf in den Nacken, und ihre Stimme klang unwillig, als sie sagte: »Ich weiß zwar nicht auswendig, wie viele Bären wir schon haben, aber es sind sicher über zwanzig, wenn man alle Größen...«

»Der hier ist jetzt wirklich anders. Schau doch.« Richard hielt ihr das Blatt hin, und erst jetzt studierte sie es sorgfältig. Ja, es war wieder ein Bär. Er hatte allerdings wenig mit den bisherigen Petzen aus der Filzspieltierfabrik gemeinsam. Er trollte sich nicht auf allen vieren, er stand auch nicht aufrecht auf zwei Beinen. Dieser Bär saß. Und er hatte die Arme nach vorne ausgestreckt, als wolle er nach etwas greifen. Das war keine typische Bewegung für einen Bären. Es war auch kein Bär, wie man ihn in Nills Tiergarten findet. Kein Raubtier, das angekettet werden muss. Es war etwas ganz anderes.

Margarete legte die Hand ans Kinn und dachte nach.

»Ein Bär wie ein kleiner Bub?«

Richard strahlte seine Tante an. »Ganz genau.«

Vielleicht glaubte er, sie sei bereits von dem neuen Entwurf überzeugt. Aber das war sie nicht, und sie erkundigte sich streng: »Ist das überhaupt noch ein Bär? Ist das nicht eher... ein Märchenwesen?«

»Aber nein! Natürlich ist es ein Bär. Ein... etwas anderer Bär eben. Einer, der sanft und zutraulich ist. Die Kinder können ihn liebhaben und mit ihm huscheln. Es ist kein böser Bär, vor dem man Angst haben muss, sondern ein durch und durch lieber Bär, ein Freund. Ein Bär, dem man alles erzählen kann.«

Margarete dachte an das Elefäntle. Sie hatte damals ganz ohne Absicht ein Tier geschaffen, mit dem man reden kann. Und dieser drollige Bär schaute sie an, als wolle auch er ihr Herz stehlen. Sie unterdrückte ein Lächeln, weil Richard sie beobachtete, und sie nicht wollte, dass er falsche Schlüsse zog.

»Die Beine«, sagte er und tippte auf eine kleine Zeichnung am Rand des Blatts, wo er eine Drahtkonstruktion skizziert hatte, »sind beweglich und die Arme auch, man kann sie so…« Er drehte das Blatt um neunzig Grad und zeigte ihr eine größere Abbildung des Gestells im Inneren des Tiers. »Also, hier werden die Arme aufgehängt und da die Beine. Sie sind beweglich, und so kann der Petz sitzen oder stehen. Von alleine vermag er das nicht, aber er steht, wenn man ihn festhält. Und den Kopf kann er wenden, sieh nur.« Er deutete auf eine andere Detailzeichnung und drehte dann wieder das Blatt so, dass Margarete erneut den sitzenden Bären vor sich hatte. Sie musste seinem Blick aus schwarzen Knopfaugen ausweichen, er war gar zu niedlich.

»Weich gestopft?«

»Nicht ganz. Er muss stabil sein, daher würde ich Wolle oder Holzwolle nehmen.«

»Wie groß?«

»Fünfundfünfzig Zentimeter?«

»Unmöglich.« Sie reichte ihm das Blatt zurück und studierte die Wolken am Himmel.

»Warum?«

»Ist dir klar, was das kostet?«

»Sicher. Wir müssten ihn für acht Mark mindestens anbieten. Er soll auch eine Brummstimme haben.«

»Natürlich! Warum soll er nicht gleich noch ein paar Wörter sagen? Richard, so leid es mir tut, aber das geht nicht. Den kaufen die Kunden nicht. Vielleicht ein paar verrückte Bärenfreunde, aber du weißt, wir können es uns nicht leisten, ein Produkt zu haben, das wir nicht in großer Stückzahl herstellen.«

»Aber das ist ja noch gar nicht gesagt. Woher willst du das wissen? Wir könnten es versuchen. Ich könnte den Petz nach Leipzig auf die Messe mitnehmen. Er könnte ein richtiges Schmuckstück unseres Messestands sein.«

»Und wenn nicht? Du weißt genau, dass wir hier einen großen Vorrat haben müssen, wenn wir ihn anbieten. Dafür brauchen unsere Leute Wochen. Richard, wirklich, es ist ein sehr süßer Fratz, aber er ist viel zu aufwendig. Allein diese Konstruktion des Gestells, und dann die vielen Arme und Beine, alle extra genäht und gestopft.« Richard sagte nichts. Sie nahm das Blatt wieder an sich und fuhr fort: »Und der Kopf. Wenn wir Plüsch für das Fell nehmen, muss er teure Äuglein aus Glas haben. Die Nase kann ja gestickt werden, aber die Augen nicht.« Sie drehte das Blatt hin und her und schaute auf die Konstruktionszeichnungen. Dann betrachtete sie wieder den Bären. »Man müsste ihm ja sogar Krallen in die Pfoten einsticken. Hier.« Sie deutete auf das Papier. »Und sind die Arme nicht auch zu lang? Sind sie so, damit er besser sitzen kann, weil du ihn damit stützt?«

Richards Augen leuchteten. Mit den letzten Bemerkungen hatte sie sich verraten und ihm gezeigt, dass sie durchaus ein Muster haben wollte. Sie hatte jetzt ihren Namen mit hineingeschrieben.

Eine Woche später saß der Bär morgens auf ihrem Schreibtisch im alten Kontor. Heute bezeichnen sie diesen Tag als einen Wendepunkt für die Fabrik, aber damals hatte sie keine Vorahnung, dass es ein besonderer Tag werden würde, eigentlich war alles wie immer gewesen. Sie war aufgestanden, hatte mit Johanna Brot und Himbeermarmelade gefrühstückt und dazu zwei Tassen Haferkaffee getrunken. Sie trug ein dunkles Kleid, denn ihre Kleider waren seit Jahren fast immer dunkel, die meisten auch schlicht, mit einer einzelnen Schleife oder einer Blume besetzt oder mit Biesen. Wichtig waren ihr die Ärmel, die durften nicht zu eng sein. Seit ihrer Kindheit konnte sie es nicht haben, wenn sie die Arme nicht frei bewegen konnte. An diesem Tag hatte sie keine Brosche angesteckt, sondern trug eine lange Kette mit einem Anhänger. Das machte sie nur an den Tagen, an denen sie nicht vorhatte, in der Werkstatt zu arbeiten. Ketten waren unpraktisch beim Nähen, und heute wartete stapelweise Papier auf sie, Briefe mussten geschrieben und Verträge geprüft werden.

Margarete fuhr die Rampe hinunter und bremste dabei vorsichtig, damit der Rollstuhl nicht hinuntersauste. Dann schloss sie die Tür zum Erdgeschoss auf. Sie war nicht die Erste, die Näherinnen saßen schon länger in der Werkstatt und schwatzten über die Fortschritte auf der Baustelle. Noch wussten sie nicht genau, was sie von dem seltsamen Glasgebäude, das auf der anderen Straßenseite entstand, halten sollten.

Margarete öffnete die Tür ihres Kontors und atmete den Duft des liebgewonnenen Raumes ein. Johanna polierte ihren Schreibtisch und die Schränke jede Woche einmal mit Bienenwachs, dazu mischte sich der Geruch von Kräutern, die sie von ihren kleinen Ausflügen an die Brenz mitbrachte. Sie schloss die Augen und konzentrierte sich. Ja, da war er, schwach aber doch merklich, der Hauch von Eau de Cologne. Das Fläschchen von Farina aus Köln hatte ihr natürlich Hansen geschickt, und sie hatte sich noch nicht getraut, ihm zu sagen, wie sie es verwendet: Ab und zu ließ sie einen Tropfen davon auf ihre Vorhänge im Kontor fallen und kam sich dabei sehr verwegen vor.

Und dann sah sie den Bären. Er saß mitten auf ihrem Schreibtisch und schaute ihr ins Gesicht. Freundlich, offenherzig, unschuldig. Ein Blick, der ihr gleich zu Herzen ging. Sie rollte zum Tisch und nahm ihn in die Hand. Tatsächlich, Arme und Beine ließen sich bewegen, das gab es bei ihnen noch nie. Margarete nahm die Brille aus dem kleinen Lederfutteral, das auf ihrem Schreibtisch lag. Sie setzte sie auf und musterte ihren Gast in Ruhe. Wie oft hatte sie schon ein neues Spieltier in Augenschein genommen, und doch war es immer wieder ein Moment, der ein Zittern im Inneren auslöste. Weil Richard das wusste, hatte er dieses Bärle auch heimlich in ihr Kontor gesetzt, damit sie es unbeobachtet kennenlernen konnte. Die schwarzen Glasaugen spiegelten das Licht, was einen wunderschönen Effekt hatte – je nachdem von wo es hineinfiel, schaute der Bär nach oben oder nach vorn. Wenn er nach oben blickte, sah er besonders schutzbedürftig aus, und man musste ihn einfach an sich drücken. Sie rieb sein Fell zwischen ihren Fingerspitzen und genoss den weichen Mohairplüsch. Dann legte sie ihn auf den Rücken, er brummte zufrieden und streckte die Beine in die Luft. Sie begutachtete seine glatten Fußsohlen aus Filz. Schließlich lehnte sie ihn stehend an einen Stapel Kataloge. Der Bauch des Bären war ein bisschen vorgewölbt, gerade so wie bei kleinen Kindern, seine Füße mit den puscheligen Haaren standen fein nebeneinander, die Krallen hatte Richard tatsächlich einsticken lassen. Sie drehte den Bären kurz um, das Hinterteil war flach, gut so.

Sein Kopf hat eine schöne Form, dachte sie, die Ohren saßen an genau der richtigen Stelle, und die Nasenspitze war sorgfältig mit schwarzem Faden gestickt. Aber die Arme … waren sie nicht doch etwas zu lang? Wieder nahm sie den Petz in die Hand und drehte ihn hin und her. Er war doch ein bisschen zu groß und unhandlich für Kinderhände, das würde sie dem Neffen sagen. Fünfundfünfzig Zentimeter, das war zu lang. Aber sonst war er wunderbar.

Zuletzt hielt sie aus Spaß seine Schnauze an ihr Ohr und strich mit seinen weichen Ohren an ihrem Kinn entlang.

Allerliebster kleiner Kerl.

Er sah sie an wie ein vorwitziger Junge. Oder doch wie ein Mädchen? Sie konnte sich beides vorstellen, und das war natürlich für den Verkauf gut. Er könnte einen Matrosenanzug tragen, aber auch ein Röckchen mit Kopftuch. Kinder mögen es, wenn sie die Spieltiere ankleiden können wie sich selbst. Beim Elefäntle ging das natürlich nicht, aber beim Bären gab es viele Möglichkeiten. Und vielleicht waren die langen Arme auch gut zum Trösten. Vielleicht würde er es einem Jungen sogar leichter machen, sich trösten zu lassen? Aber noch war er einfach zu nackt, das störte sie. Margarete zog eine Schublade auf und suchte in dem Sammelsurium nach etwas Passendem. Schließlich band sie dem Bären eine rote Seidenschleife um den Hals. Na bitte, dachte sie, das ist schon besser.

Als Richard später an ihrem Kontor vorbeiging und durch den Türspalt spähte, erkannte er sofort, dass der Bär eine Schleife trug. Er grinste. »Sie hat dich also aufgenommen, Petz. Willkommen in der Familie Steiff«, flüsterte er und zog die Tür vorsichtig zu.

Seit sie 1903 ins Jungfrauenaquarium gezogen sind, treffen sie sich zu ihren wöchentlichen Besprechungen in einem eigens dafür eingerichteten Konferenzraum. Er liegt im oberen Stockwerk und besitzt eine breite Fensterfront zum Bauplatz, wo der Westbau in atemberaubendem Tempo vor ihren Augen aus dem Boden wächst. Ihr schöner Ostbau wird sich daneben wie ein Nebengebäude ausnehmen, denkt Margarete, die als Erste da ist und gleich den hohen Stapel Unterlagen auf jedem Platz sieht. Sie selbst sitzt immer am Kopf, neben ihr Paul und Richard, auf der anderen Seite Hugo und Franz.

Paul hat eine Aufstellung ihrer härtesten Konkurrenten gemacht. Und dazu eine der miesesten Nachahmer. Steiff-Tiere haben in vielen Ländern einen guten Ruf, und immer mehr Kopisten wollen von ihrem Erfolg profitieren. Es kommt ihr vor, als zöge ihre schöne, perfekte Steiff-Lok nicht nur die eigenen Waggons, sondern als würden ihnen über Nacht verbeulte Wagen hinten angehängt, die sich holprig und quietschend mitziehen lassen, um am Ende in dieselben Bahnhöfe einzufahren wie sie. Wie ärgerlich das ist. Diese Betrüger lassen Spieltiere aus minderwertigem Material fertigen, schlecht verarbeitet und mit Abfällen gestopft, sie verkaufen sie billig und behaupten, es seien Tiere der Firma Steiff. Früher hat sie manchmal gedacht, Widerstände würden ihr guttun, aber jetzt möchte sie die Nachahmer am liebsten vom Markt jagen. Schon seit ein paar Jahren binden sie die kleinen Schutzmarken, die Anhänger aus Karton, an die Tiere. Leider reißen sie beim Spielen zu leicht ab.

Die nächste Liste im Stapel befasst sich mit neuen Gebrauchsmustern, die Richard anmelden will. Wieder so ein Thema. Gerade haben sie die Kinderklapper schützen lassen, einen mit Fell oder Filz umhüllten Zelluloidball, in dem ein Glöckchen steckt. Auch die »Wiegenläufer« sind geschützt, Reittiere, die auf Kufen oder auf Rollen geschraubt werden können. Der Schutz bezieht sich hier auf die weich gesohlten Wiegen, die Richard erfunden hat, um die Parkettböden der Wohlhabenden zu schonen.

Nachdem der Patentantrag über das Weichstopfen der Filztiere gescheitert ist, haben sie schon 1899 beim Amtsgericht in Heidenheim wenigstens eine Reihe von einzelnen Spieltieren als Muster schützen können: Reh und Elefant, Foxterrier, der liegende Hase und der Tanzbär, der Affe als Kutscher und auch die Katze sitzend und stehend, Fridtjof Nansen mit Eisbär, ein Bärentreiber mit Braunbär, Frosch und Dachs.

Zu jedem Antrag gehörte eine Fotografie. Herr Boppel aus Giengen hatte außerdem wunderschöne Aufnahmen von Tiergruppen erstellt und dafür mit Richard in liebevoller Kleinarbeit die schönsten Menagerien aufgebaut. Als Margarete die beiden fragte, ob das Amtsgericht diesen Aufwand zu würdigen wisse, entgegnete Richard, sie würden die Fotos auch an Kunden und an die Zeitung schicken. Das sei eine gute Reklame. Gegen die Nachahmer helfen die Fotos und die Gebrauchsmuster jedoch nicht.

Die Neffen kommen pünktlich, und Paul eröffnet die Sitzung. Margarete hat ihm vor ein paar Monaten die Leitung der Besprechungen übertragen, »aber nicht die Leitung der Firma«, wie sie klarstellte.

Franz bittet gleich um das Wort. »Ich habe eine Idee, wie wir unsere Spieltiere endlich vor Nachahmern schützen können.«

»Was ist es denn diesmal?«, neckt ihn Richard. »Ein Kettchen um den Hals?«

Die anderen lachen, aber Franz lässt sich nicht provozieren.

»Ich habe etwas Besseres.«

»Du weißt«, doziert Paul, »dass es nichts gibt, womit wir die Tiere unnachahmlich als unsere ausweisen können. Es geht nur über die Qualität, denn, wie wir alle wissen …«, er blickt erwartungsvoll in die Runde, und alle fallen wie im Chor ein: »… für Kinder ist nur das Beste gut genug!«

Margarete nickt zustimmend, aber sie mag es nicht, wenn Paul den jüngeren Bruder von oben herab behandelt. Franz ist sensibel, und sie wundert sich, dass Paul das nicht zu bemerken scheint.

»Nun lass ihn doch erst mal erzählen«, fordert sie ihn auf.

Franz lehnt sich zurück und steckt die Hände in die Hosentaschen. »Es ist ein Knopf.«

Stille im Raum.

»Aha. Ein Knopf … gut …« Paul blättert in seinen Unterlagen, als wolle er gleich den nächsten Punkt auf der Tagesordnung aufrufen. Gelangweilt fragt er, ohne den Bruder anzuschauen: »Und wo soll der sein? Willst du unseren Tieren eine Bauchtasche verpassen und einen Zettel hineinstecken?« Er schaut die anderen der Reihe nach an. »Also, wir haben wirklich wichtigere Dinge auf der Tagesordnung …«

Aber Franz unterbricht ihn. »Nein. Der Knopf wird nicht angenäht, weil er sonst abreißt, das wissen wir ja. Stattdessen setzen wir einen kleinen Nickelknopf ins linke Ohr eines jeden Tiers. Er wird mit einem Gegenstück vernietet. Knopf im Ohr. Das wird unsere Marke.«

»Ins linke Ohr?« Margarete klingt skeptisch, aber sie ist schon dabei, die Idee auf ihre Tauglichkeit hin zu überprüfen. »Haben denn alle unsere Tiere ein linkes Ohr? Was ist mit dem Hahn? Überhaupt mit den Vögeln? Und mit Fischen? Wir wollen doch auch Tiere des Meeres ins Programm nehmen...«

»*Du* willst die Tiere des Meeres ins Programm nehmen, Tante, sonst niemand«, wirft Richard scheinheilig ein.

»Aber auch Vögel haben keine Ohren«, beharrt sie.

Paul lacht auf. »Wer kein Ohr hat, kriegt eben eins verpasst. Die Familie Steiff spielt Schöpfung. Warum fertigen wir nicht gleich ein paar Engel?«

Keiner antwortet. Die Brüder schielen zu Margarete. Wenn es um Religion geht, hat sie wenig Humor.

Richard kommt Franz zu Hilfe. »Aber das ist eine gute Idee. Der Knopf wird so fest verankert, dass er nicht abreißt. Wenn er genietet wird, geht er auch beim Spielen nicht ab. Und wer kein Ohr hat, bekommt den Knopf an eine andere Stelle. An den Fuß vielleicht? Wir lassen unseren Elefanten darauf gravieren. Darum kümmere ich mich. Das sollten wir doch schaffen. Also, Franz, ›Knopf im Ohr‹, das klingt handfest. Und darauf können wir dann endlich das Patent erhalten.«

Noch im selben Jahr, 1904, schreibt Margarete ihren Kunden einen Brief: »Die Schutzmarke (Elefant mit S-förmigem Rüssel) befestige ich ab 1904 ausnahmslos an jedes Stück, und zwar im linken Ohr auf einem kleinen Nickelköpfchen. Auf diese Art der Anbringung ist gesetzlicher Schutz beantragt.«

Das Patentamt sieht die Sache jedoch anders. Den Knopf wollen sie nicht schützen, wohl aber die Bezeichnung »Knopf im Ohr«. Schon 1905 wird sie auch in den USA geschützt.

⋙ 1907 ⋘

Das Geschenk

Margarete wartet, bis Johanna in ihr Zimmer verschwunden ist, bevor sie das Päckchen von Hansen öffnet. Er hatte es ihr mit einem unentschlüsselbaren Gesichtsausdruck überreicht, als die Chaise vor Lechners Haus hielt.

»Das ist für Sie«, hatte er gemurmelt und sich geräuspert. »Öffnen Sie es bitte später. Wenn ich abgereist bin. Das wäre mir am liebsten.«

Nun liegt das flache, in marmoriertes Papier gewickelte Geschenk auf ihrem Frisiertisch in Giengen, und sie mustert es mit gemischten Gefühlen. Bei Hansen weiß man nie, was einen erwartet, und sie hat schon öfter erlebt, dass er mit einem Geschenk nonchalant – das Wort stammt von Mina, und sie glaubt, es bedeutet so etwas wie leichtfüßig – eine Grenze überschreitet. Aber ist das ein Problem? Wäre ihre Enttäuschung nicht größer, wenn er nicht noch einmal versuchen würde, die Grenze wenigstens um ein paar Zoll zu verschieben? Wie damals mit dem Badekleid. Als sie daran denkt, muss sie lächeln, und ihre Nervosität lässt nach. Margarete, schimpft sie leise mit sich, du bist so mutig, aber in manchen Momenten willst du einfach nur weglaufen. Sei nicht so feige.

Er hatte das Paket die ganze Zeit während ihrer letzten Ausfahrt in Stuttgart auf dem Schoß liegen. Margarete wollte so gerne den ersten Schnee auf den Hängen vor den Toren der Stadt sehen und hatte sich gewünscht, mit heruntergeklapptem Verdeck im Landauer zu fahren. Hansen, als Norddeutscher »immer hart im Nehmen«, wie er sagte, hatte nichts einzuwenden und war im schweren Wintermantel mit Fellkragen erschienen, trug dazu Handschuhe und eine seltsame Fellmütze, die er einem norwegischen Robbenjäger abgekauft hatte. Margarete lieh sich von Mina einen Pelzmantel, wickelte sich einen Kaschmirschal um den Hals, setzte Minas neue Fellkappe auf und steckte die Hände in den hübschen Muff, den sie der Freundin selbst einmal geschenkt hatte. Zuletzt legte Kutscher Joseph noch eine schwere Decke aus Fell über ihre Beine.

Sie brachen direkt nach dem Mittagessen auf, als der Himmel unter der tief stehenden Wintersonne noch ein kräftiges Blau trug. Es war Hansens letzter Tag, und auch Margarete würde nur noch eine weitere Nacht im Hause der Lechners bleiben, bevor sie den Zug nach Ulm und von dort nach Giengen besteigen würde. Weihnachten stand bevor, und sie hatte ohnehin ein schlechtes Gewissen den Neffen gegenüber, weil sie für ein paar Tage nach Stuttgart gekommen war.

Die Jahre, in denen sie sich wochen- oder gar monatelange Auszeiten gönnte, um Freunde oder Verwandte zu besuchen, waren vorbei. Margarete blieb nicht mehr gerne für längere Zeit von der Fabrik fern und schon gar nicht in der Vorweihnachtszeit, wenn die Produktion der Filzspieltiere auf Hochtouren lief. In diesem Jahr 1907 türmten sich die Bestellungen von Bären, und sie mussten alle Kräfte in Giengen und Umgebung mobilisieren, die sie bekommen konnten. Richard prophezeite: »Dies wird unser Bärenjahr, daran werden wir uns immer erinnern.« Er war stolz und glücklich über den Erfolg seines Bärle. Zuerst hatten die Käufer nämlich gar nichts mit dem netten Petz anfangen können. Dass er Arme und Beine bewegen konnte, interessierte sie nicht, er war ihnen zu teuer. Sie hatten auf der Leipziger Messe von 1903 schon alle Bären wieder eingepackt, als ein amerikanischer Spielzeughändler an ihrem Stand erschien und wissen wollte, ob sie denn gar nichts Neues im Programm hätten. Rasch holten sie einen Bären aus der Kiste, zupften ihm die Holzwolle aus dem Fell und drückten ihn dem Mann in die Hand, während sie sich weiter um den Abbau des Stands kümmerten. Zunächst bekamen sie gar nicht mit, dass der Händler sie fragte, ob sie dreitausend Bären bis Weihnachten liefern könnten.

Ein paar Monate später verhalf der amerikanische Präsident ihrem Bären zu einem neuen Namen. Theodore Roosevelt war ein passionierter Jäger. Dass er sich geweigert hatte, einen jungen Braunbären, der ihm direkt vor die Flinte gelaufen war, zu erschießen, rührte seine Freunde ebenso wie seine Mitarbeiter. In der Zeitung erschien sogar eine kleine Karikatur, auf der Roosevelt es empört von sich wies, das Bärenkind, das man am Strick in seine Schusslinie zerrte, zu töten. Bei einem Galadinner zu Ehren des Präsidenten hatte einer der Angestellten die Idee, den Tisch mit lauter kleinen Stoffbären zu schmücken, und als der amerikanische Spielzeughersteller Roosevelt fragte, ob er seinen Bären nach ihm nennen dürfte, nämlich »Teddy«, hatte der Präsident nichts dagegen. Und so wurde nun auch ihr Giengener Bärle zum Teddybär.

Die Amerikaner liebten den Bären von Anfang an. Schon 1904 verschaffte er ihnen einen Preis auf der Weltausstellung in St. Louis, wo die Firma Steiff das Eingangsportal für die Spielwarenabteilung gestalten durfte. Der *Brenzthal-Bote* berichtete begeistert, man habe der Firma Steiff in St. Louis »die höchstmögliche Auszeichnung, einen ›Grand Prix‹, zuerkannt; ferner erhielten Fräulein Margarete Steiff und Herr Richard Steiff je eine goldene Medaille«. Sie hatten diesen Preis mit Näherinnen, Stopferinnen, Arbeitern und Angestellten gefeiert, über hundertsechzig Menschen drängelten sich im Obergeschoss des Jungfrauenaquariums an langen Tischen und langten kräftig zu bei Stollen, Schnitzbrot und Bier. In den folgenden Jahren war die Zahl der Festangestellten auf vierhundert und die der Heimarbeiterinnen auf tausendachthundert gestiegen. Im August 1907 verwandelten sie sich ganz offiziell in die *Spielwarenfabrik Margarete Steiff GmbH*. Gesellschafter sind Margarete und die Geschäftsführer Paul, Richard und Franz, ihr Stammkapital beläuft sich auf 420 000 Mark. Täglich lernen sie neue Leute an.

Seit Jahren gehörten die Chefeinkäufer von großen Kaufhäusern oder Handelsketten aus den USA zu ihren regelmäßigen Besuchern. Sie wurden ehrfürchtig bestaunt, weil sie es auf sich nahmen, wochenlang mit dem Schiff über den Atlantik zu reisen, um nicht nur in Paris oder London Waren zu bestellen, sondern auch bei der Firma Steiff in Giengen Spieltiere einzukaufen. Diese Amerikaner trugen gut sitzende Anzüge und dunkle Hüte, sie lächelten viel und sprachen ohne Scheu jeden in der Fabrik an, der ihnen über den Weg lief. Bevor sie zu den Geschäftsverhandlungen im Konferenzzimmer verschwanden, schauten sie sich neugierig in den beiden Fabrikhallen um.

Margarete ließ Paul und Richard bei der Betreuung der weitgereisten Einkäufer gerne den Vortritt, denn ihr Englisch war nicht so gut wie das der Neffen, auch wenn sie schnell dazugelernt hatte. Die eigentlichen Verkaufsgespräche führte schon seit dem Jahr 1900 der emsige Leonhard Meck, der Prokura besaß. Margarete nahm an den Verhandlungen gerne teil und ließ sich manche Fragen und Angebote übersetzen.

Einer ihrer besonders geschätzten Geschäftspartner – eigentlich schon eher ein Geschäftsfreund – war Joseph Taylor, der im Auftrag des Großhändlers Hilder & Brothers aus New York zu ihnen kam. Er stammte aus Thüringen, war schon als Junge in die USA ausgewandert und konnte sich – obwohl er in den Staaten fast nie Deutsch sprach und manches verlernt hatte – mit Margarete ohne die Vermittlung der Neffen unterhalten, was ihren Austausch beflügelte. Wenn Malwine Fetzer ihn ankündigte, ließ Margarete alles stehen und liegen, womit sie beschäftigt war, und beeilte sich, den groß gewachsenen, beleibten Herrn nicht lange warten zu lassen. Steiner war höflich und humorvoll, aber vor allem liebte er die Spieltiere, mit denen er nicht nur seine Enkelkinder überschüttete, sondern die er auch in großen Mengen für alle Kaufhäuser bestellte, die Hilder & Brothers belieferte. Bei seinem ersten Besuch in Giengen beeindruckten ihn die neuen Glasbauten sehr, »selbst in meine geliebte *America* wir haben so was nicht«, versicherte er Margarete mit seinem charmanten Akzent. Als sie ihm erklärte, was es mit der Bezeichnung »Jungfrauenaquarium« auf sich hatte, lachte er dröhnend, bis ihm die Tränen kamen und er den Bowler abnehmen musste, um sich mit einem Taschentuch das Gesicht zu trocknen. Bei jedem Besuch fragt er sie nun: »Was machen die Jungfrauen, sind sie schon in den *ocean* geschwommen?«

Taylor kam einmal im Jahr nach Giengen, so auch im Frühling 1907, und wie immer verbrachte er viel Zeit im Westbau, wo die Tiere gefertigt wurden. Mit respektvollem Abstand schritt er hinter den Reihen der Näherinnen auf und ab und lugte ihnen über die Schulter, wenn sie die Hüllen der Tiere auf links nähten, dann mit ein paar geschickten Bewegungen auf rechts drehten und anschließend in eine Kiste legten. Manchmal deutete Taylor mit dem Finger auf eine der Singer-Nähmaschinen und zeigte dann auf sich: »Die kommt von mein *country*«, was die Frauen zum Lachen brachte. Margarete sah sich das eine Weile an, bevor sie fragte: »Mister Taylor? Wollen Sie auch die Stopfer begrüßen?«

Der Amerikaner winkte den Frauen zu und hastete hinter Margarete her, die ihn zum anderen Ende der Halle führte, wo Männer und Frauen an langen Holztischen mit dem Stopfen der Tiere beschäftigt waren. Auf ein Zeichen Margaretes erhob sich einer von ihnen und bot seinen Stuhl Taylor an, der sich überschwänglich bedankte und vorsichtig am Tisch Platz nahm, strahlend wie ein Kind, das bei den Erwachsenen sitzen darf. Er begutachtete die Werkzeuge, die vor ihm auf dem Tisch lagen, nahm die Stopfeisen in verschiedenen Größen und Formen in die Hand, dazu Schere und Holzpflöcke. Er griff in einen Sack mit Holzwolle, der neben dem Stuhl stand, und bröselte ein wenig davon auf die Mitte des Tischs. Dann griff er sich ein paar der fast fertigen Katzen, die noch auf Augen, gestickte Nasen, Krallen und Schwänze warteten, und stellte sie vor das Häuflein Holzwolle, als würden sie jetzt zusammen essen. Er rief »*Lunchtime*«, die Leute am Tisch grinsten, und Taylor war zufrieden. Er drehte sich zu Margarete um:

»Und nun: Gehen wir zum *packing* und zum *stock*?« Margarete nickte und fuhr voraus. Taylor folgte ihr durch den Gang, fächelte sich mit seinem Hut Luft zu und grüßte in alle Richtungen, wie ein alter Bekannter. Am Ausgang öffnete er die Tür und schob Margarete über den Hof zum Ostbau. »Sie werden staunen, Mister Taylor, wir haben das Lager erweitert«, kündigte sie ihm an. Und kaum hatte er den Ostbau betreten, staunte er tatsächlich.

Auf der einen Seite der Halle reihten sich Regale in

schier endloser Zahl aneinander, es waren viel mehr als im Vorjahr, und sie ließen nur noch schmale Gänge frei. Auf jedem Regal standen die Muster der Spieltiere, die sich in den Kisten oder Schubladen darunter befanden. Wie auf Familienfotos waren sie nach Größe aufgereiht, die Elefanten, die Teddys, die Hunde, Esel, Kühe, Schweine und alle anderen erdenklichen Spieltiere, die man in Giengen produzierte.

Auf der anderen Seite der Halle hatten die ebenfalls mit Spieltieren bestückten Packtische ihren Platz, an denen die Angestellten Listen überprüften und die Körbe unterhalb der Tische füllten.

Taylor stoppte an der Tür und drehte den Kopf von einer Seite zur anderen. Er nahm seinen Hut ab, als stünde er in einer Kirche. Tiere, so weit das Auge reichte, Hunderte, Tausende blickten den Amerikaner stumm, aber aus glänzenden Augen an.

»Es gibt keinen Ort auf der ganzen Welt, der so friedlich ist wie dieser«, sagte Taylor. »Es ist ein *paradise*, Miss Steiff, ein *real paradise*. Der gute alte Noah hätte es nicht besser machen können.«

Er setzte seinen Hut wieder auf und rieb sich die Hände.

»Und nun werden sie wirklich mit dem Schiff *over the ocean* reisen, in meine Heimat.« Er nestelte einen Umschlag aus seiner Tasche.

»Schauen Sie, *look,* so wird das Schaufenster von Macy's in New York aussehen *at Christmas* in diesem Jahr.«

Er gab Margarete eine Zeichnung. Darauf war eine

verschneite Bergwelt mit Krippe zu sehen, mit Hirten, Engeln und Sternsingern. Statt Menschen waren es jedoch Teddys, Maria und Joseph, das Jesuskind, die Engel mit goldenen Flügeln. »Teddy's Christmas« stand in großen Lettern über dem Stall. Und mindestens fünfzig verschiedene Tiere aus aller Welt standen am Rand und bestaunten das Wunder in der Krippe.

»Das ist wunderschön!«

»*Isn't it?* Es wird noch viel schöner als hier auf dem Bild«, beteuerte Taylor. »Warum kommen Sie nicht nach New York und schauen es selbst, Miss Steiff?«

Sie lächelte und schüttelte den Kopf.

»Das ist nichts für mich. Nicht mehr.«

»Und wenn ich Ihnen dieses *paper* zeige?« Taylor holte einen weiteren Umschlag aus der anderen Jackentasche und reichte ihn ihr. Sie öffnete ihn und las die Höhe der Bestellungen für diesen Winter. Kurz verschwammen ihr die Zahlen vor den Augen. Sie griff nach dem Futteral in ihrer Rocktasche und setzte die Brille auf. Atme, Margarete, beschwor sie sich im Stillen. Lass dir Zeit, du musst gar nichts sagen. Schau in Ruhe, ob du richtig gelesen hast.

Die Zahlen stimmten. Im Kopf rechnete sie diese gigantische Bestellung zu den anderen, die sie bereits hatten, und wusste, dass sie in diesem Jahr etwa eine Million Teddys verkaufen würden.

Als sie Taylor anschaute und ihm den Zettel zurückgab, bemühte sie sich um Gelassenheit, obwohl es in ihrem Inneren tobte.

Aber er sah das Funkeln in ihren Augen und hielt ihr die Hand hin.

»*Just among us*, nur für mich, Miss Steiff. *Can you do it?* Sie können das?«

Sie schlug ein.

»Natürlich können wir das.«

Eine Million Bestellungen, das war selbst für die Filz-spieltier-Fabrik von Margarete Steiff eine Dimension, die nicht nur Freude, sondern auch Unruhe auslöste. Wie sollten sie das nur schaffen? Wer immer in Giengen oder in der Region Arbeit suchte, fand sie bei Steiffs. Als Richard seiner Tante feixend berichtete, sogar in den Wirtshäusern würden am Abend noch Bären gefertigt, war sie jedoch alles andere als erfreut und verlangte, das solle er schleunigst unterbinden.

Kein Wunder, dass Margarete sich selbst nur wenige freie Tage gönnte. Dass sie trotzdem in der Vorweihnachtszeit für ein paar Tage nach Stuttgart gekommen war, hatte einen traurigen Grund. Minas jüngste Tochter, die vier-zehnjährige Hedwig, war an einem rätselhaften Fieber verstorben, und Mina erholte sich von diesem Schick-salsschlag nicht. Sie war so tief in Düsternis versunken, dass weder ihr Mann noch ihre fünf anderen Kinder zu ihr vordringen konnten. Mina verließ das Schlafzimmer nur noch selten, aß kaum, reagierte auf jede Form von Ansprache gedämpft, saß wie versteinert vor dem Fens-ter und starrte hinaus. Als sie den Wunsch äußerte, Mar-

garete zu sehen, war diese sofort angereist, trotz Bärenjahr.

Die Tage vergingen in bedrückter Stimmung, aber
immerhin hatte Margarete erreicht, dass Mina jeden Tag
eine halbe Stunde mit ihr im Gartensalon Tee trank. Ratschläge gab sie ihr nicht. Sie saß einfach neben ihr, nahm
ihre Hand und las Psalmen vor, während Mina den freundlichen Holzmond in der Hand hielt, den sie vor zehn Jahren bei Margarete im Ladengeschäft gekauft hatte.

Margarete glaubte fest daran, dass Gott einen Plan für
jeden Menschen hat. Bis zu diesen Tagen dachte sie sogar, sie habe sich ihr Leben lang darin geübt, diesen Plan
anzunehmen. Jetzt, mit der apathischen Mina neben sich,
sah sie die Dinge anders: Sie hatte sich ihren Weg selbst
gesucht und Gott immer erst im Nachhinein um seinen
Segen gebeten. Während sie der Freundin den dreiund-
zwanzigsten Psalm vorlas, sagte sie sich, dass man beides
zugleich machen kann, auf Gottes Plan vertrauen und
sich darum bemühen, das eigene Talent auszuschöpfen.
Eine Reibung mit der Welt ließ sich trotzdem nicht ver-
hindern. Hatte sie sich aufgelehnt? Das hatte sie. Aber
nicht gegen Gott, sondern gegen die Menschen, die sie
zur Untätigkeit verdammen, sie an den Rand drängen
und als Lohnnäherin in ein Dachstübchen verbannen
wollten.

Bewegt griff sie nach Minas Hand und flüsterte: »Gegen
Gottes Entscheidungen sind wir machtlos. Das heißt aber
nicht, dass wir unser Leben nicht gestalten können. Wir
brauchen Vertrauen. In Gott und in uns selbst. Beides

stärkt sich gegenseitig. Und du ... hast wohl beides im Moment verloren.«

Als Mina zu weinen begann, fürchtete Margarete, etwas Falsches gesagt zu haben. Aber so war es nicht. Mina tat es gut, einen Menschen neben sich zu wissen, der rein gar nichts von ihr verlangte. Nur so konnte sie die Tür zur Welt Stück für Stück wieder öffnen.

Die Fahrt in den Schnee führte Hansen und Margarete für zwei Stunden fort aus dem Trauerhaus, und sie genossen es beide. Ihre Atemwölkchen mischten sich mit denen der beiden Pferde. Hansen hatte zwei heiße Ziegelsteine auf den Boden des Landauers legen lassen und half ihr dabei, ihre Füße, die in Fellstiefeln steckten, daraufzustellen. So ließ sich die Kälte trotz des offenen Wagens gut aushalten.

Kaum hatten sie die letzten Häuser hinter sich gelassen, trieb Joseph die Pferde an. Schweigend lauschten sie dem Getrappel und dem Geräusch der Räder, die sich auf dem vom Frost gefrorenen Weg immer wieder neue Spurrillen suchten, was jedes Mal einen kleinen Ruck der Kutsche auslöste. Der Blick über die sanft mit Schnee bepuderten Wiesen und die mit Reif bestrichenen Obstbäume besänftigte Margarete, die ein wenig nervös geworden war. Sie nahm die Hände aus dem Muff, um die Falten des Schals zu sortieren, und legte sie gedankenverloren auf die Felldecke. Hansen nutzte den Moment. Er griff nach ihrer Hand, sagte aber nichts und schaute weiter nach vorn, als müsse er einen Punkt zwischen den

Ohren der Pferde fixieren. Margarete spannte alle Muskeln an, ließ dann aber die Schultern sinken und wehrte sich nicht gegen die vertrauliche Geste. Beide schwiegen ein paar Minuten und bewegten sich nicht. Der Fahrtwind kitzelte die Härchen in der Nase und stäubte winzige Schneeflocken zwischen die Wimpern. In Margaretes Augenwinkeln sammelten sich kleine Tropfen, die rasch zu den Ohren rannen und in den Rüschen ihrer Halskrause verschwanden.

Auf der Anhöhe baten sie Joseph darum, den Landauer anzuhalten. Sie warfen einen Blick ins Tal, das sie in den letzten Jahren oft durchquert hatten.

»Ist es so schön, wie Sie hofften?«, fragte Hansen leise.

»Ich weiß es nicht«, lautete ihre Antwort. Etwas drückte Margaretes Kehle zusammen, sie musste husten, zog ihre Hand zurück und steckte sie in den Muff.

In den vergangenen Tagen hatten sie manchmal zusammen im Gartensalon gesessen. Margarete bestickte Taschentücher mit Monogrammen, Hansen las ihr aus einem Reisebuch vor. Die Sorge um Mina hielt sie davon ab, über eigene Angelegenheiten zu sprechen. Einmal fragte Margarete: »Wie ist es, wenn es auf dem Meer schneit?«

»Der Schnee hat einen flüchtigen Charakter bei uns an der Elbe«, lautete die Antwort. »Die Flocken lösen sich auf, schon kurz bevor sie das Wasser berühren.« Er hatte ihr erklärt, warum das so ist, aber sie hatte es nicht ganz verstanden und nicht weiter nachgehakt.

Dann war August hereingekommen und hatte Margarete gefragt, ob sie für Mina ein *Sortie de bal* aus dunklem Samt nähen könnte.

Sie schaute auf. »Ein ... was?«

»Kannst du es?«

»Aber ich habe keine Ahnung, was das ist, entschuldige.«

Er ließ sich auf den Sessel fallen und vergrub das Gesicht in den Händen. »Ich auch nicht. Davon verstehe ich doch nichts. Aber sie will es unbedingt haben. Wen kann ich fragen, wenn du es nicht weißt?« Ungehalten stand er wieder auf.

Margarete sah hilfesuchend zu Hansen. Der nickte.

»Vielleicht kann ich helfen?« Er schaute seinen Freund an. »Ein *Sortie de bal* ist – wenn ich mich nicht irre – ein Umhang. Bei Herren würde man es Cape nennen. Wörtlich heißt es wohl ›den Ball verlassen‹. Man legt es sich um, bevor ... also bevor man in die kühle Luft nach draußen geht. Also einen Ball ... verlässt ... oder die Oper.«

August fuhr sich kurz mit der Hand über die Stirn und starrte Margarete verzweifelt an.

»Um Gottes willen«, stammelte er.

Sie lächelte. »Warum denn? Um einen Ball zu verlassen, muss man erst mal hingehen. Mich hat sie heute um ein Abendkleid gebeten. Ich war mir nicht sicher, ob sie es ernst gemeint hat, aber jetzt würde ich sagen, das ist ein gutes Zeichen.«

Ihre Verabschiedung von Hansen war kurz und fand vor Zeugen statt. Das gesamte Hauspersonal hatte sich versammelt, und auch Mina hatte sich in die Halle gewagt. Sie musste weinen, als sie Hansen umarmte. Margarete reichte ihm die Hand, ohne ihm in die Augen zu schauen. Er beugte sich kurz zu ihr herab, streifte ihre Wange mit seiner. Als sie ihn anlächelte, griff er nach ihrer anderen Hand und drückte einen Kuss darauf.

Am nächsten Tag brachte Joseph Margarete und Johanna zum Bahnhof. Auf der Rückfahrt schwiegen sie die meiste Zeit. Johanna fiel auf, wie oft die Freundin sich mit der Hand über den Scheitel fuhr.

Zu Hause in der Mühlstraße packt Johanna die Koffer aus, dazu die Kisten mit Tee und abgelegte Kleider von Mina. Margarete zieht das flache Paket heraus, das sie zwischen die Teepackungen geschoben hatte, und nimmt es mit in ihr Schlafzimmer. Als Johanna ihr folgt, um beim Auskleiden zu helfen, winkt sie ab, das sei jetzt noch zu früh.

Margarete betrachtet das Geschenk auf dem Frisiertisch mit wachsender Neugier und Nervosität. Hansen könnte ihr ein Buch eingepackt haben, das Paket ist flach und nicht sehr schwer. Etwa so groß wie zwei Baedeker-Reiseführer. Davon hat Hansen ihr schon mehrere geschenkt. Sofort fühlt sie sich beruhigt. Ein Reiseführer – das wäre ein Geschenk, mit dem sie umgehen kann, ein Hinweis auf die Zukunft, auf eine gemeinsame Reise vielleicht, am liebsten mit August und Mina, wenn Mina sich wieder danach fühlt. Wie schön waren die Tage in Wiesbaden, die sie zusammen verbracht haben. Dreimal waren sie dort, aber die letzte Fahrt war die schönste, vielleicht weil Hansen und sie inzwischen Freunde geworden waren.

Hansen hatte die Woche bis ins Detail geplant und alles so vorbereitet, dass sie jeden Tag ein besonderes Erlebnis genießen konnten. Ihr Hotel lag am Rande des Kurparks, ein vornehmes Haus, in dem Johanna und sie zwei miteinander verbundene Zimmer im Erdgeschoss bewohnten. Sie aßen zu fünft an ihrem eigenen Tisch, an dem niemand anderer Platz nahm. Wenn sie das Haus verließen, legten die Hausdiener ein breites Holzbrett über die Treppenstufen und schoben sie im Rollstuhl vorsichtig darüber. Natürlich ging es auch wieder in die Oper. Sie sahen den *Oberon* und ein Ballett im Großen Haus. Für einen Liederabend brachte Hansen sie in ein privates Palais, wo der Verein »Freunde der Gesangskunst in Wiesbaden« ein Konzert veranstaltete, das sogar in der Zeitung erwähnt wurde, weil mehrere russische Adlige anwesend waren. Hansen hatte sie mit Programmheften versorgt und ihnen alles Wissenswerte über die Sängerinnen und Sänger erzählt.

Sie besuchten die russisch-orthodoxe Kirche und fuhren mit der Bergbahn auf den Neroberg. Der Kaiser habe den Viadukt, auf dem die Bahn das Tal überquert, heftig gerügt, weil er die Landschaft verschandele, wusste Hansen. Ihre kleine Gruppe war sich jedoch einig, dass der Viadukt eine großartige architektonische Leistung sei. Auch wenn Hansen darauf hinwies, die Römer hätten solche Bauwerke bereits vor zweitausend Jahren ausgeführt.

Die Mahlzeiten nahmen sie nicht nur im Hotel, sondern ebenso in gehobenen Wirtshäusern ein, in denen es manchmal sehr laut zuging. Überall hatte Hansen einen günstig gelegenen Tisch für sie reserviert, und es standen immer zwei Hausdiener zur Verfügung, um Margarete, wenn nötig, ein paar Treppen hinauf- oder hinunterzutragen. Die drei Damen besuchten ein paar exquisite Hutmacherinnen und Modistinnen, bevor sie sich mit den Herren im Kaffeehaus trafen, sie schlenderten durch die Anlagen des Kurparks und bewunderten die Kurhalle. Keiner von ihnen wollte jedoch das Heilwasser aus dem Kochbrunnen trinken. Und was ihnen allen am meisten imponierte, war das gerade fertiggestellte Prachtfoyer im Großen Haus.

Sogar August verschlug es für einen Moment die Sprache. Man glaubte, in einem Thronsaal zu stehen, geblendet von vergoldeten Wänden, Geländern und Kandelabern. Der strahlende Glanz wurde von Kristallleuchtern und Spiegeln unendlich oft durch den Raum geworfen, und Margarete wusste nicht, wohin sie zuerst schauen sollte: auf die vergoldeten Balustraden, die Stuckgirlanden oder die flackernden Kerzen, hinauf zur Decke oder hinunter auf den Marmorboden. Zwei Treppen schwangen sich elegant zu einer Empore, deren Geländer mit Gold und Kerzenleuchtern geschmückt war. Von dort führten ein paar Stufen zu einer Galerie, die sich um den halben Saal zog und von schlanken Säulen gesäumt war. Vorhänge aus pastellgrünem Chintz verdeckten die Nischen zwischen den Säulen. Putten und halb nackte Musen lächelten mit verklärtem Blick von den Wänden auf das Publikum herab, das staunend ins Haus strömte. Hansen forderte sie auf, das Deckengemälde zu betrachten: »Es zeigt die Erhebung der Menschheit durch die Kunst, die dafür vom Himmel hinabgestiegen ist. Dort drüben …«, er vergewisserte sich, dass alle Blicke seinem ausgestreckten Arm folgten, »erkennt ihr, äh, erkennen Sie die Kunst als weibliche Gestalt mit einer Leier. Die Menschen eilen ihr entgegen. Warum sie allerdings wie die Griechen der Antike gekleidet sind, während der ganze Stuck hier offensichtlich an das Rokoko erinnern soll, erschließt sich mir nicht.«

»Opulent«, kommentierte August.

Hansen lachte auf. »Treffend.«

»Ich würde sagen, jetzt dürft ihr den Kopf wieder senken, bevor ihr euch den Hals verrenkt. Johannes, was trinken wir? Sag nicht, du würdest uns ausgerechnet hier keinen Champagner kredenzen lassen.«

»Ich habe nie einen schöneren … Saal gesehen«, sagte Margarete.

Hansen lächelte wissend. »Ich bin froh, dass ich Ihnen auch beim dritten Besuch in Wiesbaden noch etwas Neues präsentieren kann. Ich hoffte ja sehr, dass es Ihnen gefällt …«

Sofort war sie misstrauisch. »Entlarve ich mich damit in Ihren Augen als eine Frau ohne Geschmack? Oder als unrettbare Romantikerin?«

»Weder noch«, sagte er und zog die Augenbrauen hoch.

»Der Kaiser selbst hat dieses Foyer in Auftrag gegeben und ist zur Einweihung höchstpersönlich gekommen, obwohl er dafür seine Kur unterbrechen musste. Er hat übrigens eine eigene Einfahrt für seine Kutsche und kann aus dem Souterrain direkt nach oben steigen, ohne uns einfachen Opernliebhabern dabei zu begegnen. Bevor er seine Loge betritt, zieht er sich in seinem eigenen Ankleidesalon um.«

»Woher wissen Sie das?«, fragte Johanna beeindruckt.

»Er kennt wahrscheinlich auch hier den Intendanten«, vermutete August.

Während Margarete an ihrem Champagner nippte und die goldene Pracht des Raums in sich aufnahm, dachte sie, dass Hansen diese »Opulenz«, wie August es nannte, selbst gar nicht schätzt. Die Karten, die er ihr aus Hamburg schickte, zeigten immer andere Bauten, schlicht und trutzig, klar und schnörkellos. Trotzdem würde er ihr die Dinge nicht ausreden wollen, die ihr gefallen. Das war eine seiner besonders liebenswerten Eigenheiten.

Sie reichte ihr Glas dem Kellner, der neben ihr stand, und drehte sich mit dem Rollstuhl im Kreis, um das Foyer noch einmal komplett in Augenschein zu nehmen. Dann tauchten auf Hansens Zeichen hin zwei Lakaien auf und trugen sie die Treppe hinauf zur Loge. Margarete freute sich, das Innere des Theaters wiederzusehen, das sie ja schon kannte. Alles leuchtete in Gold und Rot. Hansen hatte ihr beim ersten Besuch erzählt, der große Lüster wiege um die neunhundert Kilogramm und besitze hunderteinundzwanzig Brennstellen.

Sie musste daran denken, dass sie ihm beim letzten Mal in der Pause von Richards Idee erzählte, die Arme und Beine des Bären PB 35 »anzuscheiben«. Dank dieser einfachen und stabilen Technik kann der Teddybär Arme und Beine nach vorne und hinten bewegen, aber nicht zur Seite. Hansen meinte damals, das würde doch ungelenk wirken, und als sie widersprach, wollte er es ihr – ganz der Besserwisser – vorführen. Er schob seine Arme steif nach vorne und stieß dabei das Opernglas von der Brüstung. Es fiel herunter ins Parkett und landete glücklicherweise weich im Schoß einer Dame, daher zerbrach es nicht und schlug auch niemandem ein Auge aus. Trotzdem war die Aufregung groß, die Dame schrie, niemand wusste zunächst, was passiert war. Hansen hastete nach unten, und der Beginn des zweiten Akts von *Die lustigen Weiber von Windsor* musste um eine Viertelstunde verschoben werden.

Margarete verfolgte die Beschwichtigungsversuche Hansens von oben, und als er endlich wieder neben ihr Platz nahm und das Licht fast gleichzeitig verlosch, sahen sie sich kurz an – und sie bekam einen Lachkrampf. Hansen blickte tadelnd, musste dann aber selbst grinsen. Sie hatten zusammen noch nie einen so entspannten Abend verbracht.

Ob Hansen ihr zum Abschied aus Stuttgart ein Buch über Wiesbaden eingepackt hat? Oder einen Führer durch die Kurorte der Region? Vorsichtig löst sie die Knoten der Schnur, schlägt das Geschenkpapier auseinander. Wieder erscheint ein flaches Paket, diesmal in einfaches braunes Papier gewickelt, das sie auch für den Versand der Filztiere benutzen. Sie befühlt es und glaubt, dass es ein Bilderrahmen sein könnte. Eine gerahmte Fotografie? Sie hält inne. Sind sie dafür nicht zu alt? Sie weiß zwar nicht, wie alt Hansen ist, aber sie ist nun schon sechzig, und er ist mit Sicherheit älter. Außerdem besitzt sie bereits ein Foto von ihm, das ihn in Schanghai vor einem Tempel zeigt. Sie fühlt sich schlecht. Hoffentlich ist es nicht etwas so Dummes wie ein Porträt von ihm mit einer Widmung. Vielleicht sollte sie es gar nicht weiter auswickeln, aber im selben Moment schiebt sie den Finger schon unter das Papier.

Eine Filztasche kommt zum Vorschein. Margarete löst die Schleifen und holt den flachen Gegenstand heraus, es ist tatsächlich ein ovaler Rahmen. Aber er umschließt keine Fotografie, sondern einen Spiegel. Hansen hat ihr einen wunderschönen Spiegel geschenkt. Sein Rahmen ist in drei Streifen geteilt. Der äußere Rand besteht aus geschliffenem Glas, in der Mitte liegt ein Band aus tiefblauem Glas, leuchtend wie Lapislazuli. Blumenranken aus Perlmutt sind darin eingelegt. Der innere Rand besteht aus getriebenem Silber. Oben, unten und an den Seiten sitzt je eine silberne Spange, die den Spiegel im Rahmen festhält. Margarete dreht das Geschenk um, löst den mit Karton verstärkten Lederstreifen von der Rückseite und stellt den Spiegel vor sich auf den Tisch. Sie beobachtet in ihrem eigenen Frisierspiegel dahinter, wie sie die Hände um das Kleinod legt und es vorsichtig zurechtrückt. Woher stammt dieses kostbare Geschenk? Höchstwahrscheinlich hat er es aus Italien oder Frankreich mitgebracht.

Aber warum schenkt Hansen ihr einen Spiegel? Margarete betrachtet ihr Gesicht darin und erscheint sich plötzlich fremd. Ist diese Frau, umrahmt von Silber, geschliffenem Glas und Perlmutt, wirklich noch das brave Gretle aus Giengen, das Provinzmädle, das sich zur Chefin hochgearbeitet hat? Sie betrachtet ihre Augen, deren blaue Farbe etwas verblasst zu sein scheint, die noch immer weichen Züge, wenn auch nicht mehr so straff wie früher. Sie lächelt ein wenig, um die Stirn zu glätten. Streicht sich über die straff gekämmten Haare, öffnet den Knoten und lässt die Flechten locker um das Gesicht fallen. Ja, sie waren früher einmal dichter, aber sie sind noch immer voll genug für die aufwendigen Frisuren, die Johanna ihr gerne macht. Margarete streift mit dem Blick ihre Lippen, den Kussmund, wie Pauline ihn nannte. Versuchsweise zwinkert sie sich selbst zu, und sie ist so überrascht, dass sie lächelt. Und dann versteht sie, was Hansen ihr mit diesem Geschenk sagen will.

So sieht er sie. Als Frau, als hübsche Frau vielleicht sogar, als ein Wesen, das er gerne umsorgen und beschützen würde. Eine Frau, die er mit den Jahren nicht nur schätzt, sondern die er liebgewonnen hat und die er niemals zu etwas zwingen würde. Deshalb hat er gewartet. Sie hätte sich ihm anvertrauen können, sie hätte beschließen können, ein leichteres, sorgloseres Leben zu führen, mit einem Mann an ihrer Seite, der immer für sie da gewesen wäre.

Aber das war nun einmal nicht ihr Weg, und Hansen weiß das. Sie hat sich entschieden. Ihr Platz ist hier in Giengen, und das wird nie anders sein.

Trotzdem ist ihr bewusst: Ohne ihr Filzspieltiergeschäft würde dieser Spiegel heute nicht hier stehen. Ohne ihren Drang, etwas aus sich zu machen, wäre sie nicht so oft aus Giengen herausgekommen. Und sie wäre Hansen nicht begegnet. Er hätte das nicht in ihr sehen können, was er in ihr sieht.

Sie hätte sich aber auch in einem anderen Wirkungskreis bewähren können. Wer weiß, wie viele Leben dieser Spiegel ihr zeigen könnte, wenn sie ihn ließe.

Sie heftet den Blick erneut fest auf ihre Augen und stellt sich vor, was für ein Leben es gewesen wäre, wenn sie es nicht geschafft hätte, eine selbstständige Unternehmerin zu werden. Sie sieht sich in der Wohnstube der Eltern in der Ledergasse sitzen. Sie näht mit den Schwestern. Hemden, Blusen, Kleider. Sie hätte vielleicht doch zu Marie oder Pauline oder Fritz ziehen können… oder vielleicht sogar müssen? Wenn sie es nicht geschafft hätte, genügend Geld für eine Wärterin zu verdienen, wenn sie weiterhin Tag für Tag Säume gestichelt hätte oder Monogramme, dann hätte sie weiter dort gesessen, bis jemand sie aus Mitleid aufgenommen hätte.

Ihr ganzer Körper stemmt sich gegen diese Vorstellung. Das hätte sie niemals ausgehalten. Sie hatte schon seit jeher den Wunsch, wahrgenommen zu werden, hörbar und sichtbar zu sein, zu zeigen, was sie kann. Respekt zu verdienen. Also wäre sie nicht dort in der Ledergasse geblieben, niemals.

Dr. Werner in Ludwigsburg fällt ihr ein. Vielleicht hätte sie bei ihm eine Heimat gefunden? Aber was hätte sie schon tun können in seiner Kinderheilanstalt? Weißzeug ausbessern, singen und vorlesen. Dann kommt ihr ein Gedanke: Hätte sie dort nicht unterrichten können? Sicher gibt es in Ludwigsburg ein Lehrerinnenseminar – warum hat sie nie die Idee gehabt, sich dort vorzustellen? Weil es außerhalb ihrer Vorstellung lag, einen Beruf zu erlernen, für den sie vor einer Klasse hätte sprechen müssen. Und gibt es überhaupt Lehrerinnenseminare, die eine wie sie ausgebildet hätten? Eine Lehrerin, die nicht einmal vor einer Klasse stehen kann?

Vielleicht wäre sie die erste gewesen? Hätte sie die Kraft dazu gehabt?

Margarete blickt den Spiegel jetzt mit Zärtlichkeit an. Es ist ein Zauberspiegel, den der Freund ihr da in die Hand gedrückt hat.

Sie hätte auch bei Mina leben und eine Anstellung in Stuttgart suchen können. Aber als was? Als Gesellschafterin bei einer vornehmen Dame? Da hätte sie Geschichten erzählen und vorlesen können. Aber Gesellschafterinnen müssen auch Botengänge erledigen, und das wäre nicht gegangen. Und um als Zitherlehrerin an einer Musikschule zu unterrichten, dafür reichten ihre Kenntnisse nicht. Sie hätte stundenweise das eine oder andere tun können. Vorlesen, Unterrichten. Wer seinen Kopf benutzen kann und seinen Mund, vermag vieles, findet sie. Doch es ist eine knifflige Angelegenheit, damit Geld zu verdienen.

Aber, sagt sie sich, und ihre Stirn glättet sich, sie hat genau das gefunden, was zu ihr passt. Sie hat die Welt, in der sie einen sicheren Platz fand, selbst geschaffen. Darauf ist sie stolz. Natürlich hatte sie Glück und Menschen, die sie unterstützten. Die an sie glaubten. So wie Hansen, der ihr gute Ratschläge gegeben hatte, seit sie die Idee vom Versandt-Handel hatte.

Sie dreht eine Locke über den Finger und stellt sich vor, was Hansen sich wohl in seinen Träumen vorgestellt hatte. Vielleicht hatte er geglaubt, sie würde irgendwann das Geschäft an die Neffen übergeben. Um dann zu ihm nach Hamburg zu ziehen und mit ihm zu reisen und in die Oper zu gehen, in allen Hauptstädten der Welt.

Was, wenn sie sich in seine Arme geflüchtet hätte? Wenn er sie mit zu sich nach Hamburg genommen und sie geheiratet hätte? Dann hätte sie gar kein Geld verdienen müssen und ihren Kopf nach Herzenslust benutzen können.

Aber was hätte seine Familie gesagt? Und hätte sie ohne ihre eigene Familie leben wollen? Vielleicht hätte sie es bereut, oder er hätte es bereut, was in ihren Augen genauso schlimm gewesen wäre. Vielleicht sogar noch schlimmer. Vielleicht hätte ihre Zuneigung zueinander alles andere aufgewogen. Vielleicht.

Sie schiebt sich vom Frisiertisch weg und fährt zum Bett. Dort greift sie unter ihr Kopfkissen und holt etwas hervor. Ein Elefäntle. Es ist ihr allererstes. Sie hat es behalten und für Paul noch in der Nacht damals ein neues genäht. Zurück vor dem Frisiertisch stellt sie das Elefäntle vor den Spiegel, sodass es sich anschauen kann.

»Weißt du eigentlich, wer du bist? Ich habe lange dafür gebraucht, es zu verstehen. Am Anfang dachte ich, du seist nur gut zum Aufbewahren von Nadeln, weißt du noch? Wie habe ich mich da getäuscht. Du kannst ganz andere Dinge.« Vorsichtig reibt sie seine Ohren zwischen ihren Fingern, streicht über den Rücken und tippt auf die breiten Füße. Dann blickt sie ihm im Spiegel forschend in die schwarzen Knopfaugen. »Ja, zwinker du nur, ich geb's ja zu, dass du mich überrascht hast. Und ich habe es ja auch endlich verstanden. Niemand muss allein sein auf dieser Welt. Wir müssen nur lernen, unser Herz zu öffnen.«

Das Zebra und der Knopf

Anmerkung der Autorin

Mein erstes Steiff-Tier war ein Zebra. Da ich als Kind viele Jahre lang davon träumte, Tierärztin zu werden, habe ich in meiner Kinderzimmer-Praxis oft versucht, dem gestreiften Fellfreund den Knopf aus dem Ohr zu operieren, natürlich umsonst. Wie ich heute weiß, hat die Familie Steiff viel Mühe darauf verwendet, ihre Markenzeichen so fest wie möglich in den Plüschohren zu verankern.

Viele Steiff-Tiere besaß ich nicht. Sie waren auch in den Sechzigerjahren etwas Besonderes, von herausragender Qualität, widerstandsfähig – und teuer. Meine beiden Brüder und ich besaßen noch eine Ente, ein Häschen, und natürlich hatten wir Teddys. Die Lieblingsstofftiere durften bei mir im Bett schlafen, alle anderen stellte ich abends vor dem Schlafengehen in kleinen Gruppen zusammen, sodass sie sich miteinander unterhalten konnten und keines von ihnen sich in der Nacht einsam fühlen musste. Denn das war unzweifelhaft: Jedes dieser Tiere hatte einen Namen, eine Seele und Gefühle. Diese Überzeugung konnte ich viele Jahre später bei den Zoo-Bauernhof-Spielen meiner eigenen Kinder beobachten.

Auch ihre Tiere hatten Namen, und jedes von ihnen besaß einen ganz eigenen Charakter.

Vor diesem Hintergrund war es eine große Freude,
mich mit Margarete Steiff zu beschäftigen und das Leben
dieser klugen Unternehmerin, die 1909 mit einundsech-
zig Jahren gestorben ist, in einem Roman zu erzählen.

Die Quellenlage ist gar nicht mal so schlecht, es gibt
eine Reihe von Büchern über sie und ihren märchenhaf-
ten Aufstieg zu einer der erfolgreichsten Frauen ihrer
Zeit. Zwar stimmen die Jahres- und Produktionszahlen
darin nicht immer überein, aber in den Grundzügen erzählen sie dieselbe spannende Geschichte vom Aufstieg
einer mutigen, kreativen Frau. Besonders ergiebig waren
die Biografie von Gabriele Katz und die Lebenserinne-
rungen von Margarete Steiff selbst. Sie berichtet darin
den Nichten und Neffen von ihrer Kindheit und Jugend
und den ersten Jahren des Filzgeschäfts. Auch wenn diese
Aufzeichnungen eine herrliche Sammlung interessanter
Details darstellen, bleiben viele Fragen offen. Denn über
ihre Gefühle, Sehnsüchte und Ängste erzählt Margarete
Steiff nur sehr spärlich. Ihr Lebensweg lässt jedoch Rück-
schlüsse auf ihre Persönlichkeit zu, wir erkennen in der
Weise, wie sie ihr Unternehmen aufgebaut hat, Zähig-
keit, Fantasie und Kraft. So entstanden die Szenen meines
biografischen Romans oft aus der Beobachtung ihrer ge-
schäftlichen Aktivitäten. Die Historikerin in mir, die sich
am liebsten nur auf tagesgenaue Recherchen verlassen
möchte, musste sich dafür mit der Romanautorin vertra-
gen. Bei der Beschreibung von historischen Personen im

Umkreis von Margarete habe ich versucht, die wenigen mir bekannten Quellen respektvoll in die Romanhandlung einzubetten. Da es in Margaretes Familie mehrere Annas, Linas und Marias gab, habe ich die eine oder andere Umbenennung vorgenommen, um meine Leserinnen und Leser nicht zu verwirren.

Die Frage, ob es einen Freund oder Verehrer in Margaretes Leben gegeben hat, habe ich mit Ja beantwortet. Überliefert ist nichts davon, aber warum sollte sie sich nicht verliebt haben? Und sollte ausgerechnet sie, die attraktiv, klug und witzig gewesen ist, keine Bewunderung hervorgerufen haben? Das halte ich für unwahrscheinlich. Und so kam Johannes Balthasar Hansen ins Spiel, der erfunden ist. Aber klar ist: Niemals hätte Margarete Giengen und die Firma Steiff verlassen, auch nicht für einen Mann wie Hansen.

Bis heute werden in Giengen an der Brenz Steiff-Tiere produziert. Hier steht Margaretes Geburtshaus, nur fünf Minuten von ihrem Haus an der Mühlstraße und dem Jungfrauenaquarium entfernt. Dort befinden sich auch die Firmenzentrale und das schöne Steiff Museum, in dem nicht nur Kinder sich in die Welt der Stofftiere hineinträumen können. In Giengen hat alles angefangen, und es ist ein guter Ort, um die Welt der Margarete Steiff zu entdecken.

Leverkusen, März 2022

Dank

Dass es dieses Buch gibt, ist Claudia Negele zu verdanken, der Cheflektorin vom Goldmann Verlag. Es war ihre Idee, und ich freue mich, dass sie diese mit meinem Agenten Thomas Montasser und mir geteilt und das Projekt mit Interesse und schönen Anregungen begleitet hat.

Ein besonderer Dank geht auch an Dr. Alexander Usler vom Stadtarchiv Giengen. Eine Woche lang durfte ich die Bestände des Archivs durchstöbern, und zum krönenden Abschluss unternahm Dr. Usler mit mir eine Stadtführung zu allen Plätzen in Giengen, die zu Margarete Steiffs Geschichte gehören. Seine Sachkenntnis und Hilfsbereitschaft haben mich auch während des Schreibprozesses begleitet.

Bedanken möchte ich mich auch beim Team des Historischen Mühlenvereins Burgberg e.V., das es mir trotz Lockdown möglich machte, die Alte Mühle und ihre schöne Sammlung von Alltagsgegenständen zu besichtigen.

Frau Simone Pürckhauer verdanke ich nicht nur einen Besuch im Steiff Museum, sondern auch die kompetente Führung von Frau Rieber und Frau Weber durch Margarete Steiffs Geburtshaus in der Ledergasse 26.

Danken möchte ich meiner Freundin Katrin Huggins, die als geborene Schwäbin eine kompetente Expertin für kulturelle Fragen war.

Bergit Fesenfeld, viele Jahre im WDR als Redakteurin und danach als Behindertenbeauftragte tätig, hat mein Manuskript freundlicherweise ebenfalls mit der ihr eigenen Expertise gelesen.

Die Zusammenarbeit mit meiner Lektorin Regina Carstensen war auch diesmal eine Freude, weil ihr Blick so genau und ihre Vorschläge immer bereichernd sind.

Mein Mann Claus Faika half mir einmal mehr dabei, den Faden nicht zu verlieren